黑暗里的星星

春游哥哥 著

作家出版社

一切的故事都是从一场地震开始的。

目录
contents

地震

一

汶川大地震那一年，我刚好十一岁。

记得十二号那天太阳很大，妈妈中午炒了特别好吃的肉丝，但是我因为闹脾气所以一口也没吃。两眼盯着肉丝直流口水，但是因为倔，我死活不肯服输，狠狠地扒了两口饭就背着书包冲出了家门。

妈妈站在三楼的窗户旁对着楼下喊："今晚早点回来！"我头也没转就过了马路，朝学校的方向跑去。

到校门口的时候，我还是很后悔中午没有吃肉丝，在书包翻了半天，才找到上周末爸爸给的一块钱零花钱，我一直没舍得用，可是今天实在是太饿了，就在校门口买了一碗炸土豆。

感觉夏天来得太快了，但也幸好夏天来得快了些，我今天才可以穿姐姐给我买的那双红色的带跟小皮鞋。想到这里，我低头看了一眼脚上的小皮鞋，中午没吃到肉丝的懊悔心情似乎瞬间被治愈了。

我们小学每天中午都要准时收看"红领巾电视台"学习英语，我进教室时，红领巾电视台已经开始了。班主任是一个看起来特别有精气神的人，走路的时候总是挺直着背，讲话的声音特别洪亮，只要是她上课，在隔壁教室都能听见。不过，今天她看起来似乎心情不怎么好，眉毛紧紧地皱在一起，戴着眼镜扫视了教室一圈后，拿着练习册走上了讲台。

"把你们的练习册拿出来，我把今晚的家庭作业说一下。"

大家都不敢说话，教室里一阵窸窸窣窣的声音，我转过头看了一眼我后桌的那个女孩，给她指了指肚子，做了一个哭泣的表情，她被逗乐了，我也跟着乐，然后又转过身来。

那是一个特别高的女孩，手上戴了一块好看的电子手表，我记得很清楚，前几天是她的生日，那块手表是她心心念念想要的礼物，刚好她的父母就送了这块手表给她。我很喜欢她，因为她很善良，以前我总是忘记带橡皮擦，她就会借给我，后来时间久了我觉得很不好意思，就请她吃了一碗炸土豆，结果她因为这个事跟我说了几天的谢谢。

翻开练习册的时候，刚好肚子叫了一声，我不满地揉了揉肚子，突然感觉地板微微抖动了一下，老师也中断了说话。我抬头看了一下教室的吊灯，它轻微地左右晃动，后桌的女孩拍了拍我的肩膀，她说："没事，应该外面有大货车经过。"这句话刚说完，大地剧烈地晃动了起来，她的眼神突然布满了恐惧。我还来不及说下一句话，一股强震将我抛了出去，老师声音特别大地吼了一句："地震了！快躲起来！"瞬间，我的耳边是剧烈的轰隆声，烟尘迅速地窜进了喉咙和鼻子，像是要窒息一般。

我最后见到的一个人，是我们班的学习委员，她站在电视机前面张开双手死死地护着，再后来一块巨大的板子塌了下来，浓烟淹没了她。全校师生的尖叫声穿透了我的大脑，我眼前突然一黑，有全身失重的感觉。

二

差不多五分钟的样子，我才睁开眼睛，眼前除了黑暗什么都没有。

我的耳边依然充斥着各种哭声和尖叫声，恐惧主导着我的意识，但我始终没有哭出来，试图移动一下身体，双腿突然传来的剧烈疼痛让我叫出了声。整个人趴在地上，唯一能活动的只有右手，我右手扑腾地在黑暗中摸了几下，生硬的石块和钢筋马上把手臂划了一条口子。

可能就是那个时候，我才知道教学楼全部坍塌了，这是地震，不是我做的噩梦。

我们学过一篇课文，叫《地震中的父与子》，那个聪明的阿曼达躲到了墙角，最后等到了他爸爸来救他。想到这里，我终于忍不住尖叫出来，刚张开嘴巴准备喊"救救我"，一股浓烟马上钻进了嗓子，堵住了我的声音。

余震第一次来袭，压在双腿上的预制板剧烈抖动，疼痛铺天盖地地穿透了每根神经，我没管烟雾是否呛进了喉咙，一个劲儿地喊救命。但是无数孩子的呼救声瞬间淹没我的声音，好像谁也听不见我的求救。

在那个密闭的空间，空气越来越稀少，身体也越来越疼痛，我越来越想喝水，越来越没有了力气。大概二十分钟之后，我感觉一只手伸了过来，因为趴着，也没有办法转过头，就只能别着身体，把手伸过去。拉在一起的那个瞬间，我像是抓住救命稻草一般。

"你是谁？"

"我是何亚军。"

"我是牛钰。"

我们是一个班的同学，简单的几句交流，感觉两个人好像距离很近，我的上半身就在她腰部那一块，但因为彼此都别着身体，也不能随便转动，所以我们都看不见对方。何亚军告诉我，她现在的姿势是坐着的，特别难受，想要躺下来。她说："我现在尝试移动一下，如果你感觉到不舒服，就告诉我。"我说："嗯。"她开始慢慢移动，半个小时左右，她终于躺了下来。

当时不知道为什么，可能是地气的缘故，密闭的空间非常热，整个人就像是被放进蒸笼一样难受，呼吸越来越沉重。我告诉何亚军，我胸口很闷，快要呼吸不上来了。她说她也是，但是在她后背的上方有一个很小的缝隙可以呼吸，她让我不要动，她用手把那个缝隙刨开，弄得大一点。但是余震接连不断地发生，好不容易刨开的缝隙又会被沙砾掩埋住，继续努力地刨开缝隙，继续被掩埋。

时间过得太漫长了，眼前的黑暗像是另外一个宇宙一样，什么都看不见，唯一能感觉到的就是腿上传来的疼痛，唯一能听到的就是外面从没有停止过的尖叫声和呼救声。

余震连续不断。

三

我突然听见了妈妈的声音。

她好像站在离我很近的位置，她好像就在我的头顶上方，她好像哭了。我听了几次，确认自己没听错之后就开始拼命喊妈妈，我绷紧了全身，使出所有的力气喊妈妈。可是她没有听到。

我告诉何亚军，跟我一起喊妈妈，这样她就能听见了，于是何亚军就和我一起喊妈妈。明明很近的距离，可是中间却好像隔着万丈悬崖一般，我们的声音怎么也到达不了她的耳朵。从小到大一直不敢叫妈妈的大名，可是怎么才能让她听见呢。我闭上眼睛，捏着拳头，喊了一声妈妈的名字。一分钟之后，她依然在外面叫着我的名字，还是没有发现我们。我没有放弃继续喊妈妈，她也没有放弃喊我的名字。

可是她的声音越来越小，因为哽咽，她的发音已经开始不那么标准，外面有男人的声音："这里这么危险，你先下去，我们发现了幸存者都会救出来的！"她还是喊着我的名字，哭得越来越大声。半个小时后，她的哭声慢慢消失在我的听觉范围外。

我不知道地震已经过去多少个小时了，但是这么长时间，就算双腿疼得让人难以忍受，空气稀少得让人没办法呼吸，恐惧和黑暗时时刻刻吞噬着我的意志，我也一滴眼泪都没有流过。

可此时，我脑中无数次浮现出：这个中午她做了好吃的肉丝，我因为闹脾气一口都没吃；她趴在窗台上喊我的名字，我因为不开心所以没有回头。

我为什么不吃呢？我为什么不回头呢？

死亡的恐惧开始猛烈地侵蚀我，眼泪唰的一下就流出来了，我用右手不停地抹眼泪，结果眼泪越来越多。我有种这辈子都不会再见到她的感觉了。

何亚军也很难过，我告诉她："我妈妈应该是不要我了。"她说："可能是没有听见，她还会回来找你的。"我说："可是万一她回来的时候，我们已经死掉了怎么办。"然后我们都哭了，也没有再说话，就一直不停地哭。

四周依然充斥着求救声，可是我们两个已经没有力气喊救命，嗓子干得已经说不出来话了。

我感到从未有过的绝望，像黑洞一样的绝望。

四

我们不知道现在是白天还是黑夜，也不知道外面发生了什么。有很多家长来找自己的孩子，然后从他们嘈杂的声音中我们得知整个县城都地震了。

我内心想着爸爸姐姐还有外婆，不知道他们怎么样了，妈妈来找了我之后又去了哪里，心里就越来越害怕。我太想见到他们了，到时候我一定乖乖吃饭，绝对不挑食，每天都会按时写作业，准时回家。如果能活着，我一定天天黏在他们身边，一刻也不会离开。

地面上的热气蒸得我喘不过气，我右手开始胡乱抓，试图抓住点什么，也就是这个时候我抓住了一只手。手已经冰冷了，整只手捏起来软软的，我用力摇了摇那只手，没有任何反应。然后我就摸到了那块表，是那块再熟悉不过的电子手表。当时心里一惊，就更加用力地摇她的手，可是当我的手摸到她胳膊的位置，再往上就没了。她只剩下了一只胳膊。我的右手上粘了黏糊糊的液体，手背上，手指缝间全部都粘上了，我喊了一声她的名字，没有任何回应。

她死了。

就在几个小时前，她还和我对视一笑，她今天穿的那件鹅黄色的衣服那么好看，她那么善良，这么好的人，为什么会死呢？我突然哭不出来了，可是很难过，就好像做了一个很可怕的噩梦，但是一辈子都要在这个梦里，不能醒来。

从小那么怕鬼怕尸体的我，突然什么都不怕了，我用滚烫的右手死死地拉着她冰冷的手，不知道为什么，我那时候想到，我一定要活下来，然后告诉很多人，她是个很好的女孩子，她会给我借橡皮，会在很远的地方跟我打招呼，会因为一件小事连续跟我说一周的谢谢。可是如果我也死了，就没人知道她的好了。那真的很遗憾。

五

我听到外面有人喊快晚上了。

我能想象今晚的北川肯定像是死掉了一样，黑压压的一片，没有一点光亮。周围安静了一些，呼救的声音也少了一些。

上面有家长来救他们自己的孩子，把铲起来的砖块和沙砾全部堆在我们的头顶上，我和何亚军的呼吸越来越困难，那个小缝隙也刨不开了，它被严严实实地堵住了。我们吃力地大喊："我们这里有人！不要把东西往我们这边堆！"但是依然有东西不停地被堆在我们这边。然后何亚军就哭了，她边哭边嘶吼："求求你们了，不要堆在我们这边了，我们会死掉的。"

上面的那个人终于有了反应，他说："对不起孩子，到处都埋有孩子，我也不知道堆在哪里，我必须救我的孩子……"听到他这样说，我们两个就都开始哭。

我们被埋得越来越深，周围的声音越来越小，我们就像是坠入了海底，周围一切的声音都从很远很远的地方传来。

十二号的夜晚好像特别漫长。

我一直特别想喝水，最开始时还能感觉到肚子很饿，到后来慢慢就感觉不到了，余震依然很频繁，我的双腿被压得越来越紧，我已经疼得麻木了，只知道疼，但是具体哪里疼，说不上来。

外面有家长给自己孩子拿来水和面包，我们要用很大的声音他们才能听见，我们说："叔叔阿姨，可以给我们一点水喝吗？"重复了好几次也没有人回应，然后就忍着干呕继续大声说："可以给我们一点水吗，谢谢你们。"后来有一个家长终于回应了我们，她说她不知道我们埋在什么地方，递不过水来。

我吞了吞口水，发现连口水都没有了。

那天晚上，离我和何亚军埋得很近的还有一个女生，她哭了整整半夜，我们安慰了她很多次，她还是一直不停地哭。

"不要哭了，要保持体力，明天就会有人来救我们的。"我说。她还是哭，安慰她的人越来越多。埋在不远处的一个男生说："明天肯定会有人来救我们的，再忍忍就好。"还有一个男生说："我被压住肩膀了，我好想翻个身啊……"她说："我好想我爸爸妈妈啊……"然后被压住肩膀的男孩突然就哭了起来："我也是，他们一直没有来找我，他们可能已经死掉了。"

何亚军沉默了一小会儿，问我："为什么我爸爸妈妈也没有来找我呢？"她的声音很虚弱，但带着哭腔。"不要哭，我们要保持体力。"我说。但是，说出这句话之后，我也开始难过起来。

不知道明天是什么样子，不知道会不会有人来救我们，不知道家人是否平安。我甚至都不知道自己能不能撑过这个晚上。

六

外面的叔叔阿姨说，下雨了，天快亮了。

我喉咙很干。我像濒临死亡的鱼，张大着嘴巴用力呼吸。但幸好下雨了，如果能喝到雨水，那就太好了。可是雨水一直浸不下来，过了好久好久，我问何亚军："你喝到雨水了吗？"她说：

"喝到了一点点。"我说:"我也很想喝。"她把身子微微移动了一点,我们尝试了很多办法,可是怎么都没有办法让雨水进到我嘴里。我没有力气了,脑子昏昏沉沉的,安静下来的时候,只能感觉到自己心脏微弱地跳动着。

"何亚军,我可能快死了,我太想睡觉了。"何亚军用力动了动身体:"不要睡觉!不要睡觉!"她又对着外面大喊了一声:"有没有人救救我们,我们这里有人要坚持不住了!"迷迷糊糊地听见有人说:"已经早上六点了,你们再坚持一下!"

我感觉我在梦中,梦里的我,在一个很高的地方自由自在地奔跑,眼前就是家的样子,妈妈做了好吃的在等我,爸爸坐在沙发上看着报纸,姐姐正蹲在房间里偷偷涂着指甲油。可是我还没跑到家,前面的景象突然轰然倒塌,眼前突然一片黑暗,空间里只剩下我跟何亚军两个人,一辆飞驰而过的三轮车突然压住了我们。眼前都是来来往往的人群,我们用力呼救,流干了眼泪,嗓子里都喊出了血,也没有人发现。他们依然走着,像是这个世界什么也没有发生。一切都还是最好的模样。

<h1 style="text-align:center">七</h1>

醒来的时候眼前是一片蓝天,我下意识地又闭上了眼睛,再睁开,的的确确是蓝天。

我能看见旁边倾斜的教学楼,左边还残留了我们班的半块黑板报,空气中带有一点苦味和腥味,具体是什么味道,我也说不上来。鼻子眼睛和嘴巴里全是小沙粒,脸上也不知道粘着什么东西,可是我已经没有力气举起右手了,连偏头的力气也没有了。

再接着我就看见了小于叔叔,他穿着一身橙色的救援服,戴着口罩,眼睛红红的。也不知道为什么,我那时候就很想哭,可是眼泪好像已经流干了，也哭不出来，想喊，也喊不出来。他趴在废墟边缘，整个人贴着预制板，用力地伸了一只手过来。我太想拉他了，可是我的身体就好像不是自己的一样，不管我怎么用力，也举不起我的右手。我断断续续地叫着，很绝望地叫着。他眼睛依旧红红的，他说："不要害怕，叔叔一定会把你救出来。"

我跟何亚军都醒了过来，为了让我们不要睡觉，小于叔叔和他的战友们一直不停地和我们沟通，他问我们叫什么名字。

问到我的时候，我说："我叫牛钰。"

他说："你叫什么？"

我说："我叫牛钰。"

可能是因为我的声音太小了，也可能是因为我的发音已经不准了，他们没有听清楚我的名字，最后他笑着说："原来你叫晶晶啊。"

他们一边救援一边和我们说话，他们问我和何亚军谁大，救出来之后最想干什么，以后长大想成为什么样的人。我一句话也没回答上来，后来憋了好久，硬是说了句："我想喝雪碧……"小于叔叔说："那你一定要坚持住，出来之后叔叔就带你去喝雪碧。"接着我们就开始打点滴，喝氨基酸，但是因为我埋得比较深一点，给我打点滴的时候，救援的叔叔们几乎要探下来半个身子才能碰到我。他们戴着很厚的口罩，我只能看见他们的眼睛，可是我至今都记得那几双眼睛，温柔如水。

小于叔叔说，他们是用生命探测仪找到我们的，但是因为掩埋得较深，目前的轻便工具没有办法救出我们，所以只能等到第二天大型机械运过来了才能施救。我和何亚军当时都不知道我们被埋的环境有那么恶劣，在我们的脑袋后面有一些被压扁的桌椅，桌椅上面压了几块预制板，而预制板上面则是半栋未塌的楼房。余震随时有可能会让我们脑袋后面的楼房瞬间坍塌，我们两个可能在一瞬间就会被深埋在地底下。

小于叔叔趴在废墟边缘，努力探进来半个身子，伸着手拉着我。我记得，他用他大拇指很轻地抚摸着我的手背，眼睛红红的，但是很坚定。那天夜里有风，我和何亚军一直说特别冷，他们就把自己的军大衣披在我们身上，小于叔叔一直守在我们旁边，他的救援帽上有一盏特别亮的灯，在夜里就像星星一样。

余震突然就发生了，大地突然开始剧烈地抖动，我嘶哑着嗓子尖叫起来，周围的所有人全部跑了出来，我的手紧紧地抓着小于叔叔的手，他依然保持着原来的动作没有动，努力地探出身子，试图离我更近一些。他说："没事没事，叔叔在这呢，不要怕，我在这。"我觉得那是我迄今为止，听到过的最有力量的一句话，我每次想起都会热泪盈眶。

十五号的早晨，大型机械就运送过来了，救援队的叔叔们开始对我们施救。我闻到了一股很刺鼻的火药味，整个地板轰隆隆地发出声音，周围的风里都扬起了沙尘。

因为我掩埋的位置更深一点，所以必须要先救出何亚军才能救我。可是因为这里有太多小孩的尸体，他们也分不清楚哪条是我们的腿。小于叔叔问我们："你们两个穿的什么颜色的鞋呀？"我没有听清何亚军说的是什么颜色，但我知道，我穿的是那双我最喜欢的带跟小红鞋，于是我努力放着嗓子说："我是红色的。"他们没有听太清，又一次问是什么颜色的，我又回答了一次，他们还是没有听清。我知道我太虚弱了，我以为很大的声音应该其实是很小声，也许我的脑子已经开始迷迷糊糊，我的血液流动、我的心跳已经开始放慢了速度，但是我还是想努力地活下来。

也许再坚持一下，我就真的能活下来了。

何亚军被救出之后，他们就开始救我。我只听见机械的轰隆声，周围说话的声音已经开始渐渐模糊，可是突然从腿部传来的疼痛感刺激了大脑神经，我又瞬间清醒了过来。不知道该怎么表达疼痛，只能用力地叫着，拼命地叫着。小于叔叔突然冲了过来，趴在预制板前面死死地拉着我的手。"不要怕，叔叔马上就能把你救出来了，你再坚持一下！"我还是叫，他还是使劲拉着我。

八

七十二个小时后，我成了我们学校最后一个幸存者。

小于叔叔把我从废墟里抱了出来，周围的人开始欢呼和鼓掌。我被放到担架上面，抬出去的瞬间涌上来了很多人，他们开始帮我做检查，帮我挂点滴，有一个叔叔用一块布遮住我的眼睛，但我没闭上眼睛，眼前是白茫茫的一片。

我听不到周围的声音了，旁边有很多人在说话，但我耳朵却什么也听不到，像是有一层无形的窗户，隔绝了我和他们。他们抬着我开始小跑，眼前的纱布掉在了地上，有个叔叔说："闭上眼睛，不要睁眼。"我还是偷偷睁开眼睛了，天空依然很蓝，轻轻偏头的时候能看见周围倒塌的建筑，所有的场景和我的记忆产生了巨大的偏差，我甚至开始怀疑这是什么地方。时间变得缓慢起来，叔叔们急促的呼吸声传到了我的耳朵，他们跑得很快，好几次我都感觉自己随时会从担架上摔下去，担架一会儿倾斜，一会儿往左移，一会儿右移，我们像是经过小山坡，又好像经过很多磕磕绊绊的泥路。

不知道过了多久，我被抬到了救护车旁边，两个护士姐姐在上面接住了我，车门关上的最后一秒，我看到了小于叔叔的那双眼睛，红红的，充满了力量。

我闭上了眼睛，不想再睁开，我太困了，太想睡觉了。

一个护士姐姐来到我身边，用手轻轻捏了捏我的手："小妹妹，不要睡着了，再坚持一下，到医院就好了。"我半眯着眼睛看着她说："我很冷，我想睡觉。"她一边和另外一个护士姐姐对我实行医疗救助，一边摸着我的头跟我说话："不要睡觉千万不要睡觉。"她着急地看着体温计，然后又大声地朝司机的方向喊了一声："叔叔，尽可能开快一点，这小女孩快不行了。"

我还是一直喊着我很冷，她去找了很多床被子盖在我身上；我还是说很冷，她就又去找衣服给我盖上。到最后我还是说很冷，眼看着我体温急剧下滑，她急得眼泪就出来了，蹲在担架旁边一把抱住了我："你不要睡觉，你再坚持一下，不要死，千万不要死。"她哭的声音很大，到最后哭得上气不接下气，站在旁边打点滴的护士姐姐偷偷抹着眼泪，后来也哭出了声音。但是我好像感觉到，她的怀抱很温暖，我好像没有那么冷了。

我一直不敢闭眼睛，拼尽最后的力气努力让眼睛睁着。

担架再一次被抬下来的时候，阳光齐刷刷地晒在我的身上，好久没有见过这么明媚的太阳了，身上是温暖的感觉。护士姐姐用手帮我挡住了太阳，我再一次听到了周围人的掌声和欢呼声。前面的人都自动地移到了两边，我被抬进了重症监护室，一小段路程，像是走了很久。我发现医院走廊两边坐着很多人。那些人都受着不同程度的伤害，可是让我至今都很难忘记的是他们的眼神，绝望的，空洞的，没有一点光。

九

因为受伤的人太多，医院早已容纳不下这么多伤员，所以做完检查和紧急处理之后，我就被放在了医院的走廊里，有两个志愿者姐姐和两个志愿者哥哥来照顾我，他们拿着一瓶消毒水，用棉签仔细地帮我擦脸。那是震后的第三天，通信恢复了部分，有一个志愿者姐姐问我妈妈的电话，她帮我联系，打了很多次，对方都显示已关机。

我的心一下子就沉到了谷底，也没有再说话。

一个志愿者哥哥又继续问我记不记得爸爸的电话，我说记得，这一次他打过去之后，那边滴滴了两声。他们四个突然兴奋得跳了起来，那个志愿者哥哥举着手机在医院走廊来回走动找信号，终于在最靠窗的地方，拨通我爸爸的电话。志愿者哥哥问我爸爸是不是牛钰的父亲，他们简短的几句交流之后，他就把电话放在了我的耳边。

这么多天了，突然听见了爸爸的声音，我再也忍不住所有的情绪。我嘶哑着声音喊："爸爸，爸爸。"

爸爸在那边一下就哭了，他的声音还是那么坚定有力量，像无数次我跟他打电话的时候一模一样。"是牛钰儿吗？乖乖你不要怕，我是爸爸，你在那边等等爸爸，我马上就过来找你。"

我不知道他是否感觉到了我一直不停地在点头，可是我突然觉得不孤独了，也突然觉得一切都有了希望。

我躺在医院走廊的时候，有一个以前认识我的人，好像是妈妈的朋友来跟我说话，她一直问我是不是牛钰，我点头之后她就蹲在我旁边哭了好久。

再后来，我见到了妈妈和姐姐。"你是牛钰吗？"妈妈站在我身边，红着眼睛问我。我点点头。"你真是牛钰吗？"她跟姐姐再一次问了我。我又点了点头。"老天啊！"妈妈腿一软坐在了我身边，姐姐站在旁边抹眼泪。

我猜我现在的样子一定很狰狞，一定很不像我，一定很吓人，要不然他们为什么都认不出我，认出我之后都要很难过得流眼泪。爸爸还没有赶到，姐姐试图联系了几次爸爸，爸爸说正在往这边赶。

医生特别忙，陆陆续续来了好几批医生给我做检查，我印象中有一个医生，我不知道他在干什么，他只是一直问我痛不痛。我摇头说不痛，姐姐拉着手说："你再仔细感觉一下痛不痛。"我又摇了摇头。后来他们背着我说了什么，我也没听见，只听见我姐突然就哇的一声又哭了出来。

应该是在很晚的时候，我见到了我爸爸，但我脑子里已经开始迷迷糊糊的了，我分不清眼前的这个人是真实存在的还是在梦里。可是这个人确实不像我爸爸，我记得我的爸爸很意气风发的样子，可是眼前的人为什么如此苍老如此沮丧。

"是爸爸吗？"

面前的人点了点头，眼泪滴在我的脸上，他的手拉着我的手的时候，我一下子就确定，这是我的爸爸，我记得爸爸右手侧边有一层很厚的茧子。

"爸爸来了，不要怕。"

记忆好像到这里就停止了，我沉睡了过去。

模糊中有一幕，眼前是白色的灯，我躺在一张很干净的床上，周围站着很多医生和护士，然后我向他们笑了一下，他们摸了摸我的头。

十

我醒来的时候，躺在病房里，睁开眼睛的时候看到了白色的天花板。

我身上特别特别疼，但具体哪里疼也不知道，不敢随便动，也没有力气动。爸爸妈妈和姐姐凑了过来，问我好点没有，我说我想喝水。于是妈妈就拿着一瓶水，用棉签蘸了一点，然后轻轻涂在我的嘴唇上。我一口咬住棉签不肯松嘴，妈妈就安慰我说："你现在还不能喝水，但是过一会儿就能喝了。"

我说："那我过一会儿可以喝雪碧吗？"

妈妈苦笑了一下，点了点头，姐姐说："等你好起来，你想喝多少雪碧我都给你买。"我松开棉签，也点了点头。

余震又一次突然来袭，整个住院大楼被震得轰隆隆的，床头柜上的玻璃杯瞬间被甩到了地上。病房里的人都往外跑。我惊恐得叫了起来，爸爸妈妈和姐姐赶紧跑过来围住了我。姐姐抱着我，闭着眼睛，浑身发抖。她抖得很厉害，牙齿不停地打着哆嗦。巨大的震动让她没有办法站稳，她只能一只手撑着病床，一只手死死地护住我。她肯定很害怕，但还是不停地说："不要怕不要怕！"

多年以后，在我二十多岁的年龄，我经常回想起这一幕，我觉得她其实很胆小，可是又特别勇敢。

一个人如果有了想要保护的东西的时候，就会变得很厉害吧！

十一

第二天早上医生来通知，说一些病人需要转院到省外去，因为目前医院的药已经用完了，医院人手不够也没有办法照顾那么多病人，爸爸妈妈主动要求把我转走。但是医生说："现在没有救护车了，都是用大巴车转走，你们娃娃这种截肢的不方便转走。"

"什么是截肢？"我问出这句话之后，整个病房就安静了下来，爸爸妈妈和姐姐都看着我，谁也没说话。"是骨折的意思吗？就是两个骨头断了连在一起的意思吗？"我继续问，他们还是没有说话。

我不知道发生了什么，但是周围的环境太过于安静，安静得让我有点害怕。

爸爸打破了气氛，他继续问医生："但是现在医院已经没有消炎药了，我们娃娃现在刚做完手术，高度感染，一直在发烧，也没办法睡觉，意识也不是很清醒，实在没有办法了，求求你们，能不能想想办法，把我们娃娃也转出去。"医生转头看了一眼病床上的我，叹了一口气："那先推下去吧，推下去再想办法。"推下去之后，发现全是大巴车，根本没有办法放下担架，我也没办法坐起来，连头都没有办法抬起来。

有个大巴车司机看了我一眼之后，让我们先在下面等着，然后他就上去找了一个工具挨着把座椅全部给卸掉，最后挥挥手示意我们上去。我爸爸走上去的时候，一直弯着腰跟司机说谢谢，司机一直说没事没事，但说着说着彼此的眼眶就都红了。

我就这样被转到了重庆的医院。

十二

一路上我听到了很多种声音，救护车的，大货车的，他们都朝着我们反方向开去。我问爸爸："爸爸，等我到了医院，可以吃镇痛药，可以好好睡一觉吗？我太困了。"爸爸帮我掖了掖被子，点头说道："等到了医院，就会不痛了，就可以好好睡觉了。"

晚上到了重庆垫江县后，所有的医生和护士都站在门口等待着我们。我们一下车就被送进了病房，医生挨着来检查，检查到我的时候，说是感染了很严重病毒，需要马上隔离起来，然后把我用过的被子、枕头、杯子……只要是我接触过的东西，全部拿出去焚烧。我被转到了一个只有我的隔离病房，爸爸妈妈和姐姐不能离我太近，如果要触碰我，就要穿上很厚的隔离服。

我问爸爸："爸爸，我可以睡觉吗？"刚问完这句话，几个医生就走了进来，他们端着一个盘子，里面放着各种医疗器具，有个护士和我妈说了几句话，我妈就背过身去了。然后一个看起来特别年轻的男医生拿了一把剪刀划开了我的左腿。

我至今都记得我当时很想去死，因为那种疼痛仿佛是要把全身撕开一样，每一次疼痛几乎让我晕过去，但是下一次疼痛又会接着而来。

爸爸和几个医生按着我的身体，不许我乱动。我咬着枕头，牙齿就渗出了血，我看着爸爸，一直喊他，我说："爸爸，我求求你，我求求你了，你救救我吧，我求求你了。"爸爸压着我的手，哭得双肩已经开始控制不住地抖动，但他依然别过头不看我。

水流进了眼睛里面，我已经分不清脸上到底是泪水还是汗水，我看见旁边那个护士端的盘子里，放着从我左腿上剪下来的腐肉，一层一层地叠起来，鲜红的颜色那么扎眼睛。我歇斯底里地求救，用尽全力地挣扎，可是所有人除了流眼泪就只剩下流眼泪，除了对不起就只能对不起。

我感觉我被推进了一个深渊。我进入了另外一个噩梦。

十三

中午的时候，妈妈和姐姐到食堂去打饭，爸爸和我留在病房里。我突然感觉右腿抽搐了一下，右脚板开始发痒，便跟爸爸说："爸爸，我右脚很痒，你能帮我挠一挠吗？"爸爸当时正在削苹果，听到我说这句话之后，整个苹果咚的一声就掉进了垃圾桶里。我不知道他为什么会有这样的反应，于是我重复了一次："爸爸，你能帮我挠一挠右脚吗？"他足足愣了有一分钟，站在原地深深地吸了一口气，然后搬了一个凳子坐在我旁边。

"宝贝，你知道你截肢了吗？"

"我知道。"

"那你知道截肢是什么意思吗？"

"我知道，就是骨折，两根骨头连接在一起。"

"不是这个意思，就是右腿没有了，以后不能跑步，不能跳舞了。"

我已经忘记我当时是什么心情了，好像所有的情绪全部挤压在嗓子眼里，但始终没有呐喊出来。我以为我消化了所有的情绪，后来才知道其实是积压在了那里，一直堵在了那里。

我说："没事的爸爸，如果不截肢的话，可能连命都没有了。"

爸爸突然捂着脸失声痛哭起来，从有记忆开始，我第一次看到爸爸哭成这样子——像是一个小孩般地痛哭流涕。他说："对不起，所有人都尽力去保你的腿，但没能保住……"

我依然没哭："这不能怪你，爸爸。"

我很冷静，就好像这件事发生在别人身上一样，而我只是一个旁观者，旁观了整件事情，我看见了她的难过，她的绝望，她的无助，她躺在病床上撕心裂肺的呐喊，她挣扎着要看一看自己的右腿，最后她无力地躺在病床上，看着天花板流眼泪。我只是站在旁边，安慰着她……

第二天，我们就收到转院通知，医生说，这里只是一个县级医院，如果要保住我的左腿，就必须转院到重庆市里的医院。

转院之前，我问爸爸："爸爸，到了重庆之后，我可以睡觉吗？"我说这句话的时候，想去拉爸爸的手，但是医生看到了，就马上过来阻止了我的行为，然后转过身对我爸爸摇了摇头。

我又问爸爸："到了重庆之后，我可以睡觉吗？"爸爸点了点头。

我突然发现他好憔悴啊，他瘦了很多，眼睛里全都是红血丝，脸色都是蜡黄的。我知道这么多天，他从未合眼休息，也没有好好吃过东西，因为不能靠近我，每天只能站在很远的地方看着我干着急，他没有办法替我痛，没有办法帮我承担这一切，他感觉到很无力。我理解他。地震没有夺走爸爸妈妈和姐姐的生命，我就已经觉得很幸运。我现在是受伤了，但我觉得后面都会好起来的。

应该会好起来的吧，应该会的。

十四

转院到了重庆的那天，我又被告知必须立即动手术，不然左腿也要截肢。

被推进手术室的时候，爸爸妈妈和姐姐都围在我身边，三个人眼眶都是红红的，也没有说话，就捏着我的手看着我。

那一瞬间，我觉得自己好幸福。我想，我真的是个很幸运的人，以后的日子还可以和姐姐偷偷化妆，吃到妈妈炒的肉丝，缠着爸爸跟我下象棋。我跟他们点了点头，他们捏我捏得更紧了。

我手术后一直处于昏迷状态，隔天睁开眼睛，意识稍微清醒一点的时候，我发现一直陪伴在身边的爸爸不在了。我问妈妈："妈妈，爸爸去哪里了？"妈妈说："爸爸回北川了。"

我情绪有点激动，姐姐赶紧坐在病床边上摸着我的头："爸爸的单位今天通知爸爸必须回去抗震救灾，虽然爸爸很舍不得，但是他必须回到他的工作岗位上去。"

"他为什么没有跟我说，为什么要趁我昏迷的时候偷偷走掉？"

姐姐看着我，眼睛里全是泪花儿："因为怕你难过，怕你不准他走。"

"我不听！！"

我在病床上胡乱地扑腾起来，腿部传来的疼痛立刻让我全身一惊，但我没管，甚至更变本加厉地嘶吼喊叫。妈妈赶紧抱住了我的脑袋，一直说着什么，但我一个字也没听进去，姐姐冲出去叫医生和护士过来，我还是乱扑腾。直到我腿上的伤口裂开了，鲜血像关不住的水龙头一样往外喷。我的尖叫声变得沙哑没有力气，我还在拼命地挣扎，拼命地叫，妈妈吓得哭了出来，几个医生冲了过来把我按住，一个护士给我注射了镇静剂。我的力气像是被瞬间抽光。医生和护士长叹一口气，看着我，摇了摇头。

半个小时后，我说："那我可以看一下我的右腿吗？"本来就很安静的病房突然更安静了。姐姐说："你现在坐不起来，等身体好些了再看。"我摇头，眼泪就顺着脸颊流到了枕头上面，"我想现在看。"妈妈什么话都没有说，径直走了过来，然后转过头跟姐姐说："你扶那边，我扶这边。"姐姐看了妈妈一眼，犹豫了一下，但还是走了过来扶起了我。

原来我真的没有右腿了，右边空空的一截，什么都没有。

白色的被子包裹着我的身体，身体的弧度让它微微隆起，它一直延伸着，但到了右腿的部分就消失了。我的左腿小腿被挖开，里面的腐肉和筋脉都能看得清清楚楚，连空气中都散发着血腥味。

我还是个人吗？

我此时应该像是丧尸一样，残破不堪。明明是自己的身体，却还是让我恶心得想吐。

姐姐抱住我说："没事的，你还有爸爸妈妈姐姐，我们都还在。"我没有说话，也没有哭，他们把我放下来之后我就盯着液体管发呆，我这样子一个状态，妈妈和姐姐就更着急，一直在我耳边说话，可是我什么都没有听进去。

我不相信那是我的腿，我才十一岁，我以后还要站在舞台上闪闪发光，还要骑着自行车走街串巷，还要穿着好看的裙子转圈，在风里自由自在地奔跑。

老天不会这么残忍的，这不是我的腿，一定不是我的腿。

十五

我终于靠近了她，她一个人在半夜里偷偷流眼泪，一个人强颜欢笑地说话，后来有一天，她跟我说："我坚持不下去了。"

也许是体内压抑过久的情绪终于爆发，我开始用绝食来表达我的绝望，我用冷漠竖起了坚固的围墙，谁都不能靠近，在这个孤独的小城堡里，只能有我一个人。

伤口需要长肉，长肉就需要进食，光靠营养液和药物肯定不行，妈妈和姐姐急得睡不着觉，医生和护士也是一次又一次过来给我做心理辅导，再后来，他们叫来了心理医生，可我依然保持这个状态，谁都不理，什么都不吃。爸爸打过来了很多次电话，我都没有接，有一次姐姐强行把手机放在我耳朵边上，我就开始尖叫，为了让我情绪稳定，她又赶紧拿开。

我不知道我在抗议什么，我也不知道我为什么要这样子，可是好像不这样做，我就只能去死。

有一天中午，爸爸依然是打来了电话，妈妈问我："你爸爸的电话你要接吗？他现在很着急，跟你一样，也什么都吃不下去。"

我摇了摇头。

妈妈又问："难道你不想爸爸吗？"

我没有摇头，也没有点头。

妈妈说："你再不接电话，爸爸可能就会饿死，你就没有爸爸了。"

我愣了一下，看着妈妈，没说话，过了很久很久之后，我才说："那你把电话放在我耳边吧。"

"乖乖，你最近都没好好吃饭吗？"爸爸说第一句话的时候，我就哭了，好像自己心里的那道防线被瞬间击碎，我甚至能听到围墙轰然倒塌的声音。

心里堵得难受，我憋了半天，才叫了一声爸爸。我实在太想他了，我以为他会陪着我直到我好起来，至少会陪着我度过危险期，可是他却选择了悄悄走掉。我还是哭，但又生气地质问他："爸爸，你为什么走了？为什么不告诉我？"

我猜他也哭了，可是他跟我不一样，他是一位父亲，在这个时候，他大约只能掩藏掉所有的情绪，然后来安慰我。"我知道你很生气，我没告诉你，是因为怕你醒来知道我走，你又要哭，我看见你哭我就不想走了。可是宝贝，爸爸必须回去，因为地震大家都受了灾，现在道路损毁，有很多跟你一样大的小孩子，到现在都还在挨饿，因为救援物资送不进去，所以爸爸必须回去，跟叔叔们修好道路，才能让他们也好好活下去。"那天爸爸说了很多，每一句话我都记得很牢。我突然想起了十二号的那天夜里，和我埋在一起的那些同学们，听到他们的声音越来越小，知道活着的人越来越少。我觉得很难过，如果他们能活下来，该多么多么地好。

我侧着身子点了点头："我知道了，爸爸，我会认真吃饭的，你也要认真吃饭。"爸爸说："你要加油，我永远爱你。"

十六

我一直很恐惧手术，因为害怕躺在手术床上的那种冰冷感；我也一直对麻药保持敬畏，因为它只需要三秒钟的时间就可以夺取我所有的意识。

那天我刚做完一场手术，醒来的时候，发现医生正在给我拔胃管。我没有力气挣扎，眼看着一根很长很粗的管子从胃里面抽了出来。我有一种想吐又吐不出来的恶心感，那时一直在想，这么长这么粗的一根管子，是怎么从喉咙里面伸进去的？嗓子不是连进去一根鱼刺都会被卡住的脆弱地带吗？取出胃管之后，我发现我就完全讲不了话了，连吞口水都是疼的。

手术之后要八个小时才能喝水，每一次手术后的八小时对我来说都很漫长，因为我睡不着，那段时间我一点都不敢闭眼睛睡去，我怕地震又一次来袭，所以每一次，我就只能盯着天花板感受麻药的药效逐渐丧失，感受着下半身越来越清晰的、难以忍受的疼痛。

我没办法翻身，只能不停地把头转来转去，有一次我转头的时候，看见在病床边上挂了一个袋子，里面装满了黄色液体。

"这是什么？"我问旁边的护士。

"这是尿袋。"护士回答我。

"是我的吗？"我继续问，护士点了点头。

"可是怎么流进去的？"我又问。

"你下面插了一根管子，通过管子出来的。"护士很耐心地回答我。这个袋子好神奇，它居然能悄无声息地让我排出尿来，而我自己一点感觉都没有。

"我身上还有管子吗？"

"你腿上还有两根。"

"那根管子是干什么用的。"

"引流管，用来冲洗你腿上的脏东西。"

我没办法看到那些管子，但我想我全身上下一定布满了管子。心电监护仪的滴滴声，让我想起以前看的电视剧里面的很多重症病人就是全身插着管子，他们绝望地看着天花板，了无生机。

这次手术大概过去了两周，我又被通知要做手术。

因为我年龄比较小，麻药打太多会影响身体，所以这次医生决定给我打半麻。医生让我全身赤裸地躺在手术床上，他让我弓着身体，我没有力气所以没有办法做到，几个护士过来帮我。医生说："打半麻有一点疼，你要忍住，两三分钟就过去了。"我还没来得及点头，一根冰冷的针就从脊髓里穿了过去。我全身瞬间紧绷了起来，那根针还在延伸着，我感觉有一阵刺骨的寒意，带着剧痛遍布全身每根神经。

手术整个过程，我都有意识，只是感觉不到疼痛。我认认真真地观察着他们，给我主刀的那个医生带着一副好看的金边眼镜，可是每一次抬手时，他的手套上沾满了血。手术灯特别亮，会让人恍惚，觉得这是另外一个世界。眼前所有的东西都是那么不真实。

我最害怕的就是换药，因为感染很快，所以医生每天都要清理我腿上的烂肉。以致后来每天早上看他和几个护士端着换药的盘子来，我就开始发抖。那时候我们住在十八楼，但是据说十六楼都能听见我的惨叫声。

我的伤口面积大，就要做植皮手术，来来回回十多次手术，医生把我大腿上的皮都取光了。然而植皮存活率又很低，实在没有办法，就只能取头皮，医生就把我剃成了一个光头。

有一次换药的时候我叫得很惨，一个清洁工阿姨看到了就来鼓励我，一边鼓励一边流眼泪，她说："男孩子大丈夫！不要为了这点小事流眼泪！孩子你一定要坚强!!"我当时就很委屈地看着她，说："阿姨，我是女孩子。"清洁工阿姨哭得更厉害了，一边抱着我一边说："好孩子，真的是好孩子……"

儿童节的时候，来了很多志愿者姐姐和哥哥，他们端着一个蛋糕，来到病房陪我过节。他们一起给我唱歌，我记得那天我特别开心，虽然只能躺着，但我还是笑得特别开心。到了许愿的环节，我说只有过生日才许愿，一个姐姐说，儿童节也可以许愿，问我有什么愿望。我想了很久很久，我说："我希望我能好好睡一个觉，不会再做噩梦，不会再疼醒，如果可以的话，不要再插尿管，我想自己上厕所。"

我开心地一口气吹灭了蜡烛，所有的人都红了眼眶。

十七

有一天，一个四川的记者来看我，他给我带了一本书，是"5·12"遇难者名单。我看到"5·12"这三个数字，心跳突然就加速了。我有点呼吸不上来，感觉胸口像是被石头压住一样闷得慌。我想起了那几个熟悉的名字，但是又不敢翻开，就这样那本书就一直放在我床头柜上。

后来趁着妈妈出去找医生，姐姐也刚好不在的时候，我一个人开始翻这本书。那是下午的三点，重庆的太阳很大，透过窗户照了进来，可我却感觉不到一点热度，也许是房间的空调温度太低了，也或许是我穿得太少了。

　　妈妈刚好在这个时候走了过来，她看着我拿着那本书，就站在门口看着我，我也抬起头看着她，然后眼睛越来越模糊，鼻子越来越酸。"妈妈……"我叫了一声她。她走了过来，把手里的水饺放在了旁边的桌子上，然后把我揽在了怀里。

　　"妈妈……"

　　"没事的。"

　　她说出这句话之后，我就哭出了声，哭得上气不接下气。

　　"他们都没了，一个都没留下，他们都没了。"

　　那是我人生中第一次体会到什么叫生离死别，第一次知道原来有些人真的不能陪我长大，原来我所憧憬的以后，它有可能真的永远都不会到来。

　　生命怎么可以这么脆弱，怎么可以说没了就没了？

　　手术做得多了，我对手术产生了强烈的恐惧感，但是排上日期的，还有一场手术。我开始抗拒，打术前针的时候就一直乱动，把我搬上担架的时候我就侧着身子想翻下来，后来妈妈实在急得不得了，就和我的医生一起来按住我。我当时脑子一片混乱，一直乱叫，姐姐跑过来拉着我的手，我低下头就狠狠地咬了下去，妈妈一看更着急了，就吼了我几句。

　　"你在干什么？你还想不想好起来?！"她特别凶，眼睛死死地瞪着我。

　　我当时情绪特别激动，就扯着嗓子吼了回去："关你什么事？关你什么事?！"姐姐赶紧又过来拉着我，我一把甩开她的手。

"如果你当时没有走的话！我就会被救出来！我就不会埋那么久！！我就不会截肢！！！我就不会现在这个鬼样子！！都怪你！！"

我说出这句话后，整个病房都安静了。

"你怎么能这么说？！"姐姐突然吼了出来，"你怎么能说出这种话？"

我咬着嘴唇，喘着粗气，满脸怒气，瞪着所有人。

那时候的我，意识不到这样一句话有多伤人，它可能在未来十年，未来二十年，成为她心里永远的痛，那种每次一想起来就会感觉到难以呼吸的痛。

我看见她双手颤抖地扶在担架边缘，艰难地转过身背对着我，双肩抖动起来，安静的病房传来她一阵阵的抽泣声。

"对不起……"她说，"我没有听到你的声音，我喊了你很久，我也找了你很久，可是我必须回去，因为你外婆还在等着我，我还有自己的母亲，我得保护好她。"她断断续续地说着，那一秒我感觉自己真是个蠢货，我怎么可以不经思考就把这些话说出来了呢。

"如果可以，我也很希望这一切都不是发生在你身上，而是发生在我身上，我愿意用我的命去换。"转过身来看着我。眼睛和脖子都是红红的，头发胡乱贴在她满是泪水的脸上。

那时候才知道，我说多少句"对不起"都没用了，这种话说出来，就是一辈子的伤。

十八

因为我情绪不怎么稳定，护士姐姐允许我在医院大楼内逛逛。那天姐姐刚推我到烧伤科的门外，我就遇到一个女孩子，看她第一眼的时候，我着实被吓了一跳。她在轮椅上被一个护工推着，我们面对面的时候，都互相尖叫了起来。

她应该是重度烫伤，脸全部都毁掉了，全身上下看不到一处好地方。我分不清楚她的眼睛在哪里嘴巴在哪里，整个人看起来狰狞可怕。

"你的腿好吓人啊！"她说。"可是你的脸也很吓人啊！"我说。

她嘴里发出咯咯的声音，因为是在笑吧，烧伤使她嘴被毁，所以发音也不标准。

"弟弟你好勇敢啊。"姐姐说。

"不，我是妹妹，只是头皮烧毁了，现在不长头发了。"她回答完之后，努力伸直了手臂想去摸一摸自己的脑袋。

"你是怎么受伤的？"她指着我的腿问。

"地震受伤的。"我说。

"我是家里的煤气罐爆炸了，把我炸成了这样。"我们还没有问她，她就开始自己说了起来，"不过我今天要出院了，医生说再过个把月，我就可以吃火锅了。"

"可是……"我指了指她轮椅边上挂的尿袋，"你这个还没有取呢？为什么可以出院。"

"你也要用尿袋吗？"她看了一眼袋子。

"做手术的时候要用，但大多数时间我都可以自己上厕所了。"

"真好，但我不行，我下半身烧伤太严重了，我没有办法自己排便，只能用尿袋。"

她说完这句话之后，准备掀开披在她身上的小棉被给我们看，照顾她的护工阿姨阻止了她，她好像有点不开心，但随即又发出了咯咯的笑声。

"你是在笑吗？"

"对呀。"

"你怎么笑得出来？"

我问出这句话后，她狐疑地看着我："活下来就很不容易了，多笑笑有什么不好，你也是要多笑笑，你脸没受伤，以后还是可以抹好看的化妆品在脸上的。"

她又咯咯地笑出声来，我也跟着咯咯地笑出来。

十九

有一个四川过来的志愿者带来了小于叔叔的消息，他说小于叔叔正留在灾区帮助抢修道路和灾后安置工作。拿到小于叔叔联系方式的那天，我整个人一天都没平静下来，有太多太多的话想跟他说了，可是我不知道该从哪里说起，但我一定要告诉他现在我很好。

在妈妈和姐姐的陪伴下，我给小于叔叔打通了电话，他"喂——"的那一声我感觉全身血液都回流了，然后赶紧把电话交给姐姐，自己躲在被窝里深呼吸了一口气。姐姐拿到电话说了几句，告诉了他我现在的治疗情况，然后又把电话递给了我。

我拿着手机半天才说了一句："小于叔叔，我就是那个被你救出来的孩子，你还记得我吗？"

"记得，怎么会忘记呢？你一定要好好养病，好好听话。"我眼含着泪一个劲地点头。那是我再熟悉不过的声音，是我在最黑暗的三天里，赶走我所有阴霾和恐惧的声音。

后来我们上了电视，一个栏目讲述了这件事。

我打电话过去的那一天，记者刚好在做小于叔叔他们的采访，记录下了这一幕。那是我第一次看见他没有戴口罩的样子，面对着镜头，他声音有些颤抖，但眼神依然很坚定。只是在听到我已经截肢的消息之后，他也不顾镜头，一个人跑到帐篷里哭起来。

那天下午，我躺在病床上一个劲地流眼泪，脑子里不断地浮现出他趴在预制板上，半个身体都在废墟里努力地伸出手来拉着我，给我力量的样子。

这个世界是一个圆圈，它会让毫无干系的两个人遇见，它会让你发现，这个世界上有那么一种人，他会不顾自己的安危来给你安全；这个世界上有那么一种力量，它会让两个陌生人在一瞬间成为亲人。

谢谢世界让我遇见了你，小于叔叔。

二十

三个月后，我转到了康复科，开始练习站立和行走。

但因为我长时间躺着，全身的肌肉基本都萎缩了，又加上腿部小腿肌肉全部没有了，刮腐肉的时候连筋膜都是刮掉的。我永远都记得那天，我在几个医生面前撑着扶手，刚使了一点力气，整个人就直接又坐了下去。医生拍了拍我的肩膀，示意我不要着急，这是正常现象。

那时候刚好已经开学了一段时间了，我又特别想回去读书，每天看着新闻，自己心里也特别慌。但是练习站立是一个特别漫长和艰难的过程，有一次因为多站了十秒钟，整个伤口就裂开了，血突然就流了出来，把旁边的护工吓了一跳。

和我住在一个病房的是一个脑瘫的姐姐，比我大两岁左右，两年前因为车祸脑部受伤，她的左脑边上有一个很大的坑，也不能说话，全身也没力气，就只能瘫在轮椅上。我第一次见她的时候，她跟我打招呼，嘴里咿咿呀呀的，但一句话也没有说清楚，口水就顺着下巴流到衣服上了。她妈妈一边和我们打招呼，一边帮她女儿擦着口水。"她有意识的，但是不能表达了。"她妈妈说。我看着她，我也不知道她的眼神是否在我身上，我想如果一个人是有意识的，但是不能动，也不能说话，那应该会特别特别难受吧。

她是我转到康复科唯一的朋友，每次做完复检，我就会把轮椅推到她面前，然后会跟她讲今天发生了什么事情，以及我的康复情况。她一句话也不会回我，但是嘴里依然会咿咿呀呀地发出声音，我知道她听懂了我在说什么，只是没有办法回应我而已。

有一次做复健的时候，她妈妈把她推了过来看着我做复健。我格外兴奋，想着今天一定要站满一分钟。可是我刚站起来的时候，整个左腿因为血液流通问题，伤口全部变紫了，旁边的医生说："可以了，可以了，不站了。"

"等等！再站五秒！！等等！"

后来我还是啪的一声摔在了地上，虽然我感觉神经被我强行拉伸得都已经没有知觉了，但是我还是感觉特别激动，我回头看了她一眼，然后笑着挥了挥手。这一次我可以确定，她的的确确是对我笑了。

二十一

半个月的努力，我可以站到五分钟左右，就要开始穿戴假肢行走了。他们把假肢拿到我面前的时候，我足足愣了三分钟没缓过神，盯着眼前这个笨重的金属器具看了好久，怎么也不想相信从此以后这个东西就是我的右腿了。

第一次把假肢套在残肢上的时候，那种紧绷的感觉让我觉得难受，妈妈扶着我站起来的时候，我觉得简直快崩溃了。那么硬的东西挨着自己的皮肤，每走一步，就像在刀刃上走一样。我才走了两步，大腿根部就被磨掉了皮。

　　吃过晚饭之后，我就坐在病床上看着自己的残肢，伤口缝合处像血盆大口一样，密密麻麻全是针眼。因为下午我走了两步，所以残肢到现在还是红肿的，我轻轻地捏了一下，软软的，但很粗糙。

　　那天晚上我做了一个梦，梦见我回到了学校，还是像往常一样去上学，路上遇见了老师同学，遇见了我的朋友，还遇见了我的弟弟，我笑着跟他们打招呼，但是在快要进教室的那一秒，突然开始地震了。我看见他们所有人在我面前被预制板砸到，他们在废墟下面伸着手，满脸都是血向我求救，可是无论我怎么跑也跑不到他们身边，最后看到他们全部都死在了我的面前。

　　我惊恐地从梦中醒来，发现自己在病房里，因为我的原因，我们这间病房从来没有关过灯，妈妈和姐姐正在睡觉，我没有叫醒她们。看着灯光特别亮的时候，我突然觉得特别孤独，也特别害怕，地震过去四个月了，我还是每天晚上会做噩梦，从没例外。我梦见尸体，梦见地震，梦见遇难的他们向我求救，梦见自己被困在黑暗里一辈子都逃不出去。想到这里就特别想哭，这四个月我应该哭了很多次，又或者说我几乎每天都在哭，因为疼痛，因为害怕，因为要接纳一个冰冷的机器成为我身体的一部分。其实我很胆小，我一点也不厉害，我也想每天上下学，每天去跳舞去打球，然后跟几个好朋友一起去吃炸土豆。

　　如果可以，我一点都不想过现在这样子的生活。可是我没有办法，我只有一个选项。

　　我太想站起来了，所以每一次训练，我总是最后一个离开。我努力地让自己接纳这条金属腿，我每天穿着好看的裙子对着镜子走路，然后仔细地看着镜子里的自己，头发太短了，穿着裙子格外滑稽，就像是一个小男孩偷穿了自己妹妹的裙子一样。

后来大腿根部那一圈全部被磨坏了，脱掉假肢的时候接受腔里面满是磨出来的血。时间久了大腿根部就开始长厚厚的茧子。给我做理疗的一个哥哥每天会站在老远的地方看着我，我转过身的时候刚好可以看到他，每次他都会向我比一个加油的动作。他说："我发现你是整个医院最厉害的小朋友哦。""最厉害的小朋友有奖励吗？"我问。

"有的，但是要以后才能给你。"

"什么时候？"

"等你可以扔掉拐杖走路的时候。"我低头看了看手里拿的拐杖，心情有点失落。

"我还不能完全信任我的假肢，丢掉拐杖的话我可能会摔倒。"

"别怕，慢慢来，当你信任它的时候，它也会信任你的。"

也许我始终没办法承认它是我身体的一部分，也没办法忽视它的冰冷。也许我对它的不信任，它感觉到了。可是它没有血没有肉也没有温度，会有感情吗？

二十二

二〇〇八年八月八号，整个医院的人都聚在大厅看北京奥运会开幕式。我们跟着电视机前的画面一起倒数，当数到零的时候，所有人都欢呼了起来。大家激动万分，泪流满面。

二〇〇八年是特别的一年。这一年，我们经历了灾难，经历了重生；在这一年里，所有人都连在了一起，大家都只有一个名字，那就是中国人。

后来，每一次我听到国歌，都会热泪盈眶。我为自己生在这样的国家而感到幸福与骄傲——如果不是生在中国，我可能不会被救出来，也无法得到医疗救治，更不可能穿上假肢站起来。

我遇到的每一个人，救援队的叔叔，医院的护士们，志愿者哥哥姐姐……好多我不知道他们的名字，也许我再也不会有机会知道他们的名字。可是那个夏天，他们的到来，给了我所有的光。

我不会忘，我会记一辈子。

那天回病房的时候，遇到一个地震中受伤的哥哥在医院的走廊练习走路，我和他远远对视，然后我朝他挥了挥手。他愣了一下，向我竖起了一个大拇指。我鼻子一酸。这一天太特别了，我想痛痛快快地哭一场。

二十三

重庆的夏天特别热，每天太阳降落的时候，妈妈就会推着轮椅带我出去看看。

我很喜欢吃重庆的小面，还很喜欢吃医院对面那一家的哈密瓜。我第一次去吃那家小面的时候，老板死活不收我们的钱。那是一对年轻的夫妇，我吃面的时候，他们就坐在我的对面看着我，然后一个劲地说："小姑娘好勇敢，小姑娘真的太坚强了。"那个年轻的阿姨红着眼眶对妈妈说："每次看新闻心都会揪起来，也不知道自己能为灾区做点什么，你们经历了那么多，几碗面条什么的都是太小的事情了。"后来再去，他们还是不要钱，妈妈坚持给，那对夫妇拗不过妈妈，最终还是把钱收下了。

经过那条小巷子的时候，那个满头银丝的婆婆总会拿着半个哈密瓜递给我，我摇头推辞，她就用塑料袋装好，放在我的轮椅旁边。妈妈塞钱给婆婆，她也不要。推来拉去时间久了，她会说我妈两句："我都这么大年龄的人了，这样推推搡搡我摔倒了怎么办。"说完这句话后，她就会看我一眼，然后笑得眼睛眯成了一条缝。

四个月后的一个中午，我丢掉了拐杖走路，虽然只走了五步，但那种激动的心情到现在我都还记得。

在这之前，我和我的假肢平静地交流了半个小时。"从今天开始，我就叫你小钢腿了，我以后想去很多地方，想要去爬山，还想要去踩雪，我在书上看到过很多美丽的地方，我都想去看看，但是我一个人做不到，我需要你跟我一起去。既然如此，从今天开始，我们就和平相处吧。"我自己点了点头，也帮它点了点头。

虽然还是会很痛，也还是会很想哭，但是有一种幸好这四个月坚持下来了，重新站起来的感觉，真的太好了。

二十四

我出院的前一天晚上，重庆下暴雨，打雷打得特别厉害，我整个人就缩在被窝里不敢出来，感觉到雷声渐渐平静的时候，我从被窝里伸出头来，不承想一个响雷轰顶，整栋楼停电了。

我尖叫起来，叫得特别大声。我旁边的病床的那个姐姐情绪特别激动，嘴里吱吱呀呀地发出奇怪的声音。我还能听到别的病房中的尖叫声。雷声却越来越大，丝毫没有要停下来的迹象。

大约十分钟后，做理疗的哥哥出现在了我的病房门口。他看了我一眼，深吸了一口气，走过来坐在我病床边上。

"害怕打雷吗？"他很温柔地问。我点了点头。

"给你看一样东西。"他说完这句话，把手放进白大褂的口袋里。口袋里亮了起来，一闪一闪的。

"这是什么？"我欣喜地凑过去，"是星星灯？"

"不是哦，这是星星，我从天上摘下来的。"那是多么神奇的一个夜晚，在黑暗的世界里，那颗星星像是有无穷的生命力一样，努力地发着光。

"你还记得我说，等你不用拐杖走路，就给你奖励吗？"哥哥说。我点了点头。

"这个，"他把星星灯放在了我的手里，"以后就是你的了。"

它真好看，和小于叔叔帽子上的救援灯一样，好像无论遇见了什么黑暗，都会给我希望。

这四个月真漫长，但还好都过去了。

未来的路，应该也是光明的吧，这样一想，我好像什么都不怕了。

那天我早早就打包好了行李，因为不能穿着假肢走太久，就只能自己推着轮椅。走之前，妈妈和姐姐带着我去附近散步，那天太阳暖洋洋的，风吹在身上很温柔。每个人都很忙碌，我想，他们一定都有想要去的地方，都有值得期待的未来。

虽然这个城市，夏天几乎都是雷雨天气，连空气里都是闷热的气息；虽然这里有我难过的回忆，也曾让我痛到不能呼吸。但这里也拯救了我，给了我希望。

其实，我还挺喜欢重庆的。

下楼的时候，他们都站在楼下送我。我挨个跟他们打招呼，然后就哭了。

我最近一段时间，已经很少流眼泪了，因为有个护士姐姐告诉我，眼泪是女孩子的钻石，流光了就没有了，眼泪也是会枯竭的。可是今天还是没忍住，我不知道未来会发生什么，会怎么样，但我都希望大家能过得好，一辈子都能平平安安，不用经历生离死别，不用经历痛苦折磨。

"一切都会好起来的！"在我上车的时候，一位护士姐姐在我身后说。我转过身看了她一眼，她眼眶红红的，然后用力地跟我挥着手。最后她的影子越来越小，越来越小。

初中

有一个小丑，他不知道他自己是小丑。

他穿梭在丛林里，顺着藤蔓从树上滑到了底，遇见兔子小姐和猴子先生他会打招呼，然后很礼貌地摘下帽子，弯着腰跟他们说再见，整个森林里的动物都很喜欢他。

兔子小姐说："我每次看见你都想笑，你太幽默了。"

"谢谢您，兔子小姐。"他说。

"先生，或许您应该去城市看看，那里住着人类，他们都跟你一样，你也是人类。"兔子小姐说。

"我也是人类吗？"小丑问。

"是的，你跟他们没有什么不一样，而且你这么幽默，一定会很受欢迎的。"

他从没想过自己会受欢迎，只是每次看到动物们哈哈大笑时，他就觉得很开心，因为自己的存在让其他人觉得快乐，那真是一件幸福的事情。

某一天，小丑决定离开森林去城市看看，临走，他和动物道别，大家都哭了，但他依然是笑容满面的样子，没办法，他没办法改变他的表情，只能笑着。

到了城市之后，小丑被五光十色的霓虹灯给吸引了，他从未见过这么美的地方，川流不息的车辆，来来往往的人群让小丑瞬间沉迷。

"这是个什么东西？"一个油腻的老头指着他问。

"我是人类。"小丑回答，"我跟你们一样。"

"笑话？你这样子也能叫作人类吗？"老头继续说。

"我是人类，我跟你们一样，我有两只脚，我有两只手，我的心脏也会跳动。"小丑有些慌，他仔细地观察着眼前这个老头，好像确实有什么地方不一样。

越来越多人围了上来，他们好奇地观察着小丑，然后开始窃窃私语。

"他是小丑！他应该待在马戏团！"一个小男孩喊了出来。

"我不是小丑，我是人类！我跟你们一样，你们看，我也有手有脚，我的心还会怦怦跳动！"小丑着急地辩解道，心脏跳得越来越快。我不是人类吗？我跟他们真的不一样吗？

"滚回马戏团！"老头恶狠狠地说道。

小丑站在原地，他不知道马戏团在哪里，也不知道自己该去哪里，他甚至不知道自己到底是个什么东西。他太难过了，可是他哭不出来，他只能保持着微笑，看起来永远都是一副滑稽的样子。

"妈妈，你看！小丑哭了。"一个小女孩说。

"小丑是不会哭的，宝贝。"

"可是我看见眼泪了。"

"你再仔细看看，他笑着呢。"

一

地震之后，北川成了一片废墟，没办法重建，只能重新选址，把整个县城迁移到新的地方去。

我回去之后，跟爸爸妈妈还有姐姐住在安置板房里。到了冬天的时候，板房里特别冷，我裹着棉被躺在床上都瑟瑟发抖。

那段时间，我的腿还没有完全康复，依然要定期去医院做复诊。每天都要训练走路，在康复室，我认识了很多跟我一样大的孩子，他们有的手没有了，有的脚没有了。

有一个小女孩让我印象特别深，她总是坐在轮椅上，然后一个人躲在康复室的角落，偷偷看着其他人训练。我走过去跟她搭话，但我刚靠近她一点，她就连忙推着轮椅往后退了一步。"嘿！"我停下了脚步，跟她打招呼。她睁着大大的眼睛看着我，用一种很奇怪的眼神审视着我。我有些尴尬，只能继续说话："你一个人在这里吗？你爸爸妈妈呢？"我刚问完这句话，她就尖叫起来，手撑着轮椅向我撞过来，爸爸妈妈还没有来得及跑到我身边，我就被她的轮椅撞倒在地上。假肢的金属撞击到地面上，发出哐当的响声。

我吃痛地叫着，有护士跑了过来，连忙把小女孩推回了病房。爸爸妈妈跑过来扶我的时候，我还没回过神，脑子一遍又一遍地回放她的叫声，头皮上就渗出密密麻麻的冷汗。"有没有摔到哪里？"一个护士问我。我摇了摇头，没有说话，爸爸妈妈把我扶到椅子上坐着。

护士挨着我们坐下来，叹了一口气："这个孩子就是这样子的，地震的时候她爸爸妈妈遇难了，一直到现在情绪也不好，心理辅导做了很多很多次，都没什么效果。"妈妈也低着头叹了一口气："真是天灾人祸。"

那天回家的时候，我一直紧紧地拉着爸爸妈妈的手。

生命太脆弱了，你不知道那些你所珍视的人，日日夜夜在你身边陪伴着的人什么时候会消失，你甚至不知道自己能不能活过明天，你永远不知道未来会发生什么。所以当下的一切都很重要，连同呼吸和心跳，每一次早安晚安，每一句再见，都很重要。

我晚上还是做噩梦了，又一次梦见弟弟，他在悬崖边上踩着滑板，任凭我怎么喊怎么叫他都不理我，突然滑板的速度越来越快，他就在我面前掉了下去。轰隆一声，我甚至能听清骨头碎开的声音。

二

那天下了很大的雨，我的腿里面就像有无数只蚂蚁在爬一样，又痒又疼，躺着也不舒服，站着也不舒服。外婆从老家带着鸡蛋和土鸡来看我，非要让我妈把那只鸡杀了给我炖汤喝。下雨的时候，她的腿很疼，我的腿也很疼，于是我就问她为什么会疼。

"我的腿是老风湿了，一下雨就会疼。"她边揉着腿边跟我说。

"外婆，我跟你一样，我的腿下雨天也会疼。"

"所以你一定要保护好自己的腿，下雨天记得给它穿袜子保暖，走路的时候要当心，千万不要摔倒。"

我点了点头，心里想着虽然我才十一岁，但是我的腿好像已经七十多岁了。

隔天去做锻炼的时候，爸爸说最近的药吃完了要重新去拿，于是我就坐在医院的大厅里等他。

医院的人还是很多，来来往往的，每个人心里都像是藏着故事。他们有的皱着眉头，有的走得很快，有的失魂落魄的样子，好像谁都没有注意到我，躲在角落里观察着每个人的喜怒哀乐，居然让我有种莫名的安心感。

那一天做复健，我感觉格外吃力，左腿一直抽筋，小钢腿也没有特别听话，每走一步都感觉整个身体被地面拉扯住了一样。旁边坐着很多跟我一样受伤的小孩，他们特别认真地看着我。

可能是因为被大家一直盯着，所以就算很吃力，我还是很认真地走，后来越走越顺，假肢关节甩动的声音在空荡的康复室显得特别大声。

休息的时候，很多小孩子都围过来，问我是怎么可以走得这么稳，怎么才可以让假肢这么听话，我心里有点开心，感觉自己就像一个老师一样。于是我就特别激动地脱下自己的假肢，坐在旁边的椅子上跟他们讲。

这个时候进来了一个看起来比我们更小一点的小孩子，他好奇地环顾了四周一下，在看到我那一秒之后，突然惊恐得叫出声来。"妈妈！你快过来看！！这个人没有腿！她腿断了！！"

他喊出这句话之后，我就愣在原地没有动，心里涩涩的，任凭那个小孩子大声地说。我应该去反驳他，可是我没有办法反驳他，他说的是事实啊，可是我心里为什么会这么难过呢？

小男孩的妈妈跑了过来，尴尬地笑了笑，就把孩子带了出去。

爸爸刚好从楼下上来，他还不知道发生了什么，他走过来，帮我把绑带缠在左腿上，然后给我递过拐杖来。

"爸爸……"我哽咽了。

"怎么了？"他蹲在我面前问。

我扑到了他的怀里，号啕大哭。"刚刚那个小孩子……他说……他说我腿断了……我看起来……很吓人吗……爸爸……我看起来真的很吓人吗？"

三

学校新学期开学有一段时间了，爸爸妈妈商量着让我去学校读书。他们坐在一起问我想不想去学校。被问到这个问题的时候，我也不知道心里怎么想的，明明一直特别期待去学校，但是如果真的去学校的话，又会特别害怕。所以我没有说想去或者不想去，我只说："我不知道。"

冬天好像慢慢来了，温度越来越低，有风的天气，我身体都会感觉到浓浓寒意。我们家早早地就买了电暖炉，因为我特别怕冷。每天快到晚上的时候，我就会拿着小棉被把自己裹起来，然后整个人蜷缩在沙发上，打开电暖炉的时候，连板房的墙壁都是暖洋洋的金黄色。火烤得人脸红红的，没有寒冷的感觉真好。

爸爸妈妈每天晚上都会问我一句，想不想去学校，他们怕我不习惯，也怕我接受不了，所以尊重我的意见，如果我不想去，就再拖一拖。

爸爸依然每天要去上班，晚上七点钟准时到家，妈妈就一直在家里陪我。姐姐回来的时候，会躲在房间跟她男朋友打一个小时的电话，她和她男朋友一起从地震中逃了出来，可能正是因为这样，所以两个人的感情特别好。

我很喜欢每天吃晚饭的时候，一家人坐在一起看电视，电视里每天都会播放灾后重建的情况。

那天我们又一次聊到了去学校的问题，每个人都发表了自己的意见，那时候姐姐说了什么我没有听清楚，因为我的注意力全被电视里的画面给吸引了。那应该是一个旅游节目，里面正在播放的，是我从没有见过的十分美丽的地方：天空蓝得像宝石，湖水清冽可鉴，那么圣洁宁静，美得令人难以置信。

"这是哪里？"我指着电视问他们。

姐姐停止了说话，转过身看了一眼电视："这里呀，是鲁朗，在西藏。"

"鲁朗，西藏，在什么地方？"我继续问。

爸爸从柜子里翻出了一张很大的地图，他把它铺在桌子上，然后指给我看："这里，这一大块，就是西藏，在中国的西南方，那里特别美。"

我盯着地图出了神，用手在地图上比了比它离四川到底有多远。我问："我以后可以去吗？"

"当然可以呀，不过你要先认真学习，这样你才能挣到钱，有了钱才能去西藏。"

我点了点头，眼睛又移到了电视上。鲁朗的景色还停留在电视上，镜头穿过了云层，穿过了灌木林，穿过了峡谷和山川。

"好，过几天就去学校吧。"

晚上睡觉前，我在日记里写道："我今天知道了一个神奇的地方，它叫鲁朗，在西藏。爸爸说，西藏很美，就像天堂一样，我很想去。"

"我决定去学校了，我要好好读书，这样我才能赚到钱，有了钱我才能去西藏。"

"好不容易站起来了，我一定要去自己想去的地方。"

四

车到学校门口的时候，我在上面一直迟疑着不肯下来。

新学校还没有建好，所以大家也只能在板房里上课，车停在校门口的时候，我都能听到校园里面读书的声音。我特别紧张，双手放在兜里，手心全部捂出了汗。爸爸先进了学校，帮我办入学的手续，快到下课的时候，爸爸跟着我的新班主任出来接我。

她伸着手，温柔地说："不要怕，下车吧，大家都很期待见到你。"我心里很疑惑她为什么这么说，但还是把手递给了她，然后下了车。

"你回来啦！"校门口有人喊了一声。

我转过身去，发现校门口站了一排人，他们是我地震前那个班里的同学，我能准确无误地叫出每一个人的名字。"快过来！我扶着你。"

真好，还能再见到他们。

地震以前我一直觉得我是一个不爱哭的女孩，又犟又不服输，但是我没想到原来我这么爱哭，眼泪说出来就出来了，止也止不住。

他们都围着我，问我腿伤得严不严重，地震之后去了哪里，发生了什么事情，我不知道该回答哪一个问题，就只能一直点头。"我们班所有的同学都在这里吗？"我问。"差不多。"一个男孩子说，"你还不知道吧，我们班一共四十七个人，只有十九个活下来了，因为人太少了没办法单独成为一个班，所以我们班跟其他班级的人一起的。"

"只活了十九个？"

"嗯……"

所有人就沉默了，没有再继续这个话题。

班主任周老师走了过来，让他们先回教室，然后扶着我进教室。

周老师是原来隔壁班的老师，留着短短的头发，整个人看起来特别干练，但是也特别凶，对学生非常严格，有好几次在学校碰见她，我都是低着头打招呼，因为她的眼神特别凌厉。可是现在的她看起来特别温和，一点都不像以前的她，走起路来都轻飘飘的，感觉风都能把她吹倒。

走进教室的时候，所有人都在鼓掌，我的心跳得很快，班主任让我自我介绍一下，我站在讲台上憋了半天一句话也没说出来。下面坐着很多我认识的、不认识的同学，他们都用同一种目光看着我，期待中又有一点兴奋。

"见到你们很高兴，谢谢老天让我们还活着。"一分钟后，我说出了这句话。

台下沉默了半秒钟，响起了掌声。我知道，这不算是自我介绍，可是看见他们的时候，我情不自禁地就说出了这句话。

真的，谢谢老天让我们还活着，谢谢老天让我们还能重逢。

五

因为我还不能完全独立行走，还需要借助拐杖，就没有办法自己一个人在学校生活，爸爸和姐姐要上班，妈妈就只能来到学校照顾我。

临时的板房学校，条件很差，学校的厕所修的是蹲便的，没有马桶，我没有办法蹲着上厕所，所以妈妈就买了一个简易的马桶放在寝室的角落里。

每次上完课，课间休息的时候，总有女同学会来热情地挽着我的手说："要不要一起去上厕所？"女孩子之间，一起去上厕所很正常，可是每一次我只能红着脸低着头说自己不想上厕所。为了让自己一整个上午不上厕所，我早上从来不喝豆浆牛奶，也不敢喝水，我怕突然想上厕所。课间休息只有十分钟，我每次刚走到寝室门口的时候，上课铃就会响起，我就会迟到。但我的身体又很虚，经常感冒，一感冒发烧就必须打点滴，爸爸为了给我补身体，就买了一大箱牛奶放在寝室里，妈妈每天早上都会把牛奶放在我手上，可是我拿到教室里就会送给我的同桌喝。

在寝室里上厕所，必须每次上完厕所之后，把排出来的脏东西倒掉，妈妈每次都会用桶盖把桶盖住，然后拿到厕所里去倒掉，再清洗干净。妈妈拿着桶出去的时候，我就躲在寝室里不敢出去，我怕遇见同班同学，我怕他们问我桶里装的是什么，也怕他们知道我每天都在寝室里上厕所。

我问妈妈："妈妈，你每天把桶拿出去的时候，他们都会看着你，你不害怕吗？"妈妈听到我这么问，都会很温柔地摸一摸我的脑袋："我不害怕，每个人都要上厕所，我觉得没有什么害怕的，你一定不要害怕。"可是这件事情，还是成了我在学校里最害怕的一件事，我甚至上课的时候都会想，待会儿上完厕所，妈妈又会把桶拿出去，所有的人都会看着她，都会开始猜测她为什么会拿着一个桶……

六

所有的课程里，我最不喜欢的是体育课。

每天班长都会把课表写在黑板最右侧，只要有体育课的时候，同学们都会特别开心，除了我。

大家都去上体育课的时候，教室里永远都是空空的，黑板上方挂着一个钟，每次教室里都特别安静，安静得能听到时钟滴滴答答转动的声音。我一个人坐在教室里的时候，心情会低落，不知道该干什么，也不想干什么。我总是会望着窗外，看着他们打篮球，跳绳，跑步。

那个时候就会觉得，我确确实实和他们是不一样的。他们有双腿，他们是自由的，但我不是，如果我的腿没有受伤的话，那我应该会跑得更快，会跳得更高。每次想到这里，脑子里就会开始幻想如果自己右腿还在的话，自己会去做什么，可是当回过神来的时候，就会被失落包围，难过得想流泪。

整个学校只有我一个人走路的时候一瘸一拐，看起来也特别显眼。有其他班的小孩不知道我的腿是什么情况，就会偷偷跟在我的身后议论，然后指着我说："你们看你们看，她的腿！""是不是断了？"

"我听别人说，她右边那只腿是假肢，像个机器人一样！"

"哪里像机器人，就像个企鹅一样，你看！哈哈哈哈！"

他们的声音太大了，每一句话我都听得清清楚楚。长得最高的那个男孩子，突然走到我旁边来，开始模仿我走路，他一瘸一拐地，边模仿边笑，然后转过头问身后的那几个男生："我模仿得像不像？哈哈哈！"

我不敢低头，我怕我一低头，眼泪会一下子出来，我在心里无数次地默念着那个护士姐姐跟我说过的话："眼泪是女孩子的钻石，流光了就没有了，眼泪也是会枯竭的。"我努力想走得更好，可是假肢太坚硬了，我越想要控制它，它就越不听我控制，眼泪溢了出来，我赶紧用手擦掉，但没想到越擦越多。可能是因为我走得太快了，整个人突然失重，啪的一声摔在了地上，左腿的伤口突然与地面来了个重击，巨大的牵拉感让我疼得缓不过神来。

但我没敢叫出声，模仿我走路的男孩子看了我一眼，对其他几个男孩子说："快走快走，她摔倒了，一会儿老师看见了要批评我们！"

几个男孩子逃走了，旁边围的人越来越多，但是没有一个人拉我一把。旁边没有扶手，我自己站不起来，眼泪一直流，我也不知道该怎么办，只能坐在原地，一次次尝试从地上爬起来，但是都没有成功。

一个女孩子说："我们去叫老师过来吧。"

周老师过来的时候，我还坐在地上，她连忙跑过来，把我从地上扶起来。

"谢谢周老师……"我哽咽着说。

她看着我，眼睛里全都是心疼，然后她又转过身对着围观的孩子们吼了一声："你们为什么不拉一把！"没有人回答，每个小孩都低着头。

那一天我请假了，我回寝室哭着闹着要回家，妈妈不知道为什么，但还是让我请了假，签假条的时候，周老师和妈妈说了几句话，我站在操场等着妈妈出来。

有几个女生经过我的时候，看了一眼我的腿，然后开始议论。

"她今天在那边摔倒了，也不知道为什么摔倒。"一个女生指了指远方。

"她腿是假肢啊，以后离她远点，不要碰，会摔倒的！"

"好可怕啊，假肢……"

很多时候，我都希望我听不见，这样我就不会知道他们在说什么，如果我不知道他们说了什么，我应该还是会觉得，我跟他们一模一样，没有什么区别。

妈妈拿着假条从办公室走过来，我大声喊了一句："妈妈，你走快一点！"喊出这句话后，我就哭了。

承认自己是一个爱哭的孩子也没什么不好，至少可以想哭就哭，也不需要强迫自己忍着。只是我很担心身体里的钻石会很快流光。

妈妈走了过来，蹲在我面前用手帮我擦眼泪，但没想到我的眼泪越来越多，最后她不得不从包里掏出纸巾帮我擦。

"已经做得很棒了，妈妈带你回家吧。"她说。

七

后来的一个月，我就休学了。

但是就天天待在家里，我哪里都不敢去，于是爸爸妈妈和姐姐计划带我回一趟老家散心。

那是我小时候最喜欢的地方，每次快过年的时候，爸爸妈妈就会带上我和姐姐回老家去跟外公外婆一起过年。

我很喜欢那个地方，开车压过泥泞的小路，经过清澈的小溪，轮胎卷起来的水花会溅在车窗上面，好像所有的树都会说话，风一吹过，树叶就会发出沙沙的声响。

除了外公外婆，还有一个我非常喜欢的人，她是我表姐，比我大两岁，我叫她快儿。

印象中，她会骑在马背上对着山吆喝，会在清晨很早起床去山间扯猪草喂给猪吃，会用棕榈叶编好看的蚂蚱和青蛙，会在池塘里抓蝌蚪然后放在自己家的盆子里。但她是个很容易害羞的女孩子，面对陌生人也会支支吾吾，脸涨得通红也说不出来一句话。

她很喜欢跟我一起玩，小时候经常带着我上山，带我去探索那些稀奇古怪的东西。记得有一次我们在上山的路上遇到了一条蛇，我吓得左逃右窜，结果一不小心就踩空了，整个人头朝下地从山上的小路摔了下去，但幸好被树枝挂着，没出现什么大问题。她背着一个背篓，本来里面装满了猪草，她以为我掉到山崖下面去了，就吓得从山坡上面撑着树枝往下滑，背篓里的猪草全部掉了出去。再看到我时，她整个人长出了一口气："你吓死我啦！！你要是死了那可咋得了！！"

但那时候去老家的道路还没有完全修通，只有临时的一条小道。那条小道极其凶险，冬天的时候会下雪，下雪的时候路面上会结冰，车辆很难上去，如果实在要上去，就得在车轮胎上绑铁链子。

但爸爸妈妈还是带着我跟姐姐去了，那天雪很大，我却异常兴奋，小时候是很少见到雪的，北川地势太低，雪只能在半山腰，等到了北川的时候，雪就已经化成水了。

车开得很慢，整整走了五个小时才到，我们到的时候，外公和外婆都已经站在门口等候着了，我一下车他们就拥过来把我抱住。

这里还是我印象中的土坯房，砖瓦都泛着青苔，墙角里还有倔强生长的花。只是这泥泞不平的小路，我再也不能像以前一样来回奔跑了，我发现，脚触碰到地上的时候，我连站都站不稳了。

"我把你背过去，你不要走了。"爸爸走到我面前，弯着腰。

我摇了摇头，说："我想自己走过去。"

爸爸看了我一眼，招呼妈妈和姐姐过来搀扶着我，然后一步一步走过去。我好几次都差点摔倒，右腿也没有触地的感觉，可是这样一步一步走过去的感觉真的很好，眼前的房子是我挂念着的地方，是我童年记忆里最美好的地方。

农村的冬天没有电暖炉，只有柴火堆，但是它却比电暖炉更暖和，有时候还能听见火花炸开的声音，浓烟顺着烟囱都溜了出去。外婆从房间里拿了一个垫子放在我的身上，所有人都围在火堆旁边，伸着手烤火，金黄色的火光照得每个人的脸都是红彤彤的。

突然响起一阵很急促的敲门声，外婆跑过去开门，一阵冷气扑了进来，外婆又赶紧半掩着门，快儿就从门缝里钻了进来。

"我的妈呀，外面冷死我了！"她穿着一身大棉袄，头发丝上还沾满了雪花，鼻尖被冻得红彤彤的，这会儿冷得整个人站在原地直跺脚。"嘿！"她看见我之后，眼里露出惊喜，三步并作两步跳过来，挨着我坐下。

"你知道吗！我以为你不在了！"她说出这句话之后，外婆连忙打断了她："你说的啥话呢！"

"是真的！地震的时候，大家都失去了联系，有人传来消息说，北川都夷为平地了，还有人说，你已经死了……我记得很清楚，我那天听别人说了之后，我就哭着跑去跟我妈说，我妈当时在干农活，听了这个消息，她也不干活了，跟我一起坐在地里哭……"她说完，用袖子抹了一把眼泪，然后看着我，也没有再说下去，我把手伸进她的衣兜里，然后抱住了她。

"没事的，都过去了。"

"幸好你没死！吓死我了!!"她把头埋在我脖子里使劲儿蹭了蹭。

八

因为我没有办法随处走动，快儿就天天在家里陪着我，她在阁楼上找了很多很多土豆，然后就把土豆埋在火堆下面的灰里，差不多二十分钟后，土豆就能吃了。

她讲了很多稀奇古怪的事情，都是些我没有听过的但是很神奇的事情。她告诉我说，在对面的那座山顶上，有特别美丽的风景，每次一下雨的时候，就会起雾，隔着雾看树林就像是在人间仙境一样。

"快儿，你知道鲁朗吗？

"那是哪里？"

"在西藏，我在电视里看过，那个地方像长在云朵上一样，有很清澈的水，很空旷的峡谷，我以后很想去。"

"想去那就一定要去！"快儿从火堆里翻出一个土豆来，"你以后一定会去很多很多地方的。"

"为什么？"

"因为我妈说，大难不死，必有后福，你心里想的事情都会实现的。"

她剥开土豆皮，然后把土豆递给我，自己又从火堆里翻了一个土豆出来。

雪下得特别大的那一天，快儿扶我在门口的坝子上看雪，她说要给我堆个雪人，结果手刚碰到雪就冻得缩了回来。"我的妈呀，好冷好冷啊。"她脸上露出难受的表情，但马上又笑出声来，她手里抓了一块雪，然后跑了过来。

"快！摸一摸，不然就要化了。"

我小心翼翼地把手伸了过去，指尖触碰到的时候，浑身都打了一个寒战。"我的妈呀！好冷！"我把手缩了回去。

快儿嘴里啧啧啧地看了我一眼，然后自顾自地冲到雪地里翻腾。雪越下越大，她全身都沾满了雪花，她穿着小棉鞋在雪地里跑着，突然一不小心就摔了下去，我惊得一下站了起来。

"你别动你别动，你坐着，我自己站起来。"

可能是因为穿得太厚，她站起来的时候很吃力，费了好大的劲儿才站起来，她拍了拍身上的雪，然后站在雪地里看着我："如果有一天你摔倒了，没有人在你身边的时候，你也要努力地让自己站起来哦。"她说这句话后，又开始翻腾起来。

我们离开的那天，外公外婆做了一大桌子菜，请了很多亲戚来家里，每个人见到我们的时候，都会过来抱一下我们或者握握我们的手。

饭桌上大家开始聊天，后来不知道为什么就聊到了我现在的状况，问我回学校没有。

"回学校了，只是现在还没有办法完全自己照顾自己，我在学校里跟她一起的。"妈妈回答说。

"那就好那就好，回学校就好。"

一个亲戚问我："在学校有没有什么不方便的地方？"

我被问蒙了，我不知道该怎么回答这个问题，爸爸看我没回答，就笑着说："不方便的地方肯定多，还是得慢慢适应。"

"那跟同学们呢，相处得怎么样？"

这个问题，没人能帮我回答了，妈妈刚想说点什么，我就说话了："还不能融入大家。"

"没事没事，慢慢来，慢慢来。"大家开始吃菜，没有人再继续这个话题了。

快儿斜着脑袋看了我一眼，然后从板凳上面跳起来，蹑手蹑脚地走到我的旁边。

"你为什么不能融入大家？"她问。

"我不知道。"我回答。

她低着头想了一下，什么也没说，看了看我，又回到了自己的座位上。

我上车的时候，快儿站在车旁边扶着我，她从怀里拿出了一个热土豆塞在我兜里，然后再用力推了我一把，我就爬上了车。"不要怕哦，没事的。"她说完这句话，用力地挥了挥手，然后转头冲到里屋去，再也没出来。

九

在新学期快要到来的时候，妈妈准备给我买一套新衣服，她老早就给我打了电话，说晚上有个惊喜要给我。我先前就听她说了，要买新衣服给我，所以也就并没有特别期待。

快到晚上的时候，爸爸提前下班回来做饭，他买了鱼和牛肉，做饭做到一半，他招呼着我过去看他怎么蒸鱼的，我摇了摇头说不想看。

七点过一点儿的时候，妈妈开门回家，她回来扫视了一圈，然后很大声地说："你看看谁来了？"我偏着头往门外看去，门外面探进来了一个小脑袋。

"快儿！"我惊喜得站了起来。

她穿着一双干净的小皮鞋，扎了一个羊角辫，脸蛋红红的，笑起来的时候，眼睛弯成了月牙。

"嘿！"她跑了过来一把拉住我，"今天大姨回老家接的我，我妈妈已经同意了，让她下来跟你一起生活，以后就跟你一起住，一起上学。"

"真的?！"我激动地看了妈妈一眼，妈妈笑着点了点头。

晚上她穿着妈妈提前准备好的小碎花睡衣，洗完澡之后赶紧钻进被窝里，她的脚挨着我腿的时候，我被冰得叫出声来。"你怎么这么冰？"我问。"哎呀，我也不知道，那我离你稍微远点。"她哈哈地笑着，然后闭上了眼睛。

很奇怪，那天晚上我没有做噩梦，也没有半夜醒来。我睡得很好，早晨睁开眼睛的时候，甚至觉得空气里都有好闻的味道。

出门的时候，我只能坐轮椅，可是每次坐轮椅出去，就会吸引很多人的注意，后来慢慢地，就越来越怕那些人的目光。可是快儿很想出去遛一遛，她一直打算说服我跟她一起出去，每天吃饭，看电视的时候说，甚至连上厕所的时候她都要守着厕所门口说，后来实在没办法，我就跟妈妈说，带着我和快儿出去玩一趟吧。

出去之后，她特别兴奋，一边推着我一边好奇地四处观看。刚走到转角的时候，有几个小朋友凑了过来。"你看她的腿不能走，必须要坐车，不能走的就是瘸子。"一个小孩子指着我说。

我心里一惊，也不敢抬头，就别过身子假装自己没有看到，也没有听到。但快儿听见了，她皱起眉头，蹲下身体，扳下轮椅的刹车，然后走到我前面对着那个小孩子说："关你什么事？"那个小孩子可能被吓住了，左右看了一眼其他小孩子，不敢说话，他也不知道该怎么办，索性哭了出来。妈妈赶了过来问怎么回事，那个小孩子的妈妈也过来安慰着自己的孩子。

"大姨，是这个小孩子乱说话。"快儿说。

那个小孩子的妈妈看了快儿一眼，又看了我一眼，然后说："小孩子不懂事，小妹妹不要在意哈。"

我笑着摇了摇头："没事的。"

妈妈摸了摸我的头，对着小孩子的妈妈笑了笑。

后来快儿玩得好像都不是特别开心，她一直嘟着嘴，推着轮椅也不说话。晚上她洗完澡，对着柜子找明天要穿的袜子，结果找了半天也没有找到。

"你今天其实很不开心吧？"我问。

"这句话该我问你才对。"快儿说。

"我倒没什么，已经习惯了。以后还会发生这样的事情，不要太在意就好了。"

快儿一听，转过头来看着我。"我已经十四岁了，听见他那样说我都很难过。你才十二岁，我们都该想笑就要笑，想哭就要哭，没有什么习惯不习惯，那些都不是我们这个年龄该承受的！"灯光明晃晃的，照着她眼睛在发光。

"可是我没有办法，因为我跟其他小孩子不一样。"

"放屁！大家都是一样的，你不要想着你跟他们不一样，你跟他们是一样的。"她说这句话的时候，眼睛瞪得很大。

十

可能因为快儿在身边吧，我好像做什么事情都开始有了勇气，面对流言蜚语的时候也开始学着去面对。

妈妈每天都会来学校看我们两个，快儿虽然看起来大大咧咧的，但其实挺内向，和新同学说几句话就会脸红。

上体育课的时候，她会趁休息的时间偷偷溜回教室看我在干什么，有一次我正在写作业，她从教室后门突然出现，吓得我差点把笔都给扔出去。

"有个东西给你。"她说。

"什么？"我轻声问。

她从背后突然变了一本书放在我的桌子上，然后说："这本书你一定要看哦，我去图书角借的，里面的那个作者可厉害了。"我拿起书一看，是《假如给我三天光明》。"好了，我上课去了，认真看书。"她贼兮兮地笑了一下，然后从后门跑向操场。

也许是从那一天开始，我就喜欢上了看书，看完《假如给我三天光明》之后，又在图书角借了很多书看。我有一种恍然大悟的感觉，仿佛通往新世界的大路向我打开，原来我们所生活的世界发生了那么多事情，那些用文字来记录抒发情感的作者似乎浑身都散发着魅力。这样想过之后，我也开始自己写一些乱七八糟的东西。我也不知道自己写了什么，想到了什么东西就记下来。

冬天结束之后，我腿上有一块很大的冻疮一直没消，因为穿假肢那一边也不能穿袜子，只能皮肤直接接触假肢，所以一到冬天，我的腿都会冻得特别厉害。

何亚军回学校的那一天，我心思都没在课堂上，早就听妈妈说何亚军今天会回来，心里一直默念着千万不要流眼泪，千万不要流眼泪，但是一见面还是没忍住。

她站在离我很远的地方，我努力地想走过去离她更近一点，可是因为腿太痛了走得很难看，一瘸一拐地也走得不太稳，我刚走了几步，何亚军就走了过来，她也是一瘸一拐的。这是从我们被救出来之后第一次见面，没有讲地震的事情，也没有讲自己受了什么伤，我们说得最多的是：真好啊，又见面了。

那天有很多医生到学校里来，说是要评定残疾等级。我问妈妈："什么是残疾等级？"妈妈没有说话，眼睛看着医生发呆。后来我才知道，从那一天开始，我多了一个新名字——残疾人。在地铁上，在公交车上，在著名的景点门口，我都能看到这三个字，但每次看到之后我心里就会很慌，然后就会特别注意自己走路的姿势。

我不喜欢这三个字，我也很不喜欢别人这样称呼我。

十一

夏天又一次到来了。

这里的夏天和重庆的有一点不一样，但具体哪里不一样也说不上来。

所有的女孩子开始穿上她们最喜欢的裙子，五颜六色的，转圈的时候就像绽放的花一样。我的衣柜也有一条美丽的裙子，那是我在住院的时候，姐姐送给我的儿童节礼物。

那天趁他们都没在家，快儿说拿出来穿一下，我们俩都激动得不行，拿着裙子看了半天，在身上比画了半天，还用手指轻轻地摸摸腰上的那只小蝴蝶结。

是呀，有哪个女孩不喜欢裙子呢。

快儿想穿一下，但是裙子太小了，穿不进去。"你穿上一定很好看！"说完这句话，她小心翼翼地拿着裙子帮我套上去。"哇！你也太好看了吧！"她惊喜地说。我一听，心里有点开心，也没有来得及给自己的左脚套鞋子，就踮着脚跑到厕所的镜子前去看。裙子是很美，可是它太短了，遮不住腿。左腿上的疤顺着腿蜿蜒盘旋上来，像一条蛇一样，看起来特别可怕。

　　"不好看。"我失落地说。

　　"哪里不好看？"快儿凑了过来，对着镜子看。

　　"就是不好看，我以后都不会再穿裙子了。"我一边说一边解开裙子的拉链，裙子哗啦一下就顺着腿滑了下去。

　　镜子前我突然变得赤裸，我想起了以前的我也干过同样的事情，浑身光溜溜地站在镜子面前仔细审视着自己。可是这一次不一样，那时候的我完完整整的，那些伤口都还能好起来，这个时候的我，已经不是那时候的我了。

　　果然，每一次站在镜子前看自己都会这么难过。

　　"恭喜自己又长大了。"她对着生日蛋糕说。

　　旁边所有的人都吆喝着她快点许愿，她安静地闭着眼睛，不知道许什么愿望。因为她有太多的愿望了，可是那些愿望都没有办法再实现了。

　　"我希望夏天的时间可以短一点。"她心里想着，吹灭了蜡烛。

　　有人轻轻把蛋糕粘在了她的脸上，那个人笑得很开心，她本来笑不出来，但是一想到今天是自己的生日，无论如何也要开心一点，所以她也哈哈大笑起来。

　　可是当她笑出来之后，她觉得自己很像一个小丑。

十二

我第一次见到阿寸的时候，是初中第一次分班。他剪着干净利落的短头发，眼睛大大的，笑起来的时候会露出八颗整齐的牙齿。他个子比较高，所以老师让他坐在了最后一排。

我进教室的时候，所有人都盯着我，快儿把轮椅收起来放在教室角落，然后我们两个人就在众人目光的洗礼下走进了教室。有几个女生开始凑在一起窃窃私语，我心里又开始慌，不知道从什么时候开始，我很害怕这种情况，总觉得别人在说关于我腿的事情，可是我一直很努力地锻炼，很努力地让自己走得更好，今天穿的长裤都已经盖过了脚踝，他们应该不会知道我有假肢吧。慌乱的时候，我不小心瞟到了坐在最后一排的阿寸，他正在认真地看着我，和我对视之后，他突然笑了一下。然后我就记住了他，记住了这个笑起来会露出八颗牙齿的男孩。

学校每一年都会统计一些资料，那天班主任拿着一个单子，刚进教室准备说什么，然后又突然卡壳似的什么都没说出来，她看了我一眼，说："大家先自习，牛钰你跟我去办公室拿一下你的作业。"我看了一眼班主任，然后就跟着出去。到了办公室之后，她递给我了一个单子，是残疾学生统计表。

"你把这个填一填，这个是学校要求必须统计的，我这会儿有点事，你填好了放这里就行。"她边说边指着旁边的桌子。那时候我心里像是播撒了一粒种子，她好像知道了我所有的不安，所以才没有在教室里当着同学的面说填表的事情。

只是，那张单子上为什么会有阿寸的名字？我好奇地拿起桌子上的另外一张单子，是单亲家庭统计，阿寸和几个同学名字在里面。阿寸应该不知道，其实我在很早之前就知道他的爸爸因为地震遇难了，只是我把单子放回了原位，假装什么都没有发生过，我也什么都没有看到过。我想，只要谁都不提起，阿寸依然会笑得那么好看。

我们初中部的寝室在最高的地方，那个时候新学校还没有修好，大家都还在板房学校上课，每天回寝室的时候，快儿就要推着我从那一条很长的斜坡上去，但是那条斜坡太长了，每次推上去都要使很大的力气。快儿说："每次推上去之后，我都感觉要瘦十斤。"她说完，就准备挽起袖子，突然她愣了一下。

"嘿！阿寸！"她挥着手打招呼。远远地，我就看见他和几个男孩子走在一起，他们互相推搡着，打闹着，看见快儿和他打招呼，他也笑着向我们挥着手。那时候，我恨不得马上从轮椅上站起来，也不知道当时心里是怎么想的，就是不想让他看见我坐在轮椅上的样子。他走了过来，笑着跟我打招呼，然后跟快儿说："我帮你推上去吧。"我刚想说话，快儿的话就打断了我："好啊！"

我记得我一直很紧张，心怦怦跳得很快，最后实在忍不住，想转过身跟他说句谢谢，刚转过身，他也刚好停了下来。他的脸在我面前放大了无数倍，睫毛长长的，笑起来的时候连空气都安静了。

"到了。"他说。

"谢谢……"

"不客气。"他比了一个 OK 的动作，转身跑向那一群男生。

十三

班上有一个女孩，特别孤僻，从来不跟别人说话，喜欢自言自语，班上的同学都离她远远的。我和她住在一个寝室，那个时候寝室都特别挤，要住三十多个人。床如果离得比较远，大家就交流得少。

有天晚上班上要筹备一个活动，班主任让快儿来负责这件事，自习的时候快儿让大家都把自己的想法写在纸条上面，她收集好一起统计。大家都写好了交上去，唯独那个女孩，交了一张白纸。

回寝室的路上，快儿一边推着轮椅一边和我讨论这件事，她问我："你说，有没有什么办法让她融入大家？"我想了一下，摇了摇头："我不知道。"我们俩都叹了一口气。

但没想到，当天晚上寝室就发生了一件大事，有人钱丢了，大家找了很久都没有找到，最后大家把矛头一致指向了那个女孩。她坐在床边上，双手捏得死死的，有人说话的时候，她就抬起头瞪回去，眼睛红红的，但眼泪始终没流下来。

"除了你还有谁？"一个上铺的女孩说。

"我没有！"她唰的一下从床上站了起来，"我没有！我真的没有！"

也许是她的声音太大了，大家都没有再说话，这事好像就这么过去了，晚上我没有睡着，偷偷转过去看了一眼她的床位，她还是坐在床边上，双手紧紧地抓着床沿。

从那件事之后，大家好像越来越孤立她，她更是不愿意跟任何人说话。

选班干部的时候，快儿被大家一致推选为班长，班主任把快儿叫进办公室，和她谈了很久。

晚上快儿一直心事重重，我问她在想什么。

"你知道今天班主任跟我说什么吗？她让我多多照顾一下她。"

"谁？"

当快儿说出那个女孩名字的时候，我也愣了一下，但又马上想到，也许班主任是知道她在班里的情况的。

"可是你知道她为什么会这样子吗？"

我摇了摇头。

"地震的时候，她妈妈没有了。"

于是我们都沉默了，不知道该怎么继续接下来的话题，心里酸酸的，好像做错了一件事情，但谁也没有办法说出"对不起"这三个字。

学校在一个特别空旷的地方，打雷的时候雷声就特别大，特别是下暴雨，雨水打在板房上，声音会扩大好几倍，夜晚大家根本没办法安心睡觉。

突然一阵大风，把寝室门给吹开了，外面的大雨吹了进来，大家都被惊醒了，但谁也不敢去关门，我蜷缩在被子里，连头都不敢露。每一次轰隆隆的雷声，大家都会跟着尖叫一次。

有个女孩子被吓哭了，一直说她想回家，特别想妈妈，大家都安慰着她，有人叫了一声班长，然后我就看见快儿很麻利地从上铺跳了下来，顶着枕头把门关上了。雨还是很大地下着，那个女孩慢慢平复了心情，后来大家都入睡了。

可是我还是睡不着，我被雷声吓得全身冰冷，也不敢探头出去，脑子一片空白，我太害怕打雷了，太不喜欢这种轰隆隆的声音了。两三个小时后，我依稀听见寝室里传来低低的抽泣声。我鼓起了好大的勇气，才从被子里探出头去，发现是她在哭。她哭得很小声，打雷的声音掩盖住了她的哭声。

那天夜里，我一句话也没说，也没有安慰她，但只要一想起快儿跟我说过的话，我的心里就有一种很复杂的情绪。我觉得地震太残忍了，它让一个女孩，在这么美好的年纪，没有开心，没有快乐，只能在这种睡不着的夜晚偷偷流眼泪。她一定很想她妈妈，可是我什么都帮不了。

十四

我数学特别差，所以新学期换座位的时候，老师就把数学成绩优异的阿寸换到了我的旁边。

慢慢地我发现，阿寸其实是个很喜欢说话的人，性格大大咧咧的，身边有一群特别交好的朋友，但是偶尔也会一个人在座位上，盯着黑板发呆。

有一次作文课，作文题目是《最难以忘记的一件事》。我侧着头瞟了他很多次，他一直没有动笔，半个小时过去了，作文纸上还是空空的，我就盯着他的作文纸出了神，突然觉得自己心里也空空的。我想问他一点什么，可是什么也没问出来。

作文批改完的那一天，老师让几个写得特别好的同学起来读自己的作文，有个女孩子提到了她的妹妹，她说最难忘的事情，就是小时候调皮，不小心让妹妹受了伤，她一直没有来得及说对不起，但是地震就发生了，带走了她的妹妹。"有些遗憾，不是短暂的遗憾，是一辈子的遗憾。"她读完作文后，班上的气氛变得很奇怪，有些人已经红了眼睛，有些人一直低着头，没人能猜得到他们在想什么。我看了一眼跟我一个宿舍的那个女孩子，她看着窗户外面，背对着我，我看不清她的表情。

对了，阿寸。我转过头来看着旁边的阿寸，但又马上转了回来。这样突如其来的目光一定会让他感觉到不舒服，可是阿寸现在也一定很难过吧。我用手肘把自己的书碰掉在地上，侧着身子低着头假装去捡书，然后偷偷看了一眼他。他坐在座位上低着头盯着自己的作文纸，泪流满面。

我抬起头看着黑板，心里酸酸的。

时光匆匆而逝，但我经常会想起关于初中的点点滴滴，会想起十四岁那年的某一天，我背着阳光，蹑手蹑脚地拿走了他桌子上的作文纸。也许是做了坏事心虚吧，我心跳得很快，感觉都快跳出嗓子眼了。我生怕错过哪一个字，就一个字一个字地看得特别认真。我看见他说："谢谢妈妈，像个巨人一样扛起了所有，给了我和弟弟所有的爱，请再等等，等我长大了，就换我来保护你和弟弟。"

有很多男孩，他们都是十四岁，他们都像刚升起的太阳一样，他们都笑得无拘无束，可是我只记住了他。

也许在十四岁那一年，我还不能深刻地理解什么是喜欢，什么是爱。即使是遇见他之后，我还是不明白，但是却很想陪着他，陪他度过很多个白天黑夜。

十五

新县城提前竣工了，我们家也分配到了安置房，搬家的同时，有一件事也被提上了日程。我姐姐要结婚了。

他们订婚的那一天，我一直躲在房间里哭，脑子里一次又一次幻想她穿上洁白的婚纱是什么样子。她应该会是宇宙第一美少女吧，我想。

我姐比我大十三岁，性格像个男孩子一样，在我开始研究星座的时候，偶然发现我姐是天蝎座，然后仔细比对了一下性格特征，我当时觉得这简直就是她最真实的写照。

我小时候，我姐血气方刚，脾气很大。我要是惹她不开心，她总是变着法子来欺负我，比如跪板凳啊，面壁思过啊，几乎能想出来的折磨人的方式，她统统让我试过。她很要强，衣服要穿最好看的，发型也要是当下最流行的，就连手链项链这些配饰也是要搭配得天衣无缝。这些都不重要，重要的是她觉得我很丑，于是就开始捣鼓我，给我买各种各样的小裙子，露背的，吊带的，圆领的；给我辫各种奇奇怪怪的发辫，白天走出去，别人都用看傻子的表情看着我，因为扎得太紧，晚上扯头发又扯得我想流眼泪。但我只能由她欺负。要是谁敢欺负我，她铁定拿着我们家的菜刀就冲出去了。

小时候我很羡慕她的敢爱敢恨、无拘无束，到现在依然羡慕。

那时候她很喜欢听张栋梁的《错了再错》，后来有一次我们上电脑课的时候，我就偷偷搜索了一下张栋梁的名字，然后就开始一发不可收拾，顺利成为张栋梁的小迷妹。但她不喜欢张栋梁，她喜欢《又见一帘幽梦》里面的方中信，长着胡子的，看起来很成熟的男人。

姐姐一直很漂亮，皮肤特别好，眼睛大大的很有神，所以追她的男生很多，每次她约会都会带上我，提前和我商量好，要是感觉还可以的话，我就别吭声；要是感觉不太好，她就给我使眼色，我就吵闹着要回家。现在看来真是演技拙劣，但我很是享受，不仅可以吃一顿好的，还能够锻炼一下我的演技。毕竟我小时候的想法是，以后要像明星一样，演电视剧，然后红到发紫。

因为我怕黑，刚好她也不喜欢一个人睡，我们两个就几乎每天晚上待在一起，有的时候她心情不好，会偷偷地哭，半夜的时候就低声抽泣。我几乎屏住呼吸，怕打扰到她。那时我就很想拿把菜刀冲出去收拾那个让她难过的人。

我一直觉得她会停留在二十出头，永远像个大孩子一样陪我闹，和我坐在床上吃零食，给我买好看的裙子，编奇怪的辫子。但是到了她结婚那天，我才发现，原来人都是会长大，会成熟的。

那天她站在台上，左手边站着自己的丈夫，她红着脸低着头，宛如二十岁那年的她。所有人都在鼓掌欢呼的时候，唯独我一个人像傻子一样在台下哭。眼泪控制不住地往下掉，就算我明明知道这本是一件很令人开心的事情。后来宴请结束，客人也离开了，我妈收拾好家里的东西，坐在沙发上发了很长时间的呆。然后她开始莫名其妙地掉眼泪，我也跟着掉眼泪，我爸就在旁边安慰着我俩。那时候就觉得，我的姐姐，现在嫁到别人家去了，是别人家的了。

很多年后，很少有人再听张栋梁的《错了再错》，也很少看到方中信出现在荧屏中，时间过得那么快，时光紧跟着她，刻上岁月的痕迹。

有些东西变了，但有些东西一直没有变过。

十六

我们离开了板房学校，搬进了新学校。班里的同学走了一些，但也出现了一些新面孔。

第一天大扫除，班上要自由分组进行打扫，每个组至少四个人，分组完成之后才发现，我们组只有我和快儿两个人。

班主任站在台上略有些尴尬，但还是清了清嗓子说："她们组还差两个人，你们谁要去？"一阵窃窃私语传来，但没有人过来。有个女孩子有些小声地抱怨，但还是被我听见了。"跟他们一组相当于少了一个人，她能做什么？"

我耳朵烧了起来，每次听到这种话的时候，就有一种我做错了什么事情突然被发现了的感觉。

"没关系，我们两个人也可以一组。"快儿看了那些女孩一眼，拳头捏得死死的。

教室里安静了那么几秒钟，也许只有一秒，但好像谁都没有注意到这短暂的一秒。

"我们跟她们一组吧，刚好我们也是两个人。"阿寸从座位上站了起来。我看了他一眼，他刚好也看了我一眼。

"好的，可以，那就这样吧。"班主任点了点头。

阿寸有一个关系特别好的哥们叫二东，这一次分组，他也被阿寸拉了进来。

打扫的时候，二东一直瞪着阿寸，阿寸就装作没看到，两个人之间似乎有些尴尬。后来阿寸实在忍不住了，就吼了一句："你这样一直看着我是什么意思？"他兄弟一听，就又吼了回去："你咋不问问我的意见？！"阿寸愣了一下，转身看了一眼身后的我，若有所思地敲了敲扫把柄："那你有什么意见吗？""没有！"二东吼了一句，然后瞪着地板不说话。"好啦。"阿寸拍了拍二东的肩膀："你这么大声，会吓到其他人的。"

"你是不是喜欢阿寸哦。"快儿突然在我耳边轻声说了这句话。

我的心好像漏跳了一拍，我转过身敲了一下快儿的脑袋："你有什么毛病？我哪里喜欢？你觉得我喜欢吗？"她摸了摸脑袋，然后点了点头。"没有！我不喜欢！别乱想！"我有些生气地扔下扫把往教室里边走，结果走得越来越快，心里也越来越慌。

我的秘密，好像被发现了。哎呀，我完了。

十七

有一天，我突然发现我的左脚有点变形。脱掉运动鞋的时候，鞋底左侧一边全部被磨得没有了花纹，但右侧却像新的一样，五根脚指头全部蜷缩在一起。走几步路我就会感觉到神经被拉扯的疼痛。

起初我没有在意，直到后来回宿舍的时候，经过门口的全身镜，我才发现原来自己整条腿看起来真的很别扭。

我不应该发现的，如果我不发现，我就不会觉得自己又一次成了人群的焦点，又一次可能会被指指点点，又一次会被漫无止境的议论声淹没。

我太害怕了，可是我也不知道该怎么办。

复诊那天，医生说我的脚变形得很严重，需要去做一个矫正手术，同一时间，刚好遇到初三分班，阿寸在这次分班考试中拿到全班第一名的好成绩。自然而然地，他被分到了全年级最好的班级里。

他很早就收拾好了抽屉里面的书，然后坐在教室里等待着班主任来宣布放假通知，我坐在他旁边盯着黑板，我也不知道我自己在想什么，乱乱的，理也理不清。

"你暑假打算做什么？"阿寸问。

"做手术吧……"

"手术？会很疼吗？"

"我做很多次手术了，没感觉了。"

"是吗？"他看了我一眼，"疼得多了才会更怕疼不是吗？"

我也不知道，阿寸，我现在没有心情和你讨论暑假要干什么，我也不想考虑做手术疼不疼，我现在满脑子都是我们不会再在一个班级了，班主任只要走过来宣布暑假开始的那一刻，我们就不再是同桌了。

"阿寸？"

"嗯？"

"暑假玩得开心，下学期有缘再见。"

他笑了起来，露出了八颗牙齿，然后点了点头。

"一定会再见的。"

拖着箱子去医院的路上，我就一直在想一个问题：如果这个世界上，有一个和我一模一样的小孩，她在地震中失去了右腿，她每天晚上半夜都会被噩梦吓醒，她没日没夜地担心着灾难再次降临，她小心翼翼，不敢大声说话，生怕旁人发现她走路的怪异，她会不会比我更勇敢一些？

我以为治愈伤口最好的东西是时间，可是后来才发现，有些事情，从一开始就不可能被治愈，原来所有小孩子所期待的成长，竟然是这么苦涩与艰难。但是我想，她一定比我更勇敢。

十八

做手术之前，我剪短了自己留了好久的长发，剪头发的阿姨看来心情不错，一直跟我唠嗑。

"你们这么大的妹妹，为什么把头发剪这么短，留长多好。"

阿姨说完这句话的时候，我听到了属于剪刀的金属碰撞的声音，从我耳后绕过穿过了耳膜。

"我不喜欢长头发。"

"女孩子嘛，以后会喜欢的。"

如果我以后不会再做手术了，那我一定会很喜欢长头发，可是我现在不喜欢，一丁点都不喜欢。

做术前检查的时候，几个医生拿着黑色的笔在我左脚上做记号，笔尖划过脚背的时候，我居然一点感觉都没有。

"你害怕吗？"站在我身边的是一个很年轻的医生，他戴着口罩，问出这句话后，他摸了摸我的脑袋。

"有点，但我习惯了。"

"习惯了也会害怕。"

我还是坚决摇了摇头，说："不，我真的不怕。"

到了凌晨三点我也没有睡着，术前八个小时不能喝水，嗓子干得已经完全没有办法发出声音。我强撑着坐起来深吸了两口气，再躺下去，心脏还是跳动得很快。手脚感觉有点冰冷，但身体却莫名地燥热，我分不清环境是冷还是热，我也不知道为什么会这样。

墙壁上的挂钟显示着三点一刻，距离手术开始还有三个小时，房间很安静，姐姐躺在旁边的陪护床上，呼吸平稳均匀。

早上六点，要准备进入手术室的时候，姐姐说："给爸爸妈妈打个电话。"

我接过手机，犹豫再三，又摇了摇头，把手机还给了姐姐。

"等我做完手术再给他们打电话。"

她愣了一下，点了点头说："嗯，那你不要害怕。"

好像又进入梦里了。

她去了一个很美丽的森林，藤蔓环绕着树干爬到了顶端，空气里飘浮着雨后清新的味道，泥土里藏着掉落的树叶，踩上去柔软得像是棉花糖一样，但周围太安静了，听不到虫子的叫声，也听不到风声。

她一步一步小心翼翼地走着，她也不知道她要去哪里，但好像有一种很神秘的力量指引着她必须往前走，直到脚底传来一阵剧痛，她才停了下来，她吃痛地叫了一声，然后蹲下身子才发现，原来是不小心踩到了一根长满刺的植物。

鲜血流了一地，但她没有勇气把刺拔出来，于是她开始呼救，可是这片森林实在是太安静了，她只能听见自己的回声。

后来她绝望了，于是闭着眼睛忍痛拔出了刺。

我再次醒来，已是晚上九点。

左脚传来一阵抽痛，可能是打了麻药或者插了胃管的原因，一阵恶心的感觉涌来，我胡乱扑腾了两下，坐在旁边的姐姐看见了，拿来了垃圾桶，然后用两只手把我支撑了起来。

左腿被包上了厚厚的石膏，五根脚指头全部被打上了钢针，血染红了裹在旁边的纱布，看起来有点瘆人。

"姐姐，你知道我看到我左脚的时候想起了什么吗？"

"什么？"

《还珠格格》那部电视剧里的紫薇，被容嬷嬷拉到小黑屋里面扎针，那个银针从指甲盖里面刺进去。"

"你现在痛吗？"

"有一点，但我估计我应该没有紫薇痛。"

"为什么？"

"十指连心，应该不包括脚趾。"

十九

伤口特别疼的时候，就只能吃止痛药，但是止痛药不能一直吃，大多时候得自己忍着，实在忍不下了才能吃一颗。

有一个打扫病房的阿姨，隔两个小时就会来打扫一次，她总是站在柜子前面看着我，然后问："你是不是很痛？"

我咬着牙点了点头。

"但你最好再忍忍，不要吃止痛药。"

我又咬着牙点了点头。

"止痛药吃多了会变成傻子的，知道吗？"

"真的吗?！"

"你还那么小，做手术打麻药就很伤脑子，现在再吃止痛药，可能会更伤脑子。"

"意思是……我现在比起同龄的小孩，已经傻一半了吗？"

阿姨挂着拖把看了看天花板，然后点了点头："差不多是这个道理。"

那天我一直很慌，仿佛找到了这么久以来我数学很差的原因。伤口一阵一阵抽痛，但我始终不敢再吃止痛药，只能死死地咬着被子，捂着脑袋出汗。护士姐姐来查房，她把我从被子里面揪出来，看着我已经被汗浸湿的头发，又看了一眼放在床头柜上面的止痛药，问我："你怎么不吃药？"我没回答，斜着脑袋看了一眼左脚指头上的钢钉，心里想着"十指连心"这个成语其实不一定指的是手指，可能还包含着脚趾。

"你这么痛，怎么不吃药，吃了药才能好好睡一觉。"她又问了一次，然后便拿着纸杯去倒了一杯水，准备把药盖里的药倒在我的手心里。

"别！姐姐，我不吃止痛药，我忍着吧。"

"怎么不吃药呢，这个药还有消炎的作用，不吃药也不行呀。"

"不了，姐姐，我真的不吃止痛药。"

"非要硬扛，你这孩子不会是疼傻了吧。"

我先是愣了一下，然后心里突然委屈得不得了，眼泪大颗大颗地往下掉。

拔钢钉那天已经是一个月之后了，医生很早就跟我说，拔的时候闭上眼睛，然后他稍微一用力，钢钉就抽出来了。不说还好，一说我就更怕了，我姐一直捂着我的眼睛不准我看，但是越是捂着我越没安全感。我死活要盯着钢钉从脚指头抽离的那一瞬间，后来医生没办法，就强行让我躺着，坚决不让我看。

我觉得身体是个很神奇的地方，它可以破碎，也可以被连接，里面可以藏着钢钉，还能缝着密密麻麻的线头。钢钉抽出来的那一瞬间，让我想起了从前打半麻，骨头里那种强烈的异物感让人觉得很是难受。

"为什么大拇指里面的钢钉不拔出来？"姐姐突然问。

"大拇指的钢钉不能拔，得留在里面，她的脚踝还有一个钢板，都不能取出来，不然的话，她的脚还是会变形。"

"啊？"我疑惑地看着医生，"那它们要在我的脚里待多久？"

"不出什么意外的话，可能会一直留在里面。"

我脑子突然浮现出我去世了，尸体会慢慢腐化只剩骨头，然后在我的脚骨周围，会静静地躺着一颗钢钉和一大块钢板。它们在里面会不会生锈呢？那么硬的东西穿鞋子会不会磨脚呢？会不会戳着我的骨头然后错位呢？

二十

两个月之后，学校开课已经有一段时间了，快儿在我回家的那天请假来接我，她一路都很兴奋，不停地给我讲学校发生了什么新奇的事情，我们分的新班级怎么样，食堂里又出现什么新菜品。

"对了！阿寸有来问过你哦，我说你做手术还没回来。"

"啊？！问过我？！"快儿一说完这句话，我就感觉浑身被电击了一样。

"你脸好像红了。"

"我没有！"

和快儿走在新县城的小道上，我有一种穿越到了十一岁时候的感觉，时间过得真快，它让我们都长高了，也让我们想得越来越多了。

快儿还是那样子，蹦蹦跳跳的，身上像是永远有使不完的力气，她走在最前面，迎着风，笑得很大声。

"快儿。"

"嗯？咋啦？"

"我想跑跑看。"

我说出这句话，她停下了脚步，眼神里有些惊讶但是尽量在掩饰。

"但是你伤口才好。"

"我也想跑跑看。"

她沉默了一下，但马上又恢复了往日的活泼："行吧，没问题！"

她理了理裤子，小跑到我身边来，一只手搂着我，一只手扶着我的手臂。

"你小步小步地跑，我扶着你。"

我点了点头，迈出一小步，但身体僵硬得根本没有办法动弹，假肢关节的速度也跟不上。我能清楚地感觉到身体里呼之欲出的力量，却突然被堵住了。我心里有点着急，想努力地让步子甩开一点，但是左脚传来的一阵抽痛让我突然失重，快儿想用力扶我起来，没能成功，我们一同摔在了地上。她的后背沾满了灰尘，但她没有来得及管，连忙站起来准备扶我。

"你没事吧？嗯？没事吧？"

"没事。"我摇了摇头。

"你不要往心里去，你才做了手术没多久，下次再试试，等左腿完全恢复了。"

"嗯，我知道。"

"反正不要难过，真的没什么关系……"

"快儿，"我打断了她，"我真的没事。"

她没有再说话，一直愣愣地看着我。

"你变了一些。"她笑了出来，但是笑着笑着就哭了，"要是以前的你，肯定又得难过了。"

"哪能一直那么弱，生活总是要过的，不过啊快儿，真的谢谢你。"我转过头看着她，她的眼睛很漂亮，像是藏了无数颗星星一样。

"嘿，你们！"

我和快儿齐刷刷地转过头去，看见一个男孩子推着一辆自行车站在马路边上。

那是十五岁的周仪晨，头发泛着黄，但皮肤却白得一点也不像一个男孩子，眼睛圆圆的，笑起来有两颗好看的虎牙。

"你们需要帮助吗？我这里有辆自行车，可以载你们其中一个人。"他说话结结巴巴的，看得出来非常紧张。

"不用了，谢谢……"我还没说完，快儿就打断了我。"好的！那你能不能过来帮帮我！"她贼兮兮地笑着，然后趴在我耳边悄悄地说，"这个男孩子，长得还可以。"

周仪晨利索地把自行车放在了旁边，然后三两步跑过来，但是他不知道该扶谁，所以只能站在原地尴尬地笑。

"你帮我扶一下她，她坐你的自行车，到前面一点就可以了，谢谢。"

我以为，我人生中第一次坐在男孩子自行车后座，应该是阿寸的自行车才对，但是没有想到，是周仪晨的自行车。

二十一

后来周仪晨说，那天他老早就看见我们两个了，因为好奇，所以多停留了一段时间。

"这次好奇心没有害死猫，还收获了两个好朋友。"说完这句话后，他笑着向我比了一个 OK 的手势。"没错，赚了一笔。"我也比了一个 OK 的手势。

"而且还是这么厉害的人。"

"厉害？"

"大哥，你在废墟下面待了七十二个小时都没死，四个月的治疗也没有把你折磨疯，还不厉害吗？"

"如果是这样的话，我也没想着成为厉害的人。"

"哎呀，你这人，脑子里就一根筋。"

2012 年《初恋这件小事》上映，周仪晨邀请我和快儿去看首映，在他花言巧语的诱惑下，我和快儿最终没忍住，翘了课去看这部电影。

没想到马里奥居然那么帅，我和快儿被电影里的男主角迷得七荤八素，周仪晨不满地看了看屏幕里正在踢足球的马里奥，然后转过身来，瞥了我们一眼。

"你们等着吧，我以后比他还帅，虽然我现在已经很帅了，但我未来肯定更惊为天人。"

"呸，等到了未来再说吧。"快儿喝了一口可乐，吸管发出滋啦滋啦的响声。

　　那时候的我们都还不知道未来会发生什么，也没有人会去担忧未来会发生什么。天真地以为所有的事情都像是命定的安排，会按部就班地发展，会如约而至。

　　直到有一天晚上，快儿把我摇醒，告诉我说她做了一个不太好的梦。她梦到我们三个一起去公园坐海盗船，但是海盗船突然出了事故，周仪晨没能抓住，被重重地摔了下去。那天夜里我们两个一直没能睡着，后来快儿直接坐了起来，裹着被子，踮着脚尖跳到了阳台边上坐着。

　　"我本来想明天早上再联系他，但是我现在实在是很担心，要不我们现在给周仪晨打一个电话吧？"

　　我点了点头，从包里翻出了手机。

　　我和快儿都很认真地听着手机拨通后的滴滴声，心里也跟着波动，我们都知道，这只是个梦，但心里还是很慌，像被突如其来的潮水淹没一般。

　　"喂？"

　　"周仪晨！"

　　"你们这么晚打电话干什么？"

　　"你没事吧？"

　　"我没事啊。"

　　还好，它真的只是一个梦而已。

　　"我们做了一个不太好的梦，就很担心你，你没事就好。"

　　也许是这句问候在黑夜里显得太过于温暖了，也许是周围安静得让人忍不住想流泪，我听见了周仪晨哽咽的声音。

　　"都说了是梦嘛，你们还当真。"

　　"你真的没事吗？周仪晨。"

许久，他才回答："我没事，接着睡吧。"

我没有怀疑过他说的任何一句话，也没有觉得这中间有什么不对，我甚至想象到了他说这句话的时候咧开嘴笑的样子，然后开心地朝我们点了点头。

"那晚安啦。"

"晚安。"

二十二

初中毕业联欢会那一天，我准备把自己叠了很久的星星，送给阿寸。

我和快儿在超市挑了一下午的玻璃罐子，然后把九百九十九颗星星小心翼翼地装在里面，就像是把自己所有的喜欢和祝福装了进去，临近晚会的每一秒钟都开始变得令人期待起来。

班主任老师清了清嗓子，说了毕业寄语，然后把毕业证书发给了每一位同学。

那时候我才发现，也许是因为我平时请假次数太多了，班上的同学我到现在都没能完全叫得上名字来。想到这里，我有一点失落。

等到老师讲完之后，快儿带我偷偷溜到了阿寸的教室，我们两个站在后门，眼睛努力搜索着阿寸的身影。

他坐在最靠窗边的位置，下午五点的阳光刚好照在他的头发上，许久不见阿寸，他好像变了一点，可是具体变了什么地方又说不上来。

快儿站在走廊上招了招手，跟最后排的一个女生说："同学，麻烦帮我叫一下阿寸。"

"阿寸，有人找。"

阿寸一抬头，环顾了一圈，然后发现了正在招手的快儿，笑了一下，从后门走了出来。

"怎么了？"

"她，"快儿突然把我支在面前，"她有事找你。"

我猜我那时脸一定红炸了，全身上下的血液都涌向了脑袋，心跳已经是最快的频率，再快一点可能会直接从嗓子眼里蹦出来。

"就是……嗯……今晚晚会之后你能在教室等我一下吗？我有东西给你。"

阿寸先是愣了一下，然后点了点头。

整个晚会我完全没有在状态，主持人的声音从很远的地方传过来，撞击到耳膜那一秒，瞬间散开。我能清楚地感觉自己的心脏跳动得很快，每一次跳动都像是重重的鼓点，在沸腾的胸腔里扩大了数十倍。

晚会一结束，我就开始寻找阿寸，我看见他搬着小凳子往教室里走，想要追上他，但是怎么也加不快速度，旁边刚好有个女生经过，她不小心撞了一下我，小钢腿没能立马使身体平衡，我就直接跪了下去。

快儿吓得赶紧过来扶我，站起来之后左腿一阵刺痛，也不知道是哪里摔伤了，但是心里很慌，也没管伤口，就一瘸一拐地走到了阿寸他们教室。

我到的时候，整个教室只剩下阿寸，他站在黑板前面的讲台边，手里拿着一支粉笔，看见我走了过来，他马上把粉笔放在了讲台上。

"你怎么了？"

"我没事，刚刚摔了一跤。"

我有点害怕沉默，所以边说话边从包里拿出玻璃罐，然后放在了讲台上。

"这个，是送给你的。"

"谢谢。"阿寸拿起玻璃罐子，然后放进了自己的背包里。

我看了一眼窗外，然后尴尬地点了点头："那我先走了。"

他站在原地，看了我一眼，然后也点了点头。

那一刻我满脑子都乱了，我甚至有一点想流眼泪，我一直在想，如果不是因为腿受伤，我应该会更勇敢一点，如果不是因为没有办法跑步，我应该会追上他，然后大声告诉他我心里所有的秘密。可是，我好像一直都不是一个勇敢的人。

墙壁上的时钟发出滴滴的响声，走到门口的时候，假肢不小心碰到了门框，发出了金属碰撞的声音，哐当一声让我瞬间回过了神。

"阿寸。"我转过了身。

"嗯？"

"毕业快乐哦。"

"你也是。"

二十三

"嘿，你十五岁的生日愿望是什么。"

"让我想想看。"

"快说快说。"

"想要跑起来看看吧，想要去做一些事情，看自己能不能做到，希望自己能够再勇敢一点，能够更加坦然地面对一些目光，更加积极一些地去面对生活。"

"哇，你也变了太多了吧。"

"嘿嘿。"

"感觉你突然长大了。"

"嗯……可能是很多瞬间，会突然觉得自己挺幸福的，活着挺幸运的，不再只是说说而已，而是真真切切地感受到了。"

"哇，不过可以开始吃蛋糕了吗？我想吃蛋糕了啊。"

"等等，我还没说完。"

"还有什么？"

"还有就是，谢谢我遇见的那些人。"

高
一

在一个很高很高的山顶上，有一个美丽的村庄，叫作望月村，他们日日夜夜都祈求上帝，希望月亮的光辉能照耀整个村庄。

只是说来也奇怪，明明地理位置优越，整个村庄的村民也是淳朴厚道，一心虔诚地向着月亮，可是这里的村民却从来没有见到过月亮。所以一到晚上，整个村庄就黑压压的一片，没有月光的照耀，整个村庄像是失去了方向。

后来有一天，村长召集大家说："实在不行，我们就迁移村庄吧，换一个地方。"

有村民提出异议："我们世代生活在这里，我舍不得离开。"

"对啊对啊，这个地方山水都好……"

"你们怎么回事?! 难道忘记了这个地方没有月亮吗?!"村长生气得一拍桌子，所有人都沉默了。

"可是……"有一个年轻的小伙子开口了，"下一个地方就一定会有月亮吗? 如果没有的话，我们又要搬吗？"

"当然要搬！没有月亮该是多么令人难过，别的村庄的人都是怎么说我们，你们知道吗？他们说我们被月亮抛弃了！"

"可是没有月亮我们依然可以继续生活。"

"你说的是什么话?! 你难道不该一生都追求月亮吗？你还是个虔诚的信徒吗?!"

这个时候没有人敢说话，村长环顾四周，然后拿出地理图纸摆在桌子上，用树枝比画着，大声嚷嚷着让大家仔细听，口水飞飞扬扬地洒在纸上，留下了无数个黑色的小圆点。

突然，一个拄着拐杖的老人走进了房间，她喘着粗气，拍了拍身上的树叶，从包里拿了半块馒头出来。

所有人都愣住了，要知道他们开会的地方可是全村最高的地方，因为没有月亮，连年轻力壮、视力非常好的青年男子也很难辨别方向，从而准确无误地找到这里，更何况是一个年过七旬的老妇。

"妈！你怎么来了？"一位男子迎了上去，赶紧扶住了老人。

老人颤巍巍地把馒头递给了他，声音听起来微弱且没有力气："你今晚走得太急了，没有吃饭，我怕你饿着。"

"可是，您是怎么上来的？没有月亮，您是怎么辨别方向的？"

"有星星。"老人扶着儿子的手走到了窗户边，指着天空的星星对他说，"你看那颗星星，最亮最大的那颗，它旁边有颗小星星，虽然方位有些许变化，但只要仔细观察，也能找到规律。"

星星?! 所有人都惊讶了，他们怎么忘了呢，一心只顾着追逐月亮，从没有想到星星也会发光。

"可是没有月亮我们就不完美了。"

"但是也从来没有人告诉过我们，拥有月亮就一定完美啊……"

一

爸爸早上六点起床，他穿着一件带条纹的衬衣。他像年轻时候那样，手腕上永远戴着一块不会过时的手表，衬衣的纽扣永远扣在最上面的那一颗。

夏天的清晨总是比任何季节都要来得早一些，太阳似乎也是从早上就已经变得毒辣了起来。但爸爸日复一日，每天在固定的时间起床，然后出门散散步，打打太极。这是属于他的，大半辈子的清晨。

但是今天是个例外，高中开学第一天，他早早地起床给我和快儿做早饭，把我们的行李箱拖到客厅逐一检查是否落下了什么东西，然后把冰箱里的牛奶拿出来放在餐桌上。

"爸爸，早安。"我起床之后，懒洋洋地窝在沙发里。

他走了过来，把牛奶递给了我："自己去把牛奶烫热。"我接过牛奶，点了点头。

他怕我们两个迟到，就一直催促，快儿嘴巴里含着包子，嘴巴发着呜吧呜吧的声响，用力地摇了摇脑袋，意思是还来得及。

"你们两个这么慢，以后在学校吃饭肯定得挨饿。"他一边抱怨着，一边从锅里又拿出了一个包子递给快儿。

有那么一瞬间我觉得他老了，而且老得很厉害，白头发再也藏不住了，不知不觉地覆盖了整个脑袋，皱纹顺着脖子爬到了耳边，再蔓延至眼睛，额头。

在他四十岁那一年，我才出生，童年时光，就像是水龙头里停不下来的水流，还没来得及看清楚，就已经哗啦啦地冲进了时间的管道里。

十一岁之前的我，总是用一种与世界抗拒的方式吸引他的注意力，总是想要那些显而易见的陪伴的爱。很多时候我都记不清楚曾经的那些点点滴滴，却依然能够记起有一天放学的时候，他端着一碗土豆条站在校门口接我回家。有一天半夜，他偷偷跑到我的房间给我盖上被子。有一次周末，他给我穿上最好看的背带裤，带我去公园里坐那个大象滑梯。可是我还是发脾气，摔了他最心爱的杯子，歇斯底里地质问他："为什么要生下我？你一点都不关心我！"

年少的幼稚和无知，都成了一种借口，那些留在心里的印子，岁月是无法磨平的，成了长大之后想起来就会羞愧的记忆。

但他还是包容着我，将就着我，知道我心里对他的不满意，尽管难过，但还是愿意配合我。

"爸爸，今天早上还是老规矩吧。"他笑着拿了一个鸡蛋，剥开之后把蛋清给了我，蛋黄留给了自己。"你这坏习惯得改改，营养都在蛋黄里不知道吗？你要学学快儿，早上能吃三个鸡蛋。"我爸刚说完，快儿嗫嚅地看了我一眼，我鄙视地回了一个眼神："有什么用，傻长个子不长心。"然后悲剧就发生了，快儿使劲捏了一下我手里拿着的牛奶盒……

二

快儿带我进教室的时候，我走得很小心，心里一直默念着："没关系没关系，他们看不出来。"

这个暑假我几乎没有出过门，每天都待在家里练习走路，有时候走得入神了，就会连着走一两个小时忘记停下来。

我太想成为一个正常人，太想成为一个普通人了。

开学第一周军训，爸爸妈妈带着我去找班主任请假，新的班主任姓雷，是一个看起来特别年轻的男老师，头发自然卷，个子小小的，讲话的时候总是喜欢挥舞手臂。

"她不军训吗？"雷老师问。

爸爸妈妈没有说话，转头看向我，我站在原地有点紧张，避开雷老师的眼睛摇了摇头。

"那好吧，没关系，等军训完了你再来上课就行。"

雷老师从抽屉里拿出一张假条，在上面签上了自己的名字，然后转过头来又问了我一句："真的不军训吗？会错过很多有趣的事情哦。"

我犹豫了一下，还是点了点头。

五点钟的阳光，是最温柔的，仿佛是宇宙的恩赐一般，洋洋洒洒地铺满了整个地面。夏天好像快结束了。

离开学校的时候，快儿冲过来拦住了我。她站在校门口，张开双臂试图挡住我的去路，阳光刚好照在她的脸上，刚好能看清楚额头上密密麻麻的小汗珠。

"你怎么就走了？"她好像有点生气。

"我又不能军训。"

"你怎么知道你不能军训。"

"我肯定不能军训。"

快儿喘了一口粗气，然后看着地面点了点头："不军训也行，你至少得留在学校吧，提前熟悉一下校园环境，认识一下新朋友。"

"我不想留在学校。"

"你怎么还是这样?!"

"我怎样了?!"

我们俩都没再说话，眼睛死死地瞪着对方，谁也不想这样的局面发生，但谁也没有打算退让。最后她摇了摇头，低下头苦笑了一声，然后冲我招了招手。

"回家别忘了收拾房间。"她说完这句话，转身离开。

那天晚上我醒了很多次。原来这么久了，我已经习惯了每天跟她挤在同一张床上，听她沉稳的呼吸声才会觉得有安全感。

这个夜好像变得特别安静，安静得让人觉得整个世界只剩下了我一个人。

三

第一次见到鑫儿的时候，她正在铺床，看见我站在宿舍门口，她有些忸怩地打了招呼，然后在包里摸了半天，拿出了一颗水果糖。她把水果糖递给了我，红色晕染了她的脸庞，最后慢慢爬到了脖子，她一直笑着，两只眼睛眯成缝。

"谢谢。"我接过了水果糖。

我也不知道为什么，第一次见她，就对她产生了莫名的好感。她把衣服整整齐齐地叠在了柜子里，然后把小台灯放在桌子旁边，最后她拿出了一个奇怪的小玩意。

"这个是什么？"我问。

"这个是用来喷的。"她对着嘴巴喷了喷，演示给我看，"是这么用的。"

我没有再问下去，但是心里却一直很好奇，她为什么要用那个东西。

鑫儿在我隔壁班，每天十二点准时下课，她就会抱着两本书从我们教室门口走过去，每天准时出现，准时跟我招呼。

唯独那一天她没有出现，我和快儿依然坐在教室里等待着她的经过，明明已经到了吃饭的时间，但我们好像谁也没有打算离开座位。

"嗯？今天她不去吃饭吗？"快儿问。我摇头说："我也不太清楚，要不我们去看看吧。"她点了点头，我们背着包去了隔壁教室，快儿走在前面。

中午十二点，教学楼恢复了安静，感觉像是有一阵风从一楼呼呼地吹到了四楼，它经过了图书馆，经过了每一间教室，最后才到达了耳朵里。

鑫儿趴在课桌上，表情看起来很痛苦，嘴巴张得很大，用力地呼吸着。快儿吓得冲过去蹲在鑫儿旁边，用手摸了摸她的脑袋，问她怎么了。但是鑫儿没有回答，她好像也没有办法回答，那时候的她就像是一条被扔在岸上的鱼，每一次呼吸都用尽了全身力气。"是需要这个吗？"我做了一个往嘴里喷的动作，她点了点头。"我去拿！你在这里守一下！"快儿转过身跑了出去。我没有办法蹲下，就搬了一张椅子坐在她旁边，心里很慌乱，我必须得做点什么，但是什么也做不了。

我发现每一个人其实都好脆弱，可是他们都把自己脆弱的一面藏起来了，然后安然无恙地在人群里生活。可是也会在某一刻，身体里虫子咬得他没办法再撑下去了，就会崩溃，就会生病，就会流眼泪。

她还是请假了，那天她回去的时候，她妈妈也来学校了，一直不停地跟我和快儿说着谢谢，快儿有点不好意思，脸红了一片。鑫儿安静地站在她妈妈身边，穿着娃娃领的衣服，脸上依旧挂着两片不易消散的高原红，她双手不安地背在背后，眼神一直躲躲闪闪，像是有什么话要说，但又不知道该不该说。

"谢谢。"她说完之后，把桌子上的水杯小心地放进背包里，然后冲我和快儿笑了笑，在她妈妈的陪伴下走出了学校。

那时候我就在想，以后的日子，我一定要对她好一点，更好一点。

四

早上起床，快儿喜欢一边刷牙一边记要听写的单词，偶尔脑子短路，她会激动得吐出嘴里的泡泡，然后跑到床边看一眼书，又回来继续刷牙。

不论冬天还是夏天，我都喜欢站在二楼看他们围着操场跑步，到了我们班的时候，快儿会仰着头对我用力地挥着手，笑得特别好看。

我们俩的座位不算太近也不算太远，一到下课的时候，她就吊儿郎当地走到我座位旁边坐下，用一种极其轻佻的语言调戏着我："这位小姐，我看你双眼空洞，印堂发黑，怕是这节课又在开飞机吧？"

快儿坐在我前面一点，好几次我偷瞄她，发现她都一直盯着窗外出神，那时候我就开始想她在想什么。

每天中午到饭点的时候，班主任老师允许我和快儿不用跟着大部队走，也不用排队。每次一到食堂，快儿就扶着我在最靠门的位置坐下，她端着碗去打饭。吃完饭之后，她一定要到小卖部去买烤肠，人特别挤的时候，她就会让我站在小卖部门口，自己挽起袖子死命地往里挤，然后高举两根烤肠，像打了胜仗的将军，从战场上荣耀归来。

下午回教室午休的时候，她会牵着我走过每一个容易让人失去平衡的小斜坡，站在有风的地方使劲地招呼着我，扯着嗓子喊加油。

晚上下了自习，她喜欢在回寝室的路上绕远路，一定要经过那条人不多的小桥，经过操场，再走过绿植最葱郁的地方，每次都会专注地看着那些绿植发呆，然后笑嘻嘻地说："白天看植物跟晚上看植物，差别也太大了吧。"

后来，她也不喜欢早睡了，寝室熄灯之后，她会蹑手蹑脚地走到窗户边上看外面，努力仰着头看天上的星星，安静地坐一会儿，就踮着脚尖爬上床，打着手电筒偷偷躲在被窝里写日记。

一切都被我记住了，像是某种被规定好的生活，它按照想象中的顺序在发生，河流顺着河谷流去，这个地方永远不会下暴雨，这条河也永远不会决堤。

很多时候我都会想起，她站在楼梯的最顶端，一步一步向我走来，生命中有一段空缺，在逐步拉近的距离里消失了，甚至都会忘记，我的生命其实原本就是不完整的。

原来陪伴是这么幸福的一件事，所以我一定是一个很幸运很幸运的人。

可是后来，我们确实长大了。身体开始明显发育，心底也开始藏了越来越多的秘密，像每个春天都会来临，但永远也不会再是那一年的春天了。

我想，快儿也是因为成长才会变得越来越烦恼吧。

不知道从什么时候开始，她不再喜欢吃烤肠了，也不再喜欢边刷牙边背单词。天上的星星也了无生趣，夜晚的植物也不再充满灵性，她好像没有那么开心了。

可是我一直没问，她也一直没提，我能越来越清楚地感觉到，有一根穿插在我们之间的弦，被绷得越来越紧，只要有人先说话，那根弦就会断掉，以最大的反作用力伤害到另外一个人。日子一天一天走着，我们一天一天沉默着，春天也跟着我们沉默着。

可我永远都记得，那天我和快儿一起回教学楼的时候，她像往常一样伸出手准备拉着我上斜坡，可是这个动作就好像被瞬间定住了一样，她看着我，把手收了回去。

"也许你应该试着自己走上来。"

"你今天怎么了？"

"我没怎么，我只是觉得你应该学着自己走斜坡，不然你以后一直都学不会走斜坡。"

"可是你会一直在我身边啊。"

"没有人会永远在你身边的！"

快儿说出这句话的时候，我感觉她用了全身力气，我忘记我们已经吵过多少次嘴，争论过多少奇怪的问题，但是这一次，好像和以往都不一样。我有一种无法抑制的委屈，它一点一点地侵蚀着神经，然后占据了大脑，让我再也没有办法理智思考问题。

"你应该学着自己照顾自己，自己走斜坡，不需要任何人的搀扶。"她看着我的眼睛，重复了这句话。

我没有再去拉她的手，努力撑着斜坡上的栏杆往上走，我也没转过去看她的表情，左脚后跟有一种很清晰的神经拉扯感，感觉有点吃力，可是我也不想回头寻求帮助。

有几个同学打闹着进入教学楼，我停住了脚上的动作，往边上挪动，让他们通过。人越来越多，我站在原地，一瞬间失去了方向，也失去了所有勇气和倔强。她眼眶红红地走过来，什么也没说，也没看我，只是拉着我的手往斜坡上面走。

时间过得好快啊，快到我都没来得及问她："你到底怎么了，你为什么要流眼泪？"尽管我已经知道答案了。

五

快儿，今天晚上你告诉我说，你不打算读书了。

我问你为什么，你说因为家里太穷了，你想要提前出去挣钱，这样可以为家里分担一点经济压力。

我们彼此沉默了几秒钟，最后我点了点头，说好。

然后你就开始哭，哭了很久很久，直到眼睛都哭肿了，你也没有打算停下来，但我一滴眼泪也没有流。因为我脑子里一直在想你当时告诉我的那句话："没有人会永远在你身边的。"

隔天，你收拾好了房间里属于你的所有东西，一件也没有落下，窗台上那盆绿植，你也带走了。那盆绿植是你过生日的时候我买给你的，你当时可嫌弃了，但还是每天精心照顾，住校的时候也不忘叮嘱家里的人记得给它浇水。

那天中午，你什么都没有吃下去，我也什么都没有吃下去，妈妈坐在旁边一直往我们俩碗里夹菜，可是我们谁也没有动筷子。后来，你又一次哭出了声，大颗大颗的眼泪掉在了碗里。

快儿啊，其实我有想过你离开我的那一天，我想过我们不再朝夕相伴，也想过时间会将一切改变，可是我没有想过，我们俩是用沉默来面对这次分别，我没有想过，我居然自始至终一滴眼泪也没有流下来。

也许是你离开家门口的那一秒，告诉我说周一就来学校办手续的那一秒，也或许是你关上门的那一秒，你眼神转移的那一秒。我感觉我的心里有一座山，轰然倒塌了。所有的回忆都开始走马灯般地从我脑子里经过，时间倒退到十一岁那一年，你来到我身边的那一天，穿着一双干净的小皮鞋，扎了一个羊角辫，脸蛋红红的，笑起来的时候，眼睛弯成了月牙。

我没有想过，接下来的日子，我要怎么过。我一直在想，接下来的日子，你会怎么过，你会遇见什么样的人，他们会不会待你好，听你所有的秘密和烦恼。

周一的时候，你来学校办理离校手续，我一直躲在寝室里不出来，后来听妈妈说，你来了寝室门口好几次，但也没有进来。最后是妈妈把我叫了出去，让我好好和你说几句话。

你提着行李，站在校门口等我，看见我走出来，你笑着说："我要走了哦，你自己在学校要好好照顾自己。"我点了点头，看了你一眼，然后又点了点头。

再见了，快儿。我没有流眼泪，你也不要流眼泪。

六

蚯蚓没有长眼睛，听说是因为长期生活在黑暗、没有光的土壤里，久而久之，眼睛就逐渐退化，变成了瞎子。那个时候，我觉得我就像一条蚯蚓，快儿离开后，世界突然变得没有了光。

原来食堂的地板那么滑，原来教学楼的斜坡那么长，原来一个人走在操场，那么孤独。甚至我开始觉得，我一瘸一拐的走路姿势，都被放大了无数倍。

我没有办法适应快儿突然的离开，也没有办法与自己内心和解，我不愿意再去食堂吃饭，每天都暗无天日地一个人坐在教室里看书，盯着黑板上的挂钟期待时间能过得快一点。

寝室里有一块很大的镜子，每次离开寝室的时候，我都会瞅一眼镜子里面的自己，然后就会想："哇，她可真丑。"皮肤黄黄的没有光泽，整个人看起来没有一点生气，确实挺丑的。

身体提前败了下去，某一天，我当着全班同学的面晕了过去，醒来的时候已经躺在了医务室，雷老师坐在旁边的板凳上接着电话。

他瞪了一眼我，但眼神又马上变得温柔起来。"我听班上的同学说，你这两天都不去吃饭？"我看着他，没有说话。"再厉害的人不吃饭也会生病的……"他欲言又止，"我知道你不习惯，但是生活总是要继续的。"

那天晚上，他没有去教室，一直坐在我旁边嘀嘀咕咕地说了很多人生大道理，虽然我一句都没有听进去，但是有一秒我突然发现，他的眼睛里好像也藏着星星。

十二月的天气，冷得让人忍不住跺脚，但他还没有穿棉服，脸被冷得通红，双手的指节也冻得有点发紫，但他依然咧着嘴笑，吐出来的热气撞到冷空气，成了轻飘飘的雾。

雷老师和我站在校门口等着爸爸来接我，那时候我一直想，我应该对他说一句谢谢，可是嗓子就像打了结，憋了半天都没说出来。

他看了一眼校门外的马路，然后转过头来看着我："你爸爸来啦，你回家好好休息几天，然后元气满满回学校吧。"爸爸骑着自行车，经过了路灯，月亮的光披在了他的身上，轮胎的声音在安静的黑夜中发出吱吱呀呀的声响。

"都会好起来的。"雷老师拍了拍我的肩膀。

爸爸喘着粗气和雷老师说着谢谢，然后把脖子上的围巾取下来一圈一圈地绕在我的脖子上，他没有怪我不好好吃饭，也没有怪我不爱惜自己的身体，他只说了一句："回家吧，给你做好吃的。"

十二月真的很冷，我躲在爸爸的身后，晚风吹散了每一根头发，但是我好像一点也不觉得冷。

七

姐夫有个表弟也读我们学校，我读高一的时候，他刚好读高三，很多次我们在学校遇见，他都会笑着跑过来给我打招呼，然后告诉我一定要照顾好自己。

我并不了解关于他的所有故事，我只知道他特别开朗，在学校特别受女孩子欢迎，有人在学校论坛给他告白，还有人在路上问他要联系方式。但有的时候，他好像又特别安静，每次到了家庭聚餐，他就会选择坐在最角落的位置，一个人玩着手机。

他是什么样的人呢？我想过很多次，可是记忆里有两种不同的样子在脑子里重叠，我始终无法把那些碎片拼凑成一个人。

后来我听说，他谈恋爱了。那个女孩站在舞台上，拿着话筒主持学校的文艺晚会，她看起来很漂亮，像是游乐园里的摩天轮，永远都在最显眼的地方。"真幸福啊。"我想。

我以为他的安静只是因为青春的烦恼和秘密，可是有一次在饭桌上聊起了他，他们摇着头叹着气说："他已经很勇敢了。"那时候我才知道，地震夺走了他的爸爸妈妈，让他成了一个孤儿。

姐姐说，有很多次，晚上听见他一个人躲在被窝里啜泣，可是又不敢去安慰他。因为有些伤痛只能自己去治愈，有些路也只能自己走。

后来，我在学校碰见他与那个女孩并肩的时候，我就一直在想，她的出现也许是他生命里的一缕光，也许她真的能让他幸福。可是，他怎么能这么勇敢呢，为什么他能够承受住所有的难过，像是什么都没有发生过，依旧积极地生活。

我觉得我永远也成为不了这么勇敢的人。

八

周仪晨买了最好吃的蛋糕来我家看我，他笑嘻嘻地跑到厨房里找勺子，然后认真地蹲在客厅的茶几前面切蛋糕。

"快儿给我发消息说，让我多来陪你玩。"他递了一块蛋糕在我手里，"你不要不开心了，都是小事情嘛。"

"你咋每天都心态这么好？"我问。

"我哪里每天心态都好？我只是没有表现出来而已。"

他不满地吃了一口蛋糕，然后吧唧嘴继续跟我讲话："我们出去玩吧，我带你去玩。"

"去哪里？"

"不要问，跟我去玩就可以了。"

那天下午，周仪晨一个人在公园坐了两次大摆锤，本来还想坐第三次，但是第二次坐下来的时候就已经吐到怀疑人生，他一口气喝了一瓶可乐，然后瘫坐在地上发呆。他发呆的瞬间我好像看到了他的难过，但是我觉得那应该是错觉，毕竟他是周仪晨啊，是那个永远会给所有人带来欢乐的周仪晨。

"不是说好带我玩，你自己居然玩嗨了？"

"你看我的样子嗨吗？我都吐成这样了。"

我们对视了一下，然后开始哈哈大笑起来，他支撑着从地上站了起来，然后拍了拍我的肩膀："走，我带你去玩别的。"

那是我第一次玩过山车，耳边全是呼呼的风声，我特别紧张，整个人蜷缩在了一起，闭着眼睛使劲儿尖叫。我瞟了一眼周仪晨，他张着嘴哈哈大笑，手舞足蹈地跟周围的人打着招呼。

"周仪晨！！！"

"嗯？"

"你把嘴闭上！你这样嘴里会进风的！！"

"啥！？你说啥？！"

"你闭上嘴！！！"

他好像没有听见我说什么，更加疯狂地张开手臂，风吹得他头发乱糟糟的。下过山车之后，周仪晨又吐得昏天黑地，这一次没有那么容易缓过来了，好长时间他都一直低着头不说话。

"我就说让你不要张着嘴喊，这样胃容易受凉。"

他抬起头不满意地瞪了我一眼，然后又继续低着头不说话。

"今天谢谢你，周仪晨，舍命陪君子哈哈。"

"这还算有点良心，那你还不扶老子起来！"

结果他回去之后就开始不舒服，问他哪里不舒服他也不知道，就说全身像是发烧一样，说有密密麻麻的小虫子在皮肤表面爬。他说着说着就开始说自己有脾气了，心情特别特别不好，到最后就在电话那头莫名其妙地哭了起来。

"你咋回事，怎么还哭了？"

"男儿有泪不轻弹，只是未到伤心处好吗？"

他还在哭，可是我却被这句话给逗笑了，周仪晨好像就是这样一个人，就连哭的时候别人也不会觉得他是真的在难过。

"晚安。"

"你要加油噢，不管有什么事情，都不要轻易放弃。"

"知道了知道了，周仪晨我怎么以前没发现你这么啰唆。"

"滚，挂电话吧。"

九

冬天最冷的时候，我的腿又开始长冻疮，整个腿肿成了茄子色，因为走路太明显了，我每天吃了午饭之后，就放弃了去小卖部买烤肠，躲在宿舍里和几个小姐妹讨论哪个班的男孩子最帅。

鑫儿好像从来没有觉得哪个男孩子好看，每次问她的时候，她总是低着头想很久，但始终没有一个男孩子的名字从她嘴里说出来。

"嘿！你们不觉得十二班的那个男孩子有点好看吗？"

"王逸文！！眼睛大大的那个。"

"对对，就是王逸文！！"

王逸文……我在脑子里仔细搜索这个名字，但始终没有出现关于这个人的任何画面。

隔天和室友去小卖部买零食，室友说里面太挤了，让我站在外面等她，她举着两根烤肠堵在人群里出不来，我一着急就冲进去接应她，结果被挤得踉踉跄跄，好几次差点摔下去。

我使劲拉着她的手往外拽，好不容易把人解救了出来，烤肠却被挤掉了一个，我们骂骂咧咧地看着地上残留的烤肠往外走，慌乱之中，不小心踩到了一个人的脚，那人吃痛地叫了一声，我和室友马上齐刷刷地弯着腰说对不起。"哈哈哈，没事你们可以使劲踩，他皮糙肉厚，扛得住。"旁边一个男生打趣地说，然后用手肘支了支我们面前的人，"对吧，哈哈。"

我们抬起头来的时候，发现眼前的这个男孩子已经羞红了脸。他有些不知所措地挠了挠头发，回头瞪了一眼开玩笑的那个男生。

我尴尬地拉着室友火速逃离事故现场，到了寝室的时候室友突然拍了一下我的脑袋。"那是王逸文哎！！""王逸文？"我迅速地回忆了一下。嗯……好像……是有那么一点好看。

我真是信了一句话，当你开始记住了一个人的时候，那个人就会时时刻刻出现在你眼前。

自从踩过他的脚，我碰到王逸文的次数越来越频繁，食堂里，操场上，甚至有时候在教学楼都会遇见。他喜欢和一群男孩子走在一起，但好像比起同龄男孩子的张扬，王逸文的性格显得安静了些，尽管这样，他还是像光一样，不管走在哪里，都很难让人忽略他的存在。

没有人不喜欢光，也没有人不喜欢王逸文。

十

后来王逸文受伤了，手臂缠上了厚厚的绷带，有好几次我经过他教室门口的时候，他都在发呆，左手拿着一支笔不知道在纸上写着什么。王逸文真的是一个很奇怪很奇怪的男生，怎么能没有一点青春男孩子的朝气，安静得像是一潭死水一样。

临近期末，所有的同学都开始进入考试备战状态，唯独我和月儿两个人，只对小卖部的烤肠感兴趣。

月儿是我的室友，用"肤白貌美大长腿"来形容一点都不为过，她每天最大的烦恼就是，追求者实在太多了。她就像是生长在阳光下的植物，剪着干净利落的短发，走路迈着很大的步子，笑起来的时候就会哈哈哈地停不下来。我喜欢她突然认真的样子，一边吃着烤肠一边告诉我说："对我而言，这个世界上所有人都是一个整体的，他们连同开心难过都是一个整体的，但是你不一样，你是单独存在的。"我点了点头，然后买了第二根烤肠。

地震让月儿失去了左腿，但是幸运的是，保住了左腿膝盖，有自己的膝盖走路和跑步就会稍微稳一些，状态好的时候，旁人很难察觉到有什么异常。可能也就是因为这样，她才想要想尽一切办法藏起来。我知道她的难过，也理解她的压抑，我们像是紧紧联系在一起的两个人，对彼此心底最在乎的东西一清二楚。

"我不知道我们的性格合不合，也不知道我们的想法一不一致，但是还好，我们都喜欢吃烤肠，和你吃烤肠的时候，我感觉全世界只有你看得到我，别人看到的都不是我。"

"我听不懂。"

"你真是没有一点文艺细胞。"

后来我才知道，对一个人最好的方式就是，陪她说话，陪她流泪，陪她疯狂，陪她走街串巷。

某天中午大家都还在午休，月儿让我陪她去干件大事。我们裹着超厚的棉袄，在空气里呼出一团团雾气，偷偷地溜到了教学楼。我们去了十二班，她让我站在教室门口望风，自己蹑手蹑脚地走到一个座位前，把自己藏在卫衣帽子的零食放到了抽屉里。

"你在干什么？"

"别问别问。"

"你在干什么？"

她瞪了我一眼："你这人怎么回事，就是……"她又避开了我的目光，看着地板，"他就是我上次跟你说的那个有点高、有点帅、打篮球那个……"

"你可以直接告诉他的，我看见他偷瞄了你好几次，说不定他也喜欢你。"

"不行……"她摇了摇头，"我还没有那个勇气……"

"你们……"一句好听的男声突然打断了我们之间的谈话，我们俩齐刷刷地看着教室门口。该怎么形容那时候有多尴尬呢，特别是当我看见王逸文一脸蒙地站在教室门口，用一种很迷惑的眼神看着我们的时候。我突然省悟过来，这是十二班，可是我的省悟反而让我更为紧张，刚想要说点什么，月儿就开口了："同学，不好意思，不好意思。"然后拉着我灰溜溜地逃离。

我一直没能从那种情景里缓过来，有一种自己干了什么坏事被别人逮了个正着的感觉，而且那个人刚好还是王逸文。

"刚刚那个男生是王逸文吧，我听别人说过，都说他长得有点好看，哇，你看到他眼睛没有，眼睛也太好看了吧，不过，喂喂，你在认真听吗，在想什么？"

"啊？"

"你在想什么？"

我在想什么？我也不知道，只是觉得刚刚太丢脸了，要是时间重来，我绝对不会那么做，

至少也得挺胸抬头地离开吧。

十一

后来月儿就养成了习惯，每天一定要在午休的时候偷偷溜到

十二班去，把零食放在抽屉里，帮他换好新的笔芯，然后在他满是演算习题的草稿纸上偷偷写上自己的名字。她不想让这个男生知道是她做了这些，可是又怕他真的一点都不知道。

直到有一天中午，我们去教室的时候发现已经有人比我们更先去教室了，他安安静静地趴在最后一排的桌子上，整张脸全部贴在桌子上，脸红红的，像是夏天的午后，还没来得及散去的余热。那双眼睛虽然是闭着的，但那么温柔，应该也只有他了吧。

"他大爷的！为什么王逸文先来了？他中午怎么不回宿舍睡觉?！"

月儿皱着眉头质问着我，我摇了摇头，伸着头往教室里看了一眼。

"你在外面帮我把风，要是他醒了，我们就跑。"

"怎么跑？我腿不行，跑不动。"

"你别往最坏的地方想……"

"明明是给别人送零食，为什么搞得我们好像偷零食的一样？"

"哎，不是，你别往最坏的地方想……"

月儿一个人弯着腰偷偷潜入教室，我就负责站在教室门口帮她放风。"啊！他大爷的！他们换座位了！"她突然喊了出来。

也就是这个时候，王逸文惊得从桌子上抬起头来，因为被突然吓到，受伤的手不小心撞到桌子上，他吃痛地皱着眉头，然后四周环视了一下，最后把目光锁在月儿身上。月儿尴尬地笑了笑，点了点头，然后说："你是王逸文吧，哈哈哈哈……"

我从前门探了半个脑袋出去，用力挥了挥手，示意月儿赶快出来，我以为我掩藏得很好，没想到我转过去的时候刚好撞上他的目光。又是那种迷惑的眼神，看得人忍不住心跳加速，难以呼吸。

后来，我开始有意避开王逸文，尽量减少出现在他面前的次数，生怕哪一天他突然想起来所有的细节。我总觉得，在王逸文心里我们俩铁定是小偷，毕竟也真的太像了啊。一想到这里，我就觉得做人真的太难了。

期末的那几天，我和月儿不再热衷于烤肠了，两个不爱学习的人也开始临时抱佛脚了。可是没有男神的生活是无趣的，有的时候，月儿还是忍不住多绕几圈，绕到十二班门口偷偷看一眼，然后像个兔子一样兴奋得跳来跳去。

前两次的教室尴尬事件发生了之后，月儿和王逸文好像熟悉了起来，因为王逸文坐在最后一排，每次月儿去后门的时候，两个人开始是尴尬地打招呼，但慢慢地，就变得很随意了。可我还是很尴尬，甚至没有办法直视王逸文，我也不知道我在纠结什么。

"你最后一道大题做出来了？"
"你觉得可能吗，不过你既然这么问了，难道你做出来了吗？"
"没有，我看漏卷子了，交的时候我才发现，后面还有一页。"
"那你怎么办？"
"先吃两根烤肠冷静一下吧。"

期末考试还有最后一科没考，那天中午我和月儿放弃了吃饭，抓紧时间，早早地就来到教学楼复习。此刻我在生自己的气，实在不敢相信我怎么能蠢成这样，眼睛是长在后脑勺了吗，当时怎么不好好翻一翻，怎么能一整页都没能发现呢？月儿拍了拍我的肩膀，深深地叹了一口气。

只是……

我和月儿愣在了原地，两人面面相觑。王逸文为什么会站在我们教室门口？

"等你一会儿了。"说完这句话，他笑了起来。

十二

最后一堂考试结束，我已经预见到这个寒假我可能过不好了。

在宿舍收拾回家要带的东西，我和月儿之间的气氛变得特别诡异，不站在一起，也不说话，但是眼神一直有交流，具体交流一些什么我也不知道。大概过了十分钟，她突然凑了过来，一脸贼样地眯着眼睛说："我觉得这事儿不对劲。"

我的心里变得很慌乱，从中午到现在为止，我的心跳就没平静下来过，我也觉得这事儿不对劲，可是这事儿就是莫名其妙地发生了。他怎么会找我呢？我和他明明连话都没有说过，留的印象好像也不太好，而且我还踩过他脚！可是，这个人今天中午居然提了一大包零食站在教室门口，告诉我等我一会儿了！我开始以为他说的是月儿，就很自觉地往后退了一步，但我往后退一步之后，他就往前走了一步。直到他离我越来越近，然后满脸通红地把零食递给我。

"你今天中午没去食堂吃饭吧，这个给你吃，下午还要考试，加油。"

这是王逸文吗？还是中邪之后的王逸文？不应该啊，不管怎么样，都不应该是我啊，哪怕是同情，都不应该是我呀！而且，就算哪怕是很小很小的概率，他都不应该在最后一堂考试之前给我说这些的，这让我怎么能冷静考试……

天啦！哪有什么小的概率，王逸文到底在想什么?!

爸爸妈妈老早就来接我了，回家之后，说要给我开一个庆功宴，庆祝我终于把高一上学期扛过去了。我当时都感觉到了我的良心在颤抖，一想到这次期末考试成绩会有多么惨不忍睹，心里就觉得自己不配吃火锅、麻辣香锅、串串和鸡公煲。

那天晚上姐姐和姐夫也来了，大家吃着火锅边笑边聊，烟雾模糊了每个人的脸，可是幸福的样子却越来越清晰。

"敬你！"姐姐端起了可乐，所有人都跟着端起了可乐。我的脸瞬间就烧起来了，支支吾吾憋了半天才说出来话："但我这次考得……嗯……可能不是特别好。"

"这杯是敬你的勇敢，跟你成绩好不好没啥关系。"姐姐说。爸爸也跟着端起了杯子："确实挺不容易的，快儿离开之后，很多东西就要自己来，不习惯也有，承受的也会更多，不过还好你都坚持下来了。"妈妈举着杯子，一直笑着，但眼眶却红红的。不知道为什么，我的鼻子也开始发酸，就使劲儿点了点头。

对呀，你坚持下来了，连我都不相信。我以为离开快儿的你，会无助，会难过，会手足无措，甚至会失去生活的勇气和信心，你也确确实实产生了这样的情绪，但还好，你都挺过去了，谢谢你的勇敢，谢谢你的坚持，也谢谢十六岁的你。

十三

王逸文发来好友请求的那天晚上，我正在刷牙准备上床睡觉，当时拿起手机看到上面一条陌生好友请求，点开一看备注消息："王逸文"。

我的脑子里瞬间浮现出王逸文那张脸，然后很自然地感觉到了自己的脸一定发生了什么微妙的变化，心又开始怦怦跳得很快，一屁股坐在床边之后就蒙在那里了，不知道接下来该干吗。后来我找了一个很正确的理由来说服了自己，王逸文之所以这么做，可能是因为他喜欢月儿，但是碍于面子不好直说，所以先收买我，让我来帮他。

"对，一定是这样。"我兀自点了点头，然后通过了他的好友请求。

王逸文的高冷让我更加确定了我的猜想。

"你好哈哈哈哈，王逸文。"

"嗯。"

"考试考得怎么样？"

"还行。"

"你是不是有什么话要问我哈哈哈哈"

"没有。"

"……"

有一秒钟，我觉得王逸文就是一个没有感情的机器，那天站在教室门口笑得如沐春风的人肯定不是他。

隔天早上，姐姐打电话说有一个惊喜要给我，让我哪里都不要去，只能待在家里。等了两个小时她才过来，神神秘秘地把我拉到沙发上，异常严肃地看着我。

"啥事？"

"我怀孕了？"

"啊？"

"两个。"

"啊？！"

我反应了三秒钟，才回过神来，然后下意识用双手捂住了嘴巴，眼睛瞪得很大。

"你这么牛吗?!怀的是双胞胎啊!!"

"才知道我这么牛吗?"

我被一种说不出来的情绪给淹没了。地震带走了太多生命,我害怕着死亡,恐惧着孤独和绝望,却从未想到,生命也可以怀揣着所有希望,以另外一种方式来到这个世界上。

"你要当妈妈了,你会紧张吗?"

"有一点。"

"时间过得真快,连你都要当妈妈了。"

"嗯,时间过得真快,你也不是十一二岁的你了。"

"是吗,有什么变化?"

"脸更大了。"

我给《青春文学》杂志投稿的第一篇文章收到了回复——"我们会发表你的文章,你想好了用什么笔名吗?"

笔名?我对着手机屏幕半天没有回复,该用什么笔名呢?

那时候电视里正放着林宥嘉的MV,郁郁葱葱的绿茵覆盖了整个夏天,他像是从其他星球穿越而来的小王子,深情地望着女主角说:"我梦见你梦见了我。"第一次听他的《拾荒》的时候觉得很难过,只是我没想到多年以后,我再听《拾荒》还是同样地难过。

"叫春游吧。"

"春游?"

"嗯,笔名叫春游。"

二月真好,虽然我的腿已经冻得快没办法走路了,身体冰得像是从北极走出来一样,可我还是很喜欢它。

十四

"你现在过得很开心吧，可是你怎么能过得开心呢，我被埋在冰冷的土里，土里有很多很多虫子在啃我的皮肤我的骨头，我很想把虫子一只一只抓起来吃掉，可是我看不到，因为我的眼睛也被它们吃掉了。"

"我过得这么糟糕，我一点都不快乐，可是你为什么这么快乐？你忘掉我了吗？你不再难过了吗？"

"为什么只有你一个人活着，凭什么只有你一个人活着，你为什么不被埋在土里，尝一尝万人坑的土有多腥。"

噩梦中醒来，下午三点。

我头皮上全是密密麻麻的汗水，身体一阵抽搐，每一根神经都绷了起来，血液涌上了头顶，连呼吸里都是浑浊的腥味。眼泪掉在了手背上，顺着指缝浸进了被褥里，连同所有的恐惧害怕一起浸了进去。

手机响了一声，我斜着头转过去看了一眼屏幕："今天朋友过生日，你要不要过来玩？"发件人是王逸文。

一个小时过去了，我还是没有回消息，满脑子一遍一遍重复那个可怕的梦，身体像是冰块一样，连同心脏、大脑、血液，全部都冻在了一起。

直到王逸文打来电话，我才回过神，颤巍巍地拿起手机，他在那边喂了好半天，我才回答了一个"嗯"。

"你怎么了？"

他问出这句话的时候，我就哭了，他好像又问了什么问题，但是我没有听到，我只能听到自己撕心裂肺的哭声，我对着电话那头的他释放自己糟糕的情绪。十分钟之后，我情绪慢慢稳定下来，发现他还没有挂电话，心里觉得又内疚又不好意思。

"对不起，我这会儿……"

"我来找你吧。"

"嗯？"

"我来找你吧。"

见到王逸文的时候，我还穿着睡衣，爸爸妈妈不在家，我不敢请男孩子到家里玩，于是就约定好在我家楼下碰面。

他带了一杯热热的奶茶，插好吸管递到我的手上，气氛突然变得很尴尬，我们俩站在楼下，我喝奶茶，他就看着我喝奶茶，我被盯得浑身发毛，忍不住想要打破这尴尬的局面。

"哪个朋友过生日？"

"你不认识。"

"哦……"

气氛又变得开始尴尬。

"你找我有什么事吗？"

"没事。"

"哦……"

尴尬升级。

"那你朋友……"

"你没事吧？"

"啊，我没事，没事。"

"你刚刚……"

"我做噩梦吓到自己了。"

"好吧。"他若有所思地点了点头，依然很专心地看着我。

突然发现这么久以来，我从来不敢和王逸文对视，他的眼睛好像有一种魔力，多看一眼，就会被洞察所有的秘密。

"一会儿有什么安排吗？"

"暂时没有。"

"如果没有什么安排，跟我出去吧。"

"去你朋友的生日聚会吗？"

他点了点头。

"可是我都不认识你的朋友。"

"就小松，在学校经常和我走在一起的。"

"我也不认识。"

"我们不是经常在学校遇见吗？"

"是这样没错，可是我还是不认识他们，我就觉得如果我去挺尴尬的……"

"有我在，你怕什么？"

王逸文同学，有你在我才更尴尬好吗？到时候你带我去，该怎么给你那帮朋友解释？"也不是怕吧，就是觉得尴尬。"

"那我也不去了。"

"你咋不去了？"

"你不是不去吗？"

"可是你不去跟我不去这是两回事啊，他们是你的朋友，你应该去吧。"

"那不行，你也得去。"

我突然被他这些一点都不讲理的话弄得哭笑不得。他站在原地，手放在衣服兜里，别着脸不看我，像极了小孩子正在闹情绪。我只好说："好，跟你去，你在楼下等我，我收拾一下。"

"你确定？"

"嗯，确定。"

"好，我就站在这里等你。"

我真的是输给王逸文了。

十五

幻想过无数次言情小说剧情会发生在自己身上，有那么一个人，他会带着这个世界所有的美好来到我的身边，把我从黑暗的边缘拉回来，然后把我紧紧地抱在怀里。

虽然王逸文喜欢的那个人可能不是我，或许一切就像是做梦一样，但是此时此刻，坐在他的自行车后面，我还是觉得，眼前的这个人是来拯救我的天使，他会跑到我的梦里，驱赶所有的恐惧，接纳我的过去，然后告诉我说："我的未来有你。"

"你要觉得手太冷了，可以放在我衣兜里。"

"不，不，我不冷。"

"那你在抖什么抖？"

"不，不，我没抖。"

"你怎么这么犟？"

"不，不，我不犟。"

他好像笑了一下，没有再说话。我心里却想着他要是再问我一下，我就把手伸进他的衣兜，可是他怎么就不问了呢。

跟王逸文的朋友走在一起的时候，我很刻意地迈好步子，尽量避开楼梯，全身的肌肉都绷在了一起，生怕自己哪个环节出了差错，被他们发现我的腿是假肢。

"哇不得了，你是王逸文第一个带来跟我们玩的女孩子。"小松凑了过来，用手肘支了支我，突如其来的力量让我有点失去平衡，下意识想用左脚支撑一下，但是没有来得及，眼看着我就要和地面来个亲密接触的时候，王逸文用右手突然扶住了我。大家依然闹哄哄的，谁也没有注意他突然伸出的右手，我充满感激地看了他一眼，但他没有看我，像是什么事情都没有发生一样。

"你离她远点。"他推了一下小松。

"哎哟，我就轻轻碰了一下都不行？"

"嗯，不行。"

所有人都开始起哄，我的脸开始发烫，然后全身都开始发烫，连同脚指头都开始发烫。好像有哪里不对，可是到底是哪里不对？

"你站在我旁边吧。"他转身看着我，轻轻说出了这句话。

我们就对视了一秒，我感觉心脏跳动的负荷让我有点承受不住，于是赶紧避开他的目光，一边喘着气一边傻愣愣地点头。

可是我没想到吃饭的时候远比我想象的还要尴尬，吃到一半的时候，小松非要端起酒杯敬我，我刚端起酒杯，他就冷不丁地问了一句："你和我们王逸文是什么关系呀？"听到这句话后，我默默地偏着头看了一眼坐在旁边的王逸文，他玩着手机，连头都没抬一下。我说："朋友吧……"

"朋友，哦……"小松阴阳怪气的声音让整个桌子的人都开始对这个话题产生兴趣，我有点手足无措地捏了捏杯子，心里埋怨着自己为什么要参加这种聚会，不是自己给自己挖坑吗？

"你能坐着好好吃饭吗？"王逸文站了起来，也端起杯子，"嗯？寿星。"

"好好，既然我们大哥都这么说了，那我就不问了。"小松一口气喝掉杯子里的啤酒，然后看了我和王逸文一眼，又贼兮兮地笑起来，"那你们真是朋友啊。"

整个桌子的人又开始起哄，我有些尴尬地笑着，怀着等待拯救的眼神转过去看着王逸文，王逸文恰好也转过来看着我。那短暂的一瞬，我差点以为整个宇宙只有我和他，千万星河都住在他的眼里，而他的眼里却只有我一个人。怎么会有这么温柔的眼睛？

他突然低着头笑了一下，然后转过头对着小松说了一句："生日快乐，小松。"

小松有点无语地叹了一口气，把手上杯子里的酒一饮而尽。

聚会结束的时候，王逸文说他送我回家。

"我自己回去就行，这离我家不远。"

"我送你。"

"真的不远。"

他瞪了我一眼，然后自顾自地走在前面，没有再理会我，我执拗不过他，只能默默跟在后面，和他保持着两米的距离。王逸文看起来挺高的，背也挺得很直，有点像童话故事那种出淤泥而不染的反派，对，应该是反派，要不然他笑起来的时候，我怎么会有一种被他沉着冷静的表面给欺骗了的感觉。

"前面……"他突然转了过来，我瞬间一惊，然后有些慌乱地转移眼神。

"啊？咋了？"

"前面有楼梯。"

我偏着头看了一眼，有楼梯还好，可是这楼梯怎么没有扶手，而且……王逸文应该还不知道我腿截肢的事情吧。"换个地儿走吧，我腿受伤了，不能走楼梯。"他愣了一下，然后点了点头。

也就是在那时候，我的心情像是黄昏时刻来临，跟着太阳一点一点降到了谷底。

冬天的晚上，人走在大街上就像是走在冰窖里，三三两两的行人都把全身捂成了粽子，他们搓着手，跺着脚走在路灯下，啪嗒啪嗒的脚步声，这是整个夜晚唯一的声音。

我们两个都没有说话，他很专注地推着车子，我好几次偷瞄，他都皱着眉头。

"你是不是有什么问题要问我？"我说。

"嗯。"

"什么问题？"

他突然停下了脚步，将目光移向了我："在我面前，你可以不用那么在意。"

"什么？"我没有反应过来，于是充满疑惑地看着他。

天气太冷了，每一次呼吸都能看见嘴里吐出来一圈圈的白雾，他的鼻尖红红的，耳朵也是红红的。他看了一眼地面，然后抬头，深呼吸："我说你的腿，我都知道……"

我一惊，站在原地不敢移动，心里瞬间乱成了一团。我不知道该怎么应对这突如其来的状况，有一种自己隐藏多年的秘密被公之于众的感觉。

"我在学校里都有看到，你走楼梯的时候要等到所有人都走光了再走，你不喜欢走在别人的前面，自己一个人也不会去小卖部买东西，从来不去上体育课，走斜坡的时候会很吃力，这些我都知道。"

"但是，"他突然微微一笑，"我知道你很努力地在练习走路，努力地挺直了背，努力地不在乎别人的目光，虽然偶尔会害怕，但依然很勇敢地在面对。所以啊，在我面前不用那么在意，知道吗？"他说完这句话后，伸出手摸了摸我的脑袋。

我笃信，王逸文的眼睛里藏着光，像星星一样。

十六

"我有一个大胆的猜想，他可能喜欢我。"我把这段文字发给了周仪晨之后就马上收到了他的回复："你哪里来的自信？"

"不是你说的，让我一定要自信吗？现在又觉得我太自信了？"

"你觉得像那种又高又帅、风靡全校的男孩子会喜欢你吗？"

"为什么不可能？"

一分钟之后，周仪晨回复："请我喝奶茶我就告诉你为什么不可能。"

距离上一次见周仪晨已经快两个月了，他的嘴角长了细碎的小胡子，皮肤蜡黄没有一点生气，像是熬了好几个通宵的疲态。

"你怎么回事？都开始长胡子了。"

"青春期不该这样吗？"

"那你怎么不刮掉？"

"我没有剃胡刀。"

"你爸爸没有吗？"

"我没有爸爸。"

我一愣，刚要说出来的话堵在了嗓子里，一股巨大的气流瞬间卡在了呼吸道。

"你表情怎么这么难看？"他突然哈哈大笑起来，"我刚嘴瓢了，他只是经常不在家而已。"

"你吓死我了！"我一巴掌拍在他后脑勺上。

在这个小镇，有一家奶茶店的红豆奶茶特别好喝，周仪晨次次都点，但我不喜欢，因为甜得发齁。

"你这次也点红豆奶茶不行吗？"

"不行，甜得实在让我受不了。"

"你点一次也不行吗？"

"不行，接受不了。"

"一次。"

我有点莫名其妙地看着他，但他很严肃地看着我，眼神里全部都是认真。我更蒙了，不知道他在想什么，为什么非要在这件事上纠结。"行吧。"我移开了眼神，对着奶茶店的老板喊了一句，"我也要红豆奶茶，谢谢。"

"我特别喜欢冬天，你知道为什么吗？"

我摇了摇头，低着头喝了一口奶茶，吸管发出滋啦滋啦的声响。周仪晨嫌弃地看了我一眼："我要准备说很深情的话了，你能不能别把奶茶喝得这么恶心。"

"什么叫恶心？这里面有红豆堵在吸管上了，我得使劲儿才能吸出来啊。"

"你别说话了。"

"好嘛好嘛，你说你说，我不吸了。"

"不想说了。"他突然很失落地低下了头，也不理会我，自顾自地往前走。

"周仪晨，我也喜欢冬天。"我两步追上了他，手里捏着奶茶杯在他面前晃了晃，"你知道为什么吗？"他喝了一口手里的奶茶，挽了挽衣袖，然后看着我说："我不想听。""那你为什么喜欢，我想听！"我赶紧凑了上去，嬉皮笑脸地对着他说。

"反正我以后考大学的话，就去东北，去中国最冷的地方。"

"哇，我听我爸爸说，那个地方是真的很冷。"

"你懂个屁，越是冷的地方，才会觉得越幸福。"

我停下了脚步，把手伸进了衣兜里，抿了抿嘴唇，觉得有些不可思议，这种话居然是从周仪晨嘴里说出来的。

"别用那个眼神看我，你仔细想想看，当你走在大街上，天寒地冻的，突然出现一家卖烤红薯的，你难道不会觉得幸福吗？虽然比喻俗了一点，但确实是这样的。"

我笑着点了点头："对对对，是这样的。"

"你认真一点好不好！"

"我认真的，哈哈哈哈哈。"也不知道为什么，看着周仪晨生气，我反而有种被逗乐的感觉。

周仪晨好像就是这样一个人，就连哭的时候别人也不会觉得他是真的在难过。唯独这一次，他突然转过了身，我都还没来得及反应，只听见了假肢撞在地上发出"哐当"的一声巨响，在安静的路上传得很远。接着一阵天旋地转，眼前一片黑，我感觉自己全身一阵剧痛，每一寸皮肤都是剧痛，每一次呼吸也是剧痛。等我睁开眼睛的时候，周仪晨站在楼梯最上面。

他就那样安安静静地站着，整个人一动不动地看着我，没有任何表情，就那样双眼空洞地看着我。

妈妈来医院的时候，我刚处理完伤口，她瞪了我一眼，接着就是一阵劈头盖脸的责骂。

她离我很近，她每说一句话我都能感觉温热的气流喷在我脸上，我看着她的眼睛，眼泪不自觉地就出来了。

"你还好意思哭，自己走路不长眼睛？"她抱住了我，用手轻轻拍着我的背。我哭得更厉害了。

晚上八点的时候，快儿打电话过来。"我听说你走路摔倒了，怎么回事，你好点没有？"

"没事，好点了。"

"没事就好，我就打电话问问，平时多注意。"

"嗯……"我放低了声音，"快儿……"

"怎么了？"

"我不是自己摔倒的，是周仪晨推的。"

"周仪晨？他为什么要推你？应该不会啊。"

"真的。"我突然鼻子一酸，眼睛开始发涩，感觉到了身体有点不受控制的抖动，"你知道吗，我好像从来没有认识过他，他站在那里一动不动，我不怪他推了我，可是他真的就站在那里，眼里没有一点担心，没有一丝愧疚。"

"他怎么了？"

"我不知道他怎么了。"

时间一点一点过去了，我们彼此感知着对方的呼吸声，但谁也没有说话，直到妈妈开门的声音打破了沉默。

"我挂了，你照顾好自己，有什么事给我打电话吧。"

"快儿……"

"嗯？"

"回来看看周仪晨吧，看看我们。"

十七

这之后，周仪晨和我断了联系。一直以为我们两个三观毫不相同，想法也没有一致的地方，但是在互不联系这件事上，我们却达到了从未有过的默契。"就这样吧，"我想，"让他安静一段时间也好。"

新学期开学，日子慢慢回到正轨，枯燥的三点一线生活依然没有消磨掉我和月儿对烤肠的激情，小卖部永远不会缺少我们俩的身影。只是和以往唯一不一样的是，每当我们要对人群投降的时候，就会有一个又高又帅又会打篮球的人出现。

"什么时候的事？"我揶揄着月儿，"咋背着我你俩突然就好上了。"

"嘘！"月儿赶紧捂住了我的嘴，"还没好上！小声点！"

我瞄了一眼她，然后摇摇头，往后退了一步："没好上他帮你抢什么烤肠，你看看人家好好一个男神，为了帮你抢烤肠，都被挤得变形了。"

"噗——"她突然笑了出来，"就算变形了，我也觉得他是全世界最好看。"

"是是是。"

"难道在你心里王逸文不是全世界最好看吗？"

"啊？"我全身立马紧绷了起来，"谁说的？我可从来没有说过！"

本来想躲避月儿眼神的追问，没想到刚转过身就看到王逸文和他几个朋友路过小卖部，他安安静静地走在最后面，小松站在旁边一直大笑着跟他说着什么，但他只是淡淡地笑着，酒窝似有若无地浮现在脸颊。

"是吧，王逸文果然是全世界最好看呢。"

"好像……嗯……就那么一点好看吧……"

"哦!! 那边那边!! "小松突然猛拍王逸文的肩膀，"你的小可爱!! "

小可爱??! 我瞪了一眼小松就赶紧移开视线，拽着月儿的手准备迅速离开。

"嗨! 王逸文! "月儿挥了挥手，然后嘚瑟地看了我一眼，脸上挂着一副看好戏的表情。

小松摇晃着脑袋蹦了过来，一只手搭在我的肩膀上，一只手挡住嘴凑在我耳边说："怎么样，好久没见我们家王逸文，是不是发现他更帅了？"我支支吾吾了半天也没说出一句话，脸憋得通红，手心也憋得出了汗。

"手放下来。"王逸文冷冷的声音在身后响起。"是是是，我错了。"小松笑嘻嘻地把手放了下来，并且很自觉地往后退了几步跟我保持距离。然后空气就凝固了，四个人傻傻站着，也不知道该说什么话。

"我们先回宿舍了。"王逸文看了一眼我，转身离开。"这就完了？"小松一把拉住了他。"你还有什么事吗？"说完这句话后，他就自顾自地先走了，剩下小松一个人跟在身后。"王逸文你他妈的也太屄了吧!! 等等我!!"

十八

生日快乐哦。

以后要多笑，一定要坚持吃早饭，每天都要喝一盒牛奶，不开心的时候就出去走走，难过的时候看看书，告诉自己这个世界还很大，还有很多地方没有去。

这一年发生了很多很多的事情，也遇见了很多很多人，每个人都带着自己的故事，像风，也像雨。

遇见他们真好，这样平凡地度过每一天，也真好。

那就好好爱惜自己的身体，好好吃饭，好好睡觉，好好生活，一切都会好起来的。

嗯，我讲完啦。

"你又老了。"月儿端着蛋糕说。

"这叫成长，怎么叫又老了？"

"不过时间过得真快啊。"

我点了点头，从包里取出蜡烛，一根一根插在蛋糕上。

"你难道不觉得你过生日就我一个人陪你，实在是太寡淡了吗？"

"寡淡吗？我觉得还好啊。"

"喊。"月儿撇了撇嘴，把蜡烛点燃，然后拍了拍我的脑袋，"闭眼睛许愿吧。"

该许什么愿望呢？

我的脑子闪过了一个场景，王逸文站在路灯下面，披着月光，温柔而又坚定地说："我知道你很努力地在练习走路，努力地挺直了背，努力地不在乎别人的目光，虽然偶尔会害怕，但依然很勇敢地在面对，所以啊，在我面前不用那么在意，知道吗？"

太好了吧……不行不行，我这个时候怎么能想他呢？

"我数 1、2、3 你就睁开眼睛吹蜡烛。"月儿有些小兴奋。

"知道了。"

"1、2、3。"

"生日快乐!! "

睁开眼我就完完全全愣住了。我反复睁眼、闭眼确信眼前的人是不是真实的，王逸文怎么会突然坐在我的对面，还笑得那么好看？

"惊喜!! "月儿拍了拍手，然后挨着我坐下，"早就跟他们商量好了，偷偷给你个惊喜。""是不是超级开心！"小松也挨着我坐下，习惯性地把手搭在我的肩膀上，但瞟了一眼王逸文，又立即放了下来。唯独王逸文，他安安静静地坐在我对面，眼睛一直看着我，没有说话，也没有移开视线。

"你……别这样盯着我，我真的是瘆得慌。"

"我就是来吃蛋糕的。"他突然移开视线，低头偷偷笑了一下，然后又马上很正经地抬起头看着我，"也来祝你生日快乐。"

我知道我心跳很快，我也知道我现在看起来一定很傻，我甚至怀疑我现在是不是全身上下都红成了一片。可是这控制不住的喜悦和兴奋是怎么回事？"谢谢你来。"我笑着说。

"那我们呢？我们没来吗？你眼里只有王逸文吗?! "

"不是不是，我不是那个意思！也谢谢你们来！"

"好虚伪哦，刚刚不说谢谢我们来，现在谢谢我们来有意思吗？"

"不是嘛！！"

王逸文一只手撑着下巴，一只手用手指敲打着桌面，脸上散发着"姨母笑"的温柔。他肯定像看傻子似的看着我，我也不敢和他对视，就一直假装不在意地和小松他们争执着。偶尔瞟到了他，也很迅速地转移目光，他一直笑着，眼睛亮亮的。

王逸文笑起来那么好看，如果能经常笑就好了。

吃过饭之后，小松和月儿提出建议说出去散散步。

"散步？！这不像是你的作风啊。"

"你难道不知道饭后走一走，活到九十九，再说了，晚上散步是一件多浪漫的事情啊。"

"浪漫？"我质疑地看了一眼月儿。

"嗯，浪漫。"王逸文斜着脑袋点了点头，"一起去散步吧。"

我站在原地傻愣愣地看着王逸文，突然找不到任何理由来反驳了。但是没有想到的是，说好的四个人一起散步喝奶茶，到最后只剩下了我和王逸文两个人，那两个人已经不知道在什么时间什么地点恰到好处地消失了。

"你在看什么？"

"我在看他们两个人去哪里了？"

"我让他们先走了。"

"啊！？"也许是太大声了，气氛突然变得有点微妙，我低下头看着鞋跟，不敢抬头，也不敢移动，心里恨不得抽自己一耳光。

"走了这么久你会不会累？"

"不会。"我摇了摇头，继续看着鞋跟。

"要不要坐一坐？"

"不用。"我又摇了摇头。

"你能不能看着我说话？"

王逸文的声音让人丝毫没有抵抗力，我瞬间抬起了头。"你刚刚好严肃啊，哈哈哈哈。"我试图缓解尴尬，"我都没发现，北川的夜晚原来这么美啊，哎，你奶茶还没喝完吗？冰了就没那么好喝了。"说完这句话，我摇了摇杯子，对着吸管猛吸了一口奶茶。

"你喜欢喝奶茶吗？"王逸文问。

"喜欢。"

"你喜欢北川的夜晚吗？"

"喜欢呀。"

"你喜欢我吗？"

他淡淡地问出了这个问题后，就转过头不再看我，没有理会我整个人突然变得慌乱。有一种说不上来的情绪充斥着整个大脑，覆盖了所有的脉络神经。话题到这里就结束了，我没有回答，他也没有继续问下去，我们并肩走在路灯下，心里都藏着各自的秘密。

快到我们家楼下的时候，他让我把奶茶杯递给他。

"我自己去扔就好了。"

"我帮你去扔。"

"我可以扔在家里。"

"旁边就有垃圾桶，你为什么要带回家里扔？"

我被问得一时语塞，悻悻地把奶茶杯递给了他，然后尴尬地笑了笑，准备转身上楼。

"明天见。"他说。

我猜他并没有去扔奶茶杯，他一定安安静静地站在我家楼下，目送着我上楼，看着每一层的灯光亮起来又暗了下去。

五月真好，连风都变得轻柔起来。绿植已经开始慢慢生长，从角落蔓延至窗台，空气中夹着潮湿的味道，光线斜斜射进来，暖暖的。

夏天好像快到了。

十九

天气渐渐回暖的过程中一连下了好几天的大雨，我每天去食堂的路上一直在担心万一假肢不小心进水了该怎么办。

月儿最开始想了一个办法，在右腿上套一个塑料口袋。但是这个方法立刻被我否决了，这么引人注目的方式我实在不想尝试。

但其实假肢进水只是其中一个小问题，如何在食堂安全行走并且顺利吃到饭成了一个大问题。

食堂地板本身就已经很滑了，再加上地板表面全是水和油的混合物，每一步就像是踩在滑板上一样。妈妈从家里拿来了一双超级防滑的运动鞋，然后在假肢外面套了几双厚厚的袜子防止进水。"妈，你包这么厚，现在看起来我的右腿粗了很多。""没办法，万一进水就生锈了，你要保护好你的小钢腿。""好吧。"我点了点头，眼看着小钢腿被裹得已经完全没有了膝盖和弧度，直直的一条像是一根树干。

每到周三，食堂会炒很好吃的肉片，同学们会在最后一节课做好准备，当下课铃声响起的时候，也就是冲锋号角响起的时候。但是肉片永远和我没关系，每次等到我和月儿走到食堂，肉片早就已经卖光了。今天也没抱期望，拿着饭卡滴的一声后准备离开，食堂阿姨突然叫住了我们两个。

"还有一份肉片你们要吗。"

"要!!"

今天运气好像很不错呀。

月儿端着汤和米饭走在前面，我端着肉片和米饭走在后面，盘底传来的热度让手心有点痛，我喊了两声月儿的名字，但因为食堂人太多，她没有听清。手心越来越烫，我甚至能感觉到手腕在抽筋，心里想着赶紧放下盘子，于是步子迈得越来越快，在下斜坡的时候，悲剧发生了。短短一秒，我没能来得及控制住假肢，身体突然失去了平衡，整个人硬生生地摔到了地上。"哐当"一声，整个食堂都安静了。

滚烫的油从脸上顺着脖子流进了衣服里，手心传来一阵抽搐，两只腿麻麻的，失去了所有力气。一切都来不及思考，也来不及反应，耳边传来了邻桌几个女孩子的嘲笑声。

"你看！有一块肉片贴在她的额头上！"

"我好像看到她内衣了。"

"有点恶心……"

议论声像密密麻麻的雨点砸在了我的脑袋上。我想扶着栏杆站起来，但马上又摔了下去。

我的身体好像被堵住了，眼睛和鼻子还有嘴巴好像都变成了窗户，它们被胶布封得死死的，所有的委屈，所有的难过都被死死地封住了。可是啊，却封不住自卑，它会顺着滚烫的油流进衣服里，会随着嘲笑声穿进耳朵里，会弥漫在空气里，让人窒息。

月儿的脸白成了一张纸，突如其来的情况让她蒙在了原地，等她反应过来的时候，全身就控制不住地开始颤抖，她把手里的碗放在了地上，跑过来扶我。可是地上实在太滑了，每一次尝试站立，我都会再一次摔到地上。就好像这么久努力积攒起来的自信、欢乐，在所有的人面前，赤裸裸地，一次次地，摔在了地上。

如果不是他出现的话……如果他没有出现的话……还好没有如果，还好他出现了。

王逸文出现在了我面前，他眉头紧皱着，然后蹲下准备把我抱起来。"别，我身上都是油……"他没有理会我的话，也没有理会旁边传来的议论声，还是自顾自地把我抱了起来，我脸上的油蹭在了他白色的体恤上，黄黄的一块显得特别扎眼。我靠在墙上，全身狼狈得像是一个小丑，我不敢环顾四周，甚至不敢抬头。他摸了摸我的脑袋，他说："没事的，不要哭。"

"我走不了了……假肢好像摔坏了。"

"我扶你回宿舍好吗？"说出这句话后，他的眼眶就红了。王逸文的眼睛就是这样子的，永远都带着光，带着坚定和力量。

我摇了摇头，然后拉住了月儿的手。"月儿扶我回去吧。"

他沉默了一下，然后说："好。"

我没有看到他的表情，也许是从低着头开始就不敢再抬起来。月儿扶着我走过人群，我能看到每一个人的鞋子，五颜六色的。

没事的，不要哭，不要哭。

我拍了拍月儿的手背，示意让她不要担心，走到寝室门口的时候，我看了一眼衣冠镜里的自己，眼泪就掉下来了。我也不知道眼泪是怎么掉下来的，可就是再也控制不住了，我埋怨自己为什么走路不小心一点，如果走稳一点，就不会发生这样的事情，假肢就不会摔坏。我扔掉了我最心爱的一个杯子，对着镜子把自己脱光，然后坐在空床板上发呆。

一个小时后，妈妈赶到了学校，她什么都没有说，蹲在我面前帮我穿衣服套袜子，然后打了一盆水，小心翼翼地帮我洗掉脸上的油渍。

"你已经做得很棒了，我们回家吧。"她说。

二十

接下来的两个月，我没有去学校。

那之后，我开始有意地回避自己的小钢腿，也不主动和爸爸妈妈聊起这件事，心底像是长了一根刺，怎么拔也拔不出来。有好几次我听见爸爸站在房间门口来回走动的脚步声，但是他都没有敲门进来。有天晚上，他肯定以为我睡着了，就踮着脚偷偷跑到我房间里，把榴梿千层放在床头柜上，又蹑手蹑脚地走了出去，轻轻地关上了门。

可是榴梿千层隔夜就不好吃了，我打开台灯，坐在小窗台上，对着外面星星点点的路灯吃着榴梿千层，心里突然觉得暖暖的。

周末那天，爸爸说要带我去残疾人康复中心做假肢维修，妈妈老早就起床把轮椅从柜子里拿出来，把上面的灰尘擦掉，装上了小垫子。康复中心的大厅里有一面很大的镜子，很多人对着镜子做步态矫正训练，爸爸和我坐在大厅边上，安安静静地观察每个人。

有一个小女孩，看起来大概十四岁，两只腿都装上了假肢，所以走路特别吃力，每走一步，她就皱一下眉头，汗水浸湿了她的衣服，但是她还是很努力地对着镜子，一步一步走着。"她好厉害。"我指了指那个小女孩。爸爸顺着我手指的方向看到了那个小女孩，然后点了点头说："确实很厉害。"

我推着轮椅滑到了那个小女孩旁边，然后指了指假肢告诉她说："你不要走太久了，不然腿会疼。""没事哈哈哈哈。"她伸出手抹了抹额头上的汗水，"站起来还有点兴奋。"那天下午我和她聊了很多。她很喜欢笑，每说一句话都像是带着风，坦然，无拘无束。

"爸爸，你知道吗，那个小女孩真的很厉害，她比我伤得还严重，她两只腿都没有了，以后穿假肢的话可能连十分钟都走不了，也有可能一辈子都没有办法甩掉拐杖，她成绩很好，但是因为受伤小学还没毕业，可是她觉得没什么，她还说以后她会考上清华北大，会赚很多的钱给自己的爸爸妈妈。"

"喜欢她吗？"

"喜欢，可是……"我看了一眼自己的残肢，"也很羡慕，我没有办法那么勇敢快乐，也没有办法那么坦然告诉别人我腿受伤的事情。"

"那你觉得，你该怎么做才能像她那样快乐？"

"也许所有人都不会发现我腿是假肢的时候，我才会快乐吧，如果每一个人都把我当作正常人，我才会快乐吧。"

"我不这样认为哦。"他摸了摸我的头。

"嗯？"

"我觉得让所有人都发现你腿是假肢的时候，你才会快乐。"

"不可能。"

爸爸哈哈笑了起来，然后推着我往回家的方向走。"最好的方式不是回避你原本的样子，而是坦然接受，逃避并不能解决问题，反而接受缺点，再带着缺点生活，就不会觉得不快乐了。"

"是什么意思？"

"以后慢慢就懂了，现在的你就已经是最好的了，知道吗？"

"爸爸。"

"嗯？"

"我今天还可以吃一个榴梿千层吗？"

二十一

门铃响起的时候，我还躺在床上，也没来得及多想，就一只腿跳到客厅去开门。

今天刚好下了一点小雨，王逸文的头发上沾了很多细小的水珠，他背着双肩包站在门口，看见我开门，他愣了一下，然后很尴尬地举起右手说了一声"嗨"。我心里一惊，下意识的反应是把门啪的一声又关上了。"完了，王逸文应该还没见过我不穿假肢的样子吧，这……"我低头看了看自己空空的右腿，"这样见他也可以吗？"

门铃又一次响起来，我透过猫眼看了一眼王逸文，努力给自己做心理建设，虽然没能成功地说服自己，但最终还是打开了门。

"嗨。"这次轮到我尴尬地举起右手，"过来坐吧。"

王逸文站在原地跳了跳，把伞轻轻靠在门口的角落，然后从包里拿出一次性鞋套套在脚上。他走进来环顾了一圈，问我："叔叔阿姨不在家吗？"我往客厅跳了两步："嗯，白天基本不在家里。"

"那你怎么吃饭？"

"到吃饭的时间，妈妈会回来。"

他若有所思地点了点头，然后拿出一张纸巾把双肩包上面的水擦干净后放在椅子上。"你坐着吧。"

"好。"我又往客厅跳了两步。

"需要我扶你吗？"

"不不不，不用了，我可以自己跳，我一只腿很稳。"说出这句话后，我深呼吸，超级尴尬地看着他，也不知道该说什么。

他低着头笑了一下，从包里拿出书和笔记本。"我们老师不一样，所以教学方式也有些不同，但还好学的内容都是一样的，我把每一科的笔记都整理好了，不管你去不去参加期末考试，都可以看看。"

我侧着头看了一眼厚厚一叠笔记本，心里一阵抽搐。"数学啊……我可能看了笔记也不太会。"

"我知道。"

"嗯？"

"所以我过来找你了。"

我发现，王逸文讲数学题的时候很喜欢转笔，解题的时候特别认真。你要是突然说话，他就会皱着眉头瞪你一眼。侧面的话，还真是好看，一个男孩子睫毛怎么可以比女孩子的还长，鼻梁的弧度也刚刚好，皮肤好像也挺不错的……

"明白了吗？"

"啊？"

"这道题。"

"明白了，明白了。"

"那你给我讲一次。"

"啊？"

他把笔递到了我手上，我拿着笔之后迅速在脑子里回忆了一遍解题过程，天啦，我的脑子居然除了王逸文的脸就没有其他东西了。

"嗯，这道题，大概就是这么解的，先从右边开始……"

"我说……"

"嗯？"我抬起头看着他。

"要不我们在一起吧。"

我幻想很多次，在我人生十六七岁的时候，有那么一个人，不在乎所有的流言蜚语，披荆斩棘，像是斩妖除魔的骑士，带着胜利的曙光和这个世界全部美好的东西，来到我身边。

他的喜欢狂热又激情，会在人潮拥挤的大街上大声说"我爱你"，会在黄昏时分跑到我家楼下抱着吉他深情地唱着情歌，会穿越山川河流，走过四季。

他的告白轰轰烈烈，也许是站在整个城市最高的楼顶，对着全世界宣布我是他的女朋友，也许是九百九十九朵玫瑰和意想不到的惊喜。

我一直以为这才是最浪漫的样子，可是现在才知道，原来最浪漫的事情，是有那么一个人，在下雨天的时候，眼里满是温柔地说"要不我们在一起吧"。

他不是斩妖除魔的骑士，也没有狂热和激情，他安安静静，像春天的风，也像夏天的雨。

"我很认真，超级认真。"他一直看着我的眼睛，仿佛要把我看穿一般。我赶紧低下头，然后支支吾吾了半天，说了一句："讲到哪里了……"

"求函数的值域。"

"对对，值域！怎么解来着？"

"我已经讲了三遍了。"

"啊？三遍？再讲一次吧，最后一次。"

"你答应我的话，我就再给你讲一次。"

"嗯……那……让我想想……"

"还需要想想？"

"就……需要想想……"我猛地点了点头。

王逸文大哥，你能不能别这么认真地看着我……

"好吧，我等你。"

"你也回去想想。"

"我为什么要想想？"

"就……你不要冲动，也不要感情用事，我跟其他女生不一样，你今天也看到我腿的情况了，我……反正我没有那么好，你跟我在一起之后就会知道，走在一起的话，会有很多人看着你，他们也会觉得奇怪你为什么会跟我这种人在一起……我也没办法陪你去很多地方，总之就……"

"没有冲动，也没有感情用事，很早就想清楚了。"

"你不要那么肯定地回答，你再想想！"

王逸文突然笑了起来，往前走了两步，然后摸了摸我的头。

"想得很清楚了，从很早就开始想了。"

现在我的脸应该涨得通红吧，耳朵烫得已经听不到外界的声音，脑子只有王逸文的声音来回绕着。"可是……这是早恋吧……爸爸妈妈和老师如果知道了，可能会生吞活剥我们的。"

"对哦。"他若有所思地点了点头，然后突然转过身凑我很近，甚至连他的呼吸和心跳我都能感觉到，"那就偷偷的吧！"

有一颗星星，它偏离了自己原本的行星轨道，坠入了浩瀚的宇宙里，宇宙尘埃包裹着它的身体，漫天星河偷偷地从它头顶上溜了过去。原本它是有期待的，因为宇宙里有各种形状的星云，说不定还能遇见生命，听见轰隆隆的声音。可是它不知道自己该去哪里，慢慢地，它感觉到了孤独。

"宇宙真大呀，仿佛藏住了世间所有的秘密。"它告诉宇宙里一粒小尘埃。

"那当然了！"

"但我还是想回家……"

小尘埃咂巴着嘴说："你回不去了。"

"那我该怎么办？"

"等待毁灭吧，然后就会重生了。"

一

电话铃声响起的时候，已经是凌晨两点了。

我半眯着眼睛看了一下手机屏幕，是一个陌生的号码，犹豫了片刻，最终还是接起了电话。"喂"了好几声，对方也迟迟没有说话。

我又拿起手机看了一眼屏幕，确认是在通话中没错，心里有些发毛，想着该不会是什么灵异电话或者被人恶搞了吧，刚想挂电话的时候，对方突然就说话了。

"对不起。"

简短的三个字让我昏昏沉沉的大脑瞬间变得清醒了过来。也许是熬夜的原因，周仪晨的声音好像变了，沙哑的声音让人莫名地感到难过。

"周仪晨？"

"嗯。"

我们都没再说话，寂静的夜晚将他的呼吸放大了好几倍，微弱的声音撞击在墙面上，敲碎了每一个关于未来的美梦。他好像没有那么开心了，好像我们之间失去了什么，又好像一切都还是最开始的样子。

"如果你有时间，我们就见见吧？"

"你怎么了，是发生了什么事情吗？"

"没有，什么都没有发生。"

"你心情不好吗？"

"没有。"

沉默了两秒钟之后，我点了点头，但突然又想到他看不到我的动作，于是对着电话轻轻吹了一口气，然后小声地说："嗯，我们见一面吧。"我不敢打破这个夜晚的宁静，也不敢惊动黑暗里所有的情绪。

两天后，周仪晨顶着黑眼圈来见我了。他站在我家楼下，手里提着一杯红豆奶茶，我站在阳台上喊了一声他的名字，他斜着脑袋转过身来看了我一眼，然后又背过身去。

"要不你上来？"

他摇了摇头。

"为啥不上来？"

"你别管那么多，下来就行了。"他瞪了我一眼，我也回瞪了他一眼，僵持了五秒钟，最终以我的妥协结束。

假肢刚维修好不久，穿起来还不是很适应，但周仪晨似乎没发现，他把奶茶递给我之后，就自顾自地走在了前面，没跟我说话，也没有回头看我。

"你为啥不点热的奶茶？"

"大热天的你喝什么热的奶茶。"

"那你能不能走慢一点？"

他转过身来径直走到我面前，伸出手摸了摸奶茶杯子，皱起了眉头，接着一把抢过我手里的奶茶，扔进旁边的一个垃圾桶里。

"你干啥?！"

"嫌弃就不要喝了。"

"你这是在上演什么霸道总裁的戏码?！"

"那要不要我给你捡回来？"他说这句话的时候，眼睛直愣愣地看着我，虽然面容带着微笑，但是眼神却很陌生，仿佛在说一个并不搞笑的笑话。"嗯？要不要？"他没有管我，侧着身往垃圾桶的方向看去。"不用了。"我低下了头。他依旧自顾自地走到了垃圾桶旁边，我心里一慌，往前走了两步，一把拽住他："我说不用了。"也许是我走路的姿势太奇怪了，他停了下来，低头看了一眼我的腿。

"你是不是又受伤了？"

"前段时间把假肢摔坏了，重新更换了一个，我还不是很适应。"他愣了一下，又看了一眼我的腿，没有再说话。

"我在学校摔的，不是那一次。"

他扑哧一声笑了出来："你就这么清楚我在想什么？"

我斜着脑袋点了点头："毕竟认识这么多年了，你的难过和不开心我一眼就可以看穿，所以啊，别在我面前装了。"

"那你猜我现在在想什么。"

"我猜你现在想喝一杯红豆奶茶。"

"猜对一半。"

"一杯热的红豆奶茶。"

"果然挺了解我的。"

"我突然发现我也挺喜欢冬天的。"我看了一眼周仪晨，然后摇了摇手里的奶茶杯，"知道为什么吗？"

"抄袭我？"

"那倒不是，我只是发现夏天喝热奶茶完全没有幸福感啊。"

"也不是完全没有。"

"哦？"

"跟你在一起喝奶茶，我觉得都挺幸福的。"刚从吸管溜进嘴里的一颗珍珠卡在了喉咙上，听到这话我猛咳了几声，脸涨得通红，手胡乱地扑腾了几下，周仪晨见状连忙拍了拍我的背，一脸嫌弃地看着我说："至于吗？"大概一分钟之后，我才缓过来，坐在路边的花坛上喘着粗气。

"周仪晨，你该不会是喜欢我吧？"

"做梦吧，天下那么多美丽可爱的女孩子，我为什么要想不开喜欢一个大脸盘子？"

"不喜欢就不喜欢，你非得人身攻击吗？"

"我说真的，你这么丑会不会一辈子都没人要？"

"呵呵。"我站起身来拍了拍裤子上的灰，"那还真是让您失望了，我有人要了。"

"是哪一位同学的脑子又被门夹了？"

我故作神秘地笑了起来，然后拿出手机翻开相册。

"你在找什么？"

"呐！"我把手机支到他面前，"他叫王逸文。"

"他居然真喜欢你。"说完这句话，他看了一眼手上的奶茶，然后站起来扔进了垃圾桶。

"你这么快就喝完了？"

"没有喝完。"

"没有喝完你干吗扔掉，这么浪费。"

"凉了。"

我人生中第一次半夜十一点坐在大排档吃烧烤喝啤酒，又是跟周仪晨一起。妈妈的电话打了一通又一通，我心虚搪塞着说今晚在月儿家里，给月儿过生日，但心里又内疚又焦急。

"你妈催你回家？"

"你说呢？"我瞪了他一眼，"还不都是你，好好地突然说什么想不醉不归，我待会儿怎么送你回去？"

"我怎么可能喝醉，你坐一会儿自己回去就可以了，不用管我。"

"这么晚不回家，你爸妈不着急吗？一看就是个浪子，爸妈管不住的那种。"

他笑了笑，给自己满上了一杯酒，一仰头全喝了下去，喉结顺着脖子上下滑动，嘴角的小胡楂显得青涩懵懂。一两年的时光让周仪晨突然变得成熟了起来，我甚至都快忘记了我和他第一次见面时的场景，时间过得太快了。

"周仪晨，你以后长大想做什么？"

"长大？"他想了想，重复了一遍，"长大想做什么？"

"还没想好吗？"

他笑着摇了摇头："不知道。"

"没有？心愿呢？"

"心愿的话……"他突然端起了酒杯，"全家幸福美满，干杯。"

我愣了一下，然后端起了手边的茶水："干杯！"

快凌晨一点的时候，烧烤店的阿姨提醒着我们要关店了，但周仪晨喝得正高兴，他不满地看了一眼阿姨，然后小声地说了一句："这个阿姨看起来就不是很友善的样子。"

"你有点喝多了，该回家了，我先送你吧。"

"喝多了？"他突然站了起来，然后重心不稳地往旁边偏了一下，吓得我从椅子上赶紧站了起来。

"你慢点！"

"哈哈哈哈哈。"他放声大笑，"你至于吗？"

阿姨用一种奇怪的眼神打量着我们，我尴尬地冲她笑了笑，付了账赶紧扶着周仪晨离开烧烤店。

凌晨一点的北川，安静得像是宇宙里的另一个星球，这个星球没有风声，也不会下雨，只能听见灵魂的声音，他们窃窃私语，说着人们不知道的秘密。

"我有三件你不知道的事情要告诉你。"他甩开我的手一屁股坐在地上，低着头摇了摇脑袋，然后傻呵呵地笑了起来。

"地上凉，你站起来说。"我手还没有伸过去，就被他一把甩开了。

"我认识了这么多人，每个人嘴上说着爱我，喜欢我，但其实只有你和快儿对我好。"他突然干呕了一下，强行支撑着身体站了起来，接着摇摇晃晃地跑到花坛边上一阵狂吐，我跟了过去，轻轻拍了拍他的背，拿出包里的卫生纸递给了他。

"要不先回家，现在外面也没有超市开门，回家喝一点热水会好一点。"

他摇了摇头，双手撑在花坛上，继续说道："第二件事是，我没有喝醉，脑子特别特别清醒。"

"嗯，我知道。"我一边拍着他的背，一边回答。

"所以你能不能只对我好。"说完这句话后，他抬起头来看着我，眼睛里密密麻麻的缠绕着无数根小血丝，越来越多，越来越多，直到满眼都被红血丝覆盖。他好像什么都看不见了，眼睛闭上的那一秒，眼泪唰的一下掉了出来。

二

后来，我一直在想一个问题。原来人生中真的有很多第一次，第一次坐在男孩子的自行车后座，第一次在 KTV 唱歌唱到嗓子发炎，第一次翘课去看电影，第一次坐过山车，第一次午夜十二点在大排档喝酒吃烧烤。以前的我以为，这些有趣的第一次，都会交付于心目中的那个王子，只有这样，这些第一次才会有意义，才会值得回忆。可是后来我才发现，陪我做这些事的人，不是我想象中的王子，也不是正义感爆棚的骑士，而是那个简简单单，笑起来有两颗虎牙的周仪晨。

他说："你知道吧，我把你当亲人，就是那种不管做了什么不可原谅的事但是最后都会被原谅的那种关系。"

他说："生活太苦了，所以一定要喝最甜的红豆奶茶。"

他说："以后读大学一定要去东北，去中国最冷的地方，越是寒冷的地方温暖才会显得珍贵。"

他说："要不我们跟快儿商量一下，我们三个这辈子都不结婚，等老了的时候就凑钱在北川开一个养老院，每天晒晒太阳，养点花什么的，吃了晚饭之后再一起出去散散步，这样多好。"

他说："未来嘛，我一定帅得惊为天人，虽然我现在已经很帅了。"

他说："我以前一直以为春天和秋天没什么区别，后来才发现其实区别挺大的，春天万物生长，秋天万物凋零，你留都留不住，真够残忍的，不过还好，一想到春天还会再次来临，人生就值得期待了。"

"喂，周仪晨，你生日愿望是什么？"
"全家幸福美满。"
"换一个，这个太俗了。"
"不行，就这个。"

他说："我说，你会陪我一辈子吗，我会挣钱供你吃供你穿，如果你实在寂寞要结婚也可以，但别太爱他了，因为我看电视剧里说，人的这一生只能深爱一个人，你要是把爱全部都给他了，那我怎么办？"

我想想，我回答他这个问题了吗？好像答案是什么都不重要了。

因为周仪晨去世了。

试卷发在我手里的时候，第一排的选择题突然开始变得模糊，第二题，第三题，第四题都变得模糊了。最后一幕，是监考老师出现在画面中间，他抽走了我面前的试卷，神色慌张地说着什么，好像有人扯着我的衣服，还有最后一排靠窗户的那个女孩子，我看见了，她在流眼泪。

你说，这个世界上有那么多人都在努力地活着，为什么还有人舍得亲自结束自己的生命？

我说服不了自己，一千个、一万个理由我也说服不了自己。

周仪晨的妈妈跟我想象中的差别有点大，她来见我的那天，穿着一双高跟鞋和酒红色的连衣裙，她说话的时候，大红色的嘴唇显得特别有吸引力。

"你跟我们周仪晨关系挺好的吧？"我点了点头。

"你知道他去世了吗？"我点了点头。

"没事的。"听了她的话，我还是点头。我嘴边咸咸的，两只手摸了半天没有找到纸，就直接用衣服袖子擦了擦眼泪。

她没有再说话，大家都彼此沉默着，周围的一切都在动，唯独我和她，安安静静坐在那里。"那我先走了，其实也没什么事，就是来看看你们这些跟他关系特别好的朋友。"她拿起放在旁边座椅上的包，然后理了理裙角，看了一眼桌子上一口没喝的柠檬水，转身离开。

高跟鞋的声音和大理石地板摩擦，发出哐当哐当的声响，那是一种带有仪式感的，很庄严的声音，宣告了某种开始，也宣告了某种结束。

"阿姨……周仪晨他是为什么？"我站了起来，问出这句话后，全身的神经都紧绷了起来。

"抑郁症。"

我好像听见了每根神经断在了血液里的声音。

亲爱的周仪晨。

143

我见了你妈妈几次，每一次她都只点一杯柠檬水，什么也不说，就和我一起坐着，等到太阳下山，她就离开了。

突然发现以前的你几乎从未和我提过你家里的事情，你去世之后，有个暗恋你的女孩子给我来过电话，她告诉我说，你打过她，但是她不怪你，并且还是一如既往地喜欢你。因为她知道你其实并不是那样一个人，但是家庭的暴力让你不得不成为那样一个人。

她还说，你过得一点都不幸福。

我在想啊，为什么她知道的这些我一点都不知道，在我眼里，你永远笑得那么开心，就连难过的时候也可以自己安慰自己，一副无忧无虑的样子，好像天塌下来都不会影响到你。

周仪晨，你问我能不能只对你好，我没有回答你，如果我回答了这个问题，结果是不是就不一样了。

去他大爷的抑郁症，它凭什么要带走你?

凭什么?!

三

后来很多事情都变了。

那条经常去的小街已经重新装潢，经常玩的游戏我再也没碰过，那家店的红豆奶茶也失去了原来的味道，喜欢的电影再也不能看得热泪盈眶。唯独我心里的你，还是十六七岁的模样，一身简单的运动服，一双干净的白球鞋，总是站在离我最近的地方，笑的时候还会露出两颗好看的小虎牙。

可想一想，你似乎又离我特别远。

我没有看出你每次笑时背后的沉重，没有看出你心里一直藏着一把可怕的刀，没有看出只要一不小心，你就容易跌入深不见底的深渊。我要是早点知道多好。可是我知道得太晚了。后来我去爬了很多座山，去看了很多城市，每一个行程我都带上了你，每一张照片我都留了你的位置。对了，我还去了东北，那天刚好下大雪，我买了一个烤红薯，虽然握在手里很暖和，但我还是冻得眼泪直流。

周仪晨，你知道吗？我开始学会保护每个内心脆弱的人，开始留意抑郁症带来的危害，开始了解抑郁症并不是可以轻易被看出来，也知道了其实每个人都有可能得抑郁症。而这些，都是你教会我的。同时你也教会我，逝者已逝，不再追究不再猜测，无论是什么原因。

我多希望，这些都是虚惊一场。但没办法的话，我就只有在最后一程，目送你走上新的冒险，看着你选择自己的天堂。

四

这周放学回家，妈妈提前发来短信，说让我早点回家，有惊喜给我。

在宿舍收拾衣服的时候，月儿站在床边，拿着一支废弃的牙刷不停地敲着床沿，见我没反应，她站了起来，拿着牙刷在我面前晃了晃。

"你最近不对啊？"

"没有啊。"

"骗人，最近一直死气沉沉的，别以为我不知道，上课也在走神，是发生什么事情了吗？"

"哎呀，真的没有。"

她还想再继续说点什么，我比了一个嘘的手势，拿走了她手上的牙刷，扔进了垃圾桶里。

"要一起回家吗？"她皱着眉头，嘟囔着嘴，脸上写着"我很不爽"四个大字，"嗯？要一起吗？"

"知道了，我去拿东西。"

从宿舍到校门口这一段路程，月儿的嘴没有空闲下来，一直不停地问我最近是不是发生了什么事，我摇了摇头，她还是固执地追着问。后来我索性偏着头不看她，看旁边的树，看旁边笑得特别开心的同学，看头顶上正好飘过的一两朵云。

"嘿！！那是快儿吧！！"

"哪里？哪里？在哪里？"

我四处搜寻着那个熟悉的身影，每过一秒，脑子里就越是空白，直到我看见了她。今天的快儿穿着白T恤，扎着一个高马尾，她站在人群中间看着我，没有挥手，也没有大声喊我的名字。她点了点头，我也点了点头，她又点了点头，然后笑了起来。那个笑很苦涩，就像刚吃进嘴巴里的苦瓜，让我想起了陈奕迅歌词里的那句话："真想不到当初我们也讨厌吃苦瓜，当睇清世间所有定理又何用再怕。"

真好，又见到你了。

"还说给你一个惊喜，没想到快儿提前去学校接你了。"妈妈对于快儿的到来显得无比兴奋，做了一大桌好吃的菜，还买了快儿最喜欢喝的牛奶，她一边问快儿最近的生活情况，一边给快儿倒了一杯牛奶。快儿坐在座位上，一口气喝完了杯子里的牛奶。"你们俩今天怎么回事，怎么都这么安静？"妈妈问。我摇了摇头，夹了一筷子粉丝塞进了嘴里。"可能是我太想你们了。"快儿说完这句话后，也夹了一筷子粉丝塞进了嘴里。

快儿会把牙刷头朝上，放在白色的漱口杯里；会把盆子塞在柜子的最下层的架子上；还会睡前喝一杯温水；会把袜子放在床沿上铺开，一切就像是刻在骨子里的习惯动作，也许连她自己都没有发现。到晚上十点的时候，她做完所有的事情，躺在床上发呆。

　　"你怎么还是那么慢？"她整个人捂在被子里，露出两只眼睛。

　　"不是一直都这么慢吗？"

　　"我以为你会改。"

　　"我没觉得这是什么不好的习惯，为什么要改？"

　　"也对，"她闭上眼睛沉思了一下，又马上睁开了眼睛，"你假肢的海绵是不是有点变形，我感觉没有以前圆润了。"

　　"嗯，因为我经常跷二郎腿，所以膝盖那个地方的海绵就被压变形了。"

　　"这个总可以改吧？"

　　"这个尝试过，改不掉了。"

　　"哈哈哈哈哈哈。"她仿佛听到一个特别好笑的笑话，笑出了咯吱咯吱的声音。

　　我进被窝的时候已经快十一点了，刚伸了一只脚进去，快儿唰的一下从床上扑腾了起来。

　　"你的脚怎么这么冰？"

　　"大夏天的你还怕冰吗？"

　　"那不行，你睡我左边来，这样就冰不到我了。"

　　"你欺负我没有右腿吗？"

　　"对的，快睡我左边来。"

　　我斜着眼睛瞪了她一眼，移到了她的左边去。

　　"快快，背贴着我，我们两个背对背睡觉。哎哎，你能不能挨紧一点，你这样中间留一条缝隙会透风进来的！"

　　"你这么怕冷吗？"我往她身边挤了挤，直到背后冰凉的触感让我瞬间打了个寒战。

"我的天，你怎么这么冷，大夏天的你背这么冰，没生病吧。"我摸了摸她的额头，又摸了摸她的脖子。

"我也不知道为什么，最近感觉特别冷。"

时间一点一点过去了，墙壁上钟表指针走过的声音传到了耳朵里。

"我们别提了吧，好好睡觉，以后也不要再提了。"

"去关灯，睡觉了。"

一片黑暗里，快儿转过来抱住了我，头埋在被窝里低声抽泣。我不知道该是难过还是开心。

五

快儿说她决定不离开了，就留在北川，找一份工作，踏踏实实赚钱，等存到了足够的钱，就开一个书店。

"你还记得我们两个小时候有一个非常伟大的愿望吗？"快儿问。

"一定要发家致富，赚很多的钱，开一个养猪场，最后再找一个心目中的如意郎君，并风风光光地八抬大轿嫁予他。"我老老实实地回答。

"我现在的想法有一点变化，当然猪还是要养的，但是以后一定要有一家属于自己的书店，里面有热腾腾的咖啡，好看的绿植。"

"开个书店需要不少的钱吧？"

"你是咸鱼吗？人家咸鱼还想翻身呢，人嘛，要有梦想。"

我傻愣愣地点了点头，心里想着果然接触过社会的人，思维好像都比较成熟一点。

"再说了，你难道以后不想穿那种很高级的假肢？我在网上看的，很多假肢还可以跑步呢，骑自行车什么的都不是问题，对对，还能穿高跟鞋！听起来是不是很心动。"

"防水吗？"

"防水？我不知道，你要防水干啥？"

"我想去踩海水。"

"还是先想想怎么才能挣到钱吧。"

后来她拿着一个初中文凭四处奔波找工作，又四处碰壁，最后不得不留在一个美容店里。"从现在起我就肩负起让女人变美的职责了。"她举起了手，像是在做某种庄严的宣告。"真好，又离我们发家致富更近一步了。"我也举起了手，跟她来了一个痛快的击掌。

二〇一三年的五月来得悄无声息，我一天翻日历的时候，惊讶地发现，原来五月到了。妈妈给家里做了一遍大扫除，买了几束好看的鲜花放在茶几上，阳光透过窗户落在了地板上，斑驳的影子洋洋洒洒地包裹了整个宇宙。

周末那天，爸爸妈妈因为外婆生病需要回老家一趟，走之前再三叮嘱我一定要注意家里的用电设备，晚上一定要锁紧门窗，怕黑的话就开着灯睡觉。我漫不经心地点着头，一边啃着苹果一边送他们出门。"我在桌子上放的那些零食和水果，你回学校的时候记得装上。"妈妈站在楼梯间，回头了好几次，最后在爸爸的催促下，消失在了楼道的转角处。关上门的那一秒，一种突如其来的孤独感遍布了全身，我心里一沉，连忙打开家里的电视机，让哄闹的声音填满过度安静的环境。

但没想到，我怕黑的程度超过了自己的预估，晚上八点的时候，天色渐渐暗了下来，外面下着大雨，雨水吧嗒吧嗒地砸在屋棚上成了这个夜里唯一的声音。我坐在沙发上，感觉厨房有动静，到了厨房，又感觉卧室有动静，脑子里开始闪现地震的画面。我不敢动了，只能坐在角落里，背贴着墙，鼻子酸酸的，可是我知道如果这个时候流眼泪，会更害怕。

短信提示音响了起来，是周仪晨的妈妈。我没有立即点开，而是站起来打开了房间里所有的灯，然后回到沙发上看短信，"你下周六有空吗？我想来见你一面。"我在回复框里删删减减了很多次，脑子里早已经想好了怎么回答，可是手像是不听使唤一样，它帮我回答道："好的阿姨。"

再等等吧，等五月过了，我一定要开始新生活。

六

晚上十二点的时候，突然传来了一阵敲门声。半醒半睡的状态让我的思维还没来得及恢复，电话铃声就响了，我侧着头看了一眼来电显示，突然有些紧张了起来。

"王逸文？"

"你不要害怕，是我在敲门。"

"你……"

"是月儿，她跟我说，你晚上给她打电话哭得很难过，说你一个人在家，我就过来了。"

脑子里迅速翻了一遍今晚发生的事情，因为特别害怕，我给月儿打了电话，到后来失控到哭得太阳穴一阵一阵抽痛，才勉勉强强进入睡眠。

"好吧，你等一下。"

好久不见，王逸文头发长了一些，头发上沾满了密密麻麻的小水滴，像是冬天的雪花，在黑夜里看起来闪闪发亮。

"你的安全意识也太差了吧，就这样直接把我放进来了？"

"那要不你出去？"我做了一个准备关门的动作，他一只手抵住了门，侧着身子溜了进来。

"但还好我不是坏人。"他从包里拿出一张纸，蹲下来擦了擦鞋子。

"我听月儿说，你没吃晚饭，你们家里有面条吗？我给你做点吃的。"

"不用了，我现在不饿。"

他没有听到我说话，径直走到厨房，环顾了一圈，然后伸出头问我："你们家的面条放在哪里的？"

"我现在不饿。"

"那不行，不饿也得吃。"

僵持了两秒钟，我叹了一口气，指了指他身后的柜子："右边第一个。"

"你去沙发上等我吧，一会儿就好了。"

我回答了一声好，但还是站在原地没有移动。

"你去沙发上坐着嘛，不要一直盯着我，不然我会紧张。"

"好。"我看了王逸文一眼，又看了一眼才离开。

厨房的灯光有点暗，但似乎能照亮整个夜晚，所有的星星都睡觉了，我也该睡觉了。眼皮越来越重，王逸文的影子在我眼里越来越小。

第二天早上醒来已经九点了，太阳还是一如既往地明媚。

如果不是身上多出来的外套和桌上那一碗已经糊掉的面条，我还以为昨晚只是一个梦，梦里风雨交加，但王逸文带着星星来到了我们家。我突然相信，这个世界上的每个人，哪怕他懦弱胆小，不勇敢，也不坚定，浑身一堆毛病，仔细想想几乎没什么优点，但是上天也一定不会让他感到孤单，会派另外一个人来到他身边，陪他难过，陪他大笑，陪他无理取闹。

电话滴滴了两声。

"你已经走啦？"

"嗯，昨晚你睡着就走了，没感冒吧？"

"应该没有。"

"昨天本来想去房间给你拿床被子，但是感觉没有经过你同意进你房间不太好，所以就把我外套给你盖上了。"

"对不起啊……你煮了面条，我也没吃。"

"没关系，看你睡熟了就没舍得叫你。"

"谢谢你，王逸文。"

"我知道你最近发生了很多事，但是我不会问，等你想告诉我的时候再告诉我吧。"

七

"你为什么不给我打电话？"快儿坐在我面前，一只手拿着一盒牛奶，一只手使劲地敲着桌子质问道。

"你不是住员工宿舍，晚上不允许外出吗？"

"规矩是死的、人是活的你不知道吗？"

"而且昨晚气氛不对，我怕你来了之后，我又哭得怀疑人生。"

"你怎么这么爱哭，如果眼泪真是钻石，你现在穷得可能连裤子都穿不起。"

我没有再说话，委屈巴巴地看着她。

"所以，那个男的到底是谁？"

"我们一个学校的。"

"可以呀，你现在谈恋爱也学会瞒着我了吗？"

"事情不是你想的那样。"

"那是哪样？"

我被问得有点语塞，快儿瞪大了眼睛看着我，连眼睛都不眨一下，我意识到今天要是不解释清楚的话，下午也就别想回学校了。"他叫王逸文，总之我也不知道为什么，他就说他喜欢我，你知道我从读书以来，别说喜欢了，只要有男生知道我右腿是假肢之后，吓都吓跑了，我也觉得很神奇，就……"

"等等，你说谁，王逸文，这个名字怎么这么熟悉？"

"十二班那个。"

"十二班的王逸文？王逸文！"快儿愣了一下，然后大笑着鼓起了掌，我脸一下涨得通红，赶紧扑了过去想阻止她的行为，她一闪身站了起来，继续鼓掌。

"厉害啊姐妹，我以前怎么没发现你这么厉害。"

"别别，别这样。"

"要不叫出来吃个饭，我顺便看看风靡一时的大帅哥现在长啥样了。"

"吃什么饭！别乱想！"

"要不今天下午吧，我来安排。"

等到第二道菜上了，王逸文才来，他穿着干净的白色短袖，看见我和快儿，挥着手笑着打招呼。快儿凑在我耳边低声说："他现在越来越好看了哎！""嘘！"我瞪了她一眼，用手比了一个闭嘴的动作。

王逸文坐下来之后，显得有些尴尬，为了主动打破僵局，快儿先开口了。"你认识我吗？"快儿指了指自己，"要是没印象的话，你直说，我也不会怪你的。"王逸文脸微微有些发红，摇了摇头说："我们一个学校的吗？""之前是。"快儿夹了一块红烧肉放在碗里，"不过我现在不读了。""哦……"王逸文似懂非懂地点了点头。"吃这个。"她又夹了一块红烧肉放在我碗里,"你们都吃呀,边吃边说。"

"你给我夹的这块肉也太肥了吧。"我看了一眼碗里油腻腻的红烧肉。"不吃拉倒!"她哼了一声,又把我碗里的红烧肉夹到了王逸文碗里,"给我们大帅哥吃,她那个人不知好歹。"

"王逸文,你要不吃的话,你就夹出来。"

王逸文笑着夹起碗里的肉放进了自己的嘴里,像是在品尝某种人间美食一样的表情:"我觉得挺好吃,你不要挑食。肥肉瘦肉都要吃。"

看着快儿嘚瑟的表情,我有一种恨不得再点十盘红烧肉塞在她嘴里的冲动。

"所以哦,你跟她是在谈恋爱?"吃到一半,快儿猝不及防地问出了这个问题。我感觉刚吃嘴里的豆腐还没来得及吞下去就卡在喉咙里了。我脸涨得通红,疯狂地摇了摇头,带着祈求的眼神看着王逸文。结果我的援兵说:"嗯,对呀,她说不能公开,就麻烦姐姐帮忙保密了。"

"嗯嗯,我懂我懂。"快儿小鸡啄米似的点了点头,"不过我就比你大那么一点点,以前也还算是半个同学,能不能直呼名字不要叫姐?"

"本来我觉得不该叫姐姐。"王逸文看了我一眼,然后低着头开始笑,"不过,不是有句俗语叫嫁鸡随鸡,嫁狗随狗?"

"哈哈哈哈哈!"快儿笑到一直拍桌子,双手颤抖着端起桌子上的茶杯说,"兄弟,我敬你是条好汉,以后我旁边这位就拜托给你了,哦对了,还有一句话要叮嘱你,记得啊,娶她,一定要八台大轿风风光光地迎娶她,这门亲事我才能同意。"王逸文也端起了茶杯说:"姐姐说得是,全听您安排。"

两个人完美地碰杯，将茶一饮而尽，而我还在试图理清楚刚刚发生了什么事。

八

周四最后一节晚自习下课，我习惯性地偷偷拿出手机看消息。妈妈九点钟的时候给我发了一条短消息，她说姐姐得了妊娠期胆淤症，现在已经送到医院住院了，让我周五放学先不要回家，直接去医院。

我愣了两秒钟，对着那个陌生的医学术语看了半天，然后转头问正在刷牙的月儿："你知不知道什么是妊娠期胆淤症？"她摇了摇头，吐出了嘴里的牙膏泡泡，说："应该是怀孕期间得的一种病。"我心里很焦躁，查了百度之后，更是失眠了一整夜。

周五一放假，我第一个离开教室，王逸文发信息问要不要一起回家，我简短地回了几个字，就急匆匆地给妈妈打电话。

越临近医院，我就越担心，后来甚至有点控制不住自己。我在车里一直跺脚试图缓解糟糕的情绪，但没想到心里反而越来越慌，刚一下车就趴在地上吐得昏天黑地。嘴里充斥着一股很恶心的味道，医院浓重的药水味更是让人感觉不舒服。

我在走廊走了半天，才意识到我没戴眼镜，看不清楚病房的门牌号。我蹲下来翻书包找眼镜，发现眼镜竟然落在了学校。心里一着急，就拉住旁边正经过的护士问那间病房在哪里，她指了指我身后那间病房，我忘记了说谢谢，就转身走了过去。

姐姐躺在病床上，看见我来了之后，笑着跟我打招呼，她试图坐起来，妈妈阻止了她，让她继续躺着。我从来没看见她这么憔悴过，整个人看起来黄得不得了。手臂上、大腿上，全是被她挠出来的血印子，但她还是控制不住想挠，妈妈没办法，只能握着她的手，防止她把皮肤抓破皮感染。

我的鼻子酸酸的，但想着我要真的哭了，我姐这个矫情的女人肯定要跟着我一起哭，所以我只能假装很随意地说："你现在的皮肤终于没我白了。"她瞪了我一眼，说："我这个是黄疸，等我好了，我照样比你白好吗？""那你就快点好起来。"我刚说完，几个医生就走进病房，提醒我姐该打针了，妈妈帮助姐姐脱掉裤子，我站在旁边，不知道该干什么，只能安安静静地看着她。

她有些吃痛地皱起眉头，到最后干脆闭上眼睛，把头捂在了枕头里。"这个针很痛吗？"我问。"嗯，有一点疼，马上结束了。"医生回答说。"那请您轻一点。"我在一旁小声说。她抬起头来看了我一眼，然后一脸无所谓的样子说："我才不怕疼。"

晚上妈妈让我回家睡，她在医院守着姐姐，我说我也要在医院，后来妈妈犟不过我，就拉了一个小陪护床，让我晚上睡在上面。我把陪护床拖到姐姐病床旁边，拖动的声音影响了旁边的病人，那人翻过身说了几句脏话。姐姐侧着头瞪了我一眼，有点凶狠地说道："你干啥？"

"我不干啥，我就想离你近点。"

"你离我那么近干啥？"

"我听妈妈说，你已经连续很多晚上没有睡好了，刚好我这个人话比较多，你要睡不着的话，可以跟我唠嗑。"

她扑哧一声笑了出来，点了点头说："你话多这点我承认。"

结果一整晚，我们俩也没怎么说话，只是在安静的夜里，我偶尔会轻轻问她："你睡着了吗？"她说："还没有呢。"大约又过了半个时辰，她也轻轻问我："你睡着了吗？"我回答："还没有呢。"其间，我能听到她使劲儿挠手臂的声音，我就会扑腾一下坐起来，很严厉地呵斥道："我给你说，你要再挠的话，我就给妈妈说！"

"我没挠！！"

"骗人！我都听到声音了！你挠破皮了以后留了疤，那就会丑得不得了！"

"你晚上不脱假肢是不是很不舒服？要不你偷偷脱一下，反正大家都睡了，没人关注你。"

"那你别挠！"

"行行，那你脱吧，把假肢靠在床头边上。"

凌晨四点的时候，外面渐渐下起了小雨，雨声淅淅沥沥地落在窗外，传到了耳朵里。

"下雨了。"我听姐姐喃喃地说。

"你咋还没睡着？"

"我浑身都痒，根本睡不着好吗！"

沉默了一分钟，我又接着问："你以后打算给你两个宝宝取什么名字？"

"我还没有想那么远。"

"你现在可以想想。"

"要不你取吧。"

"好，以后宝贝们名字里面都加一个雨字，用来纪念今天晚上我们俩首次一起通宵。"

"太俗了。"

"俗？呵呵，我告诉你这次月考，我作文分拿了全班最高，这说明了什么，说明了我对文字的敏感和天赋。"

"数学呢？"

"我有点困了，晚安吧。"

从来不会做饭的我，在我姐住院期间居然学会了煲汤。她每次都很嫌弃地撇撇嘴，吐槽汤要么太咸要么就缺少什么味道，但最后还是会喝得一点都不剩。

"有些人，嘴上说着不要，身体却很诚实。"

"我这是为了鼓励你才勉强喝下去的，好吗？"

"是是是。"我拿着汤勺站了起来，"以后就让妈妈做，我不做了。"

"你这个人怎么这么没有恒心？"

"你第一天认识我吗？我没恒心这件事你应该早就知道了啊。"

洗完汤碗之后，我收拾着书包，告诉她下周放假再来看她。走到门口，我清了清嗓子，说："说吧，下周想喝什么汤？"

"排骨汤。"

"收到！"

九

这周刚回到学校，鑫儿就默默地把我拉到角落，凑到我耳边说："我谈恋爱了。"

"什么?!"由于太惊讶，我的声音放大了很多倍。

"嘘！小声一点！"她的脸涨得通红，手指不安地揪着自己的衣角，"说出来就挺难为情的……"

"天啦，我太惊讶了，我以为你都不近男色的。"

"你别这样说……"

一下晚自习，我和鑫儿就蹲守在走廊的角落，她说那个叫三五的男生，每天下自习会准时从这里经过。"原来你也会偷看男生啊。"我揶揄她。

"你别这样说……"

"我还真的好奇到底是何方神圣能让你春心荡漾。"

"哎呀，你别这样说……"

虽然是晚上，但我还是能看到鑫儿的脸像是撞翻了红染料，同学们的脚步声掩盖了她扑通扑通的心跳声。

"那个那个！"她指了指转角处的那个男孩子。他不算太高，但长得很清秀，剪着干净利落的平头，说话的时候，声音显得有些浑浊粗厚。

直到那个男生消失在了转角，鑫儿才收回目光，她叹了一口气，在衣服上蹭了蹭手心里的汗。

"你愣着干吗，去追呀。"没等她反应过来，我就一把拉着她跟了上去，走到一半，她就站在原地不走了。

"算了算了，要是被发现了该多尴尬。"

"大家都回宿舍，这么多人，谁会发现你？"

"万一呢？"

我思索了一下，转头看了一眼那个男生的背影，然后点了点头。"行吧，我们也回宿舍。"

到了第二天下晚自习，鑫儿又拉着我去偷看那个男生。

"你跟我一起去吧，不然我有点没底气。"

照例是原来的位置，三五还是准时地从转角处经过，今天的他穿了一身黑色的运动服，手里抱着几本书。

"他好像还有点爱学习。"

"嗯，珍珠班的。"

"他已经走了，我们回宿舍吧。"

她站在原地犹豫一下，用一只手指戳着另一只手的手心，小声地说："要不今天我们……"

我哈哈哈地笑了出来，然后比了一个 OK 的手势。但没想到，眼看着三五马上就要走进宿舍的时候，王逸文突然出现了，他老远地就喊我的名字，小步跑了过来。

"嘘！"我重重地拍了一下他的脑袋，"小声一点！"他看了一眼我，又看了一眼鑫儿，顺着鑫儿的目光，他又看了一眼三五。"你们在跟踪前面那个男生吗？"本来就不太远的距离，加上王逸文没有刻意压低的声音，三五同学突然转了过来。他和鑫儿对视，呆若木鸡的鑫儿立马转过身背对着三五。我尴尬地看了一眼他，也默默地转过了身，但我没忘记，给王逸文一记刀子眼，可以杀死人的那种。

王逸文一脸蒙地站在原地挠了挠脑袋，有些无辜地问："我做错什么了吗……"我那时候终于理解到了那句话，不怕神一样的对手，就怕猪一样的队友。

后来，鑫儿就不再蹲守三五了。有好几次路过他们教室，她也是偷偷看一眼，然后匆匆离开。直到某天下午，有个男生跑到我们班来找鑫儿，问她一会儿下晚自习后有没有空，三五有事找她。她又兴奋又忐忑，一紧张就往厕所跑，整个下午老师讲课她什么也没听进去，一直在草稿纸上写着什么。月儿坐在后面戳了戳她："你在给三五写情书吗？"

"不要乱说！"鑫儿转过身拍了一下月儿的桌子，急得脸一阵红。

说来也神奇，高二分班之后，我们三个就顺利地被分到了一个班，本来烤肠小分队只有我和月儿，现在连鑫儿也被我们拖了过来。

"没事儿的啊，喜欢就勇敢说。"月儿鼓励鑫儿。

"你当初咋不勇敢？"我突然来了一个神补刀。

"你真是……"她清了清嗓子，"少女心事嘛……"

"你们等等，我去洗个刘海。"

"上课期间不能回宿舍，你去哪里洗？"

"我去厕所的水龙头上冲一下，很快就洗完了。"

"那不行。"我站了起来，"你今天早上不是说你来例假了吗？来例假不能沾冷水，何况用冷水洗头。"看着我横在她面前，鑫儿只能点头答应，但是等到下节课间休息的时候，她还是背着我和月儿偷偷去把刘海给洗了。

最后一节晚自习下课铃声一响，鑫儿就拽着我俩急匆匆地跑到约定地点，但三五还没到，她又焦躁不安地在附近躲了起来。三分钟之后，三五抱着两本书准时出现在了转角处，鑫儿更紧张了，一直在不停地原地跺脚。

"可以去了，可以去了。"月儿也显得有些小兴奋。"你们不许走哦！"鑫儿声音有些颤抖，双手一直不安地拽着衣角。我和月儿点了点头，躲了起来。

"哎，你说，三五这个人还真是深藏不露啊，喜欢表现得这么不明显。"

"嘘，我们小声一点，要是被发现躲在这里，那可就真的有点尴尬了。"月儿贼兮兮地笑了起来，拍了拍我的肩膀："放心吧，以我这个爱情专家的目光来看，肯定没问题。"

"说起爱情专家，你那个又高又瘦又帅又会打篮球的男神呢？"

"那个不提也罢，不过，你这样跪在地上舒服吗？"月儿斜着脑袋看了我的腿一眼。

"大腿假肢蹲不了。"

"小腿假肢蹲着也不是很舒服。"

我也斜着脑袋看了她的腿一眼："那你为什么不跪着，要稍微好一点。"

"这条裤子，"月儿扯了扯身上的裤子，"好几百，舍不得跪。"

我刚准备说下去，却发现鑫儿已经结束了和三五的谈话向我们走来。

"这么快，两分钟就解决了？"我撑着栏杆站了起来。

"哈哈哈怎么样？他是不是说，早就发现你喜欢他啦，然后是不是还说，他也喜欢你之类的话，我就知道一般剧情……"鑫儿的脸在黑夜中逐渐清晰起来，月儿的话也戛然而止。

鑫儿的眼眶红红的，她双手死命地捏着衣角，最后她点了点头，努力在脸上拉出一个微笑来："嗯，他早就知道我喜欢他了，但是他跟我说，他有喜欢的女生了。"

风吹过，把她下午刚洗的刘海吹得飘了起来，她理了理头发，笑着说："下午的刘海白洗了，害得我痛经痛了一晚上。"说完这句话后，她的眼泪就掉了下来。

一直到晚上十二点，她都没有睡着，躲在被窝里轻轻抽泣着，走廊的灯光照进了宿舍，月儿从被窝里偷偷探出半个脑袋，轻轻敲了敲床沿。

我也从床上坐了起来，我们四目相对，她指了指鑫儿的床铺，然后比了一个无奈的动作。犹豫了一下，我便利索地穿上了拖鞋，跳到了鑫儿床上，也没等她同意，我就溜进了她的被窝里。她显然被我的突然出现吓了一跳，两只哭得发肿的眼睛直愣愣地看着我。

"别哭了，都很担心你。"

"嗯……"

"拜拜就拜拜，下一个更乖。"

"我仔细想了，其实也没什么，我觉得他不喜欢我是对的。"

"怎么能这么说！"月儿突然从床上坐了起来，"我觉得没有什么对不对这一说。"

"我觉得我配不上他，他太好了。"

"他哪里好了？"

"我觉得很好。"

月儿鼻子发出哼哼的声音，没有再继续争辩，又躺了下去。

"我们以后都别提他了，今天谢谢你们啦，睡觉吧。"

那天夜里我也失眠了。

原来喜欢这个东西，让人欣喜，让人难过，让人丧失理智，也会让人手足无措，就算你拒绝了我，我对你也永远没有埋怨，只是从现在开始，我对你的喜欢就不会再让你看得见了，我会藏起来，谁也不知道，也许时间久了，连我自己也就忘了。

十

在美容院工作一个月之后，快儿的脸长了很多痘痘，最开始的时候她一点都不在意，直到后面越来越严重，她已经不敢再往脸上擦任何护肤品的时候，她才意识到问题的严重性。快儿的妈妈到处寻找各种偏方，听说哪家医院治痘痘厉害就连忙拉着快儿去。有的医生说是青春期，有的医生说是过敏，但谁也没有给一个确切的说法。去了很多地方，也使用了很多土方法，但快儿的脸依旧没有好转的迹象，甚至还越来越严重。

后来他们找了一个说是什么老神仙的退休医师，非拉着快儿去看看，我说我也要跟着去，他们说老神仙的治疗手段比较残忍，怕我看了心疼，不让我去，但我还是死犟着要跟去。

路上我问快儿："你害怕吗？他们说手段很残忍。"

"能残忍到哪里去？"她一副不在意的样子。

去了之后，老神仙看了快儿的脸就开始摇头，告诉她说："你现在已经很严重了，我要拿针把你脸上的痘都给戳破，然后把里面的脓水挤出来，可能会很痛，你忍一忍。"

"这样做会好起来吗？"快儿问。

"我治了很多跟你情况一模一样的病人，人家后面都好起来了。"

"行，要是能好的话，你就扎吧。"她闭上眼睛，安安静静躺在床上。

我以为这是暴风雨前的宁静，但没想到她真的一声都不吭，死命闭着眼睛，捏着床单，直到汗水浸湿了她的头发。

"妈，你把她带出去，别让她在里面。"

"我不出去。"我往前站了两步，试图离她更近一点。

"妈！你快把她带出去，她在这里我不自在！"

快儿的妈妈拉着我摇了摇头，我有些赌气地甩开手，转身把门摔得发出一声巨响。两分钟后，我听到了快儿嘶吼般的哭声，还有老神仙的说话声："不要哭不要哭，你要忍着，不能让眼泪留到脸上。"

"呸，庸医！"我转身骂了一句，鼻子突然就酸了起来。

每天晚上躺在床上我都会偷偷给快儿发一个消息，问她情况怎么样，有没有好转，她都是含糊着跳过我的问题。周五放假我去美容院看她，刚到门口发现快儿的妈妈也在，她红着眼睛，看着我叹了口气。

"她怎么了？"

"脸肿了，躲在里面不出来。"

"不出来？"

我看了一眼紧闭的房门，大步走了过去，敲了几声，没有回应。

"你开门，我过来了。"

"今天不想见人。"

"你先开门嘛。"

僵持了大概五分钟，她才把门打开，房间里漆黑一片，什么都看不清。

"你为什么不开灯？"

"不要开灯。"

我们彼此沉默着，看不见对方，只能听见呼吸声，直到她的呼吸越来越急促，越来越压不住的抽泣声逐渐蔓延到房间每个角落。

"我毁容了。"

"屁！"

"我不知道该怎么见你，我整个脸都肿了，很丑很丑。"

"我会在意你丑不丑吗？"

"好难过啊，十多年的母胎单身，连男朋友都还没有呢。"

我往前移动了两步，"你在哪里？"

"你前面。"

"伸手。"

只听见窸窸窣窣的声音。

"你伸手没有？"

"伸了。"

"我怎么抓不到你？"

"你站着别动，我来抓你。"

快儿手心的温热瞬间传递到了我全身。我心里悬着的石头终于沉了下去，我轻轻喘了一口气。

"快儿，我有告诉过你一件事吧。"

"什么？"

"我说一直以来我都是个超级幸运的人，每次孤立无援的时候总是会有人出现，和我一起面对。"

"嗯，记得。"

"现在我把我的幸运分给你一半，相信我，脸一定会好起来的。"

"你好矫情哦。"她说完这句话后，一颗温热的液体滴在了我手背上。

快儿，那天晚上我百度了所有能治你脸的办法，用笔记本挨着记了下来。其实我知道，这些都是徒劳的，可是我还是想为你做点什么，就像当初你毫无预兆地闯进了我的生命，把我从黑暗的边缘拉了回来。

十一

夏天正在煮一杯热茶，煮到已经沸腾了它还在继续煮，滚烫的茶水顺着白云哗啦啦地流向了陆地，挥洒出来的热气覆盖了整片森林。

因为姐姐要一直住院到宝贝顺利生产，妈妈在医院照顾姐姐，我和爸爸每天在家里做好午饭，用保温桶装好，然后再送到医院。天气实在太热了，出了房间，像是瞬间进了火炉一样。

"爸！我不想穿裤子了！贴在身上太热了！"

"你不穿裤子难道你要裸着出去？"爸爸手里拿着勺子，正在往保温桶里装今天中午炒的青菜。

"我是个流氓吗？肯定不是裸着啊！！"

"你去找一条裙子穿吧。"

"我咋可能有裙子？"

"去年夏天，你姐给你买了一条长裙，到脚踝的那种，你找找看。"

我使劲在脑子里回忆那条裙子的模样，但始终没有想起来，只能对着衣柜来回翻，翻了好半天，最后在衣柜的角落翻到了那条皱巴巴的裙子。那是一条黑白相间的裙子，错落有致的条纹显得格外精致。

　　"你今天想穿裙子吗？"爸爸不知道什么时候走到了房间门口。我看了一眼裙子，摇了摇头。"真不想穿？"他靠在门框边，又问了一次。我犹豫了一下，"穿裙子显得太女生了吧……"

　　"说什么呢，你本来就是女生。"

　　"嗯……反正天气这么热，外面也没什么人，要不？穿一次？"

　　爸爸欣慰地点了点头，伸出手示意让我把裙子递给他。

　　"给你？"

　　"这么皱，难道你要直接穿出去？我给你熨一下。"

　　"你还会熨衣服?！"

　　"哎。"爸爸叹了一口气，"这年头当爸爸的也挺不容易。"

　　那是地震之后我第一次穿裙子，穿好之后，紧张得不得了，就连走路的时候先迈左腿还是先迈右腿这种问题都要纠结一下。

　　"我骑自行车载你过去，你坐在后面把裙子压好，免得风吹起来走光。"

　　"这是长裙，要多大的风才能吹走光？"

　　他没有再理我，骑上自行车准备出发。太热了，连风都是热腾腾的，吹在脸上像是被扇了一记火辣辣的耳光。

　　"怎么样，第一次穿裙子的感受？"

　　"不太好，跟裸着没什么区别，假肢硌得我难受。"

　　我动了两下，自行车就晃了两下。

　　"你坐在后面不要动，你摔着不要紧，千万别摔着我。"

"原来你是这样的爸爸。"

"哈哈哈哈!"

也许是因为第一次穿裙子让我极其不习惯,我一直在自行车后座晃动,爸爸提醒了好几次,但还是忍不住动。

"过红绿灯你别乱动。"

"行吧,还有多久到?我感觉我假肢有点松了。"

"谁让你一直动?"

刚说完这句话,就只听见哐当一声,我尖叫了一声,爸爸赶紧刹车停了下来,转过头看了我一眼:"怎么了?"

"腿掉了。"

我们俩齐刷刷地把目光移到斑马线上,小钢腿安静地躺在那里。

"你把车稳着,我去捡。"也没等爸爸说话,我就三两步跳下了车,捡起假肢,一路跳着把它拖到了车旁边。"这里没办法穿假肢,我先抱着,爸爸你骑快一点,我去医院穿。"爸爸突然笑了出来,然后越笑越离谱,到最后居然合不上嘴了。

我想我永远都忘不掉那个炎热的中午,忘不了等红灯的司机们和行人那种奇怪和惊恐的目光。

进医院的时候我感觉我和爸爸像是两个英勇赴死的勇士,他走在前面,右手拿着我的腿,左手提着保温桶,我跟在后面跳,跳得我面红耳赤,胃里翻江倒海,衣服汗湿了一大片。

我妈和我姐愣了好半天才说:"你们咋回事?"

我瘫坐在椅子上摇了摇头,心里觉得又委屈又生气。

十二

王逸文生日快到了,月儿和小松提前拉了一个群,讨论如何给他一个惊喜，他们商量了好几天也没有商量出来一个结果，于是就开始在群里疯狂"艾特"我。

"好不容易放个假，你每天都躲在家里干什么？"月儿发来这句话的时候，我正瘫坐在沙发上，一边抱着半块西瓜享受，一边看着电视里毫无营养的爱情偶像剧。

"我在写作业。"

"你骗鬼呢？"

"我骗你干什么？"

"你要那么认真，能考成那样？"

我起身走到镜子前面看了一眼自己，表示认同地点了点头，果然，一看就不是成绩好的那种学生。

"说吧，有什么事？"

"你能不能关注一下群，王逸文要过生日了。"

"我知道啊。"

"我真有种皇帝不急太监急的感觉。"

王逸文过生日，该准备什么惊喜好呢？从建群第一天我就开始想，到现在脑子里也没有任何想法，真是让人苦恼。

"你难道一点想法都没有吗？"月儿又在群里问了一句。

"暂时还没有……"

"哎，太不可靠了。"

距离王逸文生日聚会开始只剩半个小时了，但我还盘着腿坐在衣柜前纠结今天到底要穿什么才能显得我稍微有点女孩子气息。月儿的电话一通接着一通，催了一次又一次。

"你记得拿把雨伞，今天外面下雨。"

下雨？我站起来看了一眼窗外，没错，是下雨了。下雨……有了！我看到在衣柜最显眼的地方，板板正正地挂着那条黑白格子裙。在他面前第一次穿裙子，应该勉勉强强算是一个小惊喜吧？想到这里，我有些紧张，也有些兴奋。

也许是偶像剧的情节在脑子里作祟，淅淅沥沥的小雨，黑白格子裙，搭配着一双恰到好处的黑色小皮鞋，让我有一种庄重的仪式感。想着待会儿王逸文惊讶的表情，我就忍不住偷笑起来。

"师傅，您能稍微开快一点吗？"

"下雨天，你别催，安全第一。"

"是，是，安全第一，但您能稍微快一点吗？"

师傅透过后视镜瞪了我一眼，我尴尬地笑了笑，默默地闭上了嘴。还有五分钟，下车之后我以最快的速度往王逸文家里走去。

他要是问我为什么穿裙子我该怎么说呢？万一夸我呢？夸我的话我该怎么说才能显得内心毫无波澜呢？全身心投入地思考让我忘记了雨天遇到小皮鞋会发生什么。就在我准备转身上楼梯的时候，身体突然失去了平衡，紧接着哐当一声巨响，膝盖传来的疼痛让我直接蒙在了原地。

月儿催促的电话又一次响起，我撑着路边的树缓慢地站了起来，从这里抬头，刚好能看到王逸文的家。

"喂？"

"哇，大小姐，你到底在干什么？"

"我这里……"

"大家都在等你，王逸文说你不来就不切蛋糕，你快点嘛。"

"马上就到了。"

我低头看了一眼脏脏的裙子，又抬头看了一眼王逸文的家，心里莫名其妙地慌起来。

只有他们三个，应该没有问题，嗯，没问题的。我一边安慰自己，一边拿出纸巾擦了擦裙子上的污水。

然而月儿开门那一刻我就后悔了。满屋子的男孩女孩让我脑子一片空白，我站在原地，不知道该进去还是该离开。

"你又摔跤了吗？"月儿有些紧张地看了一眼我的裙子，"有没有摔倒哪里？"

"为什么这么多人？我以为只有我们四个。"

"应该都是王逸文朋友，你裙子……"

月儿话还没有说完就被小松打断了，他老远看见了我，扯着嗓子吆喝了一句："王逸文的小可爱来啦！"

房间里所有人的注意力都集中在我的身上，此起彼伏的欢呼声让人浑身都不自在。王逸文坐在最角落玩着手机，听到小松的吆喝声，猛地抬起头来看着我。

"完了完了，月儿，我完了。"我拽着月儿的衣角，头皮一阵发麻。王逸文走了过来，本来想说点什么，但看到我狼狈的样子，表情突然变得有些严肃。

"你摔跤了？"他问。

我有些委屈地点了点头："对不起，不是故意这样子来的。"

"你有没有摔到哪里？"

我摇了摇头："要不你们先开始，我回去换个衣服再过来。"

"你介意吗？"

"不是，我只是觉得都是你朋友，我这样去不太好。"

"没关系。"他摸了摸我的头，"没有什么不太好。"

"可是……"我偷偷瞄了一眼王逸文身后的人群，有些不安地捏了捏裙子，也不知道该说什么，只能眼巴巴地望着他。

"我会一直站在你旁边。"他微微一笑，牵起了我的右手。我手心突然变得滚烫了起来，脑子轰隆隆的像是有一架飞机恰巧经过，还没等它飞走，我就已经被王逸文拉进了屋里。

"这是春游，跟你们第一次见面。"说完这句话后，他看了我一眼，眼神温柔。我呼吸突然变得有些急促，我傻愣愣地点了点头，心里想着这样似乎不太礼貌，又结结巴巴地补了一句："你……你们好。"

"哇，不容易，王逸文居然谈恋爱了。"一个女孩子站了起来，开玩笑地说道，"你千万不要被王逸文骗了，看着人畜无害，实际上心里不知道想些什么东西。"一屋子里的人突然都笑了起来，我尴尬地看了一眼王逸文，他摇了摇头，凑在我耳边轻轻地说了一句："你再忍忍，我一会儿就带你逃出去。"

蛋糕端上来的时候，所有人都围了起来，点好蜡烛之后，有人偷偷关了灯。

"快快，许愿了。"有个男生推了推王逸文。

所有人都安安静静地看着王逸文闭上了眼睛。他在许什么愿呢？

"好了。"王逸文睁开了眼睛，一口气吹灭了蜡烛。

"许的什么愿望？"有个男生问。

"当然不能说。"月儿打开了灯，"愿望说出来就不灵了。"

"可以说啊。"王逸文看着我，低头咧嘴一笑。

"是什么啊！可以说就快告诉我们。"小松偷吃了蛋糕上一块水果，一脸看好戏的样子。

一个猝不及防的亲吻落在了我的左脸。我全身的神经一下子紧绷了起来，耳朵嗡嗡的像是刚飞进了一只小蚊子，它飞进了脑子里，飞进了心脏。他的脸有些发红，但我想我的脸应该比他红一千倍，一万倍。

"现在，"他摸了摸我的头说，"愿望已经实现了。"

整个房间突然爆发出一阵哄闹声，所有人都鼓起掌来，唯独我傻愣愣地杵在原地，忽略了周围所有的喧闹，眼里只有王逸文。所以……他的愿望是亲我吗？

后来趁大家都不注意的时候，王逸文偷偷带我溜了出去。

"我们这样真的好吗，把他们都丢在那里。"

"没关系，不用管他们。"

仲夏的夜，风没有那么温柔，热气还是一圈圈地浮在陆地表面，月亮伸着懒腰准备苏醒，不小心触碰到了正巧经过的云，于是所有的秘密都被藏在了心底。

王逸文牵着我的手走在空无一人的大街上，让我莫名多了一份安全感。十七岁的王逸文，侧脸轮廓越来越清晰，额头前的小碎发好像不是特别听话，风一吹过，它就调皮地飞了起来。

"今天让你觉得尴尬了吧？"

"还好啦，只是我今天全身都脏脏的，感觉有点丢脸……"

"他们都觉得你很可爱。"

"哪里！要是我知道今天这么多人的话，我一定打扮得漂漂亮亮的！"

"已经很漂亮了。"

"你别一直夸我……"

我有些不好意思地低下了头，刚好发现小皮鞋的鞋带散在地上，扫视了一下周围，发现没有座位可以让我坐下来系鞋带。"本来没打算叫上他们的，"王逸文蹲了下来，像是不经意间的动作，给我的鞋带系上了一个好看的蝴蝶结，"但是我想让他们都知道你是我女朋友。"

"嗯……"

"怕其他男生觑觎你。"

"嗯……"我觉得吧，恐怕只有你这种眼睛不太好使的人才会看上我。

"你在想什么？"

"没有，没有。"我使劲摇了摇头，"我什么都没有想！"

"不过你穿裙子真的很好看。"

"你又夸我……"

"今天一直想说来着，但是因为太紧张给忘了。"

"我才是太紧张好不好……"我小声嘀咕着。

"嗯？你说什么？"

"没有没有，我什么都没有说。"

"是吗？可是我刚刚听见了。"

"啊?！我其实也还好，就一点点紧张而已……"

"原来你很紧张啊。"王逸文一脸无辜地看着我说，"那怎么办？不该做的，我也已经做了。"

"哎呀！不是那个意思嘛！我的意思是！哎呀！就……"

"嗯，我知道了，"我的身体突然被拉进了一个温暖的怀抱里，"我负责就是了。"

高三

一

快儿坐在沙发上，一直不停地削着桌上放着的几个苹果。

"我已经吃了两个了，我吃不下了。"我一只手拿着半块苹果，一只手摸了摸肚子。

"再吃一个，吃完这个就出门。"

"真吃不下了。"

她停下了手上的动作，径直走到镜子面前，戴上了放在包里的黑色口罩。

"走吧。"

"真的要出去逛街吗？"

"嗯，走吧。"

"等等。"我也拿出了一个黑色口罩戴在脸上，"走吧。"

距离上一次和快儿逛街已经是几个月前的事情。因为皮肤的原因，好长一段时间里，快儿都是一个人躲在家，不愿意出门，每天把窗帘拉得死死的，生怕有阳光漏进来，打破了她自己营造的安全感。

街上的人熙熙攘攘，谁也没有注意到我们，可是快儿一直不愿意抬起头，她死死地捏着我的手，口罩随着呼吸的节奏鼓起来又瘪下去。短短十分钟，我们像是走了一年，步子时而缓慢时而急促。她偶尔抬起头不安地扫视一圈周围的人群，又会赶紧把头低下去。

"没人看着我们，大家都在做自己的事情。"我拍了拍她的肩膀说。

"回去吧。"

"怎么了？"

"回去吧，我求你了。"

她祈求的语气让我愣了一下，我转过头看了一眼周围的人群。没有人看着我们，可是又好像所有人都在看着我们，

周末陪快儿去医院复查，她穿了一件带帽的深色卫衣，见到我之后，她没有说话也没有笑，挽着我的手臂走进了医院。我突然觉得她变了很多，不再大大咧咧，也不那么爱笑，仿佛内心的火焰被一场大雨浇灭，只剩下燃烧殆尽的灰尘和空气中难以消散的难闻味道。

我们俩坐在大厅等候着护士叫名字，快儿有些发困，微微闭上眼睛靠在我的肩膀上。

"你没睡好？"

"嗯，晚上容易想东想西，一想就是一个晚上。"

"你不要想太多。"

"你知道我在想什么吗？"

"什么？"

"我突然发现，你其实特别特别厉害。"

"我？"我有些惊讶地指着自己。

"嗯。"她闭着眼睛点了点头,"顶着那么多人的目光还能好好生活,真的很厉害,但是我没办法,我觉得很难。"

"你不需要有办法,上次检查的时候医生不是说都有好转了吗,过段时间就会好起来的。"

"你看。"她睁开眼睛盯着前面一个阿姨,"这个阿姨,从我坐在这里开始就一直看着我的脸,还有,旁边那个男的,也是这样。"她深深地叹了一口气,"生活啊,偶尔未免也太苦了。"

半个小时之后,终于叫到了快儿的名字,医生简单地说了几句,又开了新的药。

"他好像又开了那个什么药,特别苦。"

"良药苦口嘛。"

"也没有多良,那个……"迎面走来了一个小孩子眼睛直勾勾地盯着快儿看,快儿没有再继续说话,她看了一眼小孩子,然后侧着身子低下了头。"走快一点,小孩子说话又真实又直接,我怕我承受不住。"她捏了捏我的手臂,在我耳边低声说道。

"妈妈,妈妈。"小孩子摇了摇身旁的大人,"那个姐姐的眼睛好漂亮啊。"

我明显感觉到了快儿的手微微一颤,她有些惊讶地停住了脚步,转身回头看了一眼那个小孩子,直到人家已经走远了,她还是站在原地一动不动。

"突如其来的夸奖让你不好意思了吗?"

"哈哈哈哈。"她放声大笑起来,"小孩子果然是又真实又直接。"

"我以前夸你的时候,怎么没见你这么高兴。"

"万一你只是阿谀奉承我呢?"

"我有必要阿谀奉承你吗?"

"很有必要啊。"她取下了戴在头上的帽子,"你爸你妈还不知道你谈恋爱的事情吧。"

我瞪了她一眼，然后无奈地叹了一口气："生活啊，偶尔未免也太苦涩了。"

二

外婆从老家带了我最爱吃的咸菜，她坐了三个小时的车，一路的颠簸让她的脸色看起来有些苍白。她说："我现在太老了，坐三个小时的车就差点要了我的命。"

"外婆，等下次我去老家看您。"

"上次我来的时候你也这么说。"她一边说着，一边从背包里拿出了一个袋子，褪开外面裹着的层层塑料袋，里面藏着一个咸菜罐子。

"以前每年你都吵着闹着要吃我做的咸菜，今年反而安静了。"

"哎呀，不是嘛，我心心念念着想吃呢。"

"所以我这不给你送来了。"

"谢谢外婆！"我凑了过去，在外婆脸上轻轻地留下了一个吻。

"小家伙，就会讨人欢心。"她一边笑着，一边假装生气地用袖子抹了抹脸上的口水。

晚上吃饭的时候，妈妈把咸菜倒进了盘子里，分成几小份，端上了桌子。

外婆夹了一大筷子咸菜到我碗里，一脸期待地看着我说："快吃快吃，今年的菜都是我去山里面摘的。""好嘞。"我点了点头，但是刚吃进嘴巴里，一股奇怪的味道就充斥了整个口腔。我假装什么都没有发生，继续咀嚼着嘴巴里的咸菜，妈妈也刚好夹了一筷子咸菜吃了进去，但是她什么微表情都没有，仿佛只有我吃的这一口才有奇怪的味道。

"好吃吗？"外婆问。

我看了一眼妈妈，然后一脸乖巧地点点头："好吃。"

外婆欣慰地笑了起来，嘴里开始不停地嘀咕着："好吃就好，明年给你多做一点。"

吃完饭之后，妈妈在厨房洗碗，外婆坐在外面看着电视，我趁她不注意偷偷溜进了厨房："妈妈，外婆做的咸菜是不是有奇怪的味道？"妈妈停下了手上的动作，侧着身看了一眼坐在客厅的外婆，悄声说："外婆年龄大了，很多时候分不清楚调味品，做出来的咸菜难免会有其他的味道。"我点了点头。

"但是你不要说，只要是外婆做的东西都是好吃的，明白吗？"

"要不，让外婆明年不要做了吧，上山也危险，做咸菜又费时费力。"

"你不懂。"妈妈摇了摇头，"她年龄大了记性也不太好，但依然能记得每年做咸菜给你吃。上山危险她知道，做咸菜费时费力她也知道，但是不同的人在不同的年龄阶段表达爱的方式都有限制，她能做的也只有这些了。"

"我知道了。"

"被爱着很幸福吧。"

"嗯，很幸福。"

三

周四的校篮球赛是高三学生参加的最后一次课外活动，结束之后，我们就要全身心投入到学习之中，备战高考了。我向来是不喜欢参加这种活动的，每次学校举办运动会，我就一个人躲在教室里看书，操场上传来一阵阵的欢呼声让我不由自主地想起了朱自清先生说过的一句话：快乐是他们的，我什么也没有。但这次是个例外，因为王逸文要参加。

作为他们班篮球队的主力，王逸文在比赛之前居然失眠了，半夜十二点发短信来说自己有点紧张，需要安慰。

"你要我怎么安慰你？"

"你夸我吧。"

"王逸文好帅，简直是浑身闪闪发光的小王子。"

"你除了帅，能夸一点别的吗？"

"王逸文是个非常有内涵的男生。"

"可是我还是很紧张怎么办。"

"过分了噢。"

"这样吧，明天你拿着一瓶矿泉水看我比赛可以吗？"

"过分了噢。"

"我好紧张啊。"

"好嘛……"

到了现场我才知道看王逸文打比赛，我居然比他还紧张，手上的矿泉水瓶直接被我捏进去了一个坑。

月儿站在旁边一直举着手欢呼，全然不顾形象地又蹦又跳。"你今天咋回事？这么沉稳。"

"我不是一直都这样吗？"

"开玩笑呢，高一的时候我们一起看别人打篮球赛，你叫得比谁都大声。"

我看了一眼场上的王逸文，脸微微有些发烫。

"哦……我知道了，今天男朋友在这里，要低调一点。"月儿阴阳怪气的声音让我起了一身鸡皮疙瘩。

"好好说话。"

"哎呀，人家不嘛……"

第一场比赛下来，王逸文所在的队伍暂时领先，我喘了一口气，心里悬着的石头暂时放了下来。

"你要准备捏这瓶水捏多久，还不赶快去给你男朋友送水？"月儿把我往前推了推，我往前走了两步，有些不好意思地挠了挠脑袋，然后又退了回来。"你咋回事，还不好意思呢，我说你……等等！那个女的是谁?!"顺着月儿的目光望去，我看见了一个高高瘦瘦的女孩子正朝着王逸文走去，精致的面孔，温柔的波浪长卷发，简直美得让人移不开眼睛。

我的脚像是被固定了，沉重的枷锁让我迈不开双腿，只能呆呆地站在原地，看着那个女孩子递给了王逸文一瓶矿泉水。王逸文显然是被这个女孩子给吓到了，露出惊讶的表情，随即环顾了一下四周，最后把目光落在了我的身上。他准备绕过那个女孩子向我走来的时候，却被她一把拉住了。完了，我感觉我的醋坛子被打翻了。

我生气地把矿泉水丢进了手边的一个垃圾桶里，月儿在背后喊着我的名字，我全然不顾，只知道往前冲，也不知道该去哪里，反正就是不能留在这里。

王逸文追上来的时候，我感觉眼泪马上就要掉下来了，突然发现喜欢真是个可怕的东西，它会让人如此丧失理智，变成一个只知道生气和流眼泪的傻子。

"怎么了？"他试图拉着我的手，但马上被我甩掉了。

"我没怎么。"

"为什么把水扔了？"

"那个女孩那么漂亮，她的水说不定比我的好喝，你喝她的就好了。"

"你走慢点。"

"你别管。"

王逸文一把拉住了我的手，用力将我抱在了怀里。

"这是学校！"我猛地推开了他，站在原地继续跟他赌气。

"我跟她说得很清楚了，我有喜欢的女生了。"

我别过头不看他。

"你不信吗？"他摸了摸我的脑袋，但我还是固执地背对着他，鼻子发出哼哼的抱怨声。

"行吧。"他点了点头，突然扯着嗓子对着远处喊了一句，"嘿！同学。"

"你干啥！"我紧张地质问道。

刚刚送水的女孩听到王逸文的声音后转过身来，一脸蒙地看着我俩。"我女朋友说你长得很好看。"他说完这句话之后，送水的女孩子尴尬地冲我笑了笑。我当时真的恨不得找个地缝钻进去。

王逸文第二天的比赛我缺席了。

中午和月儿坐在食堂吃饭吃到一半的时候，就看见王逸文满脸不爽地端着餐盘走到了我的面前。月儿很自觉地往边上移动了一个位置。

"你今天怎么不来看我比赛？"

"怕看到不该看的。"我还在假装生气。他夹了自己盘里的一块肉放进了我的盘里，一脸委屈地看着我说："吃了这块肉，就不要生气了好不好？"

"你们俩非要在我面前这么腻歪吗？"月儿使劲儿瞪了我们一眼，"她哪里还在生气嘛，她是因为今天是我们班跟你们班打比赛，她怕她自己立场不坚定。"

"是这样吗？"王逸文一脸期待地等着我回答。

我点了点头，"结果怎么样？"

"你们班输了呀。"

"所以你们赢了吗？"

"嗯。"

我笑了起来，夹了一块肉放进了王逸文的盘子里："这一块是奖励给你的。"

月儿又默默地往旁边移了一个位置，嘴里一直不停地嘀咕着："哎……我真为我们班感到不值……"

四

姐姐生宝宝的那天，我是最后一个知道的，爸爸打电话告诉我，姐姐生了一对龙凤胎，男孩是哥哥，女孩是妹妹。我忘记了当时是怎么在宿舍疯叫了一场，抓着月儿和鑫儿的手又唱又跳，挥舞着牙刷兴奋得一直掉眼泪。我要给班主任打电话请假，电话接通后的嘀嘀声附和着心跳，撞击着我大脑里的每一根神经。

"你为什么要请假？"

"我姐姐生孩子了。"

"你姐姐生孩子为什么你要请假？"

"生的是我的孩子。"

班主任被我的回答弄得有些哭笑不得，在我不断地恳求下，他终于同意给我半天假让我去医院。

我长这么大第一次看到新生儿，小小地躺在床上，他们好像还没有适应外界的环境，眼睛紧紧地闭着，凑近了仔细一看，还能看见额头上细小的绒毛。

"你不要凑那么近。"妈妈小声说。

"好。"

每隔半个小时，姐姐就会醒一次，妈妈帮助姐姐翻身的时候，伤口拉扯传来的疼痛让她皱起了眉头，好半天她才勉强睁开眼睛，眼球上布满了密密麻麻的小血丝，但瞳孔依然明亮清晰。

"你请假了？"她因为太虚弱，嘴巴苍白得没有一点血色，声音像是一股气流使劲从喉咙挤出来一般。

"嗯，你生宝贝我能不来吗？"

"我生了一男孩一女孩。"

"我知道。"

"累死我了。"

"听说你还是顺产生的。"

"对，吃了好几个士力架。"

"你咋这么牛呢？"

"你都那么牛了，我能不牛一点嘛。"

说完这句话后，她又轻轻闭上了眼睛："不过我真的太累了，全身都痛。"

"你休息吧，我不打扰你了。"

"回学校的时候跟我说一声。"

"嗯，睡吧。"

两个小家伙，你们终于平平安安地来到了这个世界上。你们那么小，那么可爱，好几次我都出神了，觉得眼前的一切都美好得不真实，但是你们的哭闹声又会清清楚楚地告诉我，你们从另外一个小星球，乘着光来了。你们以后长大，会有很多梦想，会去很多地方，会越来越成熟，越来越懂事。想到这些，我就热泪盈眶。

其实我最想说的是，你们一定一定要很爱你们的妈妈，要保护她，要拥抱她，要听她的话。

这几个月来，她每天打针，每天吃药，手臂上到处都是密密麻麻的针眼，吃药吃到最后，嘴巴吃什么感觉都是苦的。她全身发痒，但是又要忍着不能去挠，晚上睡不好觉，白天又吃不下去东西。可是她说一想到你们，就觉得浑身有力量，所以这几个月以来，她一滴眼泪都没流。

有人说，妈妈是世界上最伟大的人，可是你们的妈妈也曾经是一位妙龄少女，她想要美丽的身材，想要精致的脸庞，想要无拘无束永远都是十八岁的模样。她也会胆小，也会害怕，也会抗拒疼痛。但你们让她变成了一个顶天立地的巨人，她什么都不怕了。

如果有一天，她身材走样，脸上爬满了皱纹，声音不再清脆响亮，眼睛也失去了光芒，但你们一定要记住，她年轻过，美丽过，疯狂过，可是比起这些，她更愿意成为你们的母亲，把余生所有的时间都用来陪伴你们成长。

最后，宝贝，谢谢你们来了。

爱你们。

隔天回学校，爸爸又发来短信说，姐姐把孩子的名字取好了。男孩子叫雨宸，女孩子叫雨蔓。

雨宸，雨蔓。

我看着手机屏幕的光笑了起来，笑着笑着就哭了，眼泪流到了嘴角，甜甜的味道。

五

但是这周的王逸文就像消失了一样，没有来学校，也没有给我打电话发短信。我心里空空的，像是被清洁工阿姨刚刚做过了大扫除，肠胃咕噜咕噜响，但是却没有一点想吃东西的欲望。后来，我实在忍不住，就跑到王逸文的班级找小松。

"王逸文这周生病请假了呀，没告诉你吗？"

我一愣，摇了摇头。

"可能是怕你担心吧。"

"严重吗？"

"应该不严重，感冒而已。"

"不严重的话为什么不告诉我？"

"你给他打电话了吗？"

"没有。"

"那你为什么不打电话问问？"

我打了一个激灵，小松的话刚好戳到点子上了。

出乎意料，电话接得很快，我喂了一声，王逸文就开始奶声奶气地撒娇："我以为我不给你打电话，你就不打算给我打电话呢。"

"嘀，嘀，我找王逸文。"

"我是呀。"

"不，你不是，王逸文是个纯爷们。"

他清了清嗓子，立马恢复了正常的音调："你好，我是王逸文，请问这位小姐打电话来是有什么事情吗？"

"听说你感冒了。"

"嗯，一点点。"

"我请假来看你吧。"但没想到这个想法被班主任给否决了。

"你为什么又要请假？"

"我朋友生病了，我想请假去看看。"

"你是不是不明白什么是高三？"

"明白。"

"那你是不是不清楚什么叫作一寸光阴一寸金？"

"清楚。"

"还请假吗？"

"不请了。"

我垂头丧气地把这个消息告诉了王逸文："明天下午就放假了，我放假来看你吧。"

屏幕上方显示着正在输入几个大字，但最后只有一个字发过来。

"嗯。"

我猜他有点生气。见到他之后我更加确定了我的想法。

王逸文穿着松垮的睡衣，头发乱成了鸡窝，嘴唇也起了干皮，但总的来说，人长得好看的话，其他一切可以被选择性忽略。他有些困倦地半眯着眼睛，那时候我才发现就连他好看的双眼皮也肿成了单眼皮。

"你手里拿的是什么？吃的吗？"他伸手拿过我手里提着的口袋。

"不是……"一本《五年高考三年模拟》被他从口袋里拖了出来。

"你看病人不带吃的，带试题吗？"

"小松让我带给你的……他说这周的作业……"

"嗯，"他不耐烦地把书扔在了一边，"过来坐吧，家里有一点乱。"

我点了点头，踮起脚走了过去。

"我没拖地。"

今天的王逸文心情不太好，整个人憔悴得像大病初愈，该死的小松不是说只是小感冒而已吗？

"你好点了吗？"

"嗯，好多了。"

他拿出纸杯接了一杯热水放在了我面前，然后全身瘫软地陷在了沙发里。我偷偷往他身边移动了两步，他似乎没有察觉，依然安静地闭着眼睛。

"你爸妈呢？"

"上班去了。"

"好吧。"我伸出手摸了摸他的额头。毫无预兆的触碰让他浑身一颤，他猛地睁开眼睛盯着我，一副戒备的样子。

"你哪里是小感冒？你在发烧啊！"

"我知道。"他又闭上了眼睛，头埋进了沙发里。

"你这样哪里行，你吃药了吗？"

"没有。"

"为什么不吃药？"

"家里没药。"

"去医院啊！"

"我没力气了。"

傻子！我在心里默默地骂了一句，真的让人又生气又心疼："我们去医院吧。"我站了起来，伸出手准备扶他。"不想去。"他摇了摇头，死死地抱着一个沙发枕不松手。

"那我给你买药，你去床上睡一会儿。"

"不用了。"

"王逸文，你怎么生起病来像个小孩子一样?！"

"我都生病了你还说我吗？"

"行吧，"我转身准备离开。他突然坐了起来，一把拉住了我，

"你去哪？"

"我去给你买药、买吃的，大哥，你想病死在家里吗？"

"我们家在三楼，没电梯。"

"我怎么上来的我就怎么下去，你先好好担心一下你自己。"我瞪了他一眼，抓起桌子上放着的钥匙转身出门。

等我回来的时候，他已经在沙发睡着了。

"起来了。"我摇着他的肩膀。他缓缓地睁开眼睛，看了我一眼，又接着继续睡。我说："喝了粥，吃了药再睡。"他完全忽视我。

"王逸文！吃药！"

"知道了。"他从沙发上坐了起来，接过了我手上的筷子，"你知道吗？我本来都快好了。"

"然后呢？"

"看着你拿了一本《五年高考三年模拟》，我瞬间感觉自己又病得不轻。"

"你本来就病得不轻。"

"我还有点生气。"

"为什么？"

"你昨天没来看我。"

"我请不到假，我们班主任不准假。"

"所以我在生自己的气。"

我被他委屈的表情点逗笑。

"我都病成这样了你还笑？"

"是是是，我的错，我不该笑。"

他似乎对我的认怂态度很满意，抱着碗喝了一大口粥。

"你病这么重，你爸妈为什么不在家照顾你？"

"他们上班。"

"王逸文，你以后没有我该怎么办呀。"

"对啊。"他笑着点了点头，"所以你要乖乖待在我身边哦。"

吃完药之后，他回房间躺着休息。王逸文的房间有点过于空旷，简简单单的一张书桌上面只放着一盆绿植，不过还好房间向阳，有光的日子，房间也会全部被填满。

"我爸妈下班都会很晚，纸杯在电视机左边的柜子里，卫生间在这个房间出门左转，我们家是马桶，洗手液放在洗漱台最上面一层，蓝色的瓶子。"

"你好好睡吧，我不会走的。"

他看了我一眼，赶紧拿被子捂住了脑袋："你别一直盯着我，这样我睡不着。"

"你事儿怎么这么多？"

"我发烧了，好难受。"

"好，好，知道了。"

过了一分钟，他又从被窝里坐了起来。

"你干吗？"

"我说真的，如果你以后结婚，新郎不是我，那我就搬到你家旁边，对你的儿女特别特别好，比亲爹对他们还好，直到那个男人怀疑人生。我还会破坏你的家庭，每天朝你们家的窗户扔石头。不对，你们根本不可能结婚。"

"你烧糊涂了吗？"

他摸了摸自己的额头，"我退烧了。"

"是吗？"我伸手检查了一遍，"果然在说胡话。"

"我之前有吓到你吗？"

"什么时候？"

"刚认识你不久。"

"有一点点吧……我一直以为你喜欢的是月儿。"

"不好意思啊,刚认识就喜欢你。"

"是啊,这么容易就说喜欢简直俗不可耐。"

"那也是你让我变俗的。"

"还睡不睡觉?"

"你说一句,'王逸文我好喜欢你啊',我就睡觉。"

我白了他一眼:"再不睡我就走了。"

"别!我睡了,你别走哦。"

"嗯。"我用被子捂住了王逸文,心里一直忍不住偷笑。

王逸文,我猜你一定知道,没说出口的那句喜欢,其实都藏在我的眼睛里了。

六

仿佛只是一夜之间,高考的压力让我们高三的学生除了吃饭睡觉,就只剩下埋头苦读。老师们经常指着黑板角落的倒计时,反反复复地提醒每个人:"时间不多了同学们!!为了这一战!你们做好十足准备了吗?!"

宿舍每天早上六点半开门,但月儿和鑫儿每天五点钟就起床开始学习,没有灯,就拿着电筒背英语单词。我也不好意思睡到起床铃声响,于是就跟着她们五点钟爬起床看书,可是实在太困了,我脑子迷迷糊糊的,像是一个被废弃已久的水桶,里面干得只剩下了灰尘。我怀疑我得了高三既不努力又想取得好成绩的焦虑症。

第二次诊断性考试结束,扎眼的数学成绩让我每天晚上都失眠,睡不好觉的同时也吃不下去饭,两周而已,我瘦成了皮包骨。

爸爸发短信来说，妈妈炖了鸡汤，他明天早自习之后给我送过来。

"但是学校不允许带熟食进来。"

"我顺便给你拿一床被子，偷偷带进来。"

我犹豫了一下，最后还是忍不住回复："让妈妈多放几块肉。"

隔天一下早自习，我就冲到校门口等待着爸爸的到来，门卫叔叔瞅了我好几眼，我心虚地一边跺脚，一边在嘴里嘀嘀咕咕念着今天早上刚听写完的英语单词。

五分钟后，爸爸骑着自行车风风火火地赶到了。他冲我眨了眨眼睛，在门卫处登记后走了过来。

"你藏哪里了？"我偷偷地问。

"被子里裹着呢。"

"啊？不会漏吗？"

"放心吧，我有所准备。"

老远我就看见了王逸文，他站在女生寝室楼下不停地搓着手，吸引了来来往往很多女生的注意，我假装没有看见从他旁边经过，继续和爸爸聊天试图转移注意力。然而他突然大声地喊出了我的名字。我和爸爸一起转过头去，心跳一刹那加速到了令我难以承受的速度。我斜着脑袋指了指自己，小鸡啄米似的示意他不要过来，但我真的太高估王逸文的智商了。

"有东西给你。"他边说边取下背包里的东西。

"那个……这是我爸爸。"

他停止了手上的东西，似乎这才意识到我旁边还站着一个人，他默默地深吸了一口气，然后很礼貌地弯腰打招呼："叔叔好。"

爸爸眼神复杂地看了我俩一眼："那我先帮你把东西放到宿舍去？"

"不不不，不用，我跟你一起！"我心里一慌，连忙挥了挥手，背着他偷偷用手指戳了戳王逸文，"你要给我什么？"

"这个……"他从包里拿出了一盒牛奶，"热的。"

然后，我就听见了我爸的笑声："哈哈哈哈哈哈哈……"

"那个小男孩是谁，还长得有点帅。"

"同学。"

"你们两个是在谈恋爱吗？"

"不是的！"

"要是在谈恋爱问题也不大，长得那么好看，而且也还挺有礼貌。"

"爸爸！"我瞪了他一眼，他依然保持着似笑非笑的表情，然后捏了捏我的耳朵，小声地说："你给我好好学习，小心我向你妈告状。"说完之后，他得意扬扬地当着我的面，给我妈打电话："我待会儿回来要给你讲一个很搞笑的事情，哈哈哈哈哈哈……"

长期饮食不规律的我遇上妈妈煲的鸡汤，瞬间胃口大开，三下五除二就清空了保温桶。

"你在学校没认真吃饭吗？"

"学校的饭菜没我妈做得好吃。"

"那你也要认真吃饭，不然身体怎么扛得住。"

我不以为意地点点头："我身体好着呢。"

七

可能是一直以来我都对自己身体的健康情况太过于自信，结果到了晚上它就开始给我甩脸色，从下晚自习到晚上十一点，我就一直在床上和厕所之间来来回回无数次，月儿和鑫儿也被我来回的跳动声给吵得睡不着，她们起床给我倒了一杯热水放在床边。

"拉肚子了吗？"

"嗯，还疼得厉害。"

"去医院吧。"

枕头下边还压着我上次考试的数学卷子，我抽出来看了一眼成绩，霎时眼泪止都止不住地往下掉："我要是请假，我下次数学肯定考得还不如这一次。"

刚说完这句话，肚子又是一阵难以忍受的抽痛。

凌晨十二点，爸爸骑着自行车来接我，月儿帮我穿好衣服和假肢之后，扶着一瘸一拐的我走到女生宿舍门口。我当时已经疼得完全直不起腰来，大颗大颗的汗水就顺着发尖儿滴到了地面。爸爸迎面扶住了我，给月儿道过谢之后，就载着我送到了医院的急诊室。

妈妈早早就在医院门口等着我，她带了一件外套帮我披上，然后摸了摸我的额头说："不知道的还以为我在鸡汤里下毒了。"

"你没有吧？"

"这种事情你还怀疑？"妈妈白了我一眼，跟着爸爸把我扶进了医院。最后诊断结果为阑尾炎，需要做手术把阑尾给切掉。

"做手术大概要耽搁多久？"爸爸问医生。

"至少得两三周吧。"

听到医生说两三周的时候，我的心就凉了一大半："不行，我高三学生，两三周耽搁不起。"

"那万一你要是高考的时候痛起来了呢？"

数学成绩又一次浮现在我的脑子里，紧接着是胃里排山倒海的恶心感。

打了一晚上的点滴，隔天医院上班，爸爸就帮我办好了住院手续。我躺在病床上暗无天日地看着天花板，老师那句"同学们时间不多了，为了这一战，你们做好十足准备了吗？"一直在耳边反复回荡。

液体一点点在输液管里流着，我仿佛看到了时间也在一点点地流着。

我侧身按了一下输液器，想让液体流动得更快一些，妈妈阻止了我的行为，我有些不满地哼了一声，转身把头捂进了被子里。

"我考不上大学了！"

"考不上就考不上，你先好好把手术做了。"

"考不上大学我这十二年的书就白读了！！"

"谁说的？"爸爸拿了医生刚开好的药走了进来，"你理解的教育有误区。"

我掀开了被子，"有什么误区？"

"每年那么多没考上大学的人，那他们这十二年的书白读了？"

"你们怎么回事，别人的家长都希望自己的孩子考一个好的大学，你们还告诉我教育有误区。"

"我们也希望自己的孩子考一个好大学啊。"爸爸把药分好之后递给了我，"但是我们更希望自己的孩子身体健康，天天开心。"

"可是我现在也没觉得开心。"

"但至少可以让身体恢复健康。"

虽然我嘴里还振振有词地辩解着，但其实心里的包袱倏然间卸下了一半。我的手机突然响了起来。

"喂？"

"你在哪个病房？"王逸文的声音听起来像是刚参加完两千米长跑。

"你请假了？"

"嗯，你在哪个病房？"

"不是，我爸爸妈妈都在这里……"

"你先告诉我你在哪个病房好不好？"

"23 号。"

挂完电话后，我有些坐立不安，心里想着如果王逸文待会儿来了，我该怎么跟爸爸妈妈解释。

"爸爸，你还记得昨天早上在我们宿舍楼下等我的那个男生吗？"

"你想说什么？"

"就是他可能……"

"叔叔阿姨好！"王逸文跑进了病房，喘着粗气弯腰打招呼。

"这是我同学！！"我连忙直起身解释道。

爸爸看了我一眼，脸上又出现了第一次见到王逸文时那种扑朔迷离的复杂表情。

"对，听说她生病了，我请假来看看她。"王逸文脸有些发红，一瞬间尴尬的气氛笼罩了整个病房。

"坐这里吧，阿姨给你倒杯水。"妈妈站了起来，起身准备倒水。

"不用不用阿姨，我就看看她，她没事我就放心了。"话说出来之后又是一阵尴尬。

"就大家都很担心她，派我来看看她，嗯，是这样的。"他继续解释道，脸上的绯红渐渐地晕染了整个耳根。

"辛苦你专门跑一趟啦。"妈妈倒了一杯热水放在了王逸文的手边。

"没有没有阿姨，不辛苦不辛苦。"

"阿姨给你削一个苹果吧。"

"不用了阿姨，您别照顾我了，我坐坐就走。"

"中午不回学校的话一起吃个饭吧？"

"不了阿姨，不麻烦您跟叔叔了。"王逸文手足无措的样子逗笑了我，我一笑，他连脖子也开始红了起来。

"我和你爸爸出去给你看看手术排在星期几。"妈妈悄悄用手肘支了支爸爸，两个人相视一笑，离开了病房。

"你为什么还要做手术，很严重吗？"

"不严重，阑尾炎而已。"

"今天早上月儿跟我说你昨晚送去抢救了，吓得我一直出冷汗。"

"小问题，小问题。"

"你就逞能吧，月儿说你昨晚痛得连站都没办法站。"

"不过你们班主任同意给你假啦。"

"嗯。"

"你怎么说的？"

"我就说朋友生病了，要请假去看看。"

"真是同一个世界，不同的班主任。"

"嗯。"

"你一直嗯什么，下周又要考试你准备好了吗？"

也许是错觉，王逸文眼神突然黯淡了下去，但随即又马上恢复正常："等你手术完了，我要告诉你一件事情。"

"什么事？"

"都说了手术完了再告诉你。"

"好事还是坏事？"

"不算好，但也不算太坏。"

八

手术结束的当天晚上，麻药逐渐散去，疼痛越来越清晰，夹杂着噩梦。我一直说着胡话，有好几次我都分不清楚这到底是梦还是现实。妈妈坐在旁边一直帮我掖被子，我疼得在床上来回滚动，护士姐姐拿了一颗止痛药，让我待会儿吃下去。

"不，我不吃止痛药，止痛药吃多了会变成傻子。"

"吃了药才会不痛。"

"我不吃，你拿走吧，别让我看见。"

护士姐姐摇了摇头："你女儿还挺犟的。"

"她做手术做怕了。"

听到妈妈说这句话，一刹那我有一种落寞的伤感情绪。我太怕变成一个傻子了。

两天后，我住的病房转过来了一个小女孩。

开始的时候她一直笑嘻嘻的，很热情地跟我和妈妈打招呼，后来无意中看到了我藏在窗帘后面的假肢，非要跑过来掀开我的被子看看我的腿。我以为她是能接受的，所以当她提出想看看我腿的时候，我想都没想就掀开被子给她看，结果她吓得一直哭闹。可是事情到这还没有结束，她不愿意再和我说话，连看我一眼都不愿意，每次有护士到病房来更换输液瓶，她就会拉着护士的手说："旁边住了一个鬼，我要换病房。"

小女孩的奶奶有些不好意思地跟我和妈妈道歉，妈妈摸着我的头说："小孩子嘛，没关系的。"我吞了吞口水，学着妈妈的语气重复了一遍："小孩子嘛，没关系的。"可是她依然坚持要换病房，后来护士姐姐实在没办法，就说把她换到隔壁的病房去，可是她又开始哭闹，说不愿意走，让我搬走。

"凭什么要我搬走？"我质问道。

"因为你是鬼！"小女孩从窗帘后面探出半个脑袋。

"你才是鬼！"

"你是鬼！你是独腿怪!!"

差点脱口而出的"你才是独腿怪"又被我吞了回去，她好好的两只腿，这样说出口仿佛在扇自己的耳光。

我不知道该说什么了，脸憋得通红，拳头死死地捏在一起，眼泪始终没掉下来。

"小孩子嘛，你理解一下。"护士姐姐在旁边说。

"行吧，我们搬。"妈妈拍了拍我的肩膀，"没事的。"

"我不搬！"

"姐姐，她不搬你们就把她关起来。"小女孩冲我吐了吐舌头。

"我们搬，我们搬。"小女孩的奶奶扯了扯床单，一脸无奈地看着自己的孙女，"我们搬好不好呀？"小女孩哇的一声哭了出来："独腿怪搬走！独腿怪搬走！"

"我搬还不行吗?! 我搬走！"我掀开被子想站起来，腹部的疼痛让我全身一阵抽搐，我有点恨自己为什么不能立刻站起来，非得这么软弱好欺负的样子。旁边的护士拿出一张纸给我："把眼泪擦擦。"

"去她大爷的我才不会为了她流眼泪！老子才没有哭！"

"不要说脏话！"妈妈严厉训斥道。

"我不能骂她我还不能说脏话骂骂自己吗？"说完这句话后，我用被子捂住了自己，使劲压低抽泣声不想让她们听出来。

九

我出院那天，王逸文又请假了，他说要带我去一个秘密基地。

坐了大概两个小时的车，我们来到了一片小树林，踩着泥泞的小路和石子，一路上磕磕绊绊，好几次险些摔倒，最终才到了一个小土屋前面。王逸文显得有些兴奋，围着小土屋转了好几圈，还拿出手机不停地拍照。

"这是哪？"

"我爷爷以前住的地方。"

我也围着小土屋转了一圈。

"为什么这里是你的秘密基地？"

"时间刚好的话，从这里往远处看，可以看到日落。"

"哦。"我并没有多大的兴趣。

他似乎察觉到了我的情绪，走过来牵起了我的手："你跟我来。"我们走到了小屋的台阶上，王逸文细心地拿出一张纸铺在地上，让我坐下。他挨着我并肩坐着，远处的山脉连绵不断，像是一个非常有名的画家勾勒出的山水画。远离了城市的喧嚣，耳边只剩下了呼呼的风声。

大自然给予人类的馈赠，果然很迷人。

"我也很少来这里。"

"那为什么要带我来？"

"因为这里安静，我不想被别人打扰。"

我突然戒备地往后退了退："你要做什么？"

"哇，你的脑瓜子里面一天都在想些什么乱七八糟的东西？"王逸文摸了摸我的脑袋，"就算我想做什么……"

"不！不可以！什么都不要想！"我又往后挪了挪。

"你坐过来。"

"你先保证你什么都不会做。"

"你傻吗？我肯定开玩笑的呀。"

"是吗？"

王逸文举起右手，竖起了三根手指头，说："我发誓。"

虽然我从小就不相信别人对天发誓这一招，但是王逸文的发誓似乎特别有可信度，果然，王逸文上辈子绝对是一个出淤泥而不染的反派。

"你现在肚子还疼吗？"

"不疼了，只是一个小手术而已。"

"快要高考了，你要好好加油哦，去自己心仪的大学。"

"你也是。"

一阵莫名其妙的沉默让我心中萌发出了一种不好的预感，这种感觉太难受了，像是正在接受一场心脏手术，医生刚好把心脏拿出身体的那一瞬间，空空的，连血液也不会流动了。

"你别突然不说话，这里太安静了，不说话怪吓人的。"

"我真的……"

"你要说什么？不好的事情别说了。"

"很喜欢你。"

"我知道。"

王逸文一副欲言又止的样子让我突然失了神，我慌张地站了起来，却被他一把拉住。怎么回事，我突然好想逃开，去人潮拥挤的地方，让吵闹的声音淹没掉这没由来的孤独。

"小松说你是个坏家伙，不会在周末给我打电话，也不会在下自习的时候等我，碗里最瘦的那一块肉也不会给我，跟其他男孩子讲话也能笑得那么开心，小秘密也不会告诉我。"

"不要诬陷小松，是你这样觉得吧。"

"但你确实很坏，不是吗？"

"你今天是要好好批判一下我吗？"

"是批判自己。"

他轻轻地抱住了我。

"但是啊，我还是很喜欢你，喜欢到一直在想该说什么肉麻的话才可以表达出我的喜欢。"

"你怎么了？"

"你经常问我为什么会喜欢你，我也不知道，你说你脸那么大，成绩也不好，仔细想想也想不出来什么优点，可是到我这里，你喝水可爱，吃饭可爱，连说话写字都是可爱的。"

"别说了。"

"我好希望，我十七岁爱的那个人，能让我爱到八十岁。"

"让你别说了。"

"你会等我吗？"

我使劲推开了他，眼圈红红的，心里想着这该死的预感怎么这么准："等什么？"

"我要去当兵了。"

"不高考了？"

"嗯，不考了。"

"我告诉你，如果不高考的话，你这十二年的书就白读了。"

"我知道。"

"读书不是人生唯一的出路，但绝对是最好的出路。"

"我知道。"

"你拿着高中学历你以后会不好找工作的！"

"我知道。"

"王逸文，我讨厌你！"

我完全失去了理智，站起来就往小树林外冲，他拉我我就甩开，他抱我我就挣脱，我听不见他说什么，尽管这里安静得像是墓地。

我恨死了我自己为什么要跟着他来到这里，恨死了这条路为什么这么坎坷不平，恨死了太阳为什么还不下山，恨死了周围的风声，恨死了树的影子让眼睛变得模糊。

"你别扶我！你离我远点！我要回家！"

"你听我说好不好？"

"你能不能让我自己待一会儿？"

他没有再说话，安安静静地跟在我身后。

走出小树林之后，我拿出手机对着通讯录翻了半天，眼睛越来越模糊，可是也不想回头。我知道，我不该生这么大的气，如果我太任性，就请原谅我这一次，哪怕幼稚无理取闹也好，就这一次。

到了车站之后，才发现自己身上一分钱也没有，他站在远处看着我，径直走过来买了两张车票。直到上车，我们也没说一句话。

车窗外，太阳终于下山了。

"我送你到你家楼下吧。"

我摇了摇头，下车迎面一股冷风吹得脸生疼，我打了一个冷战，把手放进了衣兜里。

"你别不讲话好吗？"

王逸文一直跟在我身后，我们的脚步声互相重叠，连影子也重叠在了一起。右手传来的温度让我停下了脚步，王逸文把他的左手放进了我的衣兜里。我本来想用力甩开，但没想到他的力气大到我完全不能抽出手。

"我这么喜欢安静的一个人，在你这里全都例外了，我现在一点都不喜欢安静，所以你别不讲话，我会难过。"

几秒钟之后，我把左手放进了他的衣兜，问他："当兵之后还会回来的吧？"

"会。"他点了点头。

"你去吧，我等你。"

"不生气了吗？"

"嗯，不生气了，如果有必须要去的理由，就去吧。"

王逸文的泪珠在眼眶打转，更加用力地抓紧我的手。

你知道吗？在遇见你之前，我是一个连说话都不敢太大声的人。噩梦喜欢缠着我，自卑也一直扯着我，我像是被困在了一座自己建造的牢笼里，不敢走出去，怕一走出去就会被别人的言语、别人的目光杀死。

我总是说，如果我没有经历地震，我没有截肢，可惜任何发生了的事情都没有如果。我担心着未来，恐惧着即将发生的一切，偶尔笑一下都会嘲讽自己，你也太假了吧。

可是我遇见了你。

在我十六七岁的青春里，你像是黑暗里的星星一样，驱赶走了我所有的害怕。

我做梦都不会想到，那么平凡的一个我，连走路都不敢抬头挺胸的我，居然能被你喜欢，那些初中偷偷看的言情小说，里面的情节居然会真真切切发生在我身上，有时候我都在想，是不是遇见你这件事，就已经花光了我所有的运气。也许是上天给我的补偿吧，它夺去了我的一条腿，却把你带来了我的身边，给我自信，给我勇气，给我力量。

王逸文，我不知道未来会发生什么事，我现在不太相信承诺和以后，这个世界变化太快了，谁也不能预测下一分钟的故事。可是我很确信，现在，当下，你是我最喜欢的。

我的星星，若我一个人走我的路，你也还是会始终守护我的吧？

十

之后，王逸文就没在学校出现过了。

日子一天天走着，距离高考也越来越近，每天在食堂吃完饭，所有的同学几乎跑着冲到教室里，迅速打开课本开始背诵。红色的标语牌挂满了校园的每个角落，谁也不可能超过时间，但谁都想比时间更快。

班主任重新调整了座位，我的新同桌叫代师范，是我们班的数学课代表，每天只顾着埋头学习，从来不会跟我唠嗑，偶尔请教他一道数学题，都会被他以"天啦，你怎么会这么笨"结尾。

那时候我们都喜欢拿一张便利贴，写上自己心仪的大学，贴在课桌上用来警醒自己。代师范也这样做了，他在便利贴上写道："我要读法律。"

"律师都是见人说人话、见鬼说鬼话的。"

"你不懂，律师是个很高尚的职业。"

"是吗？"我有些不以为然，从课桌下拿了一颗榴梿糖塞进了嘴里。"你为什么要吃这么臭的东西？"他有些不满地捏着鼻子。

"你不懂，榴梿糖其实是很高尚的零食。"

他支着眼镜一脸不可置信："你偶尔也不是很笨嘛。"

"那当然。"

"那你数学怎么差到如此离谱？"

"那我一定有其他的闪光点，只是现在还没有被挖掘出来而已。"

他斜着脑袋瞅了一眼我空空的课桌，"你没有心仪的大学？"

"暂时没有。"

"这么没志向？"

"我爸妈说，尽力就好了，所以我现在能考上大学我就心满意足了，什么大学都无所谓了。"

代师范用一种无可救药的表情斜视着我，最后缓缓从嘴里吐出了一句。

"还有榴梿糖吗？我要吃。"

我觉得我真像快儿说的那种咸鱼，懒得不想翻身。但其实开始并不是这样的，我也尝试过翻身，但是数学成绩的打击让我一次次跌到谷底，以致只要一上数学课，我脑袋里就会轰然出现八个大字：如坐针毡，如芒在背。

和我同样焦虑的还有鑫儿，她座位旁放着一支护手霜，每次心情不好或者焦躁的时候，就会搽护手霜，到后来次数越来越频繁，一支护手霜两个星期就被她用得干干净净。她成绩没上去，但手却变得白白嫩嫩。

有天晚上，她从被窝里爬起来让我给她听写英语单词，我强撑着困意，半耷拉着眼皮念着英语单词，但是她却一个都没写出来。

"怎么办，我明明刚刚还记得。"

"你太紧张了，先好好睡觉，明天早上再记。"

她点点头，准备离开，但是忽然又转过了身："要不你再读一次？"

她深呼吸了一口气，但还是一个都没写出来。

"怎么办，怎么办？明天就要听写了。"

"鑫儿你听我说，你先冷静，好好睡一觉。"我拿出枕头旁边的手机看了一眼，"你看，都已经十二点半了，明天早上五点又要起，睡眠时间已经没有五个小时了。"

"可是我太焦虑了。"她的脸在黑暗中憋得通红，眼泪唰唰地往下掉。

"高三已经下学期了，我却一点都没有准备好，我知道，理想和现实总是有差距，但我真的很想上川大啊，你懂那种感觉吗？周围的人都对你说了加油，可是你从他们的眼神里看得出来，他们不信，他们很敷衍，他们觉得你仿佛在开一个天大的玩笑。"

我在黑暗中摸了半天，抽出一张纸巾递给了鑫儿。

"我知道以我现在的成绩肯定考不上川大，可是没到最后一秒谁都不知道我能不能考上，就算失败了，我也不难过，至少我拼尽百分百的力气了。"

看了那么多励志的书，知道了那么多人生成功的典范，我觉得都没有鑫儿说的这一句话来得有能量。高考，真的是一场战役，但是就算是死也要死得辉煌。

十一

高考前一天晚上，我失眠了一整夜，翻来覆去怎么都睡不着。心里一直默念着老师白天说的那句话，"如果你们今晚没有睡着，但也不要紧张，实践表明，一整夜不睡并不会影响到第二天的正常发挥。"我太紧张了，恨不得坐起来再背两个英语单词。

早上铃声一响，每个人都精神满满地起了床。唯独镜子前的自己，顶着一副熊猫眼，面孔憔悴得像是鬼一样。代师范戴着一副新的金框眼镜儿，嘴里含着包子，嘀嘀咕咕不知道在说些什么。

"你在神神道道什么？"

"考前放松。"

"快告诉我，我也需要放松。"

"得了吧，你叨叨再久也考不好。"

"我去，今天说这话也太触霉头了吧！"

事实证明，数学就算我是超常发挥，我也不可能及格，更别说我急得满头大汗，坐立难安。接连两天考试，脑子一直浑浑噩噩的，我也吃不下饭去，就连王逸文说的那句"考完了请你吃火锅"也对我丝毫没有吸引力。最后一场考试结束，所有人都在欢呼雀跃、庆祝解放的时候，我冲到宿舍，给爸爸打了一个电话，哭得上气不接下气。

　　"没什么嘛。考都考完了，现在说这些也没有用。"

　　"你是在怪我吗？"

　　"没有怪你，我都说了，这些没有那么重要，你尽力就好。"

　　"可是我好像考得很差很差。"

　　"不要想太多，毕业快乐！"

　　耳边传来了一个女生的尖叫声，操场上突然放起了音乐，一扫前几天的紧张气氛，好像所有的煎熬、挣扎，都在这一秒正式宣告结束。

　　毕业快乐！

　　学校为高三的我们准备了毕业晚会，毕业晚会之前，班主任把所有的同学都叫到了教室里，开最后一次班会。这一次，教室里空荡了许多，走廊边上没有了书，课桌上没有了密密麻麻的便利贴，黑板上没有了醒目的倒计时，班主任的手上没有拿着粉笔，但同学们依然坐得端端正正，像往常无数个班会一样。

　　"恭喜你们，你们毕业了。"说完这句，他独自鼓起掌来，慢慢地，一个，两个……所有人都跟着鼓掌。那个四十岁的男人，身材微胖，头发稀疏，说话的时候总是瞪着眼睛，走路的时候总是要把双手背在身后，不苟言笑，一副严厉的样子总是让人望而生畏。可是，现在他站在讲台，面对五十多个同学，却红了眼眶。他说："不管考好考坏，我都依然爱你们。"

原来我真的毕业了，这个教室我可能再也不会回来了，那些令人讨厌的数学公式我再也不会看到了，那些每天谈天说地的同学们，也许再也见不到了。

我只想要拉住流年
好好地说声再见
遗憾感谢都回不去从前
我只想要铭记这瞬间
我们一起走过的光年

学校的喇叭突然放起了这首歌，坐在我身边的代师范一直偷偷抹着眼泪，鑫儿低着头轻轻抖动着肩膀，月儿一直看着班主任，双手支着脑袋出了神。

有那么一瞬间，我希望这一切都不是结束，而是刚刚开始，宛如我第一天来到教室里，大家都互相挥手打招呼。

这是新的开始吧？只是永远都不会是十七岁了。

十二

毕业晚会，学校给了高三学生最大的自由度。我们在舞台上拥抱，在舞台上尽情大哭，还有一个女孩子，唱完一首陈奕迅的情歌后，大声喊出了那个让她暗恋了三年的男孩子的名字。

校长说："恭喜每一个即将毕业的学生，你们都是北川中学的骄傲。"那一刻，所有人的欢呼声覆盖了整个校园上空，传得很远很远。

晚上我们宿舍几个人准备好好庆祝一下，大家买了啤酒和一些小零食，坐在地上准备玩真心话大冒险。

"来，干杯，祝贺大家。"月儿打开了一瓶啤酒。

"时间过得也太快了吧，要是能再读几个月说不定我能考上重本，哈哈哈。"鑫儿拉开了易拉罐，啤酒泡泡粘在了她的嘴角上，"我们来说一个自己的秘密吧，其他人都不知道的。"

"好！我先说吧。"月儿自告奋勇。

她低着头思索了一阵，喝了一口啤酒，"那个又高又帅又会打篮球的男神，我没有和他在一起，是因为他接受不了我是个残疾人。"

"呸，他还配不上你呢。"

"你是我们年级的第一女神，他不知道？"

"哎呀，你们两个。"月儿拿了一片薯片放在嘴里，"我都没放在心上，不能接受就拉倒，大学帅哥千千万，我还怕没人追吗？"

"对！干杯！"

"下一个，鑫儿先说吧！"

"为什么我先，而不是你先？"

我有些不好意思地挠了挠脑袋："我还没想好嘛。"

"嗯……其实我有哮喘病。"

"我们知道呀。"

"什么时候知道的？"

"你犯病的时候就知道了。"

"对对对，这个不算。"

"那我再想想，嗯……心里还是很喜欢三五算不算？"

"算，不过大学帅哥千千万，不要单恋一棵树。"

"我知道嘛。"鑫儿有些害羞地点了点头，"这下是不是该你了？"

"好吧，其实就……嗯……其实就挺喜欢你们两个的。"

"那王逸文怎么办？"

"你们在想什么!？我的性取向是正常的！"

"哈哈哈哈哈……"

"就是想到以后大家都要各自走各自的路，不能一起打水，挤小卖部，吃烤肠，抢小炒，就觉得挺舍不得的。"

"烦人，"月儿的眼泪慢慢在眼睛里聚集起来，"说好今天不矫情的。"

"可是我今天一直在矫情，有很多时候都有种错觉，这不是毕业，只是暂时分开，总有一天大家还是会再聚在一起的。"

"我也是。"鑫儿说，"以后不管大家去了哪里，在做什么事情，都一定要保持联系，可以吗？"

"好！"

"干杯!"

"祝我们前程似锦！"

这个夜里，我喝了很多酒，喝到最后全身红了一大片。脖子、手臂上面全是小红点，可是就算吐到怀疑人生，我也觉得开心。在这里，我也只能疯这一次了，老师说得对，三年果然是一眨眼就过去了。

第二天一早，大家都开始收拾好行李准备回家了。来学校的那天我只拖了一个行李箱，但没想到走的这一天我居然大包小包地收拾了一大堆。鑫儿的妈妈来学校帮她收拾东西，所以她最早离开，走的时候轻轻地抱了一下我和月儿，然后再也没回头。月儿将最后一件挂在阳台上的衣服收进了箱子里说："我要先走了哦，我才不想最后一个走呢。"

"知道了，你走吧。"

"记得锁门，把钥匙还给宿管阿姨，检查一下电是不是都断了。"

"知道了，以前也没见你这么啰唆。"

"我走了。"

"嗯，走吧。"

"真走了。"

"快走。"

"烦人。"

走廊里传来月儿拖动箱子的声音，直到声音越来越小。

寝室里只剩下了我一个人。我在空空的床板上坐了一会儿，又起身检查电是不是都断掉了，水龙头有没有拧紧，最后站在房间正中间，我看见贴在门上那一张满是我们笔迹的海报。

"我以后一定一定会很有钱。"

"高考！我一定会打败你的！"

"权志龙的女孩绝不轻易流泪！！"

"我们呀，以后会越来越漂亮，日子会越来越好，所有的梦想都会完成，所有好事都会被我们遇见。"

我不禁笑了起来，笑着笑着就觉得很难过。遇见你们真的很好。

爸爸打来电话，说马上到宿舍门口了。我目不转睛地看着那张海报，然后轻轻撕了下来，折得整整齐齐，放进了背包里。在这个寝室住的我们不是第一拨，也不是最后一拨，但这里发生的故事，全世界只有我们几个拥有。

再见啦。

爸爸拖着行李箱，提着手提袋走在前面，我背着双肩包跟在后面，快到校门口的时候，王逸文突然发短信来。

"我在校门口等你。"

我伸长了脖子左右张望，"你在哪？"

"你身后。"

我转过身去，王逸文站在印有"北川中学"四个大字的地方，朝我挥了挥手。

"爸爸，你等我一下。"

我两三步快速走了过去，在距离王逸文只有一米的距离，停了下来："你这个骗子。"

"没有骗你，过段时间才走。"

"那你这段时间为什么不找我？"

"怕影响你，所以等你考完了才来找你。"

我往前移动了两步，直到能感觉到王逸文的呼吸。

"王逸文。"

"嗯？"

我踮起脚尖，在王逸文脸上落下了一个吻："我毕业了，再也不怕因为早恋被老师逮住了。"

王逸文的脸倏然间红了一片，支支吾吾地说了一句："但你不怕你爸爸吗？"

该死，我怎么忘了我爸还站在我身后。

我缓慢地转过身，刚好对上我爸令人琢磨不透的目光。

完了。

大
一

　　她翻一个跟头又翻了一个跟头，唱了一首歌又唱了一首歌。

　　"表演的什么玩意儿？"有人吼道。

　　"这位先生，我的表演有什么问题吗？"她拿着话筒，站在聚光灯下，仿佛是这个舞台唯一的主角。

　　"谁看得懂？你问问周围的人谁看得懂。"

　　所有人发出唏嘘的声音，但她依然站在原地，没有移动。

　　"好吧，我承认我的表演并不是那么好，可是我很努力。"

　　"努力就有用?! 我们只看结果！滚下台去！"

　　她看了一眼手心里已经被汗水模糊掉的歌词，叹了口气，随即又抬起头来，清了清嗓子。

　　"最后一首歌献给大家。"

　　"让你滚下去听不到吗？"

　　叫骂声越来越多，她保持着微笑，唱着这首她练习了无数个日日夜夜的歌，直到最后一句歌词唱完，也没有掌声，只有谩骂。

"还不滚？"

她礼貌地鞠躬，理了理礼服的裙尾，挺直背走下了舞台。

台下的工作人员凑了过来，有些抱歉地看着她。

"你没事吧？"

"你觉得我唱得怎么样？"

"很好啊，但是因为只是个配角，所以大家都这样恶语相对，你不要在意……"

"那就对了呀，努力了这么久哪怕只有你一个人说好，我也觉得值得。"

她站在原地，闪闪发着光，仿佛她才是今晚唯一的主角。

一

过了这栋大楼，左转弯，往前大约五百米就可以看见一条小街，那条街道有一个好听的名字，叫栗子街。栗子街从来不卖栗子，卖的都是烤串等各种各样的小吃，白天的时候不见得有多热闹，等到晚上，这条街才会活起来。季节也是有影响的。比如夏季就会比冬季热闹许多，栗子街虽然不宽，但总是挤满人，街头叫卖烤串的声音，可以穿透整个栗子街。

最角落那家卖烤串的是一个外地来的姐姐，其实我也分辨不出她的具体年龄，长着四十多岁的脸，但有人偷偷告诉我，她其实才二十多岁。大概是东北那边的姑娘，她总是扯着嗓子卖烤串，说话也大大咧咧的，普通话中夹杂着浓重的地方音。在南方这个偏僻的小镇上，人本来就不多，所以她的到来多多少少引起了人们的好奇。

"你说啥？阿姨你说啥？五块你要买十串？哎哟哟，这肉都是那草原来的！哪能这么便宜？"

她的声音大，引得整条小街的人都看了过来。

她拿起旁边袋子里还没烤的串支在了客人面前，一只手叉在腰上，眼睛微微眯着。站在摊位前的大妈涨红了脸，拉着正吵着要烤串的孙子显得有些尴尬，可能是大家的目光让她感觉到不舒服，她哼哼了两声，拿出十块钱扔在烤架上。

"我就不信你家的肉真的是草原的，这隔着千里万里。现在骗子多了，死的也能说成活的！要不是我家孙儿要吃，我也没办法，就十块钱的吧。"她不再说话，还是满脸笑容，装好五串之后忽然犹豫了一下，又多塞了一串放在餐盒里："好吃下次再来啊！"

大妈头也不回地消失在了街尾，人们的好奇心渐渐淡去，只能偶尔听见人群中的一些议论声。

"卖的什么东西我们心里都明白，一天说自己肉多好多好。"

"一看就不是什么好东西，听说谈了好多男朋友，也不知道是不是真的。"

"你说一个外地来的跑我们这地方来干吗，估计就是惹了啥见不得人的事，来这儿躲着……"

六月的天实在是闷热，汗水大颗大颗地往下掉，风里面混着难闻的汗水味，恶心得让人喘不过气来。

我偷偷地看了她一眼，她收拾着摊位，始终保持着微笑。

她的摊位收摊总是比别人收得晚。夜里喝醉的人，晚归的人，饿得睡不着的人，总能买到她家的串儿。

其实我也不太清楚是不是草原来的肉，但咬下去的时候，肉里面辣辣的汁水刚刚好，肉不老不生，边上还有咔滋咔滋的脆皮。

毫不含糊，这是我吃过最好吃的羊肉串。

第一次和她说上话是在我们家来客人的时候。家里来了客人通常会打麻将，一家人坐在一起，有嗑瓜子儿的，有坐在旁边等着分红的，基本玩到很晚才会睡。每到那个时候，妈妈就会给一点钱让我去买烤串拿回来吃。

掩饰不住自己的好奇心，我问她："姐姐，为什么来我们这地儿啊，看你就像外地人。"

她哈哈地笑了一声，把手里的烤串翻了一个面，说："我黑龙江的，因为喜欢南方就来了。没想到这地方还挺好，跟我想象的差不多。"我心里咯噔了一下，往日大家对她的各种议论回荡在我头脑中，这些流言蜚语她应该不会知道吧？

那天晚上我忘记了家里等我带烤串回去的人，她也忘记了到点收摊回家，我们两个坐在摊位前，黄黄的灯光忽明忽暗，在她脸上投射出层层的阴影。我的眼睛有些干涩，看不清她的表情。她讲了很多自己的故事，从内蒙古的室韦，到云南的和顺。她从昌都到拉萨拍过中国最蓝的天，在亚龙湾看过最美的海，最后兜兜转转，在我们这个不知名的小镇，租了一间房，在朋友们的帮助下，卖起了烤串。

听完她的故事，我说不出话来，这些一点都不亚于我在书里看到过的江湖故事，或许我面前的她，就是那个执剑走天涯的流浪人。直到未接来电已经十几个，烤串在手里已经冰冷，妈妈怒气冲冲来找我的时候，这个奇妙的夜晚才画上句号。

后来我才知道，我是这个地方唯一知道她故事的人。不记得是什么时候开始，我就找不到她了，街头的摊位换成了卖包子的爷爷奶奶。夏天闻不到那浓郁的烤肉味了，街上也听不到那爽朗的喊声了。我和她的相遇像是一个故事，还没有写完就被画上了句号。我不知道我在遗憾什么，但好像，这成了好长一段时间里，我觉得最遗憾的一件事。但好在，我也有幸去她走过的风景看了一趟。我猜，她应该是去了另外的小镇卖烤串，或者拿卖烤串挣的钱去旅游，去结婚，去做那些很开心的事情了。可惜我不得而知，所以我宁愿相信我猜的就是对的。

后来我离开家，去别的地方上学。每次和别人提起家乡，总会想起那条街，于是我会和他们说："我生活的地方有一条街，叫作栗子街，那里很热闹，但热闹不长，最后散场总是一个人回家。"

二

当我走进新宿舍的时候，我一眼就看见了她。

她叫菜菜，烫着黄色的卷发，精致的妆容显得特别有精神，看见我走进来，她放下了手上正在整理的化妆品，微微向我点了点头。"你好……"我有些紧张地伸出了手。她可能有些意外我会用这种无比官方的方式来打招呼，愣了一下，随即伸出右手："你好呀，以后就是一个宿舍了，多多指教。"

她柔软细腻的手像是被春天抚摸过一样，笑起来的时候让人不禁想起一句古诗词：北方有佳人，绝世而独立，一顾倾人城，再顾倾人国。她真是一笑倾城。

但实际上她并不是很喜欢说话，导员（我们大学的辅导员，我们习惯简称之"导员"）组织新班级的同学们一起开会，所有人都在为大学的新鲜事物感到兴奋，一直叽叽喳喳不停地讨论，导员和班助喊了好多次也无济于事，整个教室都乱哄哄的一片，唯独她，安安静静地坐在座位上，低着头玩着手机。辅导员说，要每个人都站在讲台上做自我介绍。

听到这句话后，我抬起头，刚好对上了她的目光，她的眼神从短暂疑惑变为惊讶，随后用手肘轻轻碰了一下我的胳膊。

"你怎么了？"

"没有，没有怎么。"

"你出了一身汗。"

"导员说要上台做自我介绍，我……我有点紧张。"

"哦，"她若有所思地点了点头，"不去也行啊。"

"可是大家都去了，我不去会不会不太好。"

"没关系，我在你前面。"

轮到菜菜的时候，她从容不迫地站了起来，开始做自我介绍。"大家好，我叫菜菜。"

"同学，你站到讲台上来吧。"

"导员，我很紧张，我就站这儿讲吧。"

"可以的。"导员点了点头说，"已经结束了吗？"

"嗯，结束了。"

她坐了下来，凑在我耳边说："你站在座位旁就好。"

我深吸了一口气，支撑着桌子站了起来，双手有些控制不住地发抖，我感觉所有同学的目光都齐刷刷地落在了我的身上。简单的一句介绍完成之后，我立马坐了下去，如释重负地喘了一口气。导员也没有让我上台，很自然地跳过了我，让下一位同学介绍。

"谢谢你。"

"没事。"她继续低着头玩手机，好像刚刚所有的事情都没有发生过一样。

即将要到来的，是长达半个月的军训，大学的军训有学分要求，不能再像高中那样，想去就去，不去也就算了。我拿着残疾证明找到了导员，导员说让我第二天军训的时候，先穿好军训服，找到自己班级的教官，向他说明情况之后，就申请观训。

第一天晚上，我就失眠了，假肢硌着身体，无论怎么翻动，我都像是被架在冰冷的十字架上一样那么难受。

成都离北川，说远也不太远，但说近也没有那么近。三四个小时的车程，在我心里，仿佛是十万八千里，有些思念，有些委屈，对于快十八岁的自己来说，也只能偷偷放在心底。如果老是像一个小孩子一样，所有的喜怒哀乐都要大声喊出来，未免也显得自己太不成熟了。

可是我真的好想给爸爸妈妈打个电话，告诉他们，这个地方真的很陌生，同学们来来往往，但很少有几个会主动跟我打招呼，老师们也很多，可是他们都很忙，不会特别去关心谁，也不会在短时间内记住每一个人的名字。

成都的夜晚没有星星，不像是北川，总是能看见星星。层层的云朵压得人喘不过气，我耳边只剩下学校旁边的铁轨上，火车飞驰而过的声音。

凌晨两点钟，她们都睡着了，呼吸声很均匀。我在想，她们是怎么能做到这么快就适应新环境的？是不是因为我太胆小了，一点都不像一个即将成年的人该有的样子？

快睡觉吧，数羊也好，强迫自己也好，都行。

三

结果第二天下雨了，当所有人都在宿舍里感谢上天给予的恩赐时，学校的通知又马上击碎了这一场欢庆。

"十分钟之后，请所有新生到操场集合。"

室友们骂骂咧咧地戴好帽子出门，菜菜对着镜子，往脸上搽着防晒霜。

"今天没有太阳啊。"我说。"紫外线无处不在。"她挤了一点涂在了我的手上，"你也搽点吧。"

我跟着菜菜找到了班级队伍，教官是一个看起来非常年轻的热血青年，黝黑的皮肤让他多了几分硬气。大家都站在队伍里，跟着教官的口号整齐地踏着方步。我站在队伍外，有些不知所措，逃避着大家的目光，眼睛一直看着地面不敢抬头。

"你怎么回事，"教官走了过来，"没看见大家都站整齐了吗？"

"教官我……"我话还没有来得及说完，教官就狠狠地往队伍里推了我一把。我一个趔趄，与地面来了个亲密接触，地面上的污水溅了我一脸。队伍里有同学开始发笑，我脑子里一片空白，面对这种突如其来的遭遇，我第一想法居然是想找个缝钻进去。

"教官！她是申请观训的！"菜菜从队伍里跑了出来，一把扶住了我。

"你进去！"教官严厉训斥道。

我为什么要找个缝钻进去，我凭什么要这么想，我什么都没有做错，这不是我的错！

我扶着菜菜的手站了起来，瞪着教官，双手死死地捏在一起，突如其来的愤怒覆盖了身体上的疼痛，我什么都顾不上了。

"教官，我申请观训。"

"申请表！"

我从口袋拿出了一张被污水浸湿了角的纸张递给了教官，他看了一眼说："教务处先盖章，确认属实才行，你先找他们。"

"教务处在哪儿？"

"你自己去找。"

我接过纸张，看了一眼菜菜，又看了一眼教官，转身离开。

教务处的老师接过了纸张，斜着眼睛看着我，拿着笔不停地敲着桌面，发出咚咚的响声："重新换张表吧。"

"老师，我弄这个申请很麻烦，要去北川当地签字才可以，您看能不能将就用这张表？"

"北川？"老师仔细浏览了一下我填写的资料，"北川啊……"

"那你就用这张吧，我盖章之后，找你们教官签个字就可以了。"老师盖好了章，把申请表递给了我。

"谢谢老师。"

"你是地震致残的学生？"

"是的。"

"勇敢的孩子，去吧。"

回到操场之后，雨也越下越大，教官准备把队伍转移到有遮雨棚的看台下去，他看见了我，转身问队伍里的同学们有没有人带笔，所有人摇了摇头。

"你带笔了没？"

"没有。"

"那你先站在这里等等，我先把队伍带过去。"

"好的。"

我拿着申请单站在原地，雨滴在单子上发出了清脆的响声，我在衣服上擦了擦，但没想到越擦越湿。一个小时过去了，教官还没有回来，我还是站在原地，不敢离开，怕他回来找不到我。

慢慢地，浑身都湿透了，脚底像是踩在水塘里面一样，尽管是八月份的天气，但还是有一阵深深的凉意。

那时候，我的脑子一直循环播放一句经典的台词：我也不知道脸上是泪水还是雨水，我只知道我很难过，连心都跟着揪了起来。

一个半小时后，我离开了操场，拖着湿漉漉的自己往回走，迎面碰见了在教务处遇见的那位老师，他走了过来，看着我狼狈的样子皱起了眉头："你怎么了？"这句话像是瞬间碰到了我心底最深处的那根紧绷着的弦，我哇的一声哭了出来，老师的样子也在我眼前越来越模糊，他还继续问了什么我也没听见，我只顾自己的委屈。我重复说着："我假肢……进水了，假肢……假肢……假肢不能进水……"

再后来，我爸来学校看我了。

他拿着申请表跑上跑下地去盖章签字，观训办妥之后，他又拿吹风机烘着小钢腿，把假肢外面的袜子全部换上了新的。

我坐在床边上看着爸爸，心里觉得自己真的是个尿包，因为他的女儿是我，所以他的麻烦事也总是比别的爸爸多。本以为去了比较远的地方读大学，离爸爸妈妈远了，很多事情就可以由自己来承担，逼着自己长大，但没想到最后还是会依赖父母。那一瞬间，我觉得我这辈子都会是这样了，只有被爸爸妈妈保护着，才能面对以后的生活。

处理好所有的事情后，爸爸问我："你要不要跟我回家待几天，然后再来学校？"我没想到他会这么问我，惊讶地说："您同意吗？""同意啊，待两三天再来学校，顺便好好思考一下，接下来的大学生活，你有什么好的打算或计划。"

"这样会不会太不好？"

"是有点，所以我有个要求，这次回去之后，下次就只能国庆放假才能回家了。"

"我答应！！"

我起身抱紧了小钢腿，心里抑制不住地喜悦。

四

这三天，她做了一件奇妙的事。

她看了一部关于西藏的纪录片，拿着笔在一张白纸上涂涂画画，却不知道自己要在白纸上面画些什么，她看到自己用彩色笔画得纵横交错的线条，心里抑制不住地喜悦和激动。

她想：应该去坐一次飞机，飞到云层上面俯瞰陆地，看着飞鸟从自己脚下飞过，会不会觉得自己也像是飞了起来？这种想法真是奇怪，可是奇怪归奇怪，她觉得很有趣。

所以她爬到了一栋很高的楼层，站在顶端的感觉确实很不错，可是脚就像不听使唤一样，不敢移动。

"没关系，人只有战胜了自己内心的恐惧才会变得更强大，我要成为更强大的人。"她告诉自己。

她往边上移动一点，眼睛刚好能瞟到下方。一阵突如其来的眩晕感让她吓得往后退了一步，紧张的心跳声几乎快蹦到了嗓子眼，眼前像是有一幕黑色的布帘咻地放下来。

"是自己太胆小了吗？"她开始思考。

休息十分钟之后，她决定再次尝试，这一次她做好了十足的准备，调整好呼吸，拍了拍胸脯，然后自我安慰道："没事的，就假装自己是一只鸟。"这一次她看清楚了陆地，原本高大粗壮的树木在她眼里变成了密密麻麻的小绿点，来来往往的车辆像是正从下水道流走的各种垃圾。她忍不住了，往后一坐，大口大口地喘着粗气，双腿瞬间酥软无力，这时她才发现，自己连站都站不起来了。

看不到周围的一切事物，眼前只剩下白茫茫的天空，今天没有太阳，阴沉的天像是一张幕布，而她只是巨大苍穹之下，被幕布包裹着的一只小小蝼蚁。

她又长舒了一口气，有一种紧张后的轻松感。

"原来如此啊，我有恐高症。"

她想起了小时候，被几个小伙伴捉弄，被蒙着眼睛带到了顶楼，她什么也看不见，只能听见耳边呼呼的风声，像是从山谷里吹来的那种风声，空旷得让人心生恐惧。她大叫着小伙伴的名字，没有人回答，她依然叫着，尽管她知道，可能也不会有人回答，但她始终不敢取下眼罩，她害怕她被带到了山谷，那个地方没有妈妈做的小炒肉，没有外婆的咸菜，也没有爸爸打鼾的声音，只有野兽，还是那种会吃人的野兽。那时候她突然很希望，自己能变成一只飞鸟，从山谷飞走，哪怕她看不见，只要她没日没夜地飞着，爸爸妈妈的呼唤声还是能让她顺利找到家的方向。

她吓得双腿抖动，几乎要坐下去了，但是她不敢坐下去，甚至不敢移动。

"笨蛋！"小伙伴的声音再度在她耳边响起，她感觉世界瞬间恢复真实了，猛地摘下眼罩看着眼前的小伙伴，眼里包了许久的泪水终于忍不住掉了下来。她甚至不生气他们的捉弄，竟有些许的感激，他们没有丢下她。

"真是个笨蛋！"

她承认，因为她太胆小了，胆小的人对一切事物都不敢抱怨，她的字典里仿佛只有"不允许生气"这五个大字，因为她知道，自己的懦弱可以得到爱怜，可以让朋友们不抛弃她，哪怕是被口口声声地称为笨蛋，她也觉得没关系。

"原来是有恐高症啊。"她重复说了一次，好像是为了证明某件事情，但又似乎其实只是安慰自己的说辞。

"人是不可能变成飞鸟的吧。"她看着天空发呆。如果变成了飞鸟，那就不是人了，人是需要双腿，需要扎扎实实走在陆地上，人不能飞到天空上去，因为会没有安全感。

"可是，人也太胆小了吧。"因为飞起来就没有安全感，她想到这里觉得有点好笑，随后又觉得有些悲哀，仿佛刚刚的一番话就像是给自己扇耳光一样。可是恐高症勉勉强强也算是一种心理病症，是身体某个地方出了问题才会导致这样的结果，这并不是她一个人的问题。

她起身拍了拍裤子上的灰尘，往回家的路上走着。

到家之后，桌子上还摆着她走之前画的那幅画，严格意义来说那并不能称得上是一幅画。

纵横交错的彩色线条滑进了她的瞳孔里，和身体里的神经搅在了一起，她不安地晃动着身体，试图把它们分开，但是它们已经被拉成了死结，解不开了。

血液不能顺畅流通，她觉得呼吸有些困难，可是这里是家，不是空旷的山谷，也没有吃人的野兽，这是在二楼，她没必要这么害怕。她深吸了一口气，试图缓和身体里莫名的躁动。

然而，有些东西不能压制，越压制，它就越是嚣张。她开始后悔自己为什么要画这样一张乱七八糟的东西，可是她却忘了，当初坐在这里拿着彩色笔的自己，分明不是现在这个自己。

这是怎么回事？连她自己也不知道了。

五

再次回到学校，军训还在继续。

回到宿舍整理好衣服，刷了两双小白鞋后我就开始发呆，直到中午铃声一响，整个人魔怔似的从床上坐了起来。

菜菜是第一个回宿舍的人，看见我坐在床边上，她走了过来，手在我眼前快速挥动着："在想什么呢？什么时候回来的？"

"今天上午。"

"哦。"她犹豫了半分钟，从旁边拉了一把椅子过来坐在我边上，"你腿怎么回事，方便说吗？"

"地震受伤的。"

"地震？"她的眼里流露出了惊讶，"严重吗？"

"右边这只腿，"我移动了一下小钢腿，"是假肢。"

她的眼睛瞬间变得很大，嘴巴也张得很大，但是似乎是觉得这样不太礼貌，她用手捂着自己的嘴巴，尽量不发出惊讶的叫声来。"假肢？"她再问了一遍。我点了点头："你可以摸一摸，没关系的。"对于我的坦然她有些猝不及防，和我对视了几秒钟之后，伸出手摸了摸小钢腿。

"这么硬，穿着很难受吧。"

"习惯就好了。"

"这个可以穿着睡觉吗？"

"不能。"

"可是我那天晚上没有看见你脱掉。"

"嗯，那天晚上我没有脱。"

"为什么不脱？"

"我怕吓到你们。"

"硌着不难受吗？"

"难受，可是还是怕吓到你们。"

她长长地叹了一口气，眼神里充满着很复杂的情绪。

"你放心吧，她们不会说什么，你这么牛的一个人，她们能说什么。"

心里有一股暖流涌上来，我没有说话，看着她的眼睛。

"就算她们敢说什么，我会收拾她们的！"

她应该很少对人说这种话，因为说完这句话后，她变得有些不自然，手不知道该放在什么地方，可是又不想被我看出她的不安，于是就干脆把手垫在屁股下面坐着。

"嗯，知道了吗？今天一定要脱了假肢睡觉。"

"知道了。"

她笑了起来。

一块大石头从山坡上滚了下来，谁也不知道它会滚到什么地方去，可是我们清楚的是这块石头它已经滚下来了，至于之后发生的事情，只能听天由命。

也许早就知道了今晚会发生的事情，内心突然有些忐忑，我拿着笔在纸上写写画画了半天，结果反而越来越紧张，像是有一股气流在身体里乱窜。到了晚上十点钟，菜菜也没有上床睡觉，一直坐在座位上发呆。

"你们还不睡觉吗？"一个室友问。

"马上就睡觉了。"菜菜和我短暂地对视后，迅速移开目光。

我放下了手上的笔，倒了一盆热水放在床边，坐下之后又拿起手机翻了两下，心里知道该来的总是会来，可是如果能晚一点也好。

五分钟之后，我脱下裤子，取下假肢的阀门，一股汗水味充斥着鼻腔，我拿出帕子小心地擦着小钢腿，一直没有抬头看她们的表情。

"你的腿怎么了？"一个女孩凑了过来。上铺的另一个女孩伸出了脑袋，看清楚之后她露出难以置信的目光，带着刻意压低的声音问了一句："假肢？"

"嗯，右腿是假肢。"我的脸有些发烫，心跳得很快。

我记得这种感觉，以前刚搬进新县城的时候，有一个外地的朋友来找我玩，我在路上边走边跟她讲新县城是如何如何地漂亮，如何如何地干净整洁，结果直到我看见了一泡痰，它躺在马路的正中间，以一种恶狠狠的姿态敌视着我们，我瞬间羞愧了，仿佛那泡痰是我吐出来的。我不知道朋友是否看见了，但那件事仿佛是个瘤子一样长在了我心底。

而现在，我竟也有同样的感觉。

"是怎么受伤的？"上铺的女孩接着提问。

"地震。"

"你家是哪里的？"

"北川的。"

"北川？地震不是汶川吗？"

"北川也受灾了。"

"好神奇啊，我第一次看到假肢。"

"我也是。"

菜菜走了过来，蹲在我面前："你洗完了吗？"

"嗯。"

"我帮你把水倒了。"

"不用啦，放在床底下就行，我明天早上自己去倒。"

"没事的春游，我们一个寝室的，本来就应该互帮互助。"

春游？我看着菜菜的眼睛，她的眼睛闪闪发光，里面藏着的小星星呼之欲出。

"谢谢。"

"对啊春游，以后有什么事我们都会帮助你的。"

"啊！所以那天你一直站在队伍外面……那这样的话教官也太过分了吧。"

"教官他不知道我的情况。"

"反正以后上课什么的我们都会帮你占座位。"

"你也太牛了吧，要是我的话，我肯定都接受不了。"

菜菜放好盆子之后，爬上床准备休息，她回头看了一眼我，比了一个胜利的手势。

春游，我在脑子里重复了一遍这个名字。果然是很有希望的两个字。

严冬总会过去，温暖和煦的风正式宣告着春天的到来，真好。

六

王逸文会来学校找我，着实是意料之外的事情。他发来短信说："我在你们学校门口等你。"

我腾地一下从座位上站了起来，对着镜子看了一眼自己，头发乱糟糟的，皮肤暗黄，甚至还有一两颗痘痘在额头上叫嚣着。

"你没骗我？"我质疑地回复道。他立马拍了一张校门口的照片发给我，说："我什么时候骗过你？"

我胡乱从床底下拖出了一双运动鞋，拿出乳液在自己的脸上一阵涂抹，手忙脚乱得也不知道该穿什么衣服。出门之前，我检查了一遍桌子，带上门离开。

王逸文站在学校门口，他穿着简单的灰色外套，头发被风吹得有些凌乱，但还是引得旁边路过的女孩子频频投来目光。

我心里一阵酸，加快了步伐走到了他面前："你今天怎么来我们学校了？"看到我之后，他暗淡的眼神突然有了光。

"前几天遇到快姐，她说你在学校哭鼻子。"

"我哪有？！"我不满地环着手臂抱在胸前。

"你是不是晒黑了？"

"晒黑？我根本就没有军训，怎么可能晒黑？！"

"嗯……"他仔细地围着我打量了一圈，"确确实实晒黑了。"

"你就是来损我的吗？"

"再难看不也是我的小可爱吗？"

"哇，你好肉麻。"我假装作呕状，但心里分明是有一只小鹿在活蹦乱跳。

"跟我出去玩吧，晚上我送你回来。"

"去哪里玩？"

他牵起了我的手，阳光将他侧脸轮廓映得格外好看："跟我走就行了。"

那天我们去了很多地方，吃了宽窄巷子最好吃的烤串，去了春熙路最热闹的地方合照留念，在欢乐谷坐了一次刺激的过山车，买了好看的情侣戒指，最后累得我们两个趴在天桥上吹风。

"终于把之前想做的事情都做了。"王逸文手心有些滚烫，眼神也是同样的炽热。

"是哦，我们好像从来没有这样正大光明地牵着手去街上玩一整天，以前偷偷牵手都怕老师就站在身后。"

"因为北川太小了。"

"你说，我们的未来会是什么样子的？"

"未来啊……"王逸文认真想了一下，"也可能在部队里，也有可能在某个地方，结婚生子，安稳过日子吧。"

我对这个答案很不满意，侧着身子看着他，他像是沉浸在了思考里，没有发现我突如其来的表情变化。

"你的未来不该有我吗？"

他惊得一下回过了神，像是大梦初醒般恍惚，他看着我，半天没有说出一句话。

"算了，我没必要在这种事上斤斤计较。"我撇着嘴巴，将目光移动到川流不息的车辆上，我们仿佛刚好踩在时空隧道的中间，而每一个行人，每一辆车经过了这里，将不复从前。

他好像还是没反应过来，有些木讷地看着天桥下的灯光，脸上没有任何表情。

我知道这不算什么，但似乎还是有什么东西堵在了胸口，让人喘不过气。

"我送你回学校吧。"

"我们学校的门禁是十一点。"

"嗯？"

我举着手机在他面前晃了晃："已经进不去了。"

"这位女士，你是想对我做什么吗？"

"这位先生，你想多了，我也是刚刚才知道门禁过了好吗？"

他有些无奈地笑着，摸了摸我的头。

成都的深夜和北川的深夜也不太一样，成都像是永远都不会睡着，每一处都透露着城市的喧嚣，然而北川像是一位年过七旬的老人，它经历了风霜，只等着安享晚年。和王逸文走在路上，我想起了无数个瞬间，我们也是这样走在路上，唯一不同的是，我们还是我们，但这里却是一个完全陌生的地方。也许就是因为陌生吧，今天的王逸文似乎是有点不一样，可是具体什么地方不一样也说不上来。

"我们是太久没见了吗？"我问。

"嗯？"

"我们是太久没见了吗？"

"也没有太久，一个月而已。"

"感觉像是一年没有见了。"

"为什么会有这种感觉？"

"因为你好像变了。"

"人每一分每一秒都会变,更何况一个月。你不要多想。"

我的血液突然凝固了,极力在外表上保持镇定,然而这对彼此而言都是难以形容的残酷时刻,不,也许只是因为我太敏感了。可是他确确实实变了,如果是以前的他面对这个问题,他肯定会毫不迟疑地回答"我没变"。对,也许真的只是因为我太敏感了。

"嗯,我没有多想。"我为自己说谎了感到不快,想起之前我从未在他面前有过掩饰,但如今这现状是不是标志着我们是成年人了,不能再像青春期时的我们,毫无顾忌地想怎么样就怎么样?如果真是这样,成年人的感情也太令人难过了。

"你这样一直穿着假肢会不会不太舒服?"

"还好哇,比起开学那天……"我突然停止了我要说出口的话。

"嗯?开学那天怎么了?"

"其实也没什么。"真糟糕,原来我也变了。

七

"我今天见到外婆了,她身体不太舒服,外公带着她来医院了。"

"她坐在医院的大厅,衣服穿了一层又一层,但全部缩在一起没有拉直,穿着单薄的鞋子,整个人冷得瑟瑟发抖,而且没有穿袜子,我和外公抱她起来,帮她穿袜子,她站不起来,一站起来就会摔倒。"

"我心里真的堵得慌,我上一次见她的时候,她还跟我说了很多话。但这次,她什么话都不说,其实是没有力气说话了。"

"那是我们的外婆啊,爸爸妈妈离她都那么远,连她最爱的我们都离她那么远,那么大的年纪都没人照顾她,我突然很愧疚,每个人都口口声声说着要赚钱才能有更好的生活,可是时间对于老人来说那么奢侈，钱永远都挣不完，但时间却变得有限，只有在她生病的时候，才会回来陪着她。"

"怎么会这样呢，她是我们的外婆啊……"

快儿和我通了接近一个小时的电话，她哽咽的声音让她的语序一直出问题，可是她还是断断续续地一直说着，直到情绪崩溃，她再也说不下去了。

"我马上就请假回去。"挂了电话后，眼睛干涩得几乎睁不开，我只能闭着眼睛躺在床上，脑子一遍一遍回忆外婆的模样。

我给妈妈打了电话，她说："你外公给我打电话了，我和你爸爸马上就到医院了，你不要担心，我和医生通过电话，他说现在情况已经好转了，你不用请假回家，好好学习吧。"

"可是妈妈……"

"我也很担心，直到和医生通过电话之后心才放下来，你姨娘他们也往回赶了。"

"可是妈妈，我心里很慌，莫名其妙地慌，我知道医生说情况已经有好转了，可是……你让我回去好不好？"我带着几乎哀求的哭腔一直说着，外婆以前也生病住院，可是我从未这样无助过。

"好，那你回来吧。"

快儿站在医院门口等着，我一下车她就冲了过来抱住我。

"外婆好点了吗？"

"好点了，已经三天没吃东西了，今天刚好能吃一点东西，大姨在家里做了粥，现在已经送过来了。"我们两三步跑进了电梯，看着每个电梯按钮亮了又暗下去。

妈妈正扶着外婆吃东西，看见我走进来，她用手比了一个"嘘"的动作，我点了点头，坐在病床旁边。外婆闭着眼睛，嘴巴微微张开，吞咽都变得很困难，她全身无力地靠着妈妈的肩膀，像是一个小孩。

"妈妈，我来吧。"我伸手接过妈妈手里的碗，妈妈和快儿用力支撑着外婆的身体。

"外婆，我回来了。"

她没有任何反应。

"外婆，我回来了……"

这一次，她微微点了点头，我的眼泪倏然掉了下来。

外公说今晚他守着外婆，让爸爸妈妈和快儿都回家睡觉。

"不要担心，已经有好转了。"他拍了拍妈妈的手，安慰地说道。

"有什么状况就马上给我打电话。"妈妈有些犹豫地看了一眼躺在床上的外婆，往前走了两步，又折了回来，凑在外婆的耳边轻轻说着："妈，今晚好好睡觉，明天我再来看你。"

外婆微微点点头，努力动了动两根手指，我蹲了下来，握住了外婆的手："外婆，会好起来的。"

我坚定不移地相信着，这次如往常无数次一样，她还是会好起来，做我最爱吃的咸菜，摸着我的头一脸和蔼地说："我们家幺儿现在长得好高了哦……"

可是第二天早上六点钟，妈妈接到医院打来的电话，说外婆去世了。

她颤抖着双手挂掉电话，没有来得及梳洗就冲了出去，我跟在妈妈后面，却一直跟不上她的脚步。路过红绿灯的时候，她快步地跑了过去，红灯亮起来，我站在马路对面，喊着她的名字。喊着喊着我就哭了，可是车辆的声音太大，淹没了我的哭声。妈妈的身影在我眼前越来越小，直到消失在转角处。

绿灯亮起时，我抹了抹眼泪，快步往医院走着，脑子里什么都没有想，也什么都不敢想。

其他的亲戚已经到了，爸爸和医生说着什么，妈妈坐在病床旁边，看着外婆苍白的脸庞。

她好像睡着了一样，还是那么慈祥那么和蔼。

眼里凝结的眼泪，让我看不清周围的一切。耳边嗡嗡地一直响，我像是在一场噩梦里。到了最可怕的时候，无论怎么尖叫，怎么挣扎都醒不来。

八

我从来没有这么想念过她。她站在田地里用锄头翻土的样子，蹲在灶头前面用吹火筒的样子，在很远的地方向我招手的样子，最后是她躺在冰冷担架上的样子……

早上九点半，亲戚们租了一辆大货车，载着她所有的记忆和一生，要回到那片只属于她的黄土地上。妈妈拉着她的手，轻轻地摸着她的脸颊："妈，我们送你回家。"

外婆爱自己的家，一生都没有离开那个阴暗的土坯房，她是个勤劳的人，和外公经营着自己的几亩地，养育着自己的孩子。但孩子终要长大，终要离家。

三岁开始，我随父母离开了那片土地，以后便很少见到她，只有过年过节回家的时候，才能吃到她做的甜而不腻的扣肉和精心腌制的咸菜。大概是我天生顽皮和爱黏人的性子，她总是多疼爱我几分，我哭闹，她就抱我到怀里，我发脾气，她就做我最爱吃的扣肉。知道我截肢之后，她一连好多天无法入眠，但人生几十年的风雨不允许她沉浸在悲伤里，她安慰着妈妈，告诉她一切都会好起来的。

我从未想过她会离开，也从未预料到时间会过得这么快，我以为不管多久，不管什么时候，只要我回到那片土地上，她永远都会站在小山坡最显眼的位置，朝着我挥手。

那是我们的外婆啊，她会等着她远方的儿女归家，回来陪陪她。

十月二十三号。

她的三个女儿和她最疼爱的儿子还在飞机上，她没有等到他们回来，就永远地闭上了眼睛。

下午三点，表弟作为长孙，每来一个客人就下跪迎接。喧闹声，喇叭声，这是家乡固有的办丧礼的方式。外婆躺在大厅中间，按照习俗，据说是连家门就不得进的。

外公守着外婆，不停地烧着纸钱，十月的天气竟让人觉着冷得可怕，外公找了一床被子盖在了外婆身上。他只是红着眼眶，没有流一滴眼泪，外公说，他总觉得余生还有那么多年，以为还有机会陪她一起去很多地方，吃很多顿饭。

"说好多活几年，再多陪我几年，老太婆一点都不讲信用，怎么说走就走了。"他不再说下去，摇了摇头，眼睛看着远方，停顿几分钟，他又说，"只剩我一个人，以后跟谁说话……"

说完后，他再也没能忍住，捂着眼睛哭出声来。

蜡烛要不停地燃着，纸钱也要不停地烧着，这样死去的人才会安心离开，请了算命的人说是要两天后才能出殡，外婆被放进了棺材，没有合上棺盖。她好像睡着了一样，还是那么慈祥那么和蔼。

想起几个月前和妈妈回家来看外婆，因为家里有事，还没到午饭时间，妈妈便决定要离开，外婆挽留，让留下来吃顿饭。妈妈说事急，以后有机会再上来。那天回家办完了事情后，接到了外婆打来的电话，她问我们吃饭没有，妈妈说还没来得及吃饭，外婆在电话那头长长地叹了一口气："照顾好自己啊，平时再忙也要吃饭，现在想让你吃一次我做的饭都没机会了。"妈妈安慰着外婆，说以后还有的是机会。只是没想到，真的再也没了机会。

连续几天，妈妈的眼泪没有干过，她握住外婆已经冰冷的手。嘴里一遍一遍说着："妈，对不起……"

那些我们难以说出口的爱你，那些因为忙碌推脱掉的陪伴，那些因为离别留下的无奈，都是被称为遗憾的故事。

整理房间，收拾遗物的时候，在角落里的空箱子里，还压着一沓厚厚的钱，那些钱是她的子女们给的，但她没舍得用，全部攒着。外婆平时很节约，基本就不怎么买肉吃，外公说，她觉得年龄大了，吃什么都一样，玉米面也能养活人。

眼眶突然变得温热，我以前和外婆打电话的时候，她总说："照顾好自己，一定要多吃饭，多吃肉，不要心疼钱。"我从未意识到这么简单的一句话里包含了多少牵挂，也从未意识到，原来那些最好最温柔的爱，全部都给了她的亲人，没有留给她自己。

晚上我梦到您了，外婆。

您做了我最喜欢吃的咸菜，可我却怎么也吃不出味道来。醒来的时候，我躺在那个阴暗的土坯房里，耳朵充斥着尖锐的喇叭声，眼睛被蒙上了泪水。

我还想再看看您，还想再吃一次您做的咸菜。哪怕一次也好。

九

从那天开始，王逸文失联了。

电话打不通，短信也不回，整个人就像从这个世界凭空消失了一样。

我不敢用"好像一场梦到头一样"来形容我跟他，因为他的的确确存在过，枕头旁边放的布偶是他前段时间送给我的，桌上摆着的海贼王手办也是他买给我的，还有聊天记录，手机相册里的合照。

我打电话给小松，问王逸文是不是已经入伍了。

"我不太清楚哎，应该没有吧，怎么了。"

"他最近有联系你吗？"

"有啊，昨天我们刚打过电话。"

"那你没有问他入伍没有吗？"

"他入伍的话肯定会告诉我的，也会告诉你不是吗？"

是，他应该会告诉我的。以往发生任何一件事他都会告诉我，哪怕是拉肚子考试不及格这种小事，也没有例外过。

没课的时候我喜欢和菜菜去最热闹的城中心，没有什么特别想买的东西，只是喜欢一人抱着一杯奶茶走遍大街小巷，坐在路边观察每个行人的表情。

"你看那边那个女孩子，好像心情不是很好。"

"嗯。"

"旁边那个高高的应该是男朋友吧。"

"嗯。"

"也许他们在吵架，正冷战。"

"哪里？"

"那里呀。"菜菜耸了耸下巴。

离我们不太远的地方有一对情侣，女孩尝试去拉男孩的手，但却被男孩子一把甩掉了。

"感觉女孩子太卑微了。"菜菜说。

"也有可能是真的太喜欢了。"

电话铃声突然响起，我腾地一下从座位上站了起来，手里的奶茶掉在了地上，溅了自己一身。

电话铃声还在响着，我呆呆地看了一眼地上已经坏掉的奶茶杯，突然很难过，刚刚它明明还是被我捧在手心的宝贝啊。

"你怎么了？"菜菜用手在我眼前晃了晃，"掉了就算了，我一会儿再给你买一杯。"

见我没有反应，她看了一眼手机，用力地拍着我的胳膊："你爸爸打电话来了，你不接吗？"

我分明是做梦了。

梦里我去了有海的城市，站在海边感受着迎面而来的海浪，有好几次，脚被海水刺得生疼，可我依然在期盼着某种声音，风，海鸥的鸣叫，浪花。

夜里海水涨潮，原先的那根线被冲刷得一干二净，我甚至在想，早些以前，那里是否真的存在一根线。我还要等多久，你才会出现呢？

大海说它不知道，海鸥说它不知道，就连沿途的沙粒也说不知道，它们只知道，明天这里应该会有风，海水会退潮，那根线还是会再一次出现。

可是夜晚太漫长了，这里没有萤火虫，没有星星，周围一片死寂，只有海浪翻腾的声音。

我应该是等不到了。

新电影刚好上映的那天，你打来了电话。

我站在电影院门口，看着手机屏幕上时间流走，但是却始终听不到你的声音，我心慌地拿着手机四处找信号，路上不小心碰到了一个女生，手机哐当一声掉在了地板上。我蹲在地上歇斯底里地对你吼了一句："你说话行不行？"不知道沉默了多久，你才说："我们分手吧。"

王逸文，我记得那天，我还是去看了那场电影，男女主角的爱情狗血到让我流眼泪，我嘲讽地说道："这种爱情现实中怎么可能有？"

可是我想，如果你是在我看完这场电影再给我打电话，我应该会被这种爱情感动到一塌糊涂，甚至还会发朋友圈祝愿所有人都能遇到这种爱情。

有人说，十七八岁的爱情可能会让你记一辈子，我不信这句话，因为我要彻彻底底、从头到尾地把你忘掉。

我要洒脱一点，要挺直背走路，眼泪是钻石，我一颗都不能为你浪费。以后还有很长的路要走，还会遇见很多人，我知道没有你我一样也能过得很好。所以我拜托你，从我脑子里消失吧。

我好不容易累积起来的自信和勇敢，我不好容易能睡个安稳觉，好不容易学会反驳和拒绝，好不容易可以直面流言蜚语，我不想被摧毁了。

如果是梦，也该醒了吧。再不醒来，我要哭了。

十

这糟糕的情况又一次出现了，仔细回忆了一下这段时间的饮食和作息，心里忍不住咒骂了自己一句。

胃里不停地翻滚着，好像所有的东西都绞在了一起。我艰难地站了起来，凭着仅剩的一点力气跳到了厕所，撑着水管一阵狂吐。空气充斥着一股食物腐臭的腥味，但疼痛并没有因此停止，抽痛伴随着恶心又一次来临，胃里空得似乎什么都没剩下了，但身体却不这么认为，它要连同心脏和胃一同吐出来。十分钟后，我瘫坐在冰冷的地板上，厕所的灯光忽暗忽明，眼前的事物变得有些扭曲。

连自怨自艾的时间都没有给我，心脏突然加速跳动，头部的眩晕感让我意识到，我应该是生病了，用嘶哑的声音喊了几声，但依然没有人醒来。

我掐着手腕，努力地想站起来。寝室里传来窸窸窣窣的声音让我如释重负地松了一口气，菜菜推开厕所的门，惊愕地看着我："你怎么了?!"

原本睡眼惺忪的她瞬间变得无比清醒，她将我扶到了床上，用手摸了摸我的额头。

"没发烧，你怎么了？"

"胃突然很痛。"

有室友掀开被子坐了起来，揉着眼睛问："怎么了吗？"

"春游生病了。"

"啊？什么病？"她从高低床上爬了下来，也摸了摸我的额头。

"应该是胃病犯了。"

"去医院吧，她脸白得太可怕了。"

"算了。"我摇了摇头，"已经快凌晨两点了。"

"没事，我们陪你去。"

说完之后，菜菜利索地穿好了衣服，给导员发了短信。

凌晨两点钟，我裹着菜菜的大衣，在大家的搀扶下坐出租车去了医院。

成都的急诊室灯光如白昼，拿着液体瓶的护士，穿着白大褂的医生，走廊里来来往往的病人，让我恍然觉得，这里是另外一个世界。

我躺在病床上，医生拿着专业的仪器做检查，天花板的灯光也是忽暗忽明，让人烦躁。

"这里疼？"医生按压着肚子。

"不是？"

"这里疼？"

"不是。"

他微微皱起了眉头："那这里呢？"

"对对对，就是这里。"

"你这个考虑是阑尾炎。"

"啊？"

"可能是，但你不要担心，如果是阑尾炎的话做个小手术就行了。"

"不是……医生。"

"嗯？"

"我阑尾早就割掉了，不应该是阑尾炎啊。"

医生尴尬地看了我一眼，又按压了一次我的肚子："确定是这里疼吗？"

"确定。"

"那就等明天早上科室医生上班，你挂个专家号去问问吧，今晚先简单地吃点止痛药，输点液。"

医生离开后，菜菜不知道从哪里弄来了一个空瓶子，里面装满了热水。

"快，快，放被窝里。"

"你从哪里弄来的？"

"让护士姐姐帮忙找的，没想到成都的夜晚居然这么冷，再过一段时间就是冬天了吧，不对，好像已经是冬天了。"

温热的瓶子接触到了皮肤，我下意识地缩成了一团。"不烫！"

菜菜又把瓶子塞进我被子里，我掖了掖被子，把头侧到一边，泪水从左眼流到了右眼，我擤着鼻涕，抱紧了热水瓶。

"菜菜，我好痛哦。"

"忍忍，明天早上看完医生就好啦。"她捋了捋我的头发，温柔地说道，"睡会儿吧春游。"

人啊，在生病的时候真的会变得很矫情。

凌晨六点钟，我们开始取票排队，坐在大厅的椅子上，我们蜷缩在一起，昨晚的突发事件让每个人都没有睡好觉，菜菜轻轻靠在我的肩膀上，呼吸逐渐变得平稳。

人渐渐多了起来，我的耳边变得有些哄闹，也许是痛了整整一夜的缘故，此刻身体已经麻木了，但我依旧睡不着，只能盯着人群发呆。

最左边的那对夫妻，身旁堆了很多日常用品，两个大红保温瓶在医院灰白色的衬托下显得格外刺眼，丈夫的腿上缠了厚厚的绷带，他一次次地抬起放下，但动作的不断交替似乎也没有让他更加舒坦一点，他拿起旁边的红色保温瓶支在腿下面。妻子很细心地打来了水，递给丈夫后，她坐在一床棉被上，轻轻地把被子的另一边垫在了丈夫的脚下边。

趴在栏杆上的中年男子，一直不停地打着电话，时不时地坐下又站起，重复的动作让他整个人看起来更焦虑了，说话的速度也变得越来越快，后来，他一屁股坐在了板凳上，用手支撑着脑袋，谁也看不见他的表情。

门口那个抱着孩子的母亲，像是才大哭了一场。她不断地往马路上张望，应该是在等待某个人的到来，她用手轻轻拍着孩子的背，可是孩子的哭闹声也并没有因此而停下来，站在旁边的人不满地嘀咕着，这位母亲有些不好意思地低下了头。

每个人都有自己的故事，可是发生了什么，经历了什么却只有他们自己知道，所有的压力和无奈，没办法告诉别人，故事到了这个地方，似乎一切都变得有些让人垂头丧气。

"希望自己不要有什么大毛病。"我在心里默默想，"也希望所有人都好好的。"

对啊，离开这个地方吧，医院真的太容易让人感到孤独和绝望了。

好在做完检查之后，医生说应该问题不是很大，预约了几天后的胃镜检查，我们就离开了医院。

路上月儿打来电话，我想起了昨晚给她发了一大堆消息，说什么感觉光阴易逝人生不值得等一大串乱七八糟的东西，等反应过来之后却不能撤回了。"你现在好点了吗？"电话那头的她明显是刚起床，打着哈欠用懒洋洋的声音说道。

"嗯，我已经检查完了，没什么事，现在准备回学校了。"

"那就好，今早看到你的消息吓死了，像是临终的道别一样。"

"好好说话。"

"你跟王逸文说了吗？"

"……"

"怎么不说话？"

"我跟他分手了。"

"什么?!！"

也许是月儿的声音穿透力太强，室友们都齐刷刷地看着我。

"为什么分手？怎么分手的？因为什么？"我能感觉到月儿此刻的心情，也能想象出来她正拿着手机，眼睛瞪得很大的样子。

菜菜伸了一个懒腰，凑在我耳边轻轻问了一句："你什么时候谈的恋爱？以前吗？"

月儿还在电话那头咆哮着，我一时间蒙在了原地，车窗外红灯变成了绿灯，此起彼伏的喇叭声让人再也没有办法冷静下来。

十一

"我不知道为什么。"

"你不问清楚？"

"也许某件事情该画上句号了，没有人替它写后续，就只能结局了。"

"你不要给我转文艺，我问你为什么分手？"

"他说分手。"

"为什么？"

"我不知道。"

为什么呢？分手之后我似乎从来没有问过这个问题，也许这个问题本身就没有为什么。

月儿气冲冲地挂掉了电话，我盯着镜子发呆，因为通宵没睡的原因，我的黑眼圈好像吸血的怪物，盘桓在眼睛周围。菜菜坐在我的后方看书，翻书的声音和气氛有些格格不入，她似乎也想问我一些事情，但终究是被翻书的声音给压下去了。

"你今天没课吗？"我转过身去问她。

"没课。"

"你在看什么？"

她手忙脚乱地看了一下封面，抬头准备回答的时候又刚好对上我的目光，于是她沉默了。

"以前高中的时候早恋，前段时间分手了。"

"哦。"她点了点头，把手放回了书架，"没事吧你？"

"有事。"

"都会过去的。"

"嗯。"

晚上睡觉之前，菜菜发了一段很长的短信给我："春游，我不知道他是一个什么样的男生，也不知道你们之间发生了什么事情，或许我现在说这些话也根本起不了什么作用。你知道吗？我一直觉得每一个人来到你生命里都是带着任务的，当他们完成这个任务的时候，他们就会离开。就算是一个随地乱扔垃圾的小孩，也会让你明白教育自己的后代保护环境有多么的重要。我想，他应该也教会了你什么，就算你实在想不起来，但至少他让你明白，失恋确确实实是一件很痛苦的事情。但这并不是你一个人要面对的，每个人都要面对，不管是好是坏，都请放宽心吧，如果不是他，也会有另外一个人来教会你这些老师根本不会教的道理。

"睡个好觉，明天带你去吃好吃的。"

十二

寒假到了，我腿长冻疮的时期也到了。

只是短短一夜的时间，我的残肢变得青一块紫一块，不穿假肢还好，只要一穿上假肢，残肢末端疼得简直让人喘不过气。每天只能待在家里的我，从瘦瘦小小瞬间变成了一个圆滚滚的小胖子，本来就很大的一张脸，现在仿佛是黑暗里最闪最招眼的那一盏路灯。

爸爸妈妈为此也想了不少的办法，但最后都是以失败告终，冻疮膏什么的在我这里统统失去了效果。后来有一天，妈妈说有个老中医推荐了一款神药，虽然价格是贵了点，但据说治冻疮灵得不得了。涂上有十分钟，我的皮肤就开始火辣辣地疼。妈妈说这是正常反应，让我不要担心。

我看了一眼放在桌上的神药，心里琢磨着我妈是不是被骗了，于是上网到处查这款药，根本就查不到。果然，到了晚上，皮肤痒得更厉害了，我偷偷地把这件事告诉了爸爸。

"你不要用了，也不要告诉你妈妈。"

"为什么不说？"

"她以前就上过很多次当，每次知道被骗之后就会特别难过，晚上又睡不好，一直自责。"

"可是没效果的话她也会发现啊。"

"你先暂时不要说，我有办法。"

隔天妈妈从菜市场回来，一脸沮丧地告诉我说，昨天卖神药的老中医，今天不在了。

"该不会是被骗了吧，你用这个有效果吗？"

"有啊！昨晚都不是特别痒了。"

她的眉头终于舒展开来："有效果就好，我差点就要怀疑我的智商了。"

"真的有效果，哈哈哈。"

我为自己说了谎感到有些羞愧，但心里想着这件事是爸爸让我瞒着的，又放松了心情。但是，我怎么有一种好像吃了一嘴狗粮的感觉？

晚上爸爸拿了一层纱布和塑料口袋走进了我的房间。

"有一个办法很有效，之前就想让你试试，但是怕你承受不住。"

"什么办法？"

"用冰块敷。"

"不可能。"我往后退了两步。

"虽然是土办法，但真的有效。"

"不是怕我承受不住吗？现在怎么觉得我能承受住了？"

"这不是怕神药的事情露馅儿嘛。"我是不是又被塞了嘴狗粮？

"我真的是您亲生的吗？"

"天地良心。"爸爸把冰块裹在纱布里面，又套了一层袋子，隔着老远，我都能感觉到一股寒气直冲脑门。

我紧张地吞着口水，战战兢兢地确认道："一定得这样吗？"

"嗯，为了你免遭冻疮的痛苦。"果然，对于一对恩爱的夫妻来说，儿女的作用只是在恰到好处的时间地点起点推波助澜的作用。

冰块接触到皮肤那一瞬间，我感觉我被人扔到了天寒地冻的北极，凛冽的寒风呼呼刮着，但我身上只穿了一件单薄的体恤。

"我的天啦，这要放在古代，肯定是拿来折磨犯人的刑罚吧。"

"记得啊，要是明天好一点了，你就说神药起作用了，这样你妈听着也开心点。"

"爸爸……"

"这段时间她为你这个冻疮的事情没少操心，你不开心她心情也不太好，整得我也怪愁人的。"

"爸爸，你爱我多一些还是爱妈妈多一些？"

"这是大学生该问的问题吗？"

"你先回答我吧。"

"没有你妈妈哪里来的你。"

"哦，好的，虽然你说的没毛病。"

"好了。"他拿起了冰块，我从北极又被扔回了卧室。

"别小看这个土方法，真的有用，睡觉吧。"

"我现在腿都没感觉了，还怎么睡觉。"

"这么大了还要我哄着睡吗？"

"爸爸这种话你留着跟妈妈说吧，关灯！我要睡了！"我假装生气地钻进被窝里，爸爸拍了拍我的脑袋，关上了灯。房间门被轻轻掩上，整个世界又恢复了安静，我利索地爬起来跳到了窗台边上。

这个地方不会下雪，因为地势太低了，但以往的老北川会下雪，有雪的那一天，整个山坡上都是白茫茫的一片，我每次都是兴奋得吵着闹着要出去玩，爸爸和妈妈就会给我穿上厚厚的棉袄，戴着围巾，带着我出去买烤红薯吃。我一直以为我是因为太喜欢雪了，后来才明白，我并不是喜欢雪，我是喜欢爸爸妈妈，喜欢一家人在一起的感觉，喜欢他们无微不至的照顾，喜欢他们那些没说出口的温柔。

真好，地震只是要走了我一条腿，它把爸爸妈妈姐姐留在我身边了，如果说用一条腿可以挡住所有的灾难，那我愿意。我的家人平平安安，比什么都重要。所以，下不下雪都没关系，只要他们在我身边，我依然觉得自己是全天下最幸福的人。

爸爸的土方法起了作用，腿慢慢开始消肿，妈妈以为是自己的神药起了作用，兴奋得一直夸自己的正确决定："我说吧我说吧，我也不是老被骗吧，这次的药还是管用的。"

"对，管用。"我敷衍地回答道，低着头继续吃着饭。

爸爸使劲拍了一下我的脑袋："怎么回事，好好感谢你妈，你是最大受益人。"

我白了一眼爸爸，假装吊儿郎当的样子："妈，我要跟你说一件事……"

"她昨晚偷偷跟我说，虽然你平时话多了点，但是她很爱你。"爸爸抢过话，赶紧说道。

我心里想着这种肉麻的话我爸不知道说了多少次，才能做到脱口而出的。

"哈哈哈，你因为长冻疮每年都这么难受，不穿假肢哪里都不能去，能治好也算是一件大事，后面我再打听一下那个老中医，我下次多买点，囤着你下个冬天用。"

"别！"

"算了！"

我妈一脸狐疑地看着我俩："你们两个咋回事？"

"听说冻疮只要治好了，后面就不会再长了。"

"我怎么没听说过？"

"吃饭，吃饭吧。"

我和爸爸对视了一眼，默契的眼神让人不由自主地开心起来。

十三

下学期开学，身边的朋友都陆陆续续找了一些兼职，时间空余的时候也可以挣一些零花钱。

菜菜也找了份淘宝模特的工作，本来预计过两天就去面试，但那边突然说临时换了模特，不需要她了。菜菜是个自尊心很强的女孩，突然被拒之门外让她产生了挫败感，她打了好几通电话，非要让对方给一个说法。

"妹妹，你太矮了，我当初看你资料还可以，就是没注意到身高这一部分，做模特这行身高很重要的，我那天看了你发来的照片，脸有些过于婴儿肥了，鼻梁也不够高，这可不行，拍出来会给做后期的工作人员添很大的麻烦的。"

"既然身高这么重要那你当初为什么还要通知我来面试？"

"这不是没注意嘛。"

"是你们找到更合适的人了吧。"

也没等菜菜说完，那边就以正在忙的理由匆匆挂了电话。她对着镜子足足发了十多分钟的呆，空气的温度也随着时间逐渐冷却。"我的脸看起来不够好吗？"她问。

"很好看啊！"我的情绪稍显激动，菜菜的眼神忽然黯淡了下去，仿佛我这句话只是安慰她的说辞罢了，但其实并不是这样，"一顾倾人城，再顾倾人国"真的不是可以随便拿来形容女孩的诗句。"是真的。"我再一次回答了她的问题，可是依然没能让她低沉的心情好起来。

"但其实这已经是我很多次面试模特失败了，小时候喜欢看一些杂志，特别喜欢那些模特在镜头前自由自在的模样，但实际上，并不是每一个人都能当模特的。"

平时喜欢絮絮叨叨的我居然在这一刻词穷了，我无力地看着菜菜的眼睛，心里的感觉就像烂稀泥一样搅得人心烦意乱。

后来，菜菜放弃了继续找一份模特工作的念头，重新规划之后，决定找一份快餐店的兼职，工资是按小时计算，做得越多得到的也就越多。可是有好多次，她还是会忍不住翻出压在箱子底下的时尚杂志，也会在上课的时候偷偷看时装秀直播。偶尔她还会拿着手机放在我面前，一脸兴奋地说："看看，这张照片，这个模特好厉害，眼神也很到位，不过肢体动作似乎是有点僵硬了。"我不知道的是，她又找了一份模特兼职，但同样的借口再一次从对方嘴里说了出来，她没能忍住内心的委屈，躲在被窝里哭出了声。

"我长这样怪我吗？我长得矮怪我吗？难道模特一定要又高又瘦又漂亮才可以吗？"

那天晚上我抱着电脑搜索着"模特"这个陌生的单词，一个个网页接连跳了出来，各种五颜六色的照片吸引了我的注意力，我像是蚂蟥吸血般啃着电脑不松手，打开一个又一个网页，各种大师级的摄影作品刺激到了我的神经，他们镜头下的人物居然如此具有灵魂。

直到电脑卡死，咻的一下直接黑屏了，我愣了三秒钟，拍了拍电脑，依然没有任何反应。耳边传来了室友们长长的呼吸声，我的脑袋莫名其妙出现了一个念头：哦，原来这才是真实的世界。我刚刚好像去了一个奇妙的小星球，那个星球里有很多女孩，她们不够美，也没有那么高，婴儿肥很常见，高挺的鼻梁也变得没有那么关键，但她们每个人，都是主角。

十四

我觉得我中毒了。

中了一种叫作疯狂想学摄影的毒，每天都粘在网上看各类型摄影师的作品，甚至大胆地在微博上私信了一些摄影博主，虽然最后都没有回复，但我内心那颗小小的心脏，得到了极大的满足。我为自己兴趣的诞生感到了欣喜，可是又怕自己是三分热度，于是一遍一遍地自我质问道："你是真的喜欢吗？可是怎么突然就喜欢上了呢？"

菜菜是第一个发现我有了这种想法的人，她把刚翻了一页的时尚杂志又合上，半眯着眼睛推了推我的手臂。

"你最近是不是也对模特有了兴趣？"

"也不完全是。"

"不是模特？"

"也算是。"

"到底是什么？"

我打开手机相册，把手机推到菜菜面前，满满当当的摄影作品让菜菜有些摸不着头脑，过了好一会儿，她才转过头来看着我：

"你想成为摄影师？"

摄影师，我的脑子迅速走过这三个字，仿佛是第一次听到这个名词。

"嗯……怎么说呢，摄影师没想过，但我想拍照片。"

菜菜还没有反应过来。

"你看这张，这张，这个女孩子确实很普通对吧，脸上有雀斑，脸型也不是标准的瓜子脸，五官也不是很突出，但是啊，你再仔仔细细地看，她其实真的很美啊！"

菜菜凑近了照片，歪着脑袋仔细观察着，然后恍然大悟般地点点头："我一直以为站在镜头下的姑娘都是天生丽质，但这样仔细看的话也确实觉得很普通。"

"哎！"我往她身边挪了一步，"我学摄影的话，你当我的模特吧。"

"我?!"菜菜一脸惊讶地指着自己，但随即又一脸失落。

"我是被社会抛弃的，你还让我当你的模特。"

"说什么话呢，在我这里你可漂亮了好吧？"

"真的？"她歪着脑袋看着我。

"真的！"我坚定地点了点头。

"那就拜托你了，未来的大摄影师。"菜菜双手抱拳，一脸俏皮模样。

那天夜里我在日记里写下一句话：梦想开始发芽，它会慢慢生长，直到长成参天大树，在这之前，无论狂风暴雨，都请坚持住。

隔天我便开始在网上了解各种摄影网络课程，身边没有学习摄影的朋友，大学也没有开设这个专业，就连摄影社团都没有。所以一切都得自己来，但网络上形形色色的课程让人看得头昏脑涨，该怎么选择是个问题，金钱是个更大的问题。

我纠结了许久，还是决定把这件事情告诉父母。我忐忑地在电话这头解释，叙述我对摄影的热爱和想学的欲望，并且发誓说自己这一次绝对不是三分钟热度，希望爸爸妈妈能够支持。整个过程，爸爸安静地听着，没有说一句话，这种沉默让我的心情变得低落，以往也有过类似的想法，比如学乐器、旅游，爸爸都是一如既往地支持，但这次似乎不会那么顺利。

　　"你考虑过你身体的情况吗？"这一句话正中我的软肋，我从来没有想过这个问题。"不是爸爸不支持你，而是摄影真的不适合你，摄影师需要拿着很重的器材，但是你一提重物就会身体不平衡，摄影需要多角度构图，但是你没有办法半蹲，也不能在稳定的情况下自由移动，而且有的摄影师还会去一些地势不平的地方拍摄，但是这些你都没办法做到，所以你真的想清楚了吗？"

　　一盆冷水突然浇在了我的头上，寒气从头顶窜到了脚底，我没有办法做出任何反驳，这个时候所有的热爱都只是空话。我感觉到全身控制不住地颤抖，指尖像触电一样酥麻，我没有回答爸爸的问题，连忙挂断，试图缓和自己的情绪。

　　那天下午，我逃课了。我一个人坐在床边翻着手机，网课的老师再次发消息过来问我考虑得怎么样。室内的温度随着心情逐渐降到了最低，我无法马上回复这条消息，也无法面对这意料之外的打击。

　　我突然发现，心情不好的时候会产生连锁反应，会将记忆里难过的事情全部都混在一起，它们就像是下水沟里的混浊空气，窜进鼻腔的瞬间，几乎让人窒息。

　　"老师您好，我想咨询一个问题，如果一个人没有右腿，左腿神经也有损伤，这种情况学摄影有影响吗？"打出这排字后，我便把手机扔到一边，头埋在枕头里发呆，直到信息提示音再次响起。

"会有影响，双腿对摄影师来说很重要。"

"可是摄影师是用手拿相机，而不是用脚。"我知道这样的回答显得有些无理取闹，可是想获得认可的心情也越发强烈，这个世界上并没有人规定腿部有残疾的人不能学摄影，但偏见已经潜移默化地种植在了每个人的心里，好像这已经是约定俗成的事实。

"是用手没错，但确实会影响，我不能因为想让你报课就不切实际地回答这个问题。"

"这个人不是我。"

"嗯，我知道。"

我深吸了一口气，成都的雾霾天着实让人感觉到难受，嗓子干得像着火般，我艰难地吞着口水，看着窗外灰蒙蒙的天空沉思。我心态有些许的变化，但沮丧还没有消散，随之而来的思考让我不得不再一次怀疑自己所做的决定是否理智。

时间过去了两个小时，我还坐在床边上，手边一张纸不知道什么时候被自己撕得粉碎，我对自己过于情绪化感到有些失落，转念安慰自己，人生本就是这样，不是想做什么就可以做什么的。

菜菜打包了盒饭给我，叮嘱了几句便回到座位上开始翻看最新一期时尚杂志，我斜着脑袋瞟了一眼，但马上又回过神扒了两口饭。

"春游，你看这个！"她倾斜着身体将杂志递了过来，"国内知名摄影师的专访。"

"哦。"我漫不经心地点了点头，往嘴里喂了一块肉。

"你咋回事？这么快就不感兴趣了啊。"

"我今天给我爸打电话了，说我想学摄影。"

"叔叔怎么说？"她的语速有些加快，把椅子往我这边挪了挪。

菜菜的眼神十分炽热，对视的刹那间竟让我有些愧疚，那仿佛是几个小时前的我，被浇灭之后，我居然还要如法炮制地去毁掉另一个人。

"我爸不同意，说我的身体不适合学摄影。"

"啊？……好吧。"她失落地点点头。

"但确实是啦，你想想哪个摄影师腿脚不方便？姿势不对还会限制构图什么的，走太多路身体也承受不住。"我安慰着菜菜，但其实这些话更像是安慰自己。

"没关系啦春游，摸摸你的猪脑袋。"

"嗯。我没事。"

她还想再说什么，但最终还是什么话都没有说。

我又失眠到了凌晨，与其说睡不着，更不如说是不敢睡。胆小的本质又一次发作，我感觉如果今晚沉沉睡去，将会又一次做相同的噩梦。它会把我拉回到几年前的那场灾难，经历了痛苦折磨之后甚至还会恐惧我到底会不会从这场梦中醒来。

明天早上有一节早课，如果今晚通宵，明天在课上肯定会打瞌睡，我几乎都能想到老师那张怒目圆睁的脸。我知道这仅仅只是一件小事，在我的这一生中它可能不足以被记住，可是我还是有种这个坎我翻不过去的感觉。人到底要成长到什么样的状态才能对这种小事做到冷静对待。

快凌晨四点钟的时候，我打开了网课老师的对话框，郑重其事地输入了一句话："老师，我还是想学摄影。"之后，我打了一个哈欠，睡意一刹那席卷了全身，还来不及思考，我便进入了梦乡。

十五

"你昨晚没睡好吗？今天早课一直打瞌睡，我看老师脸都绿了。"下课之后，我和菜菜在食堂买了一盒温热的牛奶，往宿舍的方向走去，她担心地问。

"嗯，昨晚凌晨四点才睡着。"

"我的天！你干什么了？"

"我报摄影网课班了。"

"报啦？"菜菜偏着头，露出不可置信的眼神。

"也不知道昨晚怎么回事，感觉必须要做了决定才能睡得着。"

"想清楚了？"

"嗯，想得很清楚。"

"可是你学费怎么办？"

"我想跟网课老师商量一下看可不可以分期。"

"那你接下来每个月就要还分期了。"

"嗯。"

中午的时候，网课老师终于发来了消息。

"想好要学了吗？"

"想好啦。"

"那学费我只收你一半，你好好学吧。"

我的嘴巴大张着，一时间不知道该怎么回复。

"你是在校学生吗？"

"对，老师……虽然有点难以说出口，但我可以分期吗，每个月给一部分。"

屏幕一直显示着正在输入四个大字，但迟迟没有消息传送过来，过了好一阵，老师回复道："可以。"

我开始了我的兼职生涯。

一段日子里，我的时间被填得满满当当，除了上课做作业，剩下的时间我全部拿来学习摄影课程和找兼职。

我把买器材这件事写进了心愿清单里面，每个月除了必须要支出的生活费，几乎不会再花多余的钱。逛街，买衣服，喝奶茶，都被我拉入了黑名单。可是令人失望的是，找兼职没有我想象中那么容易，咖啡店、服装店等都要求站立时间较长，我身体根本就扛不住。我一次次碰壁，很多面试工作者在知道我身体情况后都会一脸遗憾地对我说："这不适合你。"

但时间不允许我再这样拖下去了，眼看着要到还款日期，我心里就会焦灼不安，后来我干脆隐瞒了自己身体的情况，就这样，我找到了一份在咖啡店的兼职。

周三周五半天，周六周天整天，时间我可以做到合理安排，只是咖啡店处于闹市区，人流量非常大。第一天上班，我就感觉到非常吃力，但又害怕让同事们发现我的情况，每次特别累的时候，只能轻轻靠在咖啡台上暂且休息。晚上九点钟下班，如果收拾得利索，走得快一点，还能赶上最后一趟公交车，要是错过了没赶上，就只能坐网约车回去，但是那样就会花掉这一整天工资的三分之一。

到宿舍已经快十点半了，我洗漱完之后就开始看摄影课程，如果第二天没有早课还可以多学习一阵，但是有早课的时候就必须在一点之前上床睡觉。我得保证第二天在课堂上不打瞌睡。

每一小时每一分钟都被我细化成了无数个小格子，每个小格子里面都承载着梦想与现实，尽管累，尽管有时候残肢肿得像茄子，但我依然为有清晰的目标和值得努力的未来感到骄傲。

原来一个人的力量，真的可以为了热爱的事物，变得无比强大。

　　咖啡店的工作还是出了问题，客流量特别大的时候，主管会要求我们后台工作的人帮忙端咖啡，好几次遇到这种情况，我都会拜托一个和我同样是做兼职的女孩帮忙端过去，但今天她刚好没上班。后台到客人的那段距离成了一个大难题，我还没来得及思考该怎么克服，咖啡托盘就已经放在了我的手上。

　　"上吧！"我暗自加油打气，尽量保持住平衡往前走。可我发现这比提重物难多了，也不知道眼睛该盯着地板还是咖啡，右脚和地板接触的瞬间不能准确传递给我，恐惧一点一点地占领了意识高地。

　　糟糕的事情还是发生了，咖啡倒了一身，好看的陶瓷杯碎了一地。我觉得整个咖啡厅的人的目光都聚集在我的身上。

　　去年，我在家里也打碎了一个玻璃杯，但当时我只是盯着地上的碎玻璃渣愣住了，不说话，也没有移动，就傻傻地站着。爸爸赶紧蹲了下来，带着胶皮手套处理着地上的碎片。就在那时候，我心里的愧疚感油然而生，妈妈一直在旁边安慰地说着，这只是个小问题，让我不要为之难过，虽然妈妈的话让我的心渐渐平静下来。但我还是忍不住地想，刚刚失手打碎的玻璃杯，如果它有生命，那我就是凶手。

　　可是直到今天我才明白，我当时为什么会是那样子的反应，因为我根本没有办法蹲，假肢的生硬让我停在了原地，让我眼睁睁地看着亲手毁掉的东西却没有办法帮忙善后。如果我真是一个凶手，那也是最不能被原谅的那种。

　　主管从后台冲了出来，责备地说了几句，然后弯着腰笑眯眯地给旁边的客人赔不是。他说："把地上的东西捡起来，去后面拿拖把赶紧清理了。"

"主管……"

"还有什么问题?!"

"对不起,我腿有点问题,蹲不下去,可以叫其他人帮我清理一下吗?"我一直以为这是一个不能轻易说出口的秘密,一旦说出,它会改变某些既定轨道,某些正常交替的顺序。它会将世界打乱,让生活变得一塌糊涂。

主管斜着眼睛看了一眼我的腿,无奈地挥了挥手:"去吧,我服了你了。"

"这到底是谁的错"成了今晚开会讨论的主题,尽管我一直弯腰道歉说这是自己的责任,但主管依然无奈地摇了摇头说,这不是你的错。可是到底是谁的错,最终都没有讨论出答案来,主管没有让我赔碎掉的咖啡杯,也没有过分追究这件事情的责任,只是一再强调说做人要诚实,特别是工作上不能够有任何隐瞒。直到离开,我还是一直弯着腰说,对不起我不该隐瞒。

主管依旧是脸上没有任何表情地说道,我可以理解你,没有关系。但她又马上转头叹气道,这年头的孩子真的越来越不好管了。

我错过了最后一趟公交车,在手机上约了网约车也迟迟没有司机接单,我坐在公交站发呆,冷风夹杂着鸣笛声从公路那边传来,我感觉这比 *Song From A Secret Garden* 这首曲子听起来还要悲凉。

半个小时后,终于有网约车来接我,双手早已冰凉得没有一丝温度,路上还有来来往往的行人,霓虹灯闪烁得让人睁不开眼睛,按理说这个城市热闹喧噪,但此刻的我却产生了一种异乡游子的复杂感情。

我想,这个时候爸爸妈妈千万不要给我打电话,不然我矫情的毛病又会发作，但转念一想这个点了，他们应该睡觉了。心里放松的同时，更大的孤独感席卷而来。

她开始喜欢发呆。

发呆的感觉有一点像失足掉入深海，思绪像是某种会扩散开来的物质，让整片海变成了马卡龙的颜色。

她想起了爸爸送给她的第一支钢笔，金色的边，深蓝色的线条盘桓而上。那时候大家才刚刚学会写钢笔字，她舍不得用，想着等以后，自己能够把钢笔字写漂亮的时候，她再拿出来用。

于是她偷偷在学校外的小卖部买了一支劣质钢笔，那支钢笔一点都不出众，甚至还让她产生了厌恶情绪，也许是因为自己早就得到了更好的东西，所以她忍不住有了这样的想法。稍微一用力，钢笔还会漏墨，墨水晕染了整张纸，她会撕掉，可是下一张纸还会出现同样的状况，后来她发了脾气，将笔扔进了教室后面的水桶里，一刹那整桶水被染成了蓝色。她看着水桶发呆，仿佛自己也跟着钢笔沉到了桶底。她为什么听到了钢笔的哭泣？那刺眼的蓝色像是钢笔流出的血液，她慌张地把钢笔捞了起来，小心翼翼地用纸巾擦干净，放进了抽屉里。

她想，发呆如果是一样东西，那一定就是钢笔。

十六

那几个月里，我的消息列表每天被各种摄影群给轰炸了，很多跟我一样刚学摄影的新手在群里讨论着，但因为我的日常被学习和兼职填满，根本无暇关注群里的消息。唯一一次翻开群里的消息，是被一条卖单反的小广告给吸引了。

他自称是摄影老法师，那台相机跟他征战多年，现在忍痛甩卖，接着又抛出自己拍过的一系列作品，惹得群里的人都活跃了起来。我私信问他价格，并表示自己刚刚学摄影，也不知道这款机子适不适合新手用，他发了几个表情包，接着立马摆出一副老法师的语气说道："哦？你刚学？那肯定很适合你啦，这是入门机，我学摄影很多年了，相信我准没错。"

也许是因为我从来没有去过菜市场跟卖菜的叔叔阿姨们讨价还价，也或许是爸爸告诉我这个世界上讲真话的人永远比讲谎话的人多，所以我丝毫没有怀疑，甚至坚定不移地相信这款机子就是为我量身打造的。谈好价格后，我试探性地问了一下是否可以分期，但立马遭到了拒绝。

"姐姐，我连回绵阳的车费都没有了，所以才被迫卖掉相机，我都穷成狗了，理解一下。"

"你是绵阳的？"

"又要开始对灾区人民表示同情？"

"不是，我是北川的，离绵阳很近。"

"开什么玩笑……"

也不知道是什么狗血剧情的缘分，让我们接下来的聊天变得无比尴尬。

"所以我们家离得很近？"

"嗯。"

"所以大家算是半个老乡？"

"嗯。"

"那算了，不卖了。"

"为什么不卖了!?"

"你真傻还是假傻，你买相机之前能不能带点脑子？多去了解一下这方面的东西，然后去正规商家那里买，在摄影群里买二手机，你难道都不会觉得不靠谱吗？"

见我迟迟没有回复，他又接着发来消息："我是坑你的，这款机子根本卖不了那么多钱，我只是碰碰运气看能不能卖出去，没想到还真遇到个傻子。"

"那你为什么现在要告诉我？"

"没有那么多为什么。"

"好吧，还是谢谢你没有坑我。"

"我差点骗了你，你还跟我说谢谢？"

"嗯，如果你骗了我，那我可能接下来几个月的兼职就白做了。"

"你在做兼职？为了买单反？"

"嗯。"

"这种事你可以跟爸爸妈妈商量呀，买相机又不是一笔小数目。"

"我爸妈不太同意我学摄影。"

"那你还真是迎难而上，现在学到哪个阶段了？"

"看了一些网课，但还没有真正拍过，所以也不知道自己到哪个阶段了。"

"最最最初阶段。"

"应该是。"

"看在你是个女孩子的分上，你到时候买器材的时候和我商量一下，摄影这方面我也可以教给你一些东西，虽然我也不是什么摄影大神，但可能要比你好得多。"

"真的??！"

"嗯，以你这个智商真的太容易被骗了。"

"谢谢!!"

"我叫包子，你呢？"

"春游。"

"你怎么不叫冬眠？"

"那你怎么不叫馒头？"

后来每一次讨论起我们的相遇，他都会说："你知道吗，我对你的评价就是一个完全不长脑子的傻蛋。"

当然我也不服输："你也好不到哪里去，一个满嘴谎言的黑心商贩。"

和包子第一次见面约在了闹市区，用他的话来说就是担心我是一个骗子，然而无论怎么想这句话也应该由我来说。他跟想象中实在差太多，本以为是个油腻不堪的宅男，但没想到是个高高瘦瘦、衣品满分的家伙，唯一有点遗憾的是，长了一张实在不符合年龄的老脸。

"你跟我想象中差太多了吧。"他手里拿着相机，一脸嫌弃地说着。

"这句话应该我说才对。"

"我本来以为你是个瘦瘦小小的姑娘，但你看看你，五大三粗的样子让人没有一点保护欲。"

"我还没说你呢，十八岁的青春少男难道不该是满脸阳光，然而你脸上的皱纹都可以夹死蚊子了好吗？"

他瞪着我，我也双手抱胸，回瞪着他。

谁也没有料想到第一次见面竟会变成现在这样子，他发出怪异的笑声，鼻子和嘴巴同时呼出了气。

"脑子不好用，但撑人倒是一流。"

"你也不赖。"

"你腿咋回事？断了？"

像是有人突然拽住了一根脑神经，我恨不得将脑子里所有的东西都拽出来，这出其不意的问题又一次让人惶恐不安。

"嗯，不小心摔了。"

"严重吗？"

"还行吧。"

"别不长脑子也不长眼睛，不严重的话过段时间就好了。"

他继续往前走着，直到走过了斑马线，我站在原地，仿佛面前是一片大海，他轻轻松松地过了岸，而我只要多走一步，就会掉进海水里溺死。

"过来啊！"他在那边大声喊着。

我摇了摇头，指着手表说："我该回学校了，一会儿还有课。"

面对自己的恐惧变成了面对陌生人的恐惧，我终于明白为什么蚕要用厚厚的茧子一层一层地把自己包裹住，说好听点是为了安全感，但更直白的表达是，它还没做好准备让这个世界看到它丑陋的模样，所以它出不去，别人也进不来。

晚上包子发来消息道歉，说不知道是不是因为自己说的话太过分了，如果是，希望我不要放在心上。尽管我一再解释说只是因为上课时间来不及了所以才离开，跟他没有关系，但他还是一直道歉，并发誓说下次绝对不会再这样了。

"下次等你腿好了，我带你去欢乐谷玩吧，门票我买，算是今天补偿你的。"

"我不喜欢去欢乐谷。"

"你是当代年轻人吗？欢乐谷都不喜欢？"

"但我真的不喜欢。"

"你真的好奇怪。"他像是拿了一根火柴，伸进了我大脑里最暗的那一块区域，左右寻找着某个答案，但最终却只看到了奇怪两个字。

从地震到现在，不止一次听到别人这么评价自己，很多时候也会带着期盼的目光告诉他们：你再了解了解我，我不是一个奇怪的人。可是听得多了，也会开始自我怀疑。

"也许吧。"

"这样回答才更奇怪。"

"你也奇怪。"

"我为什么奇怪？"

"我们第一次见面你就评价了我奇怪，不觉得奇怪吗？"

"我觉得我们不要讨论这个问题了。"

那时候我一直不明白，为什么我和包子每次交流都会以类似于"我们不要再继续说了"这样的句子结尾，如果人天生就有磁场，那我们一定是最针锋相对、相互排斥的那种。但很多年后，我开始重新思考，为什么言语不合的人居然也能三观相同，也可以一起做很多有意义的事情？

所以啊，人真的奇怪，奇怪到看不透别人也就算了，竟然有时候，连自己也看不透。

大二

一

我除了害怕上楼梯，还很害怕坐地铁。

遇上高峰期的时候，整个人会被挤到变形，有时候还会摔得很惨。前几天我就在地铁上出了糗：当时没站稳，我情急之下抓住了一个小姐姐的手，结果两个人双双倒地，小姐姐手上提的半袋苹果像是没穿衣服的孩子，一齐蹦了出来，赤裸裸地躺在人们面前。她不满地骂了几句脏话，站起来拍了拍身上的灰，捡起地上一个苹果之后，地铁刚好到站。惯性使地上的苹果滚到了更远一节车厢。每个上地铁的人，都侧着身子绕开苹果，仿佛地上躺着的不是苹果，而是令人厌恶的垃圾。她放弃了捡苹果，斜着眼睛看了我一眼，嘴巴里吐出了更加不堪入耳的脏话。大家的目光都被她吸引了过来。她挽起袖子，把手上的苹果使劲往地上一扔，甩开步子离开了车厢。她离开后，大家的目光重新回到了车厢，不，是回到了自始至终都坐在地上的我这里。

这个世界为什么会有"好奇心"这个词语？它又是为什么会存在在每个人的身上？我那时候才发现，我真是恨透了这个词语。

所有人都开始窃窃私语，准确地说，是好奇心开始发作，仿佛每个人都是一台没有感情的机器，他们不断地用目光扫描着我，最终在大脑中得到的反馈可能是——这人有病。

"她有病吧！"一个看起来跟我差不多年龄的女孩子说出了这句话，好像是为这场事故做的最后总结。可怕的是，所有人的好奇心在那一刻都得到了满足。我还没站起来，也不知道该怎么站起来，离我不远的地方还躺着一个苹果，刺眼的红色看起来真是扎眼。

那哪里是苹果，根本就是令人厌恶的垃圾。

地铁像是生命线一样维持这个城市的生存，而这句话仿佛也在告知我，如果你要想在这个城市生活下去，那就必须得挤地铁。人好渺小啊，被饥饿操控，被贫穷操控，被疾病操控，被结婚生子操控，被朝九晚五操控，甚至还被地铁操控。

可是成长会逐渐熄灭人心中的火苗，让人麻木地往前走着，遇到了坎，也就麻木地走过去，遇到了雨，也就麻木地撑开伞，以至于后来，该来的，不该来的，是你的，不是你的，这些乱七八糟的东西也好像都变得理所当然了起来。

我是麻木的，但我的麻木不包括地铁，也不包括楼梯。很多时候我都在想，这个世界上是不是只有我，走进地铁站，遇见楼梯就会心跳加速，像是本来走在一条很笔直的路上，路却突然断了。

最糟糕的事还不仅如此，地铁上人多的时候害怕，人少的时候我也会害怕。特别是夏天，隔着一层薄薄的裤子，假肢与座位的金属材料碰撞，往往会发出很大的声音，这时，坐在旁边的人就会露出难以描述的表情，仿佛我身上带着传染病，他们会尽可能往旁边移动，试图离我远一点，再远一点。

后来不管地铁上的人是多还是少，我都尽可能地站着。也许是心理作祟，我总是觉得有人盯着我看，可是环顾四周，大家不过是低着头玩手机。每到那时候，我总会觉得自己踩在轻飘飘的云朵上，从脚底渗透进灵魂的藤蔓将整个人绑住了，不管怎么移动，依然摆脱不了这令人窒息的困境，这感觉不好，我甚至想，要是一脚踩空，摔死也行。

二

大二上学期，我买了一个二手单反相机，每天晚上睡觉前，都把它放在自己的枕头旁边，也不管这么大的玩意儿放在距离脑袋这么近的地方，会不会有辐射有危害，会不会导致自己变成傻子。

包子一如既往地每周末都带我出去拍摄一次，但我们拍得最多的就是建筑、花草，偶尔抓拍一只正在撒尿的狗或者立起尾巴的猫。

我问他："你什么时候带我去拍人？"

"你把单反的功能都搞清楚了吗？这么快就想去拍人。"

"没有搞清楚，但我会按快门了。"

"只会按快门可不够，而且你连花草、建筑都拍不好，你怎么拍好人？"

"你怎么就能肯定我拍不好？"

"姐姐，拍照可不是笔直地站着，相机举高高就能拍好的。"

我懂他的意思，尽管他一直说，需要蹲着，需要侧着，需要爬上去。但我都当成耳旁风了。

"站着也能拍好。"

"你真是个顽固不化的人。"

"我今晚回去有一件很重要的事情给你说。"

这熟悉的开头让我不禁想自嘲一番，每个人的人生里都有重要的时刻，例如高考，结婚，第一份工作，这些事情的分量远远超过了一句话，然而到我这里，它们居然在天平上达到了一样的高度。

"什么重要的事？"连回答都像是被提前安排好了一样。

"回去再跟你说。"

他点了点头，这件事就算是过去了，至于距离晚上还有几个小时的时间，他完全可以不在乎，因为这些只留给我一个人承受就可以了。

这个人是否重要？我是否害怕失去？如果他说出了什么尖锐的语言我是否可以承受？我到底要如何才能装作我很坦然？这是小事，不是吗？春游。

"其实我右腿是假肢，蹲不下去，一只腿也不行，左腿神经损伤很厉害。"看见消息顺利发送后，我开始刷牙，牙膏沫不小心吐在了菜菜的手上，她趴在旁边洗头，不满地抱怨了几句："刷牙的时候就认真刷牙。"我点了点头，脑袋钝得像是有几千斤那么重。

"我的天，你没事吧？"

"没事。"

"那你为什么要学摄影，身体限制很大啊。"

"喜欢就学了。"

"是因为地震吗？"

"嗯。"

"我的天，你没事吧？"

"没事。"

我仔细数了一下，包子一共说了十二次"我的天"，这不是他的口头禅，也许事情的惊讶程度远远超过了他的想象。

"那你还带着我学摄影吗？"

"当然啦！我跟你讲春游，如果你坚持下去，以后说不定会成为一个超厉害超厉害的摄影师，如果真有这一天，那作为你启蒙老师的我，不也就出名了？"

"可是蹲下去什么的，对我来说确实有点难。"

"蹲不下去，坐下去就好啦，那么多难关都过了，这点事算什么？"

天平居然往我这边偏了一点。

啊！再刷一次牙吧！刚刚肯定没刷干净。

第一次见到那个女孩子，她有种无法言喻的激动。

那个女孩子很高，长长的头发让她想起了《一千支银针》里的小公主，纤细的手指头像是要戳破生活中肮脏的泡泡，只留下最纯洁美好的部分，虽然脸上有细微的小雀斑，但丝毫不影响她的美貌。

"脸上雀斑太重了，拿粉底盖一下。"站在她面前的摄影师说出这句后，她有些不满意地皱起了眉头，那个女孩站在离她很近的地方，眼里的光突然熄灭了。

"往左边侧一点，侧一点，算了还是拍右脸吧，左边脸有些胖，你是不是该减肥了？"

她看见女孩的头越来越低，话语变成了沉重的石头压得女孩喘不过气。在这个密闭的摄影棚里，女孩就像是被捆绑住的人形立牌，没有自由，也没有欣喜。

"不该是这样的。"她拍了拍站在前面摄影师的肩膀，小心翼翼地说出了这句话。

"你说什么？"摄影师不满地转过身来看着她。

"她左脸也很好看，雀斑也很好看。"

摄影师嘴角一勾，鼻子发出一声冷哼，那是极不友善的表情，她有些尴尬地收起手臂，侧着头看了一眼站在棚里的女孩。

女孩的眼睛像是银河系的繁星一样亮了起来，她的内心可能被感动了，刚刚的怯弱被一扫而光。

"你看，她的眼睛像星星一样。"她深呼吸了一口气，再一次说出了心里的想法。

"你行，你拍？"

"我以后会拍的。"

"什么都不懂不要乱说好吧？"

"你这样说她会不高兴的。"

"你怎么知道人家不高兴？拍出好照片，完成工作大家都高兴，你不要在这里浪费时间。"

朋友扯了扯她的袖子，她只好把想说的话又给吞下去。

那天回家的路上，她坐在公交车的最后一排，将窗户开得很大，风从耳边吹过呼啦呼啦地响，风声越大，她心里越是平静。她想起了白天在摄影棚遇见的那个摄影师，去之前很多人告诉她，这个摄影师很厉害，拍出来的作品很受欢迎，她看过他的作品，她也很喜欢。可是，她一直以为，摄影师是举着相机，从那个小小的取景器里发现美丽，而不是一直挑剔，用掩盖来让一个人看起来完美。这不是她的本心。

至少，至少，也得温柔吧。

三

接下来的一次拍摄，包子带我去拍了一个女孩子。

第一次拍人像的我居然紧张到连按快门手都在抖，包子在旁边一直提醒我，该怎么构图，该怎么举相机。

"你把这个带子，像这样挽在手上，不然你不小心拿脱手，相机就摔坏了。"

"不是，你往这边靠一点，你这样拍上面留白太多了。"

"太高了，低一点，低一点。"

"对对，就是这样……不是！你把旁边那个电线杆拍出来干啥?！"

我很尴尬地看着站在镜头前面的女生，她点了点头，示意我慢慢来不要着急。

"我先拍一会儿，你跟在我旁边看着。"包子一边说一边从背包里拿出相机，我自觉地往后退了两步，将相机带挽在手上。

路上偶尔有三三两两的行人投来好奇的目光，包子似乎也不为所动，专心致志地和模特沟通拍摄，唯独我，站在原地紧张得不得了，仿佛那些人的目光是一面明晃晃的镜子，反射过来的太阳光烤得我抬不起头。

"就这样拍就好，你不要紧张，没关系。"包子转过头来看着我说。

"嗯……嗯……"

"你一直嗯什么？拍呀。"

"要不，今天就到这里吧？"

我有些垂头丧气，太阳越来越毒辣，整个地面被照得油腻腻的，包子欲言又止地卷着手里的相机带，好半天也没有说出一句话来。他终于卷好了带子，侧着头看了一眼周围逐渐聚拢的人群。

"看来是冬天太漫长了，大家都被冻怕了，这么大的太阳，都想出来晒一晒。"

"我也挺怕太阳的。"

"回学校吧，下次挑阴天来拍。"

"但今天还约了模特……怪不好意思的。"

"我去说就好。"他微微一笑，阳光从他的左眼睛跑到了右眼睛，那是一条敞亮的路，四季能走过，所有的温柔也能走过。

回到宿舍后，我照例把相机擦干净，放在枕头旁边。我突然觉得，它似乎有了生命，虽然这一次的拍摄并不完美，可是被定格的女孩脸庞，笑起来嘴角细小的皱纹，手指轻盈划过空气的瞬间，都让这台原本没有任何感情的机器第一次有了记忆。

晚上九点钟，包子发来了消息："太阳走了，你可以出来玩吗？"

我不自觉地笑出了声，思索了一下回复消息："今天不累吗？还要出去玩？"

"大哥，成都的夜生活才刚刚开始好吧？"

"可是我今天真的很累啊。"

"给点面子好吗？"

"好的，马上出来。"

菜菜第一次见到包子的时候，她说他很像自己的爸爸，除了那张过于成熟的脸之外，还有细致入微的体贴。我当时就反对了，再三强调包子这个人太世故了，要是以后做老板，肯定是个不折不扣的奸商，不仅嘴巴不饶人，就连脑子也令人难以捉摸。

"不是的春游，包子对你很好啊。"

"哪里好？"

"比如说他跟别人道别的时候，他只说拜拜，但却会对你说再见。"

"这算好吗？"

"至少很特别。"

"哦不,你真的想多了,这个世界上的每个人对另外一个人来讲,都是特别的,因为每个人都是独一无二的,他最多记错名字,记错长相,但只要你一出现在他的面前,他就会发现,你就是你,你不会是别人。"

"这满是破绽的逻辑我居然无法反驳。"

就比如说,地球上有很多像我一样没有右腿的女孩,但因为地震,并且这么矫情,大脑子整天想一些乱七八糟的东西,情绪冲动,自制力差劲,虽然有一点可爱,但其实作用不大的女孩,全世界只有我一个。

第二个手抓饼下肚之后,包子打了一个嗝,拿出手机对着离我们不远处的霓虹灯拍照。

"要不你拍我吧?"他转过身来,把手机递给了我。

"所谓的夜生活就是两个手抓饼加上免费劳动力?"

"我这是锻炼你拍照技术。"

"哦。"我白了一眼包子,伸手接过手机。

"把我腿拍长点,你往后退。"

"你是女孩子吗?拍照还这么多要求。"

"摄影师要懂得审美好吗?"

我把剩下的手抓饼全部塞进了嘴里,弯着腰试图把手机拿得更低。

"蹲着吧。"

"蹲不下去。"

"坐地上。"

"我不。"

"不用注意形象了,你满嘴油腻的饼子已经让你整个人看起来像菜市场大妈了。"

"我不想。"

"你不坐下去拍不好。"

"裤子会脏。"

"我给你洗。"

"说话算话？"

"当然。"

也许是一时的冲动让我坐了下去，或者是别的什么原因，直到地面冰冷的触感让人打了个寒战，鸡皮疙瘩起了一身，我才感觉到内心一块坚硬的壁垒发出破碎的声音，然后轰的一声，排山倒海般覆盖了我整个身体。

"现在拍吧。"包子站在霓虹灯下比了一个耶，两根手指头像是正在做某种神圣的宣告，宣告夏天快来了，宣告这个夜晚是属于夏天的。

"今晚有星星。"

"那你把星星也拍下来，能拍到吧？"

"嗯，坐下来就能拍到了。"

我能理解菜菜说的话了，包子好像是这样子的一个人，体贴藏在心底里，用五颜六色的衣服和善于伪装的言语层层包裹。很久之后我才知道，这个家伙真的很傲娇，从来不会主动站在别人镜头下，也从不会对任何人承诺"给你洗衣服"。

"再见。"

包子站在空无一人的公交站。道路延伸像是某种神秘的轨道，连接着夜晚的霓虹灯和星星，这个世界混为一体，都藏在了他的眼睛里。

"嗯，再见。"

晚安。

四

学校社团邀请菜菜在文艺晚会的时候表演一个节目，研究了好久，她决定独唱，可是还缺一个吉他伴奏，四处询问无果后，最终把目光锁在了我身上。

"你不要再说了，我是肯定不会上台的。"

"你这一周的早饭我都包了。"

"我不去。"

"求求你啦。"

早已经想好的拒绝词汇已经在嗓子眼了，可是转过头才发现菜菜的眼神除了恳求还藏着另外一样东西，描述不出来，但在很多人眼睛里都看到过，比如挥手告别的王逸文，笑着说话的快儿，像鱼一样的鑫儿，等等。那眼神像是谜一样，也像数学试卷上最后一道大题，很少有人能完整地解出答案并且得到满分。

"好的，知道了。"

"真的?！"

"嗯，真的。"我说完这句话后，菜菜的眼神移开了。一场刚开始的话剧表演突然谢幕，谁都不知道原因，但谁都会去猜测。

我突然不知道自己该做什么，也许应该去练一下吉他，为即将到来的演出做准备，演出是什么时候，也应该在日程上标注一下。但这真是一件煎熬的事情，不该答应的。因为我自己清楚，在众人面前站着，就如同面对枪口一样。目光是子弹，我是猎物。

胆小的毛病又犯了，日记本又一次翻开，上面记录着的东西，像恶心的狼疮一样盖住了十九岁甚至是更加以后的人生。一个人摔倒了，她还是可以爬起来，可是如果她没有穿鞋子，这样就算爬起来了，也不敢再继续往前走。

距离菜菜表演的前三天，她才确定表演歌曲，是一首流行歌曲《如果的事》。

无论怎么听也有一种戏谑的感觉，"如果"多美好的两个字，可是这个世界上怎么会有如果，如果有，那大可以用来譬喻任何时候，比如十一岁，十二岁。

弹吉他对我来说是一件需要硬着头皮做的事。我从高中决定学吉他开始，便没有感觉到快乐，更没有那种把感情放进和弦里，融化进琴箱里的感觉。没有那种感觉，我还是学了，因为我觉得自己失去了右腿，比别人少一部分，就需要用更多的技能去填补。那空空的右腿被和弦，被音乐，被梦想撑起来，这样我才能觉得自己跟别人一样。

"你弹错了，这个好像不太对。"菜菜指着六线谱说。

"哦对，我按错了。"

"你今天有点心不在焉。"

"好像有一点。"

"怎么了？"

"菜菜……我觉得我做不到。"

这时候说出这句话真是欠收拾，我都为自己感觉羞愧。

"试一试可以吗？实在不行就算了。"

"嗯，好。"

再一次弹奏时，右手指尖变得疼痛，冰冷的琴弦被揉搓成了温热，但这也不能赋予这把琴思想，它被堵住了嘴巴，我也被堵住了嘴巴。

我终于明白了，这场表演本身就是一场求救，不是菜菜的，是我的，是在日记本里写好了十九这两个字，却不小心把十九的撇写得太长，长得延伸到了舞台上。聚光灯打下来的那一刻，我的自尊心也被烧死了。

表演的当天，菜菜起了个大早，对于这场表演她一直很重视，和社团确定好表演服装后，开始和我沟通："不要紧张，没事的，我会和舞台人员沟通，到时候你就坐在我旁边，那里会放着一把椅子，上台的时候，我会扶着你一起走上去。"

"明白。"

"你旁边有一个话筒架子，坐下来之后，你调整一下位置，把话筒放在琴箱旁边，这样才有声音。"

"明白。"

除了"明白"这两个字，我不知道说什么，仿佛一本厚厚的字典翻开后里面只有"明白"两个字。

"放松心情，明白吗？"

"明白。"

以为一切都准备妥当，但没想到还是出了问题，这问题自然是出在我身上。还没开始表演，我就一直想上厕所，排便的感觉像水龙头堵住一样，生锈的味道从下水道涌出占领了鼻腔。

在第四次去厕所之前，我内心的防线崩溃了，抱着手里的吉他开始哭，旁边还站着不知道哪个院的学生，也许有认识的人也说不定。爸爸妈妈教的礼义廉耻，公共场合要注意分寸这些道理全部在脑子里扩散开来，我是知道的，可是情绪不能被控制的感觉比生锈的下水道还让人觉得恶心。

我一哭，菜菜开始紧张起来，眼神中有很多复杂的情绪但还是被我准确地抓住了，那是委屈，还有些后悔……事情到了这一步，《如果的事》这首歌变得更加戏谑了。

"你不要紧张，春游，试试看可以吗？"

"嗯，明白。"

哭泣的时候说话，嗓子就像打了结。字典又一次被翻开，打着手电筒仔细查找解决方法，结果还是只看到了"明白"两个字。

补好了妆，上台的时间也近在咫尺，主持人报幕的声音隔着木头板子也能听得清清楚楚，还是上去了。我庆幸自己没戴眼镜，台下黑压压的一片让我可以尽情想象，他们是乌云，是一张黑色的卡纸，可是这不恰当，也毫无作用。

菜菜扶着我上了台，这个节骨眼了，我脑子里居然想的是我们两个到底是谁在发抖，如果抖的动作太大，台下的人是不是会有所察觉，如果我走路先迈左腿的话是不是就能骗过所有人，对，可以用"如果"这个词语，在这里可以用。

没有多少人在认真听，台下没有想象的那么安静，哄闹的声音让我多了几分安全感，所以刚刚不小心碰到了话筒，和弦几乎全部按错，不正常的心跳声，他们也应该全部没发现，如果我更加坦然一点，是不是就能骗过所有人，对，可以用"如果"这个词语。

菜菜唱完了《如果的事》这首歌，可是我没有弹完这首歌，掌声还是响起了，敬"如果"，恭喜"如果"，感谢"如果"。

有一个采访，记者拿着话筒问她："你能想到你做过的一件最勇敢的事情是什么？"

她说："在我这么多年的人生里，我只有两次登台表演过，第一次是在小学三年级，我表演了一个舞蹈，叫《兰花草》，一共有八个女孩，我们都穿了粉色的裙子，那一天我很激动，人生中第一次体会到了什么叫紧张到失眠，站在舞台上的感觉太好了，我觉得自己像个小精灵，聚光灯打下来的时候，整个舞台似乎只有我一个人，大家的目光都聚集在我的身上，我很骄傲，也很幸福。

"第二次是在大二，朋友独唱，我帮忙伴奏，那一次很糟糕，走上舞台的感觉像是没穿衣服，赤裸裸的身体抱着吉他，像是发疯艺术家，这还是好的比喻，在别人看来也许只是发疯，从那天起，我便讨厌舞台，甚至笃定聚光灯的光就是照亮人类最丑恶的部分。舞台就是供人嘲笑的地方。对不起，我偏题了，这并不是最勇敢的事情，可是除了这件事，也没有更勇敢的事了。"

我是喜欢菜菜的，像是喜欢月儿，喜欢鑫儿，喜欢包子，喜欢代师范，喜欢班主任老师的那种喜欢。我也知道，在这条路上，他们丢下了单车陪我一起走路，用最缓慢的方式，来证明我不是孤独的。

可是一场灾难折断了我，也折断了很多东西，如同缺失的右腿，我的想法，我的孤独，我的七情六欲，也缺失了一半。很多时候，我无法感同身受，无法站在他们的角度去评价这件事到底是对还是错。很多喜欢，像是即将被丢进锅里的螃蟹，五花大绑地在滚烫的水中，它最后在想什么，关乎生死吗？不知道，真正的想法只有螃蟹知道。

想用身在福中不知福来形容自己，我觉得太贴切了，做人不能够有太多抱怨，明明每个人都是单独的整体，我对你好，我给你的好，除了因为喜欢，还能因为什么？喜欢是什么，没人给出准确的答案，就算是聪明绝顶的哲学家也没有办法论证清楚，就如同我说，我喜欢你，但你却问我，喜欢是什么，我只能说，我不知道。

我被折断了，喜欢也被折断了。

对不起，一直以来，给你们的喜欢都不完整，感受到你们的喜欢也不完整，我一直在寻找折断的另一半，可是找不到了，从十一岁开始就找不到了。

对不起，这样的我还能被你们喜欢，我真是身在福中不知福。

五

再一次和包子一同出去拍照，天气凉了下来，成都的冬天是乏味的，不浓烈，不平淡，也让人记不住。

"你别这么说，成都的雾霾还能让你记不住成都的冬？"包子说话的时候，嘴巴里吐出烟雾，喉结滑动着。

"那倒是。"

我一直以来就有鼻炎，很多人都有鼻炎，这不算是个大毛病。可是遇上雾霾，它就变成了大毛病，特别是晚上睡觉的时候，张大着嘴呼吸，总有种不好的联想，电视剧里那些濒死的人，也差不多是这个样子。

我很清楚地记得这该死的鼻炎是怎么来的，高三一次重感冒，没有打电话告诉父母，就这样拖着，以为年轻就拥有治愈的资本，忽略了自己本身就是麻药、手术、各种五颜六色药罐堆起来的纸片人，直到后面越来越严重，居然还勉勉强强撑到了月考结束。要是成绩好还说得过去，不过像我这种差生这样做也实在是有点做作。鼻子就是这样坏掉的，输液瓶挂在头顶上，感觉自己像是遁在了土里，没有什么事比健康更重要，早该明白的道理，都怪年轻。

"菜菜什么时候到？"

"她需要准备一些东西。"

"衣服都已经准备好了，化妆师小姐姐也找到了，她还需要准备什么？"

这次拍摄，菜菜是模特，包子提前计划了很久，决定去山里拍，另外还有两个摄影师，大家一齐凑钱租了一辆车，这很有仪式感，像是一项大工程，等待的过程比结果更令人兴奋。

"我不知道。"

"大家都在等她。"

"我打个电话催催。"我并没有感到任何不快，甚至希望菜菜能够再慢一点，让兴奋变成焦虑，焦虑变成生气，再回到兴奋，感情变化越剧烈，投入得也就越多。

电话刚滴滴了两声，菜菜就出现在了视野里，她裹着一件白色的大棉袄，里面露出黑色蕾丝边的里衣，一双小白鞋踩得踢踏踢踏响。

包子叹了一口气，整个人融进了冬天，情绪也只剩下了一种，揉成了一种。

"对不起，让你们等久了。"菜菜有些抱歉地缩起了脖子，脸上只剩下红色。

"没事没事。"包子摇了摇头，顺手接过菜菜手里提的大袋子，转头看了我一眼，又顺手扯过我背上的书包，这一举动让我们感到尴尬。这下他双手都没空了，但他还想着给两位女士开车门，正在思考的时候，车上另外一个男孩子打开了车门，菜菜坐了上去，他也跟着坐了上去，背包是没了，车门还得我关。

车开不进去，剩余的路得自己走。蜿蜒的山路像是钉在纸板上的画，菜菜架在左边，包子架在右边，剩余四个人走在前面。他们回头看了好几次，视线从脸移到脚底，似乎是正在克制脸上的表情，但眉毛、鼻尖、眼袋还是透露出了他们正在思考着什么。

有时候也为自己不合时宜的观察力感到悲哀，"不合时宜"这个词用得真好，仔细拆分解读就会发现这其实是人性的悲哀。

"你的脚板是硬的还是软的？"化妆师小姐姐停下了脚步，她站在一块石头上面，像是长在那里。

"不硬不软，假肢专用材料。"

"这样走是不是很吃力？"

这不是很明显的事情吗？脑子里不自觉蹦出了这句话，但感觉这样直接回答显得有些尖锐了，便回答："嗯，走山路很吃力，因为地上不平。"

"你从哪里截掉的？"一个男孩子插进话来，他的手指伸得笔直，在自己腿上比画着，"是这里，还是这里？"那真像一把刀的形状，从小腿移到了大腿，裤子皱缩在他的身上，我能清楚地看到他腿部的线条。手掌要是一把刀，那也太可惜了。

"还有多久能到？"包子显得有些不耐烦，眼睛微微凸起，从侧面看，睫毛根根分明，像是要跳出去一样。

"快了。"

菜菜没有说话，脸变成了酱紫色，每走一步，地面上就留下了一个脚印。

目的地在一个小池塘边上，安安静静的地方，两位摄影师迅速架好了三脚架，化妆师小姐姐从背包里拿出了化妆盒给菜菜化妆，包子也准备从背包里拿出三脚架，愣了一下，又把三脚架塞了回去。

"你不用三脚架？"

问出这句话后，我感觉自己像个经验丰富的老法师，但其实这三个字是第一次从我嘴里说出来，书里面看过，老师讲过，电视里放过，就是没碰过。

"我不需要三脚架。"

"我也不需要三脚架。"老天保佑，希望包子不要戳穿我。

"我知道你不需要。"他淡淡地说了这句话，连眼睛都没有转动一下。

菜菜化好妆之后，拍摄基本上就开始了，两个摄影师不停地移动着机位，我站在原地没动，包子也站在原地没动。

"你怎么不移动？"我问他。

"我觉得这个角度挺好。"

"我也觉得这个角度挺好。"事实上，我是根本没法移动，站在土坑里的感觉就像自己被种在了土坑里。相机是手上发的芽，眼睛是冬天的雾气。

菜菜有些紧张，脸上的表情也扭曲了。两个摄影师发号施令一般吆喝着。有种念头被戳破了，是城市的嘈杂、怒气和不如意，戳破的。

"你泡在水里吧，身体一半趴在水里，一半趴在岸边。"一个男孩子指着水塘说。

他自己不用泡在水里，轻松地说出了这句话。池塘的水被冻住了，可能他的脑子也被冻住了。"这天气太冷了，她就穿了一件薄裙子，下水会冻死的。"我大声反驳。

"如果要出好的片子，模特本来就要有所牺牲。"

"我感觉不用下水也可以出好片子的。"

"你肯定拍摄经验少吧。"他的眼睛里都是教科书上写的"专业"，连手指甲盖都写着"专业"，"专业"钉在了他的脑子里，"专业"冻住了池塘的水，伟大的"专业"。

"没关系。"菜菜往手心里哈气，脸从酱紫变成了铁青。她脱掉鞋子，一只脚迈进了水里，迈进了专业；另一只脚跟着进去，蹲下，小腿，大腿，腰。真残忍！

"斜着一点，表情放松，对对。"

包子还是没有动，像是一棵树，手里拿着的相机也没有举起来，就连相机带也忘了绕在手腕上。

"春游，你过来拍吧。"菜菜牙关碰撞的声音像是做了特效处理。我还是解读出了这句话的意思："你离我近一点。"

"她过不来，我们先拍着，待会儿再往她那边移动。"这种口吻仿佛我和他认识了很久。我觉得既可笑又难过，没想到我最恐惧的东西被他一下子就识破了，明明大家还是第一次见面，陌生到根本不想认识，陌生到还想更陌生。

"你有病吧？"包子往前走了一步，我看见扎在他脚下的根茎断开了。

两个摄影师停止了拍摄，说话的男孩也往前走了一步，"我怎么有病了？"

"你拍就拍，嘴里的话能不能别那么多？自己说自己就算了，能不能别牵扯别人？"

"看不惯？"

"看不惯。"

"大家都消一点怒气，都是朋友，别这样。"化妆师小姐姐赶紧出来打圆场。

可怜的菜菜，在这种情况下，还得泡在水里，鬼知道这水得有多冰。

"既然大家都出来了，就好好拍吧。"戳都戳破了，只能跟这安静的地方道歉，跟池塘道歉，跟菜菜道歉。

包子吞着口水，脸也变成了铁青色，他伸了一只手在我面前，我撑着从土坑里站了出来。

按快门的兴奋感少了一半，她在笑，可是拍出来的照片全是扭曲的表情，从没有一次拍摄有这么糟糕，得赶紧结束。

拍了五十多张照片，回看的时候我发现全是中心点构图。面对枯燥无味的照片，我脑子里空空的。我发现根本没有关于这五十多张照片的记忆，刚刚到底在想什么？我看了一眼菜菜，她还泡在水里，嘴也冻成了酱紫色，皮肤像一张白纸，差一点就能透过去，或许已经透了过去。我不该想这个问题，脑子被占满了也就不会考虑其他事情了。

听见两位摄影师说了一句脏话，包子紧张地小跑过来。我手臂上一股温热的液体，不用猜也知道应该是被树枝划破了，短短的时间，我居然还想着一件事，我和这个地方，都被划破了。

我出于本能地护着相机，周围的眩晕停了下来。我双腿泡在池塘里，这个时候才感觉到全身都在疼，拉扯着疼，还好只有左腿感觉到水凉，真凉，

包子冲了过来扶起了我，刚好站起来又一屁股坐在泥淖里，化妆师小姐姐和两个摄影师都凑了过来，菜菜也没有再泡在水里，所有人都围着我。眼神是关切，是紧张，他们连成了一串，像是屏风，屏风背后顶着天空，天空是宝蓝色，今天是个好天气。

"还能走吗？"包子一只手捏着我的左手，菜菜蹲在面前捏着我的右手，包子的手是滚烫的，菜菜的手是冰的。我像是把左手放进了热锅里，右手放进了冰箱里。真够玄幻的，我还能想到这些。

"没办法走了，对不起。"

假肢没感觉，左腿也没感觉了，突然理解了以前遇到的那些双腿截肢的女孩们。多难啊。

"我背你吧，今天不拍了。"

包子松开挽在手上的相机带，那一幕很像古代士兵受伤之后缠绷带的样子，菜菜利索地站了起来收拾东西，转身的时候才发现，她小腿那一截也变成了酱紫色。

"不拍了吗？"一个男孩子用极其细微的口吻问道，没有人回答，他或许也是这么想的，单纯地提问，没有期待谁会回答。

大家收拾好东西后原路返回，下山的路不比上山的路好走，趴在包子背上，我能感觉到他的心跳，那是因为年轻。忘记是谁说过，人的心跳频率会随着年龄的增长而减弱，直到最后一刻猝然而止，血液不流了，灵魂也走了。

羡慕他们能走得这么平稳，也羡慕他们，不会有人问出脚板

是软是硬这种问题，永远都是他们伸着手掌在腿上截下一个又一个痕迹，也只有他们才能忠于自己的灵魂。不是人性的悲哀，是池塘的悲哀，是三脚架的悲哀，是中心点构图的悲哀，是作为残疾人的悲哀。

不过这次拍摄终于结束了，也挺好。

六

假肢又一次进水了，菜菜坐在椅子上，拿着吹风机烘着小钢腿。桌子上放着手机，播放着最热的韩剧。

"我的天，这女二也太不要脸了吧，气死我了。"

"菜菜，菜菜，移动一下吹风机，快冒烟了。"

"哦哦对不起，不过这女二也太过分了，我真想抢她一耳光。"

空气中有一股烧焦的气味……还好，不是小钢腿。

"断电了！！"

"应该是跳闸了。"

大家的目光都锁在了放在地上的热水壶里，水还在咕噜咕噜滚着，一股浓烟从插座底下蹿了起来。

"快断电！断电！"

"都已经没电了断什么电？"

"就我们寝室跳闸了？"

"也可能是整栋楼。"

大学第一次通报批评就弄得尽人皆知，说全校太夸张了，但至少整栋女生宿舍楼里就没有人不知道我们，辅导员板着脸，眉毛连成了一根线。

"说吧，用了什么超负荷的电器？你们真有本事，搞得整栋女生宿舍断电，全校通报批评都算是便宜你们了。"

四个人面面相觑，还好已经把热水壶处理掉了，证据是没有了，可是该怎么解释？

"你们现在还不愿意说？不说也行，把电器交出来，你们要不动的话，我就亲自搜了。"

我侧着头看了一眼菜菜，她恨不能把头低得跟腰齐平。决定要说谎的时候，我全身都开始发抖，我起身从柜子里拿出吹风机递给了辅导员。

"一千二百瓦也能跳闸？"

"就是它。"

"那你们用它干啥？"

"导员，我假肢不小心进水了，所以那天我用吹风机烘干，烘着烘着就断电了。"也不算说谎，这样想想好像不那么抖了。

辅导员叹着气，拿着吹风机左看右看，又对着我们四个左看右看，眼神有一丝同情，仿佛手里拿着的不是吹风机而是我的假肢一样。

"这个一千二百瓦能断电？"

"还有那个插板，十块钱买的。"

"十块钱买的你们也敢用？有没有一点安全意识?！"

是十块钱买的没错，但它原价其实是五十块钱，开学的时候一个学长很热情地在楼下推销电插板，遇见菜菜之后，学长就说这个插板只卖十块钱，并且还亲自把一个大箱子给她搬上了楼。

"那你就写一万字的检讨，明天早上交，我也不好说你什么的，但是这种劣质电器以后不要用了，断电是小事，万一起火可就是大事了。"

"谢谢导员。"

走之前，她把吹风机长长的电线拖在后面，用力关门的瞬间，

290

门拍在墙上恨不得拍出一个坑。

一万字的检讨，我们四个一人二千五百字，菜菜说大家都有责任，不能让我一个人承担。还好我们学校晚上不断电，电灯开到了凌晨一点，每个人都趴在桌子上写，电脑里还在放歌，是刘德华的《十七岁》。

"你写到多少字了？"

"一千三百字，快结束了。"

"你呢？"

"一千五百字了。"

"你写了什么？"

"电器的危害。"

"你大爷的，我也写了电器的危害。"

"什么？你们都写了?！我也写了!!"

"还好，我写的是人不能自私，要顾全所有人。"

"嗯，我还写了爱国。"

"这跟用违规电器有什么联系？"

"写主旋律的话，辅导员也许会感动。"

"你想多了，她只会觉得我们不知悔改。"

"春游，你写了什么？"

"我从假肢进水开始写的。"

"……"

七

"春游，我喜欢上了一个女孩。

"她长得不算漂亮，脸很大，还有雀斑，鼻子塌塌的，走路一点都不专心，老是想着玩手机或者做点其他什么事情。如果说她的缺点，我觉得我可以说几天几夜，说优点的话，暂时还没有想到。

"她总是活在自己的世界里，看到电视上的公益广告会哭，遇到街上乞讨的人会哭，就连走路也会莫名其妙地哭，世界因为她而变得悲惨，她也觉得自己悲惨。

"明明应该是个悲观至极的人，但是却在某一天告诉我说：'嘿，感觉自己惨得不得了的时候，就会发生质变，生活应该不可能会更惨了吧，这样想想，就会变得乐观起来。'

"一个快乐和痛苦共存的女孩，一个绝望和希望共存的女孩，看到的世界应该跟别人不一样，从有了这种想法开始，我就知道我没救了。我开始好奇她的生活，好奇她的想法，甚至会去猜测，如果这件事发生，她会怎么解决，她会怎么面对。

"反正不管怎么做，应该都会比我更勇敢吧。

"很抱歉不能经历她经历过的事情，不能成为她肚子里的蛔虫，共情能力太差，也猜不到她在想什么，但如果可以的话，我想成为她快乐和痛苦中的缝隙，绝望和希望中的空白部分。

"所以可以麻烦你帮我转告她吗？

"——包子。"

"我帮你转告给她了。"

和包子站在一起，总是不会少了相机，有一段时间没有拍照了，镜头盖上积了一层薄薄的灰。

"怎么说？"他的声音很干净，轻飘飘的，就算是说很紧张的话题，也让人感觉不到他的紧张。

"没怎么说。"

"怎么可能没话说。"

"是没怎么说，不是没话说。"

"那'没怎么说'是什么意思？"

"我觉得我们不要讨论这个问题了。"

"你真的很奇怪。"

我们都站在风里，像两朵饱满的蒲公英，弯腰曲背朝着不同的方向，散落的种子也终究不知道会飞到哪里。

"你老是用奇怪来形容我，可是我一直不知道我哪里奇怪，你知不知道，如果经常说一个人奇怪，到最后这个人也会开始觉得自己奇怪。"

"春游，在我这里，奇怪是个褒义词。"

"哪里有那么简单？"

说二十岁的年龄就开始不相信爱情，就像是说某个人从来没有读过奥斯汀一样，空空的躯壳，干瘪中透露着惊悚的寓意。

"好，那就这样吧。"

他蹲在路边的台阶上，缩成了一团，眼睛盯着往来的车辆，视线随着马路延伸至远方，一辆车消失在尽头后，他的视线又收回来，滑走，再收回来。

我知道，终有一天，我们都会庆幸这样的结果，而那一天，包子留着利落的平头，坐在烤肉店的角落，旁边那个高高瘦瘦的女孩子不停地给他夹着菜。我走近，坐下，他微笑着介绍说这是他的女朋友，我伸出手打招呼说你好。

"嗯，就这样吧。"

我想蹲下，想跟他并肩，但是做不到，只能看着他。

大三

一

包子提出了一个非常大胆的建议。

那一年，房价疯涨到不能控制的地步，但他还是省吃俭用租了一个几平方米的小单间。房间背着太阳，总是显得阴暗了些，只不过他很爱干净，整整洁洁的样子还是很有家的感觉。

最靠边的小架子上放着他的摄影器材，还未拆封的胶卷并列在角落，就算很久不拍，他的镜头盖上也少见灰尘。

"春游，我们做一个工作室吧？"

"什么？"

"我们做一个摄影工作室。"他左手拿着相机，右手拿着软毛刷仔细清理着，没有看我，"你觉得怎么样？"

我脑子里迅速推算时间，实习也就是下半年的事情了，突然意识到时间过得比想象中快太多，这个提议绝对不是用好或者不好这种回答就可以带过的。

"我想想看吧。"

"还犹豫吗？"

"嗯。"

"不相信我吗？"他转过头来和我对视着，眼睛像是正在说一个长长的故事，故事没有开头，只有结尾，一眼望去，仿佛余生所有的路都看清楚了。

"那做吧。"

"我今晚做一下规划。"

"嗯。辛苦啦。"

"你说没安全感的人在爱情里是什么样子呢？"

"大概就是要么不敢爱，要么一直爱。"

"什么意思？"

"就是你这样子。"

日子开始变得黑白颠倒，早上六点起床看摄影课程，下午一点到三点休息，其余的大部分时间都和包子待在小单间里，墙上贴满了我们拍过的男孩女孩们，他们的眼睛里藏着光，也藏着不为人知的秘密，那些都是我们这个年龄正在思考的东西。

一个月以后，我们在网络上一个知名摄影博主的留言板里，认识了一群热爱摄影的小伙伴，包子把大家拉进了一个讨论组。后来最怀念的事情，就是对陌生人谈天说地，毫无保留，也毫无压力，不怕背叛，也不怕失去，总之，遇见你真好。

那天的包子很像一个斗士，把所有的激动全部都流露在了文字里，他没有办法更好地表达自己内心了，只能不停地一直打着感叹号。

"我们组建一个工作室吧。"

"这是创业吗？"有人提问。

"对啊，就是创业。"

"可是之前大家有谁有过创业经验吗？"

没有人回答。

"没关系，经验是需要做才会有的啊。"

"大家应该都还是在校学生吧，做这种事情太浪费时间了。"

"对啊，有这种时间还不如好好看看书，争取考个研，以后出来会比较好找工作一点。"

信息提示音在原本狭小的空间里被放大了，一排排质问的文字不断地出现在显示屏上，包子没有回复消息，手放在键盘上仿佛正在思考什么，两分钟后，他拿起手边的一包烟，四处张望也没有找到打火机。

"哦，对，我不抽烟。"他笑了笑，又将那包烟扔进了抽屉里。

"那干吗还买烟？"

"就是想着以后可能会抽。"

"已经为将来做好了打算？"

"那倒不至于，顺手就买了，其实也没想着抽。"他的手再一次回到键盘上，但目光还停留在抽屉里。

"你说，做这些事情是浪费时间吗？"

"不知道。"

"其实我也不知道，但我知道，只有去做了，才会知道是不是浪费时间，对吧？"

"嗯。"

我才发现，一个人如果有了梦想，也就有了不撞南墙不死心的勇气，没有谁的命运里早就写好了对与错，那些看起来荒唐至极的事情，也会因为梦想，镀上一层金。

原本五十多个人的讨论组，最后只剩下了九个人，包子兴奋得整夜睡不着，一直发来消息说："还好，还有九个人留下来了，加上我们两个就是十一个人，跟你讲真话，我的幸运数字就是十一，我觉得这是上天的安排。"

成都的夜晚几乎看不到星星，但那天包子告诉我说，他看见了，因为失眠一整夜，所以才看到了星星，原来啊，成都不是没有星星，只是星星太害羞了，只会在深夜跑出来。

二

我们十一个人都在成都，不同的学校，不同的年龄，学习的专业也不相同，里面有一个女孩子甚至从来没有碰过相机。

"那有什么关系，喜欢就好了呀。"

包子盯着十一个人的头像看，仿佛是要把他们看穿，他说他正在观察，因为实在太好奇了。

"我们组建一个工作室吧，一起学习摄影，一起创业，怎么样？"

"好啊！改天我们约个时间见面吧。"

"哎？你说我们要不要先想一个工作室的名字。"

"当然可以啊。"

我和包子坐在地板上讨论着。已经投入进去了，就没有再去想更多的不可能，冲动也好，不现实也好，既然还年轻，还有一腔狗血可以乱洒的时候，那就试试看吧，毕竟想太多，脑子是会炸掉的。

"叫拾一吧。"

"为什么叫拾一。"

"因为我们刚好十一个人，谐音一下，拾一又刚好表达了这个团队里的任何一个人，我们都不会放弃，更深层次一点来讲，我们要在千千万万的事物里面，拍下最美好的一瞬间。而且对待以后找我们拍照的客人，我们也是万里挑一的服务，你觉得怎么样？"

"哇，很厉害！"

"我们工作室真是人才济济，哈哈哈。"

"就这个了，拾一工作室，还有一点文艺气息。"

包子腾地一下从地板上弹了起来："这个名字也太棒了吧！快！快击掌，把你的手伸出来。"

"好吧。"

世纪性地击掌，完成。

我们的见面约在了周末，包子穿的格子衬衫恨不得把整个城市有趣的事物全部围住，看得出来，他有些紧张，中指和无名指像是鼓槌相互交替，木质的桌面被敲得哐当作响，坐在旁边的一对情侣有些不耐烦，眼神砸在他身上好几次，但都被他无视了。

从上午九点到下午两点，人陆陆续续到齐，包子的情绪得到了疏通，他无数次起身为新来的小伙伴们点奶茶，自我介绍后，他在手机备忘录里记下了对方的名字和喜好。

那是一个很神奇的下午，第一次见面的我们讨论的话题居然不是关于自己，而是关于工作室的选址和租房问题，仿佛一切都已经写在计划中，只等着用红色的笔画下一个接着一个的小圆圈。直到晚上十点左右，大家才散去，包子送我回学校，一路兴奋地跟我讲着今天的收获。

"你记住他们了吗？"

"大概，但没有完全记住。"

"那个腿很长的是虫子；脸很小、眼睛很大的是梅子；身材有些微胖的男生是朱同学；皮肤很白长得很帅的是耗子；年龄比我们都大一点的是桃子；长着单眼皮，感觉很像韩国人的那个是奶油；戴着口罩很酷的短发女生是二哥；拍静物很厉害的是路路；还有个子小小的、很可爱的是艾比。"

"脸最大的是春游，话最多的是包子。"

"你归纳总结的时候能不能说点好听的。"

"说你话多就不好听了吗？"

"重新归纳。"

"一个满嘴谎言的黑心商贩。"

"一个完全不长脑子的傻蛋。"

"我觉得我们不要再讨论这个话题了。"

"呵呵，刚好我也是这么想的。"

感谢上帝，没让我们在一起。

三

一连好几天，我们十一个人跑遍了成都的大街小巷，手机里最近联系人都是房屋中介的号码。我们从地铁的左边上去，又从地铁的右边下来，穿过每一扇透明的玻璃门，再哗啦啦地从轨道疾驰而过。

也就是在那时候，我发现自己的小腿肌肉萎缩得厉害。每天回到宿舍，我躺在床上身体就变成了板子，动也动不了，一用力呼吸，所有的内脏都拧在了一起。

菜菜每天都会站在学校门口的公交站等我，有好几次我都会开玩笑揶揄她，说我们这样好像一对夫妻，妻子焦急地盼望着丈夫回家的感觉。她一次也没被我逗笑过，公交车就两层阶梯，她站在下面伸手接我，距离被路灯拉长了，夜晚也被拉长了。

我说，我好累啊。她说，我知道。

我走得很慢，总感觉身体还住着一个死掉的我，不会自己走路，也不会自己站起来，全靠人拖着，这重量压得人喘不过气。

我的脚踝也肿了，里面的钢板正在提出抗议。

菜菜从热水壶里倒了一盆滚烫的洗脚水放在床边，我挥了挥手，凑在她耳边小声地说："我可以自己来做这些的，不然咱们真的好像一对夫妻啊。"

她还是没有笑，表情反而变得更加严肃了。

"你不要站在这里，不然我不太好意思脱假肢。"

"有什么不好意思的，我又不是第一次见。"

"穿太久了，会有一股汗味儿。"

"我又不会嫌弃你。"

犟不过她，只能当着她的面脱掉裤子，再脱掉假肢，今晚的气氛有些奇怪，简单的动作也会让人有种不安的感觉。残肢从假肢接受腔里取出来之后，我们都傻眼了，刺眼的红色在接受腔密闭的空间里蔓延开来，血液混着汗水，空气中瞬间充斥着一股难闻的味道，除了恶心，找不到更加贴切的词语来形容。我尴尬地把残肢往后移了移，不知道什么样的距离才是安全，总之越远越好。

天啊，这个时候我居然迫切地想知道菜菜在想什么。我甚至有种冲动，在还没有猜出来她的想法之前就解释它只是偶尔恶心。

"消毒药水，棉签，你放哪里了？"

"那里。"我指着书桌下面的柜子，"全部都在里面。"

"你先用水清理一下，我去拿。"

我杵在原地没有动，没想到一个人能处理好的事情变成两个人之后会这么糟糕。

"你怎么了？"

"啊？"回答归回答，还是想把残肢藏在衣服里面。

"春游，我认真地跟你说，我觉得你每天这样下去身体扛不住。"

"其实还好，我以前经常磨坏腿。"

"我每天去公交站接你，感觉你一天比一天累。创业是一件好事情，但是要量力而行知道吗？"

"嗯，我知道。"

酒精涂在伤口上，伤口吸收了酒精，没有那么疼，这一块的皮肤早就被假肢磨成了厚厚的茧子。

"你在想什么？"菜菜拿着棉签小心翼翼地在伤口上涂抹。

"我在想，作为一个女孩子，身体上居然有这么粗糙的一块地方。"

四

姐姐打来电话说，爸爸骑自行车的时候不小心摔了。

从成都回到北川最快也要两个小时，如果再遇上堵车，时间就不确定了，我急匆匆地买了最近一班动车赶回家。走进火车站就像是涌入了锅里，人们摩肩接踵，撞到了谁，也不会停下来说一声对不起。火候已经开到了最大，每个人都沸腾着，翻滚着。

检票，等待，上车，手表上的时间也跟着做完了这些事情，想来想去，还是得跟爸爸提前打个电话。动车到绵阳再转班车，班车到站，再坐出租车，爸爸妈妈也许会在楼下等着我。脑子突然蹦出了一句话："感受时间最好的方式是等待时间，期待时间，经历时间。"

班车到达北川，太阳已经落山了，我昏昏沉沉地靠在车窗上面感受着头顶上微弱的风。车子转弯，我看见爸爸站在路边，手上缠着厚厚的绷带。他好像一棵大树，背挺得那么直，宽厚的肩膀好像能扛下世间所有的苦难，也许他从来都没有离开过那里，岁月已经让他扎根在了这片土地上。

我一下车，爸爸小跑到了门口，顺手接过我手上的行李。我鼻子酸得厉害，又从他手上把行李拿回来，不知道该说什么，什么都说不出来。

记忆中有无数次，我都是这样和他走在回家的路上。小时候，他经常让我帮他拔掉新长出的白头发。不知道从什么时候开始，白头发野蛮地覆盖了黑头发，皱纹也跟着爬到了眼角边上，但他顺其自然地接受了，开始练太极，注重养生，头发白了就白了，也不会去理发店染黑，他说，接受正在老去这个事实，也很幸福。

"最近怎么样？"

"快实习了，我和朋友在尝试着创业。"

"创业？具体是做什么？"

"做摄影工作室，和十个小伙伴。"

"这么多人，那不是很热闹？"

"其实这个决定挺冲动的，但觉得可以去做，就去做了，也不知道以后会做成什么样子，怕你们会反对，所以也没敢跟你们商量。"

"一直都知道你胆子很大，但没想到居然这么大。"

"你的手摔得严重吗？医生怎么说？"

"有一些具体的规划吗？做工作室还是需要很多精力的，你身体吃得消吗？"

"虽然有点累，但是每天都觉得很充实，具体的规划，还没有想到那么远。"

"学习学习也好，还是要多和家里人商量一下，说不准能给你一些意见。"

"爸爸，你不反对吗？"

"之前反对过你一次，但你还是去做了，现在就算我反对，你还是会去做的。我只是怕你受伤，其他的倒没什么关系，既然你觉得有意义，那就去做吧。"

"你的手医生怎么说？"

"那你怎么认识那十个小伙伴的呢？"

"爸爸。"我微微提高了音量。

"怎么了？"他回过头来看着我。

"你的手摔得严重吗？医生怎么说？"

"哦没事，过段时间就好了。"

"我们先回家吧，顺便也给妈妈讲讲这件事。"

"这件事先当作我们之间的秘密不行吗？"

"这样不会对妈妈不公平吗？"

"不是不告诉她，等你以后稳定下来了再告诉她，不然就你妈那个性子，又要担心这儿担心那儿，搞不好晚上都会失眠。"

"听你的。"我把手举起来，比了一个 OK 的手势。

晚上睡觉之前才发现，我今天走得太急，忘了拿穿腿的工具。

我们三个围在一起讨论，如果今晚脱掉假肢，明天早上要如何才能在不使用工具的情况下把它穿上，爸爸说用棉布条拉，妈妈摇摇头说行不通。

"我穿着睡吧，明天一大早就回成都。"

"穿着能睡觉吗？肯定得脱了。"

"没有其他的办法了，今晚就先将就一下吧。"

爸爸叹了口气："你忘记拿易拉宝，跟士兵上战场忘了带枪是一个道理。"

"那不一定，士兵忘带枪可比我忘带易拉宝严重多了。"

"你还嘴这么厉害。怎么不上电视台？"

"我……"

妈妈看了爸爸一眼，又看了我一眼，突然爆发出可怕的笑声。

右腿架在左腿上，不行，假肢太重了；左腿放在右腿上，不行，假肢太硬了；平着睡，我的天，腰和屁股也太难受了吧。在床上翻了两个小时还是没有找到一个舒服的位置，索性不睡了。已经凌晨两点钟，包子还在群里发资料。"这个是最近大家去看的房子，我挑选了一些比较合适的，大家可以投票表决，最后确定。"

"大家应该都睡了。"

群里面没有回消息。包子私信了我，问为什么这么晚了还没有休息。

"有点失眠。"

"刚好，帮我整理一下资料，这个是我们的宣传海报，还有文案什么的，你都想想。"

"我是不是不应该回你消息。"

"不要这样！大家一起创业哎！"

在板凳上坐一个通宵的感觉真不舒服，尾椎骨和木头摩擦，神经和午夜的腐臭味裹在一起。发丝和汗涔涔的白色 T 恤，身体捆在了板凳上，脑子也不能说话。

早上六点半，爸爸要起床打太极，我隐约听到外面有动静，就赶紧关了灯回到床上。

没有听见关门的动静，客厅倒水的声音也戛然而止，天还没亮，这么安静是正常的，不过，他到底出门了没有？我悄悄打开房门，发现爸爸就站在房间门口。

"你是不是一晚没睡？"他压低了声音问道。

"你咋知道？"

"我是你爸爸，我能不知道？"

"那您厉害。"

"待会儿在车上好好睡，早餐想吃啥？"

"米粉！"

"那你收拾收拾，七点半我带你出去吃。"

我赶着时间洗漱，化妆，检查一遍行李，走路的时候已经感觉不到残肢的存在了。不过这样反而有种残肢不是放在假肢里面，而是长在假肢里面的错觉，我一直都找不到合二为一的方法，没想到一个通宵居然办到了。

八点钟的早班车，到早餐店门口已经七点四十五了，爸爸让我先往车站走着，他打包好米粉随后就来。

"拿两个馒头我在车上吃就好了。"

"你不是要吃米粉吗？"

"但是来不及了，下次再吃好了。"

"你别管，先去车站，我打包好了给你拿过去。"

"你要让我在车上吃？"

"你上车之前可以吃两口，再不济喝一口汤也算满足了心愿吧。"

我犟不过我爸，拿了一个馒头离开了，过了马路就是汽车站，车还有十分钟才来。

看着马路对面，总觉得斑马线好长好长，它恨不得伸到红绿灯的位置去，快八点的北川还是这么安静，很少有人出现。

两分钟后，爸爸出现在马路对面准备穿过红灯。

"红灯！红灯！"我大声吆喝。

"没有车!!"他小跑过来，把米粉递给了我。

"你刚才闯红灯了。"

"牛肉笋子，二两红汤，赶紧吃。"

"还有五分钟了。"

"你赶紧地呀，把你的血盆大口张开。"

有点烫，但也很好吃，听说这家老板换人了，但味道还是没变，感谢北川，也感谢早餐店，原本就很幸福的我，现在觉得更幸福了。

准备上车的时候，我看见他手臂的白绷带上，有一滴红色的油，应该是刚刚跑太快，米粉汤溅出来弄上去的。

"爸爸，你……"

"车来了，快快上车了，别废话。"

"还没吃完。"

"不吃了，尝尝味道就可以，这个也拿上，车上吃。"

他从口袋里拿出一个馒头放在我手里，绷带上的小红点明晃晃的。

"到了打电话。"

车子转弯的时候，我看见他站在路边，还是那个位置，背依然挺得很直。

"爸爸，照顾好自己！"我打开车窗，朝他挥了挥手，他笑着，也挥了挥手。

那棵大树，它长出了新的枝干。

五

春游，你又长大了一岁。

成年像小河沟，只用轻轻迈一步就过去了，可以骄傲地在日记本里用责任、承诺这样的词语来形容这一年；可是成年也像大海，无论怎么用力游也游不到对面。枕头和眼泪成了好朋友，它把脑袋抱得紧紧的，给她安全感，跟她说悄悄话。

要过得幸福很简单吧，宽容地生活，期待着清晨的到来。

可是生活琐碎的事情那么多，黑夜变得好长好长，看完一个电影，读完一本书，甚至过完这一生也等不到清晨。

不过，依然谢谢你。

谢谢你的坦然，谢谢你开始明白做的梦都不会实现，买的舞蹈课程也只是浪费钱，谢谢你接受残疾人这个称呼，也谢谢你的努力和勇敢。

虽然还有很多事情，会懦弱，退缩，抱怨，但时间就是这样，忙碌的时针永远都在画圈，不知疲惫地，把一个又一个稚嫩的面孔勾勒成成熟稳重的模样。

会有那一天的，在这之前，我可以抱抱你吗？

六

工作室房子找到的那天，我们十一个人在楼下的烤肉店聚餐，偏远的成都郊区，店里只有零零星星的几个人。

我们围在一张桌子边上，浓烟从锅底儿蹿了起来，喜悦像是嗞啦嗞啦的声音，和可乐的气泡混在了一起。

包子从冰箱里拿了几罐啤酒，放在桌子上，豪迈地说："敬你们，敬拾一工作室。"

"干杯！"

他凑近了我问："能不能喝？"

"不太能，但少喝一点应该没问题。"

包子质疑的眼神投射到了透明杯底，酒精顺着喉咙流进了胃里。他像是某种纹路，连同他的表情一起刻进我的脑海里。

后来他说，那天我会喝翻车完全在他的预料之内，但喝到进医院还是有些让人匪夷所思。

半夜十一点，包子背着我在大街上拦了一辆电三轮，风呼呼地蹿进了裤腿里，我真想缩成一团，可是脑子嗡嗡的，里面有一千个人在说话，说的净是些乱七八糟的东西。我吃了过敏药，挂上液体，他们也刚好赶到。包子蹲在病床边上，仔细观察着我手臂上的疹子，他的呼吸还没有平静下来，说话的时候微微喘着粗气。

"你真的一点都不让人省心。"

我稍微动了一下，腰有点难受。刚刚包子一直背着我跑过来，他的腰现在估计比我更难受，毕竟假肢那么硬，硌在皮肉上真的很疼。

"不要一直动，我给你抱床被子垫在后边。"梅子起身把隔壁床上的被子抱了过来。

"对不起，老是给你们添麻烦。"

"什么麻烦不麻烦，不要乱说话。"

虫子坐在床边，帮我掖了掖被子，说："有什么事不要自己一个人扛，知道吗？"

我愣了一下，抬头看了一眼包子。他只是点了点头，没说话。

"你们都知道了吗？"

"早就知道了。"

"我突然都不知道该怎么说话了。"

"不用说什么啦，我们会好好照顾你的，睡一会儿吧。"

后来无数次想起这个场景，藤蔓圈住了植物，它从未感觉到窒息，它可以安心睡去，可以看日落，可以吸取水分，外界无关紧要，它想要在这里温存，甚至还会期待着这根藤蔓永远不会老去。

"梅子，你的高跟鞋……"

"啊？"她低着头看了一眼鞋子，有些不好意思地挠了挠头，"刚刚跑太快，鞋跟断了。"

七

五月到了，拾一工作室成员决定一起去重庆旅游。

"在重庆，你只要轻轻一踮脚就能亲吻到太阳了。"

"是吗？"

"我瞎扯的。"

动车与铁轨的摩擦声欢快地传来。窗外千万棵树连在了一起，眼里的风景变成了流动的绿色。我恍惚间以为这是在梦里，梦里没有能看清楚的物体，没有感受到那些被投掷在里面的情绪，现在看到、感受到，比轻轻一踮脚就能亲吻到太阳还要容易。

"我喜欢重庆。"我侧着身看了一眼旁边快要睡着的包子。他的唇角长了一些小胡楂，应该是从很小就开始刮胡子了。我记得妈妈以前说过，男孩子不能太早刮胡子，否则胡楂会越来越多，尽管到现在也不明白，妈妈为什么要给我一个女生讲这些。

"为什么喜欢重庆？"原来他还没有睡着。

"以前在重庆待了几个月，那里的夏天很热，还会下暴雨，雷声很大，轰隆隆的恨不得把天空炸出一个洞。"

"你不是很不喜欢打雷吗？"

"对啊，初中住板房学校，每到打雷，我都很担心雷会劈中板房，我还特地去问了宿管阿姨，板房有没有装避雷针，避雷措施做得好不好，特别是下雨，那声音大的，就像有人拿了盆豆子倒在你家房顶上一样。"

"那你还喜欢重庆？在重庆住板房，就像有人拿了无数盆豆子倒在你家房顶上一样。"

"但这个地方很真实啊。"

"什么意思？"

"一个城市本身是不值得怀念的，可是当你在这里有了故事，那它的存在就会变得很有意义，哪怕是最最糟糕的回忆，等到多年以后你再次跟它见面，会觉得庆幸，庆幸之后还会觉得更庆幸，你忘了吗？我告诉过你，我在重庆住院的日子。"

"当然记得，所以这次才和他们一起商量，想要去重庆看看的。"

"嗯？因为我吗？"

"我困了，让我睡会儿。"包子背对着我，脸朝向窗外。

一分钟之后，他说："重庆是一个哭得很大声、笑得也很大声的城市。"

"又瞎扯？"

"我认真的。"

到了重庆已经晚上了，包子开始安排车辆去提前订好的青旅，我站在路边上，蹑手蹑脚地拖着箱子。

一辆车只能坐四个人，我、梅子、包子乘最后一辆车，司机是一个特别热情的大叔，讲话的时候，唾沫星子会喷在方向盘上，已经凌晨了，但他好像一点都不困。

"来重庆旅游啊，我跟你们讲，不要看现在已经很晚了，重庆的夜生活现在才开始呢！"

从后视镜里，我刚好能看见他的眼睛，无言的喜悦在跳动着，看久了我竟有些羡慕。真好，贴着重庆长大，他的一切都属于重庆。

包子走在后面，箱子与地面发出嘈杂的闷声，回头看了他好几次，他都低着头玩手机。这气氛有点怪，这样想着，梅子打开了青旅的门。

"春游生日快乐！"

墙上贴满了粉色的气球，五颜六色的灯光落在了他们身上，他们是从梦境里走出来的小天使。我们之间的距离，像是被铺上了彩虹般的地毯，无数个看不见的影子在上面欢呼雀跃着。

朱同学双手捧着蛋糕从人群中走了出来，所有人都唱着生日快乐歌，所有人都说着春游生日快乐。

"给你的小惊喜。"包子凑近我说。

我的眼前是一片海，海里面有千千万万条小鱼，他们自由快乐，也许海底还有城堡，永远不会枯萎的海草，久居深处的美人鱼婀娜无比，真的，我以为我在做梦。

"站在一起，我给你们拍个照。"青旅的老板三十来岁，她拿着拍立得站在我们面前，闪光灯亮起又熄灭，我们的夏天合上又打开。

"好羡慕啊，你的小伙伴们对你真好，提前好几天就在准备了。"

墙上的幻灯片刚好放到了结尾，一个短头发的女孩子面对着镜头，眼睛弯成了月牙。她说：

"春游，生日快乐，虽然我不认识你，但我猜现在的你一定很开心，以后的日子，希望你都能开开心心的。"

"春游，你还没许愿！赶紧许个愿。"

蛋糕上面写着"祝春游八十大寿"几个大字，哈哈，没错，是他们能干出来的事情。我闭上眼睛，再一口气吹灭蜡烛。

"许的什么愿望啊？"

"秘密！等到八十岁的一天，我再告诉你们吧。"

"照片拿好，以后看到这张照片，就会想起今天了。"

"看到海也会想起来。"

"和海有什么关系？"

"因为我太幸福了。"

八

重庆的夏天来得比较早，天桥的栏杆摸起来有点像热锅底的触感，烫手。包子皱着眉问我，为什么手不能像脚一样也穿上鞋子。

后来我们在路边遇到了一个流浪汉，光着脚丫子盘在地上，手里拿着半块面包，侧着身子，像是一尊雕像。他吃的不是面包，是甜甜的奶酪；躺的不是破席子，而是软软的棉花垫。

包子不问了，开始拿着相机拍路上的行人。

我们去了很多景点，被挤得喘不过气来。梅子说，她来之前熨好的裙子都被挤出了褶子，奶油说后悔在头上抹了发胶。

大家玩得似乎不是很愉快，快结束的时候路过了一家小酒馆，有个瘦瘦的男孩子坐在那里弹吉他，二哥站在店门口出神地看着。"你知道他最有魅力的地方在哪儿吗？"她问。

"长得帅。"

"台下没有一个人在听，但他还是很入迷。"

从这里看过去，刚好能看见他的侧脸，鼻尖儿的一颗痣让人无法不注意到他高挺的鼻梁，他抱着吉他，像是抱着爱人一般温柔。

我想起了家里的那把吉他，那是初中毕业爸爸送给我的礼物。一把原木色的吉他，骄傲得不屈服于人类，老是跑弦，谁也拿它没有办法。好久不见了，也许它也正在想我，重庆三十多摄氏度的温度，我被晒掉一层皮；而我的吉他，只能躺在阴暗的角落。

要是作为人，它可以拥有很多东西，为一个人快乐，为无数人难过；可要是成为一个物件，它就没有选择了，只为她快乐，只为她难过。那把骄傲的吉他不再骄傲了，它只有我了。

整个下午，我们都坐在离他最近的小方桌旁听歌。他太认真了，没有唱错一句歌词，也没有抬头看我们一眼，仿佛他可以坐在那里唱几天几夜，甚至是唱到满头白发也能继续唱下去，这不是小酒馆，是他一个人的伊甸园。

"太阳下山了，我们不是要去吃火锅吗？"包子提醒说。

"好的，等一下。"二哥从包里拿出胶片机，对着他按下了快门。

旅行攻略上的那家火锅店，居然要排四个小时的队。

有一个小孩子，蹲在火锅店的门口，她穿着粉色的裙子，扎了两个小辫子，眼睛是透亮的灰色，她的爸爸妈妈坐在旁边的凳子上，一边抖腿一边玩手机。等待让人变得有些不耐烦，那个中年男人一次又一次地歪着头朝火锅店里面看，他的女儿乖巧地扯了扯他的裤腿说："爸爸，快到我们了。""还早，还有半小时。"坐在旁边的女人听到这句话，忍不住站了起来，左右环顾后，拍了拍那个男人的肩，说："算了，下次再来吧。""我也这么想的，懒得等了。"男人也站了起来，理了理裤腿上的褶子。"可是快到我们了。"小女孩抬头看着爸爸说。"还早呢，下次吧。"听到爸爸的回答，她透亮的灰色突然暗淡了，微微撇起嘴角表示不满，但没想到眼泪也跟着掉了下来。"下次再来吃好了。"小女孩的妈妈半蹲着身子，准备抱起女孩。"不要！我想吃！"她倔强地扭动着身体，不让妈妈碰到她，眼泪越来越多，她用左手擦，又用右手擦。人为什么只长两只手，长三只或者四只多好。

"这么不懂事！"男人或许在为小女孩的哭闹生气，也或许在为大家投来的目光感到尴尬，他用手肘碰了碰女人，然后转身走在最前面。"你再不跟妈妈走，就把你卖给这家火锅店的老板。"女人凶狠地盯着小女孩说。

女孩儿的哭声停止了，变成了抽泣。妈妈的话吸光了周围的氧气，成年人的手腕像是绳子一样勒住了她。走之前，妈妈皱着眉头，理了理女孩儿身上穿的那件粉色裙子。

"要不我们也不等了吧。"包子看着火锅店的排号叹了口气，

"我们前面还有两百多号。"

"去街上溜达溜达，然后随便吃点什么。"

"可以啊！重庆的夜景很漂亮的！"

他看了一眼穿粉色裙子的小女孩，把手上排号的纸揉成一团，扔进了垃圾桶里。

我们乘坐黄色的出租车，穿过重庆的迷雾森林，一根根拉直的高架线连接着另一根线，把建筑的轮廓，绵延起伏的穿山公路描成了十一岁的模样。那是用手绘板画出的线条，密密麻麻地涂抹着，橡皮擦干净后，还能看到斑驳的痕迹。

我们经过医院，一排排灯光像无数颗星星，也像千万双渴望健康的眼睛。

"那里，我以前住院的地方。"

包子斜着脑袋看向车窗外，"这栋楼太高了，看不到顶。"

"我以前住十七楼，烧伤科。"

"说不定以前你的主治医生，还有那些护士姐姐们都还在这里上班。"

"有可能。"

"要去看看吗？"

"不去了。"

"怎么了？"

因为害怕。

烧伤科的大部分病人都会面临植皮、不断的手术、每天换药的痛苦，一天二十四个小时，都会有人痛到尖叫，痛到流泪，痛到寻死觅活。"我受不了了""我坚持不下去了""让我去死吧"这样的话语几乎每天都会听到，可那并不是绝望的放弃，而是求生的挣扎，渴望上帝能听到自己痛苦的诉求，施舍能让自己早点脱离这折磨。他们眼睁睁地看着引流管从这边进去，再从那边出来，身体变成了麻木的机器，灵魂也从这边进去，再从那边出来。

"我突然发现医院除了能治疗身体上的疾病，也能治疗心理上疾病。"

包子的视线切了回来，皱着眉头问："你确定？"

"要是你觉得自己活腻了，就去医院看看，那么多人为了活下来，过着人不像人鬼不像鬼的日子，甚至都会怀疑自己是不是已经半只脚踏进了鬼门关，而你还能吃到麦当劳的冰激凌，还能在床上随意翻身，遇见不开心的事情就口吐脏话，可以谈恋爱，追脑残的爱情剧……这样对比看看，也就觉得自己也许还能再坚持一下。但我现在不想去了，我比谁都怕死，你知道吗，死过一次的人真的很惜命。"

他没有说话，眼睛里有星星点点的泪光。

"路过就好了，希望他们一切都顺利。"

她穿着洁白的护士服，站在很远的地方，用力地挥着手，她说："一切都会好起来的。"

这是真理，一切都会好起来的。痛苦会过去，折磨会过去，噩梦会过去。总有一天你会知道这个世界上有望不到边际的大海，有永远不会吃腻的巧克力。有会哄你开心的灵魂伴侣，有一抬头就能看见太阳的山顶。

再等等吧，这个夏天不行，那就下一个。

"我今天见到了不卑不亢的流浪汉，浪漫的吉他歌手，粉红色裙子的小女孩，我突然很认同你说的一句话。"

"什么话？"

"重庆是一个哭得很大声、笑得也很大声的城市，所有人啊，都生活得太不容易了。"

"要是太容易，那就不是生活了。"

"十一岁的我应该不会想到，居然有一天我也会怀念这里。"

十一岁的春游，二十岁的春游，也不会想到八十岁的春游什么样子。

九

我们在重庆的最后一天晚上，去了南山一棵树看夜景。

车从山脚堵到山顶，从并排前行堵到扭曲，本以为下车之后就会好很多，但没想到山顶的人更是多得可怕，摩肩接踵，水泄不通。

二哥牵着我的手往前挤着，朱同学站在前面试图撇开人流让我走得更顺畅，后来好不容易突出重围，我说："要不算了吧，人挺多的。"

说出来那一刻我是遗憾的，明明很期待但又要说不期待，幻想着整个城市被霓虹灯包裹，但又要告诉自己那只是梦，还好谁都不知道，我不想麻烦他们。

二哥说："好不容易来了，不想去看看吗？"

我的面前有一条长长的阶梯，没有扶手，像长长的河流竖在那里，我不想去了。

"你们去吧，我在下面等你们，我没有带残疾证，门票不能减免。"

"这是重点吗？"

"说什么啊，要去就一起去。"

朱同学取下脖子上挂着的相机递给二哥，半蹲在我面前。

"春游上来，我背你上去。"

"不不……不了。"

"重庆夜景很漂亮的噢。"

"我假肢太硌人了。"

"你以为我长这么多肉是干什么用的。"

后来我在日记写道：一百五十多斤的朱同学，背着我通过那条楼梯道，人太多了，他只能侧着身子一点一点上去，每一步都走得很艰难，后面不停有游客在催促，我埋着头，不敢看路人的目光。哄闹的声音覆盖了这个狭小的空间，但还是能清晰地听到他说，没事儿的春游，马上到了。那声音像是从很远的地方传来，扫走了我内心所有的阴霾。

小孩子早晚会成为大人，这是十岁的春游就知道的事实。十一岁的意外，让她以为她再也不会长大了，没想到时间还是兜兜转转来到了她二十岁这一年，她想：我是怎么来到二十岁的？

她想到了她吃过的冰激凌，在夏天融化，流到了指缝间那种冰凉的触感；想到了她去过的城市，树木整整齐齐地排在路边，像指示标一样指着她的未来；还想到她枕头旁边那个粉色的毛绒玩具，大大的眼睛也许装着无数星星；后来她终于想起了，十一岁那年在病床边上熟睡过去的妈妈，十二岁牵着她的手练习走路的爸爸，十三岁带她去游乐园的姐姐，十四岁蹲在阳台上数星星的快儿，十五岁穿着白球鞋的阿寸，十六岁拿着红豆奶茶的周仪晨，十七岁走在前面的月儿和鑫儿，十八岁笑着挥手的王逸文，十九岁躲在被窝里流眼泪的菜菜……她看见他们伸出手，站在每一个时间节点上等待着她。

她看见他们走在夏天里。

旅行结束后，大家回到各自的学校。

她想在个人主页上写点什么，删删减减却什么都没写出来，她开始发呆，写着：磁器口的人很多，解放碑很热闹，南山一棵树的夜景很美，长征厂有很多楼梯，GPS 在重庆一点用都没有，那里的人都很热情，天气也很热，但树荫下却很凉快。

后来菜菜问她为什么要哭。

她哽咽着声音说："也许你觉得我太矫情了，可是他们对我太好了，你知道这个世界上没有谁有义务必须对谁好，一想到这句话，我就更想哭。"

菜菜抱着她说："你值得遇见这么好的他们。"

那个夜晚真奇妙，她开始相信那句话：上帝为你关上一扇门，就会为你打开一扇窗。

十

特别喜欢复诊的那一天。

因为地震受伤的人会定期参加一次复诊，那是记录时间最好的证明，可以看见小小的女孩长成妙龄少女，幼稚的男孩长成稳重的大人，他们的假肢从短慢慢变长，从窄渐渐变宽。

坐在检查室的门口，大家都会讨论最近发生的事情，我们的话题从考试到穿搭，从走路的姿势到心动的对象。

"你是不是又长胖了，假肢都穿不进去了。"

"最近走路像个企鹅，脚板坏了。"

"听说你谈恋爱了，你男朋友知道你身体的事儿吗？"

那是只有我们才能谈论的话题，两个被压住的人他们可以彼此取暖，三个被压住的人他们可以相互抱团。

读大学期间的所有复诊，都是菜菜陪我去，每一次她都坐在走廊的长凳上玩着手机，医生叫到我的名字，她就扶着我进去。

脱掉假肢检查伤口的时候，菜菜就把假肢靠在边上，练习走路的时候，菜菜就站在旁边当人肉拐杖。

医生看完我带过来的片子，做了基本评估之后，他告诉我说，我的左腿萎缩得很厉害，因为跟腱受到影响，腿部几乎没有力量了。

"你是不是都没怎么好好做复健？"

"最近事情有些多，很久没锻炼了。"

"这肯定不行。"他摇了摇头，"因为你现在还年轻，所以可能对自己身体的变化没什么感觉，但你如果继续不做复健，你最多走到四五十岁，就不能走路了。"

菜菜手里拿着我的左脚的鞋子，站在原地愣愣地看着医生。

"那挺糟糕的。"

"所以你一定要认真做复健，虽然辛苦，但总是有效果的。"

"那医生，她需要怎么做复健呢？"菜菜放下手上的鞋子问。

"物理训练师都有跟她讲过。"

我摇了摇菜菜的手臂，小声说："嗯，有讲过。"

"那你为什么都不做？"

"事情太多了嘛。"

"你太不拿自己身体当回事儿了吧。"她好像有点生气，把靠在角落的假肢抱过来之后，又从包里拿出易拉宝递给我，不说话，也不看我。

回去的路上，我们都坐在后排位，她坐在左边的窗户边上，把车窗开到最大，风吹得她的头发全部都糊在了脸上。沉默把我和菜菜装进了袋子，被风吹得鼓鼓的，像是随时都要逃离的气球，醒来的时候才发现还是坐在后排位上，只是忘了系安全带，让人错以为会飞起来。

"你在想什么？"菜菜整理了一下脸上的发丝，问我。

"在想医生说的话。"

"难过吗？"

"我刚才仔细算了一下，现在二十岁，距离四五十岁也就只有二三十年了，说长也不长，说短也不短，难过谈不上，有点遗憾，不能跑步跳舞也就算了，连走路都有时间限制。"

"那你好好做复健，说不定能走到八十岁。"

"如果真的只能走到四五十岁，那我一定要用力过好每一天，多做一些有意义的事情，多待在喜欢的人身边，多陪陪亲人，多去一些地方，认真地去做每一件事情。"真奇怪，这么正能量的一句话说出口的瞬间居然有想哭的冲动。

"你知道我在想什么吗？"菜菜转过头来看着我。

"什么？"

"每次跟你去复诊，我都会低着头玩手机，其实只是因为我不敢看他们，第一次见到他们，身体承受那么大的伤害，走路的时候还要被路人指指点点，但他们还能轻松说出关于未来和梦想的话题，很奇怪，他们笑得越开心我就越难过，所以春游，你的勇敢让我不知道该怎么面对你了，我心疼到说不出来话，想要努力感同身受却发现根本没办法，觉得自己好差劲。"

风又一次让她的头发飞了起来，窗外的景象像是一幅画，她被画在最中间的位置，眼睛红红的，鼻头也红红的，"你是第一个看见我笑还能看见我哭的人。"

我从包里拿出手机："快点自拍啦，1——2——3——笑。"

她盯着镜头看了三秒，咧嘴一笑的同时，眼泪也掉了下来。

实习

一

那是一种痛苦不堪的东西。

她不知道该怎么描述这种东西，突然闯进她梦里，让她尖叫着醒来，然后就忘得一干二净。所有的事情都会想到最坏的结果，哪怕这件事还没发生。走过无数次的街道会一瞬间觉得很陌生。她莫名其妙地发脾气，摔坏自己心爱的水杯却不心疼。日记写到一半，眼泪就会刚好滴在日期那一排字上，看着它孤独、冷清地糊成一团。

有一次她跟妈妈吵架，她气得说不上来话，妈妈却削了一个苹果放在她面前。

妈妈说：你这是创伤后遗症。

哦，是后遗症，她觉得她泄了气。

她拍了越来越多的男孩女孩们，看他们在镜头前面笑得和春天一样，每一个与季节重合的瞬间都被她装进了小小的盒子里，这个世界不会静止，但她的盒子可以办到。

到了晚上，她会再一次想起医生说过的话，大拇指和食指绕成的圈刚好是小腿的大小，她知道这样很糟糕，担心太细会不会在哪一天突然断掉。

如果生活也有瓶颈期，她觉得她正在经历，看着日历上的时间被扯下来，衣服好像也被扯了下来，赤裸裸地站在时光隧道里，前面没有人，后面也没有人，可她依然觉得无比羞耻。

路过篮球场脑子会蹦出来"我想打篮球"，路过操场脑子会蹦出来"我想跑步"，路过舞蹈室脑子会蹦出来"我想跳舞"，看见别人的短裙，脑子会蹦出来"我想穿裙子"。她被自己的羞耻心覆盖了，哪怕是平淡无奇的事情，但这些想法就不该出现，应该被扼杀，被埋在地底下去。

各种想法围追堵截了她，她被装进了盒子里。

妈妈的声音像是老式的收音机，带子被拉了出来，刺啦刺啦的声音让整个世界都变得很喧嚣。盒子里的她被惊醒了，她又一次看见，时光隧道里那个赤裸裸的自己。

那一天，她发疯一样地和妈妈对质，发疯一样地想要给自己穿上衣服。但妈妈却削了一个苹果放在她面前，说："你这是创伤后遗症。"

她隔着盒子看着苹果，突然觉得自己穿不穿衣服也无所谓了。

二

几个月的时间，工作室赚到了一笔小钱，大家决定拿这一笔钱做民宿。

我们在市区租了一套小阁楼，一楼背光，但二楼向阳，坐在一楼的沙发上刚好能看见日落，站在二楼的阳台上又刚好能看见日出。

为了省钱，装修基本都是我们自己来，墙壁粉刷得坑坑洼洼，壁纸也贴得全是气泡，午休时间躺在破旧的小木板床上吹风，热热的，有浓郁的森林味道。

"是不是该买个床？"

"这木板床应该撑不住了。"梅子长长的卷发上沾满了墙灰的白，她皱着眉头看了一眼木板床，用力压了压，床板裂成了两块。

"我的天，你力气有多大？我们躺都没躺坏，你居然一只手给压坏了？"包子腾地从床板上跳了下来，蹲在地上仔细研究，"这质量也差得太过分了吧，要是以后客人休息的时候床突然塌了怎么办？"

"我们会被投诉吧……"

"所以一定要选一个结实的床。"

"真像一个家。"

"本来就是家好不好。"

楼下养的那只小金毛正慵懒地伸着腰，马路边刚好经过了卖叮叮糖的老爷爷，小女孩牵着妈妈的手笑得两眼眯成了缝。我感知到的一切美好事物，似乎都属于我们。

成都气温二十七摄氏度，刚好下过一场雨，太阳快出来了。

民宿的第一个客人是个女孩，剪着齐肩的短发，离开的那天她给我们留言写着："好喜欢这里啊。"

我感觉自己小小的成就感被满足了，那像是人生中第一次得到认可，拾一和梦想，小木板床和森林的风都被写在了便利贴上。

大家都还没有毕业，所以要一边上课一边顾民宿，民宿每天都会有新的客人来，我们几个人就轮流去做好清洁和接待新客人的工作。

我去的那天，刚好是一位来自英国的小哥哥入住，肚子空荡荡的几个单词，就连他名字的发音也提前练习了无数次，真是无比痛恨自己当初学英语为什么不更加努力一点。但事情远比想象的糟糕，他打电话过来，语气很着急，我吃力地翻译着他说的话，五分钟后才终于明白了他的意思：他迷路了。

绕了几条路，从起点再一次走回起点，当路痴加上语言不通，我预感到了民宿也许会因为我被投诉。电话那边的他语气越来越急，周围的空气也越来越燥热。

四十分钟后，我们靠着共享定位终于找到了对方，他背着双肩包站在马路对面看着我，眉头紧皱。

过马路的这段距离，我开始迅速地在脑子里拼凑单词，"对不起"还没来得及说出口，他就先开口了。"你受伤了？"他试图用最慢的语速来让我听懂。

"对。"

"抱歉，让你来接我。"他有些腼腆地搓了搓手。

"对不起"这三个字从他口中说出让我更加觉得尴尬，我慌乱地招了招手，想说点什么，结果发现脑子里更白了，憋了半天也没说出来一句话。

他笑着点了点头，比了一个 OK 的手势。

哇，这人也太好了吧。

"Your leg，why hurt?"

"Do you know five! One! Two?"

"What??"

他愣了两秒钟，再次提问。

"Earthquake?"

"Yes!"

"Wow! you are great!"

他坐在阳台的小凳子上，看着我用手语表达，一会儿点头，一会儿微笑，一会儿深呼吸。他听懂我的意思时，我觉得原来地球很小很小。

后来他说："中国女孩很棒。"

"Can you speak Chinese?!"

"Just a little."

"For example..."

"中国女孩很棒。"

来成都的这两天，他说他很喜欢这里，不管是大街小巷，还是人潮拥挤的市中心，都有一种说不出的味道。

"麻辣烫的味道。"

"火锅的味道。"

"串串香的味道。"

"麻婆豆腐的味道。"

"我还会再来的。"

送他到楼下，看着他在出租车里向我招手，车刚好消失在转角处，电话又来了。

听说下一位客人，是一对情侣，好期待见到他们。

三

她穿着白色的碎花连衣裙，眼睛大得有一种盛开之意，纤细的手像是被春天洗涤过，就连笑也带着散作乾坤万里春的美好。旁边站着的是她的男朋友，皮肤黝黑，单眼皮，说话慢慢吞吞的。他手里提着两个行李箱，停下的瞬间，他的右手着急地寻找着另外一只手，直到和她十指相扣，他才抬起头来，礼貌地和我们打招呼。

"你们好，我们是住楼上吗？"

"对，我带你们上去。"虫子准备接过他手里的行李箱。

"不用啦，我自己来拿就行，这个太重了。"

"好吧，那你有什么需要就给我们打电话，我叫虫子，这是春游，旁边这个是包子。"

"我叫耳朵，旁边这位是我女朋友阿宁。"他转头看了一眼正在玩手机的她，眉眼里都是藏不住的欢喜。

晚上的时候，阿宁打电话来，说请我们拾一吃饭。

"我们今天下午在超市买了很多食材，想给你们做咖喱饭还有锅包肉。"

"嗯！她做饭超好吃的哦！"耳朵站在旁边洗土豆，突然有点激动地凑了过来，"你们吃过就知道啦！"

"也没有那么厉害……就是做点家乡菜。"阿宁白了他一眼，有些不好意思地说着。

"锅包肉！东北特色菜！"包子激动得从客厅冲了过来。

"包子也喜欢吃？"

"以前吃过，好久没吃了。"

"你怎么只知道吃？"我瞟了一眼他手里拿着的半袋薯片。

"说得好像你不是？"

"你们两个是一对？"阿宁半眯着眼睛问。

"不是！"

"不是！"

"看来默契也有了。"她笑着点了点头，仿佛这其中的瓜她早已吃透。

红色格子的桌布，五颜六色的盘子，被圈起来的是盘子，被围住的是桌布。

"哇！耳朵是飞行员吗！这么厉害？"

坐在对面男生的脸上明显多出两朵红晕，阿宁抿起嘴角，露出洁白整齐的牙齿，比起自己被夸奖，好像听到耳朵被夸奖会更令她觉得骄傲。

"我们明年或者后年，就要结婚了。"耳朵歪着脑袋在阿宁的肩膀上蹭来蹭去，"有点激动，终于要娶到她了。"

"我的天！拾一第一碗狗粮！！干杯干杯！"包子喊道。

"第一碗？"阿宁看了包子一眼，"难道不是第二碗？"

"当然是第一碗！！"包子白了我一眼，端起酒杯，"敬你们！"

"谢谢拾一的你们，干杯！"

"话说回来，结婚的时候摄影团队就请我们吧。"

"当然！不过我们在东北结婚哎。"

"包机票吗？"

"那就要看我们耳朵努不努力赚钱啰。"

耳朵的脸更红了，他理了理衣服，清了清嗓子："预祝我暴富！"

"干杯！"

阿宁说，她和耳朵的第一组情侣照是拾一给他们拍的。

耳朵平时工作太忙了，一直想拍，但都没有找到时间，不过这个小小的心愿终于在今天实现了。

当她穿着美美的衣服，化着精致的妆容出现在他面前的时候，他的眼神让她更加确信，眼前的这个男人就是她想要共度余生的人。

"春游，喜欢一个人眼神是藏不住的，每次和他对视，我就知道我对他来说很重要。哪怕是几步路就能走过去的距离，我都想跑过去。耳朵从小就不是一个很幸福的人。我心疼他的过去，但又会庆幸未来还长。我啊，一定会让他过得幸福的。"

"我突然发现幸福会传染，原来看别人的爱情居然也会让旁观的人那么幸福，我都要哭了。"

她揉了揉我的头发，说："你也一定会幸福的。"

阿宁离开的一周后，她在朋友圈发了一张和我们的合照，配文：感恩遇见。

还有一条发给我的短信。

"春游，那天晚上我们聊天到凌晨，你说小时候从没有觉得腿截肢这件事会对你的爱情有什么影响，但是长大之后才发现，原来很多男孩都会介意，他们会在乎自己的女朋友不够完整，不能陪他们运动，你很难过，你觉得自己连身体健康这一项最简单的要求都满足不到。

"因为没有办法真的感同身受，所以我不能用'不能这么想''不要这么悲观'这类似的话来要求你，可是啊，真正爱你的人是不会在意的，他只会心疼，心疼你经历了那么多，心疼你一个人要面对那么多委屈，他甚至会想如果能早点出现在你生命里就好了。真的，相信我，这个世界上总有那么一个人是为了你来的。你还说，担心以后对方的父母不能接受，也许会发生这样的事情，但是，他一定一定会努力证明给他父母看，你是他唯一的最正确的选择不是吗？所以你也一定会幸福的。爱你的阿宁。"

四

她遇见了很多人，那些人走进她的生命，然后又匆匆离开，像是长途旅行中的驿站，短暂停留，继续出发。

她觉得自己是一张白板，挂在驿站最显眼的地方，路过的人会小心地在上面写下名字，密密麻麻地铺在她的身上，她的人生因为他们变得有意义，他们因为她增加了回忆。

神奇的是，她发现，每个人都有隐忍和无奈，每个人都有难忘和妥协。说不出口的故事，是黑暗里的植物，没有阳光，依偎着星星成长。

如果骄傲地活着，羡慕的眼光会使整个未来都值得期待。可是站在倾盆大雨里，站在燥热气压里，看到另一个和自己长得很像的人站在对面的时候，才会明白，原来楼梯很长，马路很窄，抬头看不见的光低头才能看见。

足够陌生，让他们之间产生了安全感，说故事的人说出最真实的自己，听故事的人听到最无奈的结局，某种连接，将春天和秋天并在了一起，盛开凋零，他们在同一时空存在。

感恩遇见，她觉得这句话太珍贵了。

那天，她和一个戴假发的女孩走在路灯下，她们手上都拿着冰激凌，六七月份的天气还是让她忍不住打哆嗦。

女孩说："只有没头发的人才知道头发有多重要对不对？"

她点了点头，说："就像是只有没腿的人才知道腿有多重要。"

她们一起笑，一个像春天，一个像秋天。

女孩又说："不知道我的头发还能不能长起来。"

她回答："也不知道我的腿还能不能长起来。"

她们一起笑。

女孩走得很快，穿过红绿灯，站在指示牌旁边发呆，车辆经过的时候，她的眼神也跟过去，很久都收不回来。"只有你知道，这里。"女孩指了指头顶，"长不出来头发。"

她有很多疑问，但都没问出来，十万个为什么解决不了她的疑惑，网站搜索也没有她想要的答案，她知道，女孩的秘密，终究只是秘密。

那天，男孩一个人买醉，不胜酒力的他把自己喝到进医院，他打电话说，希望她能过来一趟。

男孩说："对不起，也不知道你白天忙不忙就把你叫过来，可以照顾我一天吗？"

这样的请求让她感到孤独，全身的硬壳在这一刻被柔软的棉花裹住，她不会照顾人，她连自己都照顾不好。

男孩说："对不起，你可以帮我倒一杯水吗？"

隔着纸杯，她能感觉到液体传来的温度，摇摇晃晃的波纹让她的情绪也跟着动摇。

"大多数人都是在晚上喝醉，但你还没等到晚上就已经喝醉了。"

"等不到了，现在醉，晚上就可以好好睡觉了。"

她安安静静坐在旁边，看时针旋转。时间是长长的绳子，把所有的矫情伤感都圈成了对与错。

男孩喝醉了也没睡着。

"对不起。"

"没事。"

"你怎么了？"

"对不起。"

第一次觉得，"对不起"其实可以成为很多问题的答案，什么事都不重要了，你要开心，好吗？

那天，电视剧的进度刚好走到最中间的位置，还能再往前走的，如果没有听见楼上吵架的声音的话，也许还能看到美满的大结局。

"你是个什么东西？"

"你他妈是个什么东西？"

什么东西？她在心里想了一下，都是人啊。

男孩气冲冲地跑下楼，看见她拿着水杯站在原地，气愤转成尴尬，又回到气愤，他鼻子发出冷哼，把门摔得啪的一声离开了。

房间恢复安静，进度条还停留在原地。

她刚坐下来，又听见了楼上传来的女孩哭声。

女孩拖着身体下楼了，看见她拿着水杯站在原地，哭得停不下来。

她好像不怎么会安慰人，环顾四周也没有找到纸巾，原来人难过的时候，空气也会跟着难过。

女孩摇了摇头，问她："我是个什么东西？"

什么东西？她在脑袋里重复一遍，答案没有变。

女孩拖着身体上楼了，一个往上一个往下，爱情让人走在中间，东西让人站在两端，结局是什么她不想知道了。

那天，她站在阳台上看星星。

星星是数不清楚的，她知道，事情是说不明白的，她也知道。

可是星星会发光啊。

不是吗？

五

从接到那通电话开始，我的梦就醒了。

凌晨四点，包子说："民宿不能继续做下去了，房东突然打电话来，说不租了。"

"为什么不租了，他说理由了吗？"

"他儿子要结婚，这个房子要卖出去了。"

"我们可以重新找房子。"

"春游，"他的语气变得迟缓，"工作室资金也有点问题，我们没钱继续做民宿了，梅子、虫子他们也面临毕业，大家都要忙着准备写毕业论文，做毕业设计，工作室的单子没人接，也没有人管理，靠我们两个做不下去的。"

"包子！"

"我知道你想说什么，自己生的孩子又亲手扔掉，我的难过不比你少。"

"真的没办法解决了吗？"

"嗯。"

很长很长的沉默，很长很长，骤冷的温度让黎明前的时光变得死气沉沉。我身体有一只气球，越来越大，却始终不炸开。

这是夏天吗？为什么会这么冷。

电话刚挂，短信提示音急促地响起。

"春游，你在哪儿？"

"我好难过。"

"这一点都不真实。"

"春游，我失恋了。"

她坐在出租房的床上，粉色的床单上粘上了奶油，蛋糕放在正中间，蜡烛七倒八歪地插着，没有光，也没有声音。

"菜菜？"我刻意压低声音问，"你怎么不开灯？"

"春游，"她从被子里伸出手来，侧着头看着我，"你坐过来。"

她的眼睛红红的，脸也红红的，唯独手苍白得没有一点血色。

"我生日，你忘了。"

"对不起，最近太忙了，很多事……"

"没关系。"她看着床上的蛋糕出神，"我不生气。"

"我去倒杯水给你。"

她没有说话，依然安安静静地坐在那里。

橱柜上放着两个杯子，粉色和蓝色，两个勺子，粉色和蓝色，两个杯垫，粉色和蓝色。

"你发消息说胃不舒服，先喝点热水，明天一早我们去买点药。"

她低头看了一眼杯子，说："你拿错了，我用蓝色的。"

"我重新给你倒。"

"不用啦。"

水咕噜咕噜流进了肚子，眼泪也咕噜咕噜流进了肚子，粉色陪伴着蓝色，粉色离开了蓝色，粉色爱的理由是蓝色，粉色恨的理由也是蓝色。

"以前你和王逸文分手，我还那么风轻云淡地安慰你，现在想起来觉得有点傻，哪里有那么容易。"

"你要不要睡会儿？"

"还好你什么都没有问。"

"我不问，你睡吧。"

她侧着身子钻进了被窝，抽泣声让黑夜难以消磨，原来夜晚不是只有几个小时，还有很多难过和软弱，它们努力藏在黑夜里，不让任何人发现。

第二天陪菜菜去医院拿完药之后，我在群里发消息，希望大家再聚一次。

"对不起春游，今天学校有事，没办法过来了。"

"这会儿没有时间，Sorry。"

"改天吧，重新约个时间。"

拿着手机一时间不知道该怎么回答，菜菜蹲在医院的小角落，听见短信提示音，她看着我说："你有事就去忙吧，我自己回去就可以了。"

"我也想蹲下。"

"要不直接坐在地板上？"

"你扶我一下。"

菜菜扶着我，我好像一个易碎的陶瓷娃娃，稍微一用力，就会碎开。地板可真凉，能蹲着真好。

"我以为二十岁，很多都是快乐的事情，就算难过，也只是鸡毛蒜皮的小事，睡一觉就能解决，像那种难过到不能承受、觉得快崩溃的这些事，都是以后才会发生的。"

"你说那些三十多、四十多岁的人得经历多少啊？"

"果然生活不会因为你年轻就善待你。"

"你觉得失恋是小事吗？"

"二十岁的失恋和三十岁的婚内出轨是一样的。"

"也许三十岁的婚内出轨还没有二十岁的失恋来得痛苦，还没给自己穿上盔甲，就已经千疮百孔了，三十岁的时候，至少已经知道怎么保护自己了。"

"但有些人，三十岁了都没学会怎么保护自己。"

在医院讲难过，比在家里讲难过更让人觉得安心，环境让人变得喋喋不休，短暂的发泄，短暂的放松。

晚上十点，一个人坐公交回学校。

耳机里刚好放到一首伤感的情歌，眼泪控制不住地想流。站在我旁边的中年妇女用打量的目光看着我，最后停留在我的右脚踝上。

看吧，你看吧，反正我习惯了。

我甚至想取掉海绵给你看，让你看清楚，你要是想嘲笑就请你大声一点，这样我就可以哭出来，心里默念一百次这都是你的错。你为什么要收回目光？难道因为好奇就可以这样吗？不是你的人生怎么都无所谓是吗？我意识到自己失控了，赶紧低着头看着手机屏幕，幸好公交播报的下一站是学校，幸好这里谁都不认识我。

是因为一直努力给所有人正能量的原因吗？为什么偷偷难过也会让自己这么有负罪感？

六

有一天，她又站在镜子前面发呆，那个小小的镜子已经框不住她了，她长高了。

左腿上的伤疤也跟着长大了，深红变成了暗紫，像是画在生物课本上的颜色，感谢时间让伤疤变浅，让过去变得越来越远。

她想起了前段时间在地铁站遇见了一个推轮椅的女孩，厚重刘海儿下一双清澈的眼睛让她忍不住回头看了好几眼，短暂的对视让她意识到了自己的唐突，目光收回来的那一刻地铁门也刚好关上。

地铁缓缓移动，透过车窗，她看见那个女孩艰难地推动着轮椅，轮椅卡在电梯口。她往前移动了一步想看得更多，地铁的速度让她打了一个趔趄，再抬头时，那一幕已经在她眼前消失了。

流动的广告牌成了五颜六色的线条，在黑暗里永远不知疲倦地奔腾着，她看见了自己的影子被印在上面，像电影里的离别画面，女主角告别了过去，但却不知道未来在哪里。

这个世界硬生生地被线条拉成了四维空间，游走的灵魂创造了故事，五颜六色是情绪的具象化。她想，人和人之间的距离有时候也未必太远了些。

地铁的播报声响起，她像是被某种东西狠狠砸中，恍然间抬头环顾四周，没什么不一样，他们还是笑着，走着，沉默着。

也许所有人都是这样活着，她也应该在自己的路上笑着，走着，沉默着。

菜菜说想要回家待一段时间，收拾好出租房里所有的东西后，她打电话来让我送她去车站。她说："我记得你以前有事没事就往家里跑，每次都是我送你到车站，看着你买票进站，头也不回地上车，直到车都走了好远，你才会给我发消息说回学校注意安全。"

"这样说感觉我有点无情。"

"何止无情，简直就是陈世美。"

"陈世美用在这里好像有点不太恰当。"

"那牛魔王？"菜菜笑了起来，五官皱在脸上，一边对着镜子一边修正自己的表情，像是正在表演的小丑。

"我要上车了。"她起身拍了拍裤子上的灰尘，行李箱与地面成了六十度的折角，阳光钻了进来，时间也成了六十度折角。伴着行李箱轮子轱辘轱辘的声音，她穿过拥挤的人潮，最后消失在楼梯口。

果然，这家伙头也不回地上车了。

"今天送你上车之后，我一个人坐地铁回学校，突然理解到了你说我无情的原因，原来两个人一起去一个地方，最后一个人回来的感觉真的太孤独了，肚子里一大堆话找不到人讲，等回到学校后，却始终想不起来自己开始到底想讲什么了。

"因为孤独是人的常态，所以才想矫情地跟你说一句谢谢，那些小吵小闹也许在很多年后回忆起来都是稀松平常的事情，可是在当下，我觉得无比珍贵。

"你跟我说过，每个人来到我们生命里都是带着任务的，当他们完成这个任务的时候，他们就会离开。就当他完成任务离开了，好吗？"

七

毕业即将来临，同届的大部分人都出去实习了，菜菜也决定留在离家近的地方工作，和爸妈商量之后，我决定留在成都，开始着手找房子。

鑫儿是在凌晨给我发的消息，她心情似乎很好，给我讲了很多实习期间遇见的有趣事情。

"幼儿园的小朋友真的超可爱，但有的时候也很气人。"

"现在是不是觉得当初学幼师是个正确的选择？"

"这个专业除了男生少，其余都还行，你都不知道，我们整个班只有一个男生，简直就是万花丛中一点绿。"

"大学帅哥千千万万的梦想破灭了？"

"太残酷了！噢对了，你房子找得怎么样？"

"还在找。"

"要不先过来跟我住，反正我也是一个人。"十秒钟后，见我没回复，她再次发来了消息，"过来跟我住啦，一个人太无聊了。"

搬进鑫儿家的那天，楼下正在装修，轰隆隆的机械声打破了夏日的宁静，她趴在窗户边，探出半个脑袋。

"这里这里！你站在原地别动！"

"啊！你说什么？听不见！"

"我来接你！"

"听不见！"

"啊啊啊啊啊啊啊！我说我好想你啊！"

她用力挥着手，让整个夏天变成了只属于我们的夏天，电钻钻螺丝钉的嘈杂，一页一页被翻过去的课本，重合的瞬间，刚好能看见潮汐退去，深深浅浅的小贝壳，是粉蓝色，是六月，是你。

"海绵缩水了。"她看了一眼假肢。

"对，用太久了，它会皱在一起。"

"以前都是圆胖胖的。"

"也许我瘦了。"

"那倒没有，只有它瘦了哈哈哈。"

她手里拿着一瓶矿泉水，摇摇晃晃地走在前面，快进电梯的时候，她又折返回来挽起我的胳膊，说："啊啊啊啊，好想你啊。"

十几平方米小单间，一张床一个衣柜加上书桌，刚好把整个空间填满。

晚上我洗澡，她就蹲在浴室门口玩手机，应该是正在看什么搞笑的段子，一直哈哈笑不停。"洗得怎么样了？"

"你已经问我五次了。"

"我怕你摔倒，里面太滑了。"

"怎么可能，我一只脚站很稳的。"

"少来！以前在学校，某些人三天一大摔，两天一小摔，居然有一天还把自己给摔骨折，我在门口蹲着，万一你摔倒了，我第一时间就能知道。"

浴室门映出她瘦弱的身影，小小的、善良的鑫儿，依靠在月球的背面，暖黄色的白炽灯裹着黑夜的清冷，还好我们之间没有距离。哪怕时光是一条看不见尽头的路，我也能找到你。

晚上睡觉之前，她往嘴巴里喷白色粉末，我问她会不会有呛到的感觉，她摇摇头说习惯了。

"你现在每天都要喷吗？"

"嗯，成都空气质量不太好的时候，就会感觉呼吸很困难。"

"谈恋爱了吗？"

她的脸突然变得绯红，整个人往后一退，机警地看着我，"没有！"

"你这个反应不对啊……"

"真的没有！只是突然提到这个问题让人有点害羞……"

"你是怕我提起某三五同学？"

"好了好了！不说了！"

她把自己裹进被子里，好大一会儿才探出半个脑袋。

"你去关灯！"

夜晚依然热得让人难以入睡，我一直不停地翻身，鑫儿也跟着我不停地翻身，后面不知道过了多久，困意才渐渐袭来。迷迷糊糊中，听到鑫儿在说话。

"你睡着了吗？"

"快了。"

"我睡不着。"

"在想什么？"

"我在想你什么时候结婚。"

意识突然清醒了一半，我翻过身面对着她："现在想这个问题是不是有点太早了？"

"哪里早，过了二十岁就不早了。"

"至少也得先有个男朋友吧。"

"万一以后他对你不够好怎么办？我好担心啊！"

她把头靠在我的肩膀上，小小的、善良的鑫儿，连呼吸声都那么温柔。

"不会的啦，我一定会睁大眼睛，打着灯笼好好找对象。"

"一定要对你很好很好才可以。"

"那你呢？万一以后他对你不够好怎么办？"

"我能有人要就不错了。"

"你在说什么屁话！"

"真的……你知道我哮喘，经常要吃药，说句比较长远的话，以后怀孩子都很困难，也不知道什么时候会犯病，你说我的另一半得有多爱我才能包容这些缺点啊？"

我能感觉到她汗涔涔的皮肤，微微闭上的眼眸和正在发抖的双手，隔壁卧室的光透了过来，她的发丝像是被金镀了一层膜，小小的、善良的鑫儿，这是她最脆弱的时候。

"他一定会很爱你。"

"我不知道，不太敢去想，想多了会很难过。"

"鑫儿。"

"嗯？"

"上帝其实是不公平的，但我接受，因为没有选择，所以只能接受。"

"不会抱怨吗？"

"会，可是承认自己只有一只腿比假装自己有两只腿好过很多。我小时候遇见一些和我一样截肢的孩子，他们的爸爸妈妈都会告诉他们说，你先好好锻炼，好好接受治疗，以后丢失的这只腿还会再长出来。但我爸妈从来没有对我说过这种谎言，因为比起希望过后的失望，还不如一早就接受事实。上帝是不公平的，我从十一岁就知道了，抱怨一千次一万次，也无济于事，时间久了，就会开始想，好吧，其实这样生活也行。"

她弯着身子，宛如襁褓中的婴儿，金色的头发丝戳破了整个夜的宁静，也戳破了我心底的最后一条防线。

"现在的生活不算太好，但其实也不算太糟。"

她手臂的皮肤变得凉凉的，她依偎在我身边，小小的、善良的鑫儿，也许没有人知道你在想什么，但我知道。不被理解的难过藏在身体里，我们都是暗夜里的植物，汲取着混沌的汁液，用一种只有我们知道的方式，面对这个世界。

毕业

一

两个月后，正式毕业。

毕业典礼那一天刚好下着小雨，校长举着伞站在舞台上发表毕业致辞。我站在二楼看着操场，五颜六色的伞拉成了一个圈，把这几年的美好和辛酸，都圈成了零的模样。

他们聚拢，他们散去，他们飞向世界各地，一张张陌生的面孔，一张张带着希望的面孔，真好。

毕业照上的我站在第一排最右边的位置，咧开嘴笑得有些木讷。视线跟着手指移动，没想到这么久了，班上的很多同学，我连名字都不知道。只是以后，大家都会朝着各自的方向奔跑，彼此之间应该不会再有联系了，那些来不及知道的名字，我大概永远都不会知道了。

打包好行李，等着宿管阿姨来做最后的检查。莱莱坐在板凳上，我靠在墙边，两个人都不说话，盯着地板发呆。隔壁宿舍关门的声音惊醒了我，抬头从窗户边上望去，远处那棵树还是一成不变地站在那里，跟我第一天来的时候一模一样。

"你之后打算做什么？"

"可能会做主播吧，实习的时候尝试了一下，感觉还行。"她漫不经心地滑动着手机屏幕，"那你呢？还是做摄影吗？"

"嗯，应该会继续做摄影。"

"那太累了，你身体扛不住。"她抬起头来看着我，"可以考虑做一些和专业相关的工作。"

"但我还是想坚持一下。"

"好吧。"她侧着头笑了笑，"反正你就是这样，谁都劝不动。"

宿管阿姨敲了敲门，拿着一张单子走了进来，环顾四周后，她说："你们两个在上面签个字。"

"可以走了吗？"

"可以了，恭喜毕业。"

阿姨离开后，菜菜把所有的行李都搬到一块儿，站在门口盯着走廊尽头。

"你先走还是我先走？"

"我还要等一会儿，我爸妈今天要来。"

"你这么大了还要你爸妈接。"

"因为学校的东西没地方放，就只能先搬回家。"

"那我先走了噢。"

"嗯，拜拜。"

她背着包，左手拉着行李箱，右手提着一个编织袋，从走廊的这边走到了那边。果然，这家伙还是没有回头。

大学毕业和高中毕业好像有点不一样，周围的环境谈不上有多熟悉，人与人之间也并没有熟络到能分享各自的故事，学校只是一栋建筑物，走了一批，还会有下一批，它永远不会孤独，不会冷清，但为什么我还是这么想哭？

你说，能坦然面对离别，得是多牛的一件事。

我回到家里什么都不想做，每天睡到中午十二点，浑浑噩噩地起床吃饭，然后趴在窗台上发呆，看楼下的车一辆接着一辆离开。都说大学毕业后会迷茫，这话一点儿都不假。

表妹放假来到家里玩，高二的她已经开始为高考做准备了。厚厚的作业习题，黑色和红色的笔，数学公式和语文诗词全部整整齐齐堆在桌子上。

"你毕业了打算做什么？"她正在死磕一道数学题，听到我的提问，眼里充满疑惑地看着我。

"我还没毕业。"

"我知道，我的意思是你毕业之后。"

"读大学。"

"大学毕业之后呢。"

"那也太远了，我还没想到那儿去。"她歪着脑袋，五官皱在了一起，这个问题超出她的年龄范围，她疑惑的不是自己，"你已经毕业了，应该考虑这个问题。"

"我知道。"

"那你考虑好了吗？"

"还没有。"

她低头思索了一会儿，继续死磕那道数学题。

人的起源是什么？这个世界的尽头在哪里？一连好几天，脑子里都在思考这些乱七八糟的东西，可是静下心来，又会觉得此刻的自己才最像一个大人。

邻居的儿子结婚了，一连三天都是闹哄哄的声音。二十多岁的男人，五官英俊，唯独身高是硬伤，他旁边的女人，皮肤白成了纸，驼着背，红色的旗袍看起来太紧了，像是捆在她身上一样。

后来也听到很多八卦，什么到了适婚年龄只能勉强在一起，因为贪图对方的钱财，或者是未婚先孕等，但其实这些都不重要。

那天跟妈妈一起回家，遇到了一个中年妇女过来搭话，两三句话就自然熟络了起来，她滔滔不绝地讲着这件事，嘴巴一张一合，像是某种机械重复的程序。妈妈没有插话，配合她点头，偶尔发出一两句"是吗""原来是这样"的感叹。中年妇女跟着我们走到了小区门口才停下来，她不舍得跟妈妈说再见，然后看了一眼站在旁边的我。

"你女儿吗？"

"对。"

"多大啦。"

"快二十一岁了。"

"那也快了，有男朋友了吗？"

问题砸在了我身上，嗓子也跟着打了结。

"噢……我还没有。"

"啊没有！"她诧异地看着我，"可以有啦，不小了，我们像你这么大的时候都结婚了。"

"她才毕业呢，先好好工作比较重要。"妈妈笑着说。

"你是不是腿有问题啊？受伤了吗？怎么弄的？感觉有点严重啊！"

问题又一次砸在了我身上，我侧脸看了一眼站在旁边的妈妈。

"地震受伤的。"妈妈还是笑着。

"那得赶紧找男朋友了，年龄大了不好找啊。"她眼里的同情和惋惜让我胃里有种翻江倒海的欲吐感，脑子里蹦出了一句话："快！逃离这里！马上逃离这里！"

"快到中午了，得赶紧回家做饭了，跟阿姨说再见。"妈妈看了一眼手机，转头跟我说道。

"嗯，走吧。"我把手上的土豆往上提了提，头也不回地走在最前面。

"生气了？"妈妈问。

"那倒不至于，只是感觉这样说不是很礼貌。"

"你要习惯，进入社会之后，可能会经常听到这些不怎么中听的话。"

"我不想习惯。"用失控的情绪来表达自己的不满，是一种幼稚的方式，但还好我此刻身边站的是妈妈，无论何时何地都能理解我的妈妈。

"那就努力去认识更好的人，他们永远不会说出这种话，因为他们知道，互相尊重是最基本的做人准则。"

钥匙和齿轮啮合转动，咔嗒一声门开了。我们进家门后，妈妈从口袋里递了一个苹果给我。

也就是在那天晚上，我告诉爸妈，想要继续留在成都工作。

爸爸的眼睛里蒙上了一层雾，坐在沙发上思考着什么，妈妈先开口提问："你自己去能行吗？"

"我可以照顾好自己。"

"社会可不比学校，你需要自己处理好所有的事情，你走路不小心摔倒了都不一定有人会扶你。"爸爸停顿了一下，继续说道，"你一个人在成都，爸爸妈妈没办法放心。"

"我知道，所以我在和你们商量。"

"为什么想要去成都？"

"我很喜欢北川，但它太小了，如果我留在这里工作，几乎一眼就能把我未来二十年看得清清楚楚，我不想过这种日子，想要去更大的地方，认识更好的人，做更有意义的事情。"

爸爸沉默了，妈妈也跟着沉默了。

一分钟之后，妈妈突然点了点头，看着我说："行吧，要实在坚持不了了，就回来。"

爸爸诧异地看着妈妈，仿佛她身上长满了疑问的小蘑菇。

"就同意啦？"

"不然呢？你还能拦住她？"

"这……"

"没事，反正她还年轻，出去闯闯是对的。"

"真的就同意啦？"

"不同意的话，她偷偷跑了怎么办？"

"嗯……"

"好啦，她自己的人生就让她自己决定。"

"嗯……"

"快答应你爸爸，经常回来看他。"

"我会的！"

"你别在外面偷偷哭鼻子就行，反正我年龄大了管不住你了。"

"你这么说她会有压力。"

"嗯……那就祝你前程似锦？"

"肯定一点。"

"那！希望你事业有成，挣多多的钱买车买房！"

"你这样说她会更有压力的。"

"那到底要怎么说……"

"……"

矫情的话不说啦，谢谢你们站在我这一边。做你们的孩子体验感也太好了。

二

快儿给我打来电话的时候，我已经收拾好了行李。

"想见你，快点来找我。"

"你在哪里？"

"你家楼下！"

她背着鹅黄色的双肩包，扎着高高的马尾，兴许是发现我正在偷瞄她，立马比了一个狙击的手势。

"快点下来！不然你就要被爆头了！"

"不好意思这位小姐，你刚好击中了我的心脏。"

"这么油嘴滑舌，看来读大学没少学坏啊。"

"学来撩你的。"

"你能不能下来说话！这样扯着嗓子吼就像泼妇骂街一样！"

从我们碰见，快儿就开始滔滔不绝地讲着自己身边发生的事，像什么扶老奶奶过街，烧烤店的男孩子来要联系方式，连楼下的小孩总是半夜吵闹这一类的小事都没放过。

"你又要去成都了？"

"对啊。"

"成都有那么好吗？"

"还可以。"

"比如呢？"

"比如有无数条美食街，还有看不完的帅哥，不管是出租车司机还是街上卖花的阿姨都很热情，重点是这个城市很包容，包容了梦想，也就有了希望。"

"帅哥?!"

"你的重点到底在哪里?!"

她歪着头走在前面，长发整齐得像一排白杨，黑是浓稠的夜，黄是镶嵌在里面的星星。

"要不？我跟你一起去？"

"你认真的?！"

"对啊，有帅哥可以看，有美食可以吃，当然这些都不重要！好好努力一下，说不定能存到开书店的钱。"

"你这决定也太突然了吧。"

"我一直都这样啊，哈哈哈。"

回家之后，快儿就和她爸爸妈妈商量，要跟我一起去成都，死皮赖脸征得他们同意之后，一边打包行李一边和我开视频。

"被褥要带吗？"

"这个太重了，我们可以去成都买。"

"烧水壶要带吗，炒锅蒸锅要带吗？"

"我们可以去成都买。"

"洗脸盆洗衣桶要带吗？"

"我们可以去成都买。"

"你这么有钱吗？"

"你力气这么大吗？"

早上六点钟，快儿提着三包行李站在楼下等我，爸爸送我们俩到车站，她一边啃着手里的包子一边问我："我们为什么这么早就要出发？"

"北川到成都的直达车每天只有一趟。"

"那挺不合理的。"

她嘟囔着嘴，把行李放在车厢里面，转头和我爸爸招了招手。

"我会照顾好她的。"

"你也要照顾好自己。"爸爸也招了招手。

车辆缓缓前进，爸爸还站在转角处目送着我们。

"突然好舍不得噢。"她眼里有小小的涟漪，直到车辆行驶到看不到爸爸的身影时，她才拉上了窗帘，"我要靠在你肩膀上睡觉，不然会晕车。"

"你睡吧，到了我叫你。"我也跟着闭上眼睛，感觉眼睛湿湿的。

找房子，找到之后置备生活必需品，一切妥当后，开始找工作。

一连好几天，我和快儿累得直不起腰，只要一躺下就能马上睡着，加上床板硬硬的，隔天起床后，全身痛得像是被人暴打了一顿。

"要不咱们买个床垫？"

"买不起，太贵了。"

"你身上还剩多少钱？"

"三百。"

"那还是睡板子吧。"

每天回家，快儿会到附近的小超市买小白菜，炒着，炖汤，凉拌，小白菜吃出了花样。她咕噜噜地把汤一口气喝光，眼镜片被翳上了一层雾。数着钱过日子，日子就变得不好过了。

小白菜吃了两周，我们俩终于都找到了工作，离得不远，可以一起上班下班。

今晚除了小白菜，还有猪肉，两瓶可乐，大餐！

"你多少钱一个月？"

"两千五，你呢？"

"我觉得我们这辈子都买不起床垫了。"

"其实板子也挺好的。"

"嗯。背都挺直了不少。"

她往我碗里夹了一筷子肉，自顾自地笑起来。

"你没觉得这样生活也挺好的吗。"

"贫穷使你快乐吗？"

"我坐在房间的正中间，左边是厕所，右边是厨房，中间一张不大不小的床，再加上你，这个房间满满当当的，很有家的感觉。"

"我有预感，我们会有钱的！"

"没错！干杯！"

易拉罐碰撞的声音，气泡跳舞的声音，小白菜说话的声音，我和你，还有十几平方米的小单间温柔的声音，占满了整个心房。

三

去新公司上班的第一天我就遇到了一个难题，厕所没有马桶。

我上午就强忍着不喝水，没有尿意也就不用去厕所，但生理上的新陈代谢又把我推到了厕所门口。

蹲便的槽像是砸出来的一个坑，我站在旁边傻愣愣地盯着蹲便器看。不知道该怎么上厕所，左腿右腿都没力气，怕蹲下去就站不起来了。足足站了十分钟，我开始尝试。隔壁冲水的声音哗啦啦的，从下水道流走又灌进了我脑子里，恶心的不是厕所是自己。我忍着想吐的欲望却发现脏东西和思想绞在了一起，要想把思想吐出来可没那么简单。

真的很糟糕，上厕所之前觉得很糟糕，上厕所之后觉得更糟糕。

右脚裤子腿湿了一块，黑黑的一坨仿佛是要把人给吸进去，它长在那里的，连同我的羞耻心一起长在那里的。来来往往的脚步踩着我的神经，踩着我的血液，踩着我的灵魂，一步一步地，很用力地。我多希望我这辈子都不用走出去了。

半个小时后，忍不住给快儿打了电话。

等她赶到的时候，我还站在蹲便器旁边，长时间的站立已经感觉不到腿的存在了，唯独湿了的那一块紧贴着皮肤，越来越重，恨不得把整个人都拉进下水道里。

她从第一间敲到了最后一间，几分钟后，她才贴着门，小声地说："我来了。"

我们对视，快儿眼圈红红的，手忙脚乱地从包里拿出一条裤子，手伸过来又停在半空中。

"我帮你换上，明天我们买个坐便器，放在厕所的杂物间，你上厕所的时候就把它拿出来。"

"嗯。"

"没事。"

"嗯。"

她蹲在地上，帮我换上干净的裤子，也不知道为什么，我感觉她在哭，所以我也哭了。

读高中的时候，全校就我们宿舍里装了马桶，下课急匆匆跑回来上完厕所再回教室，时间刚好，来不及的话就憋一憋，不上也行。

读大学的时候，妈妈买了残疾人坐便器放在宿舍里，教学区离宿舍远，没办法在公用厕所解决，就只能和老师请假，好几次都支支吾吾说不清楚缘由，时间久了老师也就不想问了。

以为后面就会好，可是"后面"说它不知道答案。

慢慢地我明白了一件事，不是什么地方都有马桶，要么学会蹲着上厕所，要么就活活被尿憋死。一个人在家里锁着门练习蹲下站立，对着镜子反复无数次，觉得很滑稽，连自己都这么想，觉得更滑稽。

学会之后我又明白了另一件事，蹲下需要保持平衡，保持平衡需要腰腹力量，这还不够，左腿也得有力量才行，不然身体倾斜会尿在裤腿上。到最后，我才真正明白了这件事，从截肢那一刻开始，我就注定会尿在裤腿上。

幸好没人知道，要是让人知道我都二十岁的人了，居然还会尿在裤腿上那得多丢脸，可是这个世界真的很奇怪，为什么有的人还能一边谈梦想说未来，一边担心着厕所里有没有马桶、憋尿会不会憋死人这种无厘头的问题？

更奇怪的是，为什么一个人辛辛苦苦建立起来的自信，一件小事就能摧毁，哪怕这件事真的很小很小，小到尿在裤腿上，裤腿湿了一大块？

四

一连两个月，快儿在工作上都不是很顺心，每天垂头丧气地回家。同样不顺心的还有我，两个人一度陷入了困境。

那天下班，她从超市里买了五罐啤酒，回家之后就一个人开始买醉，可惜酒量太好了，五罐啤酒只够她多跑几趟厕所。

"你说为什么有人喜欢借酒浇愁？喝得我胃都快爆炸了，也没见心情好起来。"她一脚踢开易拉罐，坐在地板上望着天花板。

"啊，年轻啊。"

"怎么了？"

"一言难尽。"

"可以跟我说说。"

她抬起头来看了我一眼，又继续仰着头盯着天花板，说："我感觉你最近心情也很差啊。"

"嗯，有一点吧。"

"怎么了？可以跟我说说。"

我犹豫了一下："一言难尽。"

快儿笑了起来，略微苦涩："是吧，根本说不清楚。"

我们开始失眠，整夜整夜失眠，谁也不知道为什么会失眠。

"成都看不到星星。"

"偶尔能看见。"

"反正我一次都没看见。"

快儿坐在窗台边上发呆，手里捏着钥匙，指尖从齿轮上滑过去，她皱起了眉头，那像是会啃噬人的掌心。比起夜晚的寂静，两个人之间的沉默更像是无法回头的深渊。

这熟悉的场景又一次出现了。我发现，熟悉很不好，因为熟悉，所以都知道。

第二天下班快儿告诉我说，她被炒鱿鱼了，主管一直都不喜欢她，巴不得让她赶紧离开，前脚刚说"你可以走了"，后脚就马上给她办好了离职。

五罐啤酒喝不醉，没想到十罐啤酒还是喝不醉，她举起罐子摇了摇头，嘲讽地对它说道："老兄，你不行啊。"

"要不上白的？"

"算了算了，搞得我好像是个社会小青年一样。"

她慢悠悠地从地板爬到床上，盖上被子。她不觉得热，反而觉得很冷，半眯着眼睛看了一眼窗外，又是黑夜，这种场景像是苦情电影里的失恋镜头，可是此刻的她觉得自己比失恋还要痛苦。

"你做的决定是对的。"她发出来的声音颤巍巍的。

"什么决定？"

"不留在家里，留在成都。"

"为什么突然这样说？"

她脸红红的，鼻子红红的，眼睛也红红的，酒精终于发生了化学反应。

"我不属于这里。"快儿说完之后，用被子把自己整个裹住，想起妈妈以前说快儿天性乐观，第一次羡慕乐观的人就是因为她；再后来发现她要是难过起来，也只会咬着嘴唇皱眉头，第一次觉得乐观没有那么好，也是因为她。

第二天快儿就收拾好了房间里所有属于她的东西，看了一下最近一班的车次，下午三点钟，还有点时间。

手机陆陆续续有提示音响起，她一直低着头回信息，偶尔对着窗外出神，没有跟我说话，也不知道该说什么。沉默让我们忘记了吃饭，忘记了喝水。

两点到了，她起身整理行李。

"我先走了。"

"我去送你吧。"

"不用了，不然等会儿你还要自己回来。"

"那你去车站记得买点东西吃。"

"你也是。"

"好，注意安全。"

她往前走了两步，又转过头来，说："我们身上都没钱了，要不先回去缓一缓再来吧，梦想还很遥远，就算坚持了这一下，也不会马上实现，比起梦想，活着更要紧不是吗？"

你相信吗快儿，当你说这句话的时候我就知道，这个十几平的小单间，你再也不会回来了。

躲在房间里放声大哭原来真的很爽，鼻涕和眼泪糊成一团也不会有人看见。

五

妈妈又打了好几个电话过来，聊的都是些稀松平常的小事，但最后总会犹豫一下，再慢吞吞地挂掉电话。

五月到了，我决定搬家。

辞掉了工作，回家的路上买了一杯奶茶，甜得有些腻。周围的人成群结队地走着，偶尔有人投来好奇的目光，好像比起腿，他们更关注的是我为什么会一个人。

两个人的时候，一段路打打闹闹就过去了，一个人的时候，总觉得这条路走不到头似的那么长。

十一点刚好到家，准备洗澡才发现热水器出现了故障，想着给房东打个电话才发现以前这些事都是快儿在处理，自己连号码都没存。

手机屏幕在黑夜里一直闪，是康复中心的一个姐姐发来信息。

"五月十二号有一场马拉松，跟我们一起去吗？"

反反复复把这句话读了很多次，确认对方没有发错之后又不知道该回什么了。我身上黏黏的，整个房间都是汗水味儿。

冷水从头顶顺到脚底，所有的皮肤都皱在了一起，想起妈妈说的一句话，用冷水洗澡的人都是勇士。我没有这种感觉，甚至觉得有些可怜，为了当勇士去做让自己痛苦的事，说不定是个傻子。

身体打了个激灵，沐浴露的泡泡盖住了眼睛，脑子里开始盘算起时间，原来今年五月十二号那一天刚好是自己生日。十年过得好快。

网络上已经开始陆陆续续出现汶川大地震十周年祭的活动，我一边想着什么时候修理热水器，一边想着再不睡觉可能又要失眠了。我回看了一遍康复中心姐姐发来的信息。

"这是汶川首届马拉松，对我们来说都特别有意义，等你回复我消息噢。"

热水器总会修好，夜深了也会睡着，我应该去做点什么，为了自己，为了这十年，为了所有一直站在我身后的人。

凌晨四点，回复了康复中心姐姐的信息："去的话我需要准备什么吗？"

然后我给包子发了一个消息："明天你有空吗？我们拍组照片吧，特别酷特别飒的那种。"

以前做复健的时候，假肢矫形师哥哥就教过我怎么取海绵，一直没尝试过，也不敢尝试，取下来如果没装好，就失去了行走的工具。

那天也不知道哪里来的信心，买了一个内六棱扳手和电工胶布，架着台灯就开始着手取海绵。

穿了一条两年前买的短裤，当时喜欢得不得了，虽然也没想着自己有天能穿上它，但放在衣柜里看着也觉得很欢喜。再配上纯白色的体恤，浅红色的口红，这是二十一岁的春游。

左脚踏出门槛，右脚却踏不出来，深吸一口气，往前走一步，放松！再深吸一口气。

下楼短短几步路，额头上已全是密密麻麻的汗水，在电梯里碰到一位清洁工阿姨，侧着头仔细观察着我的小钢腿。

"孩子，你腿怎么了？"

"地震受伤的。"

"哎哟我的妈呀，这地震把人整得……"

电梯走到一楼，迎面的是一位穿碎花连衣裙的女生，她惊讶地看了一眼小钢腿，又赶紧低着头走进了电梯。

今天的气温二十八摄氏度，头发全部糊在脖子上，我热得发慌。

司机透过后视镜看了我好几眼，想问什么还是没问出来，我僵硬地保持着一个动作不变，偶尔瞟一眼窗外。

啊啊啊啊啊，真的好紧张。

包子扛着相机蹲在路边发呆，车刚好靠边，他就唰的一下站了起来，挠着脑袋。

"我去，你今天也太他妈酷了吧！"他右手搭在我的肩上，"以前被你包起来没发现，原来这只腿这么帅气，有一种人体与现代科技结合的美感。"

汗水顺着发尖儿浸到了眉毛，连睫毛都是汗涔涔的，我站在人群里，被所有目光包围，这种感觉并不太好。

和包子一起往前走，两边散开的人群像是被分开的河流，我不敢仔细观察他们的表情，也不敢认真听他们在说什么，潜意识一直告诉自己：抬起头往前走！往前走！

"你很紧张噢。"

"你说的不是废话吗？"

"我觉得他们肯定都跟我想的一样。"

"你想的什么？"

"哇，这女孩也太牛了吧！"

"你不觉得尴尬吗？这么多人看着我们。"

"哈哈哈哈。"包子举起相机对着我按下了快门，"跟你走在一起，我觉得很骄傲好吧！"

心里藏着十万个为什么的奇异画面，全部定格在了他的相机盒子里。

六

从一楼走到二楼，从这条街穿过那条街，离开了海绵的束缚，身体竟然也变得轻盈起来。

想起以前读书的时候，周围的同学都很好奇假肢是什么结构，总是有意无意地偷偷盯着我的腿看，到后来才发现，原来大人也会好奇，实在忍不住了就会来问，甚至还会用指节敲着假肢关节，看会不会发出什么特殊的声音。

最不喜欢的是陌生人，要是他们好奇，他们就会侧着脑袋，斜着眼睛看，生怕被我发现了，要是无意中和他们对视了，他们就会赶紧别过头当作什么都没发生，仿佛我身上有瘟疫似的，离得远远的。

跟着所有人的目光一起长大，习惯性地在人群中降低自己的存在感，害怕被关注，甚至连上课被点名回答问题也会胆战心惊。过天桥要等到没人的时候再上去，排队等人就假装玩手机，想着要是有人盯着假肢看我也不会发现，去超市总是最后一个结账，坐地铁公交总是最后一个上车。

我很在意这种无心的目光，缺陷因为关注被放大了数倍，与其说是在意别人的看法，无非是过不去自己这一关，找不到一种合适的方式和这个世界相处让我觉得很痛苦。

包子忘了带备用电池，让我坐在奶茶店里等着，他去附近看看有没有卖的。

一杯带冰的果茶，冰得我牙齿一阵抽搐，坐在旁边的一个小男孩，抱着一杯同款果茶，吸管嗞啦嗞啦地作响，他正在认真地观察着我的小钢腿。他低着头，弯着身子，时而皱着眉头，时而像发现新大陆一般惊喜。他转头拍了拍他妈妈的大腿，指着我很大声地说："妈妈！看！是变形金刚哎！"

男孩的妈妈偏着头看了我一眼，有些不好意思地低着头赔笑："对不起……小孩子不懂事。"

这句对不起反而让我有些尴尬，我摆了摆手示意没关系，犹豫了一下，也开始认真研究起小钢腿来，学着小男孩儿的样子低着头，弯着身子。

别说，还真有点像变形金刚。

那一天走在春熙路的街头，被大家光明正大地看着，我内心居然无比畅快。没有躲躲藏藏的目光，没有窃窃私语的议论，在太阳光下，明朗，坦然。

一百零八张照片都在笑，从圈的边缘拉回了圈的中心，谁也不知道这有多快乐，喜欢周而复始的复始，因为那是重新开始的意思。

七

生日的前一天晚上，包子把整理好的照片发给了我。

晚上和妈妈打电话，她说明天五月十二日刚好是我的生日。让我出去吃吃喝喝一整天，别想不开心的事情，出生和重生，都值得庆祝。

学摄影的这些时日里，在社交平台积累了一些粉丝，偶尔会有人在留言区问我为什么构图这么单一。怕他会多想，自己也会多想。

一个人躺在房间里，有些失神。今年，是成为残疾人的第十年，是躲躲藏藏的第十年，是犹豫、失落、彷徨的第十年。

我不想再这么过了。

应该去做点什么吧，总得去做点什么吧。

十二日的早上九点钟，我顶着黑眼圈，在社交平台上输入一段长长的文字：

Hi，春游，二十一岁生日快乐。

你说五月的时候，你达成了你的愿望，就是穿着取掉海绵的假肢，去人潮拥挤的大街上走一圈。

很多人看着你，你紧张得出了汗，有些不敢看路人的眼光，但还是努力地挺直背，看着前方。

我觉得你很勇敢，想给你一个拥抱。

十年前的大地震，你被埋在废墟下三天三夜，那场灾难带走你的朋友，你的亲人，还有你的右腿。

有时候会觉得生活很糟糕，它会让你感到失落难过和不公平，你会抱怨，会想着为什么上天要这么惩罚你，你也想去跳舞，骑自行车在大街上飞驰而过。但更多的时候，是觉得幸运，十年前躺在病床上，那个时候每天晚上都会被疼醒，无止境的手术让人感到害怕，我记得你在日记本里面曾经写道："如果有一天能安安稳稳睡个好觉那该多好。"

所以活下来不容易，你更想要活成自己喜欢的样子，觉得生活糟糕的时候，就吃点好吃的东西，去看一场好看的电影，听一首喜欢的歌，和美好的人待在一起，睡个好觉，做一个甜甜的梦。

有句话让你印象深刻，想送给看到这段话的每一个人。

"你呀，别再关心灵魂了，那是神明的事。你能做的，是些小事情，诸如热爱时间，思念母亲，静悄悄地做人，像早晨一样清白。"

生日快乐。

二十一岁

一

十三日的汶川马拉松，十二日晚上就要到达都江堰。

中午和朋友们一起吃饭，他们准备了一个生日蛋糕，但因为坐动车时间快到了，没有机会一起吃蛋糕，于是他们打包好让我带上。

盒子上面缠了一个蝴蝶结，丝带绕了两圈刚刚好，一个提着蛋糕的假肢少女停留在动车站。好奇的议论盖过了动车与铁轨摩擦的声音，像是合唱团里男低音，沉闷地张着嘴巴。

和我一起同行的还有两个姐姐，她们讨论着旅程和学业，我插不上话，就只能盯着蛋糕盒发呆。幸好动车里有空调，真怕揭开盖子的时候，蛋糕已经糊成了一团。

晚上八九点的时候，我们住进了酒店，大大的落地窗刚好能看见地震留下来的那一片废墟，左边是新建好的房子，一根线从中间直愣愣走过，恍然间我觉得有点不真实。

她们出去采购明天跑步需要的食物和药品，蛋糕还乖乖地坐在电视机前面，再过几个小时十二号就过去了，我还是想等她们回来一起唱生日快乐歌，吹蜡烛。

公众号推送了我写的文章，后台收到了许多人的语音祝福，一个一个点开听。妈妈发了朋友圈，配上了我穿裙子的照片。

十一点的时候，还没有等到她们，同行的一个哥哥帮我点上了蜡烛，唱了生日歌，问我有什么心愿。

我笑着闭上了眼睛，在心里说了无数个谢谢。

凌晨五点醒了就再也没有睡着，我给假肢调整好位置。走两步感觉不是很舒服，又取下来重新调整，还是不舒服，兴许是我太紧张了。

早上的映秀镇只有十几摄氏度，小腿上起了一圈鸡皮疙瘩，嘴巴变成了酱紫色，和伤口的颜色一样，看起来像是被捏碎的蓝莓粒。

有一个叔叔问我为什么会来参加马拉松，我支支吾吾了半天也不知道该怎么回答，他看出了我的窘迫，没有继续追问。

陆续有人来找我们拍合照，我心脏扑通扑通跳得很快，站在镜头前，感觉自己的表情有点僵硬，好想看看照片。

"你笑起来好好看呀！"

"真的吗?！"

我凑近手机看了一眼照片，感觉心里压着的一块石头终于被搬开。

二

你觉得你参加汶川马拉松，印象最深刻的一件事是什么？

那天一开始，同行的姐姐就跟我说，不要太拼，量力而行，毕竟二十多公里，正常人跑下来都会很累。

走在队伍的最后面，整个赛道只剩下了我一个人，左腿从酸痛到胀痛，再到后来的麻木。但精神却越来越亢奋，走完第一个五公里之后觉得自己好像还能走第二个五公里，第二个五公里之后好像还可以尝试第三个五公里。

收容车跟在后面，提醒着我："你再不上车，所有的人都要陪着你一起走完全程。"

坐上车之后，感觉左腿已经不是自己的腿了，胃里有一种翻江倒海的感觉，也不知道是因为中暑还是走太久的缘故，休息了一会儿，估摸着自己又可以继续走了，于是果断下了车。

在最后三公里的时候，一起参加马拉松的人已经折返回来了，他们和我们反方向走着，在街道两旁，像厚厚的围墙。

每一步都很艰难，可是终点就在前方了，姐姐扶着我，我们两个人一瘸一拐的，她的汗水滴在我的手臂上，我戴着帽子，浑浑噩噩的。

人群中有一两个人高喊着加油，到后来大家都说着加油，我听见他们说，中国加油，汶川加油。

我不知道脸上是汗水还是泪水，但我知道我终于翻过去了那道坎，在这里，汶川马拉松的跑道上，真真正正地翻过去了。

组委会的一个小姐姐，眼圈红红地把奖牌挂在了我的脖子上，她说：你真的好棒好棒。这是我拿到的第一枚马拉松奖牌，比考试拿到一百分还让人高兴，虽然我从来没有在考试里拿过一百分。

回家之后我躺了三天，完全动不了。

鑫儿每天带好吃的来看我，我横在床上，耷拉着眼皮，什么东西都不想吃。这次好像很严重，左腿肿成了气球，使劲儿一按还有淤青。我忘记了脚里面还有钢板这件事，连脚指头都跟着肿了起来。

"后悔吗？"

"不后悔。"

"痛吗？"

"痛。"

"后悔吗？"

"不后悔。"

鑫儿皱着眉头看了我一眼，像是正在思考一道数学题，"下次可不能这样了。"

最开始的时候，没人注意到春天已经来了，直到绿芽萌发，冰山融化，一个小孩指着树上的花骨朵兴奋得手舞足蹈，人们这才知道，严冬已经过去，他们脱下束缚在身上的棉袄，开始探索着春天的秘密。

她安静地躺在小出租房里，天花板的纹路像是礼盒上五颜六色的带子，每一个颜色都是一种期待，她开始觉得世间一切美好表达，都是委婉深沉的爱。

一边痛恨着夏天，一边又爱着夏天，她的情绪总是和季节有关，早上七点就泛白的天空，隔壁小孩不熟悉的和弦音调，微信上弹不出的消息提醒，她的情绪是一个永远装不满的潘多拉盒子。

照镜子的时候，她开始用褒义词形容眼前这个熟悉的女生，凹凸不平的皮肤也许是清晨走过的一条泥泞小路，紫色红色也许是艺术家作画时不小心晕染的一块水彩，向日葵的花蕊，大海的粼粼波纹。

在自己的圆圈里活着，没有去过更远的地方，没有遇见更多有趣的人，生活是两条永不相交的平行线，她走在中间，或者走在外边。

但她知道，想象建造的世界不止于此，春天开的花冬天也能看到，不谈爱的人也能做出关于爱的事，身体禁锢住的是现实，而不是梦。

一个不知名的地方，洁白的花树开得洋洋洒洒，春天的馈赠，它毫不犹豫地接纳，肆意的生长压折了树枝，一直拖到了泥地上。她站在中间不敢往前走，生怕惊扰了它们。她醒来之后，周围一片漆黑，窗外零零星星的灯光孤独清冷，现实与梦境被划开了一条口子，渗出来的血液黏黏的，有午夜的浑浊味道。后来遇见过无数朵盛开的白花，都不如梦里的它。

昼夜不停，四季更替，她知道他们总会重逢。

三

打包好家里所有的东西已经快晚上十一点了，早些日子就答应过房东今天一定搬出去，结果一直忙东忙西到今天才想起来这件事。

把所有东西拖到楼下，一个小时过去了，想打电话叫朋友来帮忙，发现这会儿已经太晚了。网约车也约不到，我觉得自己像一个交不起房租被房东赶出去的落魄打工仔。

坐在行李箱上看了一眼手机，百分之二十的电量，还得打车，要是连手机都没电了，那还真是凄惨，用了"凄惨"这个词，气氛就变了，马路凄惨，树也凄惨。

凌晨一点钟，终于打到了车，司机是一位三十出头的男人，确认了是我打的车之后，他下车帮我把行李搬到后备厢。

"这么晚了，你搬家吗？"

"是的。"

"白天怎么不搬，晚上一个女孩子在外面多危险？"

"白天处理其他的事情去了。"

"可以找个朋友什么的一起，这大晚上的多危险！"

我坐在后排蜷缩成一团，微信聊天记录置顶还是爸爸下午发来的消息。我透过屏幕上的影子能感觉到此刻自己表情怏怏的。连一个陌生的司机大叔都很担心，要是爸妈知道了，他们一定会急得睡不着觉，以后绝对不能这样做了。

我忍不住打了个哈欠，司机大叔也跟着打了个哈欠，生活可真不容易啊。

四

"我?！微博热搜！你确定?！"

"对啊，就是你。"

五月十八日的早晨，包子打来电话，说我上了微博热搜。

"汶川最美马拉松女孩"，大家这样称呼我。一天之内，我的微博涌入了上千条私信，消息提示音一直响个不停。吃饭想看微博，走路想看微博，就连上厕所也想看微博。

"生日快乐，愿你每天都能有如此灿烂的微笑。"

"你太棒了！活成了自己想要的样子，不知道怎么形容，反正就是太棒了！"

"小姐姐太好看了吧，从你身上获得了力量，加油元气美少女！"

"善良的人世界总会以温柔去疼爱。"

从白天到黑夜，每一条评论、每一条私信我都认真点开看。我哭了又笑，笑了又哭，一包纸被自己用得干干净净。

第一次那么真实地感受到，原来自己的存在于别人而言是有意义的，原来勇敢地站出来真的会给更多人勇气和力量。

午夜十二点，我收到了这样一条私信。

"姐姐你好，今天在热搜上看到了你，我躺在床上一边流眼泪一边刷着你发的每一条微博，我好羡慕你可以勇敢地去做自己想做的事情，我的生活好糟糕，甚至一度认为我不应该来到这个世界上，今年我十八岁了，但我还在读初中，那是因为我得了一种难以启齿的病，尿毒症。不知道从哪一天开始，我装上了尿袋，它会在夏天散发着臭味，会在上课的时候发出奇怪的声音，同学们的嘲笑、歧视一直伴随着我，我没有办法继续读书了，我害怕在学校，没有一个朋友，也没有一个人愿意靠近我。其实我一直很喜欢隔壁一个高高瘦瘦的男生，可是他总是离我远远的，连我多看一眼他都会逃避，偶尔对视我也只能感觉到他眼里的厌恶，难道我连暗恋一个人的权利都没有吗？为什么病痛会选择我呢？这个世界真的好不公平。"

刚读完，太阳穴就一阵抽痛，手边还有半杯没有喝完的水，咕噜咕噜下肚之后，再看文字，有一种模糊感。

这个世界好像就是这样的，不是每个小孩都拥有美好的童年，不是每一段青春都值得回忆。

"春游我失恋了，那个女孩和我在一起了八年，我们已经到了谈婚论嫁的地步，只是求婚还在筹备中，她就对我说了分手，因为她爱上了其他人。分手之后我还是忍不住关注她的社交平台，她幸福的样子让我想到了我们刚在一起的时候。我突然发现，她已经很久没有在我面前这么开心过了，是我的错吧，如果我够好，如果我能让她快乐，她一定不会离开我。"

"Hi，春游，不知道我发的私信你能不能看见，去年下半年，爸爸生病了，妈妈的头发一夜全白，她整夜整夜睡不着，家庭的压力全部压在了她一个人的身上，我恨自己还在读书，如果我已经出去工作了那该多好，这样就不用伸手问家里要钱了。除了对家庭的愧疚，我发现我越来越自卑了，不愿意结交新朋友，也不愿意参与社交活动，喜欢一个人安安静静坐着，一坐就是好几个小时。"

"春游你好，我比你大四岁，参加工作也已经四年了。这四年里，我每天努力学习新的东西，认真做好每一个项目，可是四年过去了，我还是拿着刚好能养活自己的工资，我不知道是哪里出了问题，时间越久，压力也就越大。面对父母的质疑，亲戚们的催婚，我无时无刻不在想着是否要妥协，也许这个城市并不适合我，也许命中注定了我这辈子不可能有一番成就，可是真的好不甘心，一想到以后的人生也就那样了，我就会觉得很难过。"

"你真的好勇敢，一定承受了很多异样的眼光和歧视吧，今天看到你的新闻，我其实有点自愧不如。因为我一直很痛苦的一件事，是我长得太丑了，二十多年，我一直都是母胎单身，从来没有人对我说过喜欢，也没有人会在生日的时候偷偷送我礼物。我想要存钱去整容，可是父母很反对，我知道身体发肤受之父母，可是想要变漂亮的心有错吗？"

"去年确诊为重度抑郁症后，我的生活就发生了翻天覆地的变化，害怕上班，每天觍着个脸皮和老板请假，问理由也答不上来。越来越感觉到自己的情绪难以控制，甚至会有自杀的念头从脑子里窜出来，不敢告诉父母，也不敢告诉朋友，感觉自己被困住了。可是开锁的钥匙却放在门外，我不止一次问过自己到底怎么了，可是谁来告诉我这个答案呢，我应该是好不起来了，这辈子都不会好起来了。"

那天，我成了一个树洞。

他们分享着他们的喜悦，他们的痛苦，原来每个人都过得很不容易。戴着层层伪装的面具游走在这个世界的表层，谁都有过失重的瞬间，谁都逃不过。

"可是生活总是要继续的。"

"从十一岁到二十一岁，我不止一次梦见自己右腿还在，梦里可以跑很远，可以一步两个阶梯，可以穿上白色的连衣裙，再远的地方都能到达，再高的山都可以爬上去，可是梦醒之后发现一切都还是原来的样子。离开了假肢，我只能被困在这间小小的卧室里，那么美好的梦，我却更希望自己从来都没拥有过，我每天都在和自己挣扎，和自己妥协，在别人看来只要勇敢坚强一点就可以办到的事情，我觉得好难好难。"

"虽然很痛苦，可是早晨还是会准时到来，时针还是不知疲惫地走着，一切都会照旧，反反复复，开始，结束。"

"你相信吗，就算陷入泥淖里，也能好好过完这一生。"

五

有一些话想对快儿说。

二〇一八年的六月五号，我接到妈妈打来的电话，她告诉我说你要结婚了，我第一反应是：绝对不可能。

那天你电话不接，微信不回，人间蒸发了三个小时之后才告诉我说："嗯，我要结婚了。"

两个小时的通话，我们彼此沉默，只有在说起他的时候，你的话语才会变多，你告诉我说，他对你很好，好到你都不知道该用什么词汇去描述他。

我想起了十五岁那一年，我们躺在同一张凉席上，你说："以后娶你那个臭小子，一定要八抬大轿风风光光迎娶你过门才行！""少一抬都不行吗？""不行！""那你也得八抬大轿，如果你没有，那我也不要！""哈哈哈哈行吧，那我们约定好了喔。""拉钩！"

可是，当这一天真的到来的时候，我突然觉得，他没有八抬大轿也行，不是百万富翁也行，只要他真心对你好，只要他能把你捧在手心里宠一辈子。

十月份的时候，快儿在北川举办了婚礼。

婚礼前夜她失眠了，化妆师一边吐槽着她的黑眼圈，一边在她脸上抹着厚厚的遮瑕膏，她不以为然地咂着嘴巴，说就算有黑眼圈，今天的自己还是美得惊天动地。

洁白的婚纱，闪闪发光的小王冠，细尖细尖的高跟鞋，她每走一步都小心翼翼，直到白马王子破门而入，找到了被藏起来的那只水晶鞋。她的丈夫站在她的身边，厚实的臂膀像是仙女的魔法棒，她不再小心翼翼，有他在身边，她有了安全感。

中午十二点，客人陆陆续续到了大堂，屏幕上放着 Six60 的 *Special*，每一张婚纱照她笑得都那么好看，一条铺满玫瑰花瓣的路直直地穿过大堂中间，五颜六色的灯光，人们的哄闹声，她拉着我的手，满眼都是幸福。

我们无数次期待、幻想过的这一刻，终于来了。

快儿，你看你，还是那么大大咧咧，司仪才刚问出那句"你愿意吗"，你就立马抢过话筒说你愿意，台下一阵哄笑，你红着脸跟着笑，好啦，我知道你不在意。

你说得没错，他真的对你很好。眼神从头到尾都没有离开过你。今天的你也真的很美，美到像是从童话里走出来的公主。这话千万不能被你知道了，不然你肯定又要嘚瑟好久。

我真的好开心，开心到一直忍不住流眼泪，你站在台上看我，笑着点了点头，嗯，我知道你想说什么，谁让我们从小就这么有默契呢。

你端着酒杯跑遍了整个大堂，粉色的泡泡落在你的头顶上，我突然想起了初中的时候，你为了一串鸡肉丸子跑遍整个县城，结果还是没买到，你气得整夜睡不着。

在我心里，你好像都不会长大，永远爱着宫崎骏，喜欢无厘头的漫画，下雨天不爱打伞，鸡蛋可以吃五个。可是今天看到你穿上婚纱，我才发现，你偷偷长大了，在我不知道的时候，偷偷长大了。

嘿，别有了男人就忘了姐妹，你可得给我记住了。

最后，一定要幸福，一定要永远都笑得那么好看，一定一定。

六

姐姐发来一张照片，小小的雨蔓正在啃脚指头。

"都四岁了还啃脚指头呢！"

"你四岁的时候还不是也要啃脚指头！"

"我四岁绝对不啃脚指头。"

"我记得你还要尿裤子！"

"尿裤子不是很正常吗?！"

刚回完消息，她的视频电话就弹了过来，我一句哇还没说出口，她就像连环炮一样说个不停。

"我有你小时候尿裤子的照片你要不要看？"

"不用了，谢谢。"

"哎呀，你要勇敢面对自己的童年嘛。"

雨蔓在旁边咿呀咿呀地喊着妈妈，她放下了手上的电话，一把将雨蔓搂在怀里。

"不说了，她估计困了，我得哄她睡觉。"

"知道了知道了，挂吧。"

"来，叫一声小姨妈……"

视频里的雨蔓睁着懵懂的大眼睛，环顾四周后，终于在看到我的那一刻笑了起来。

"她很喜欢你耶。"

"废话，我这么好看当然喜欢我啊！"

"呸，拉倒吧。"

"今晚是第十五条私信，你好春游，抱歉又给你发私信了。

"你知道聋哑人是以什么样的角色存在于这个世界上的吗？看着你虽然失去了一只腿，但还是可以去很多地方，我居然很羡慕，甚至有些嫉妒。我从小听不到声音，这个世界对我来说一直都是安安静静的。看着同龄人喜欢着周杰伦林俊杰，可是却不知道他们的声音到底有多迷人，我是一个极度消极的人，可是最开始的我不是这样的，也对这个世界有过美好的幻想，可是失去声音就像是失去了与这个社会交流的方式，慢慢地，我感觉被所有人抛弃了，谁也不能理解我，我也没办法理解别人。我不喜欢别人叫我聋子，也不喜欢别人叫我哑巴，不喜欢这种特殊称呼。"

"我也是，不喜欢别人叫我瘸子，我更喜欢他们叫我小仙女。"

"好的春游小仙女。"

"你喜欢什么称呼？"

"这位帅气的先生。"

"没问题，这位帅气的先生。"

下午三四点的时候，一觉醒来，我感觉心里空空的。

睡午觉又睡过头了，我总是这样。手机屏幕显示有几个未接来电，被人爱着的感觉真好，无论做什么事都会很有底气。

其实每个人都被爱着，只是有的人还不知道而已。

冰箱里还放着妈妈做的水果捞，房间安静得像是在海底，和自己对话的时候，这个世界就会变得温柔无比。

"你要去西藏吗？"手机屏幕跳出这样一条消息。

"西藏？"

"西藏。"

"啊啊啊啊啊啊啊啊啊啊！等着！我现在就去收拾行李！"

七

我今天知道了一个神奇的地方，它叫鲁朗，它在西藏。爸爸说，整个西藏很美，像是天堂一样，我很想去。

我决定去学校了，我要好好读书，这样我才能赚到钱，有了钱我才能去西藏。

好不容易站起来了，那就一定要去自己想去的地方。

十一月份，北川的温度逐渐下降，爸爸妈妈再三叮嘱后，我一个人坐上了去林芝的飞机。

一路上飞机颠簸得厉害，手心里汗涔涔的，我连大气都不敢喘，只能紧紧地抓住座位上的扶手不敢松开。

来接我的是西藏本地的一个姐姐，叫拉珍，比我大五岁。她剪着干净利落的短发，脖子上的文身若隐若现。

"在这儿你也敢穿这么少？没带棉袄吗？"

"在行李箱里。"

"赶紧穿上。"

她拿出行李箱里的棉袄裹在我身上，然后招呼着我上车，说先带我去住的地方。

一路上她用本地语言和司机交流着，我听不懂，也不知道该怎么插话，只能散漫地看着车窗外。

"彩虹！是彩虹！"眼前是一个美丽的弧形，斑斓的颜色环住了半块小山峰。

拉珍姐姐侧过头看了一眼我手指的方向，说道："在我们西藏有一句俗语，见到彩虹会有好事发生，你刚来就见到，可以说是特别幸运了。"

"真的？"我低着头看了一眼手背，干干的，起了细小的死皮。再看窗外，彩虹已经走远了，剩下的是无边无际的荒原，静悄悄地裹住整个地平线。

我自认为我是没有高原反应的，在西藏的前三天，除了无论怎么穿都穿不暖和，无论怎么吃都吃不习惯，其他的都好像挺适应。

"这个是西藏的奶茶。"拉珍姐姐端了一碗奶茶放在我面前。

一口下肚，嘴里面腥腥的，我尴尬地摇了摇头："这和我想象中的奶茶不太一样。"

"这才是最正宗的奶茶。"她爽朗地笑了一声，端起奶茶咕噜咕噜地喝了下去。

"西藏也有很多四川人开的馆子，到时候带你去吃。"

"什么时候？"

"放心吧，饿不死你。"

她冲我眨了眨眼睛，一把抓起座椅上的背包提在手上，往前走了两步，突然停了下来："你过来，我扶着你走。"

拉珍姐姐的手心暖暖的，和西藏的冬天是两道不同的影子。

从林芝到 80K，一路上人迹罕至，自然恩赐给人类的绝境，还好有生之年来了一次。大部队停在路边短暂休整，我靠在路边冷得直打哆嗦，拉珍姐姐取下自己的手套给我戴上，接着从包里掏出一块士力架掰成两块。

"这里到墨脱还有很长的路要走，吃点东西补充体力。"

"哇！还有士力架！"

"嘘！别被他们发现了，因为只有一块，哈哈哈，我们偷偷吃掉。"

嘴唇被冷风吹得已经麻木了，士力架甜甜的味道竟也变得有点苦涩，拉珍姐姐的手指从红色变成紫色，像一条深海里的变色鱼。

"拉珍姐姐，你把手套给我，你怎么办？"

"我可以把手放进兜里。"她对着手心哈了一口气，白蒙蒙的雾气盖住了她的眼睛，变色鱼游在白色的水里，这里是西藏，一切梦里的场景也许都会真实出现。

从色季拉山脚下到山顶，两个小时的车程，也许还不止，大家都耷拉着眼皮，一副倦意，很少有人注意到，沿途走过的白雪皑皑，一两棵傲然挺立的树，一面都写着神圣，一面写着诗意。

有人喊了句："到了！色季拉山口！"所有人才慢慢睁开惺忪的眼睛。

西藏的雪和其他地方的雪不太一样，小时候在家乡，手触碰到雪花会慢慢融化，西藏的雪我是不敢碰的，它会冷得透进骨子里，哪怕一两片雪花粘在皮肤上，也不会立刻融化。我一跤摔在雪地里，那感觉真难以形容。雪太厚，拉珍姐姐小跑过来很吃力，好不容易拉起倒在雪地的我，结果两个人双双栽了下去。

"姐姐，我已经感觉不到我手的存在了。"

"你尽量别碰雪，赶紧放兜里暖和暖和。"

"放兜里也没用，真的好冰啊。"

"你放我兜里。"

拉珍姐姐捧着我的手一边哈气一边叮嘱着:"春游,这里海拔四千五百米,你不要做太大的动作,不然很有可能会缺氧,你慢慢站起来,我扶着你。"

"等等!那是什么地方?"

"南迦巴瓦峰。"

"南迦巴瓦峰!……天呐!那是南迦巴瓦峰!?"

它以一种拔地参天的气势站在我面前,云雾里,大雪里,我觉得此刻的自己好渺小。我想要离得更近一点,结果一个踉跄猛跌坐在雪地上,努力站起来却发现全身一点力气都没有,恍惚间,我看见小钢腿上积了一层薄薄的雪。

糟糕,是高原反应吗……

八

高原反应说来就来,我脑袋里嗡嗡的,一千只蜜蜂在吵闹,一万只苍蝇在抗议。眼前一片模糊,雪色拉成了一块巨大的幕布,白得明晃晃,白得令人找不到方向。雪冷得刺骨,冷得让人绝望。

拉珍姐姐的呼叫声很快聚集了很多人,看不见他们的表情,我只知道自己全身抖得厉害,一种可怕的想法从脑子蹿了出来,我该不会死在这里吧。

有人背着我,是拉珍姐姐。她吃力地向前小跑,嘴里一直念着我听不懂的藏语。

"醒醒!春游!我们马上开车下山!"

"姐姐,我假肢……硌人……背着我……你难受……"

"穿得厚!感觉不到!"

迷迷糊糊中,我感觉到有人把氧气瓶放到我面前,拉珍姐姐坐在旁边，一只手紧捏着我的手，一只手掐着我的人中，后来她还说了什么，我就不记得了。

醒来的时候，我们在医院里。液体瓶里的药水走了多半，我能感觉到脚边有一个热热的袋子，拉珍姐姐和同行的一个哥哥坐在我旁边，嘴唇是惨白惨白的颜色。

"好点没有，你刚才高原反应，吓死我了。"

我点了点头。

"我刚刚一直在祷告，生怕你出了什么事，都差点吓哭了。"

"已经吓哭了。"旁边的哥哥笑着说。

"想不想吃点什么东西？这里海拔不高，身体应该会感觉稍微舒服些。"

"我去给你端点水饺过来。"

哥哥离开后，拉珍姐姐看着我，假装很生气的模样，结果眼眶却越来越红，她说："你呀，真的吓死我了……"

挂完点滴，拿了药，刚走出医院大门的时候，我着实愣了一下。

眼前的一切为什么这么熟悉？我是不是在哪里见过？

天空蓝得像块宝石一样，湖水清冽可鉴，这么圣洁、宁静的地方，美得仿佛不可能存在于这个世界上。"漂亮吧，鲁朗可是被称为神仙居住的地方哦。"拉珍姐姐把手搭在我的肩上。

"这里是鲁朗？"

"嗯，就在色季拉山脚下。"

十一岁那年我坐在沙发上，盯着电视屏幕发呆，看它美得震撼，美得荒芜，美得疯狂，被治愈的瞬间脑子里只有一个念头：一定要去这个地方。

毫无预兆地，今天它以一种特别的方式来到了我的面前。

身体的疼痛和疲惫感一扫而空，我站在马路边，感受鲁朗吹得肆无忌惮的风。两侧青山层层叠起，杂而不乱的灌木丛，茂密的云杉和松树，我置身于这里，又怕打搅到这里。

波澜起伏的云朵，天空蓝得过分。她们绰约多姿，她们盘旋蜿蜒，她们有百种千种的美，却又不仅于此。

"你喜欢这里？"拉珍姐姐问。

"喜欢，小时候就一直想来这里，没想到今天居然来了。"

"痛苦之后的惊喜。"

"也算值了。"

我和拉珍姐姐并肩站着，头发丝凌乱地飞了起来。

"今晚是第十八条私信，春游最近都在忙什么？

"我在面试找工作，挺难的，别人都会委婉拒绝，但其实我也能理解，昨天在路上看见了一个特别好看的女生，试图靠嘴型判断着她正在和旁边的人说什么，读懂那一秒我差点兴奋跳了起来，想用一种特别的方式活下去，只是还不清楚自己在这个社会上的定位是什么，我在等待着那一天，真的很希望我也能像你一样，成为于别人而言是有价值的人。

"最近网上有一首很火的歌曲，很想听听看，有了这种想法就觉得很可怕，因为想象过后的世界会显得更为痛苦。

"今晚一定要睡个好觉。"

"嗨，这段时间我在西藏，信号不是特别好，有的时候没有办法连上网，所以抱歉现在才看到你的消息。我去了心心念念的鲁朗，不知道该怎么向你形容它的美，真希望以后你也能来看看。

"给你讲一件很有趣的事情，我们在翻越雪山的时候，遇见了几位朝圣者，他们一路走一路进行着佛教的朝拜仪式，那天还下着大雪，但内心的虔诚让他们如雪莲一般坚韧。我们和他们打着招呼，一位叔叔看见我，很热情地分享了他们的美食，糌粑和酥油茶。在海拔几千米的地方，一杯酥油茶真是暖到了心坎里，他们关切地问候着我，穿戴假肢是否会疼痛，严寒的天气是否会对身体有影响。

"不过发生了一个小意外，就是我在色季拉山顶上高反了，太难受了！至今都忘不掉，感觉一口气喘不上来就会立刻停止呼吸，人真的好脆弱，生命太珍贵了。但同行的哥哥姐姐们都很照顾我，他们无微不至，在这陌生的地域，他们对我而言就像亲人一般，有时候我都在想，在这个所谓'自私'的社会，它真的就这么'自私'吗？相信自己的判断，相信自己的直觉，相信爱与被爱，我觉得这样活着也挺好。"

九

到了墨脱，天气居然变得暖和起来。

我们坐车到背崩乡的时候已经深夜了，整个乡镇一片漆黑，唯独山腰上一处建筑有星星点点的灯光，拉珍姐姐说那里是背崩乡完全小学。

"今晚先好好休息，明天再去小学看看。"

那一夜我听到了久违的蝉鸣声。墨脱海拔地势低，是西藏的一块圣地，名副其实，它好像与世隔绝一般，谁都无法打扰这里。

第二天一大早，我们一行人就去了完全小学。

"墨脱县地处雅鲁藏布江畔世界第一大峡谷侧边，是全国很贫困的地区之一，最开始的时候整个墨脱县只有一所小学，你知道墨脱离背崩其实很远，很多孩子要走几天的山路才能到学校，而且这里地势险峻，还加上暴雪，连基本的安全都不能保证，后来陈正老人建立了这所希望小学，圆了很多孩子的读书梦。"拉珍姐姐一边走着一边跟我讲解。

"这里很多孩子，去过最远的地方就是墨脱县，甚至有的孩子连墨脱县都没去过，但他们都有梦想，走出大山，去外面的世界看看。"

黝黑的皮肤、淳朴的面相是我对这些孩子的第一印象。对于陌生人的到来，孩子们都会围在校门口，叽叽喳喳议论着。

"怎么了？不进去吗？"拉珍姐姐看出了我的迟疑。

"有点害怕。"

"怎么了？"她停下了脚步。

"我挺怕小孩子的，因为小孩子都会说真话。"我低头看了一眼没包海绵的假肢，阳光打在机械关节上折射出了好看的光。

"你拉着我，没事的。"拉珍姐姐站在红色砖瓦的校门口，月牙形的眼像是小说里写的那样让人觉得一见如故。

孩子们都很好奇，但不敢靠近我，我走在前面，他们就跟在后面，不敢议论。一个大胆的男孩，个子小小的，蹑手蹑脚走到我面前。

"你的腿，为什么是这样的？"

"这是假肢。"

"那你的腿哪里去了。"

他睁着大眼睛，求知欲加上好奇心，我觉得这是个好机会。

"一会儿我就告诉你。"

"真的吗？"

"嗯，你先去教室里等我。"

男孩点了点头，往前走了两步，又转过头来看了一眼小钢腿。

在西藏支教的第一节课，我特别紧张。孩子们都穿着红色校服，坐得端端正正，炽热的目光跟着我从门口到讲台。我深呼吸一口气，开始吧。

"大家好，我叫春游，你们可以叫我春游老师。"

孩子们齐刷刷地喊着春游老师。

"刚刚上台，你们可能都发现了，老师的腿好像跟别人的腿不太一样。"

有孩子举手提问："春游老师，你受伤了吗？"

我点点头："老师的右腿，在一场大地震中失去了。"他们不再提问，安安静静地听我讲故事，坐在最前排的小女孩，两只手支着下巴。怎么会有这么干净透亮的眼睛呢，像是从不知道这个世界的背面，一直这样就好了，宁愿他们这一辈子都不会去经历那些。

我们的距离慢慢拉近，从地震讲到十八岁，从十八岁讲到西藏，走过的地方，遇见的人，能遇见你们，真的好幸运。

"春游老师，你好棒。"孩子们竖起了大拇指，笑声融成了一片。

休息时间，他们从包里掏出一些稀奇古怪的小玩意儿送给我，写上祝愿的小纸条，偷偷塞在我的手心里。我最喜欢的是"明天见"。他们会站起来，挥着手说："春游老师，明天见。"下楼梯的时候，他们会石头剪刀布来决定谁来扶我，输的孩子会委屈地扯着我的衣袖说："春游老师，我可以扶你吗？我也想牵你的手。"

我们一起走进山里，不知名的花开得漫山遍野都是，他们总是能变着法来让我感到惊喜，一个草编小手环，还有长得像镰刀的小树枝。

门巴语言带着浓厚的地域人情，说的时候舌头像是正在跳跃的小精灵，他们在我手心里写着小秘密，我说我猜不到，他们会凑在耳边说："那我偷偷告诉老师啰。"

在这个封闭的小山村，没有智能手机，没有川流不息的车辆、霓虹大厦，喧嚣的一切都与这里无关，背崩都是他们的名字，是他们的故事。在这里，不用在乎别人的目光，也不用关注反面的现状，有一扇半掩的门，轻轻推开，金色的阳光会落一地，屋里潮湿腐烂的气息也会被冲刷出去。

最后一天，我对孩子们说再见。

他们依然笑着说"春游老师，明天见"。我不忍心告诉他们我明天就要离开的事实，拉珍姐姐拿着相机，让我和孩子们拍一个合影。

走廊快到头了，一个小男孩从教室里跑了出来，看着我，支支吾吾地说："春游老师……其实我……一直都有一个小心愿……"

"什么心愿，你告诉老师。"

"我……我可以摸一下你的小钢腿吗？"

我噗的一下笑出声来，孩子有些忸怩害羞地低着头，我挽起了裤腿。

"你摸吧。"

"真的可以吗？"

"当然可以。"

他轻轻地把手放机械关节上，仔细观察着它的构造。

"春游老师，你穿着它会痛吗？"

"老师已经习惯了。"

孩子直起身来，笑得露出了八颗牙齿。

"谢谢老师，那就明天见啰。"

说完这句话，他转身跑了过去，快到教室门口的时候，用力地朝我挥了挥手。

不枉来一趟，感恩遇见你们。

"孩子们，这个世界有很多美好的东西，但遇见你们之后，我发现，你们就是这个世界最美好的合集。希望某一天，我们还能遇见，谢谢你们，也超级爱你们。"

十

"第三十二封私信。

"春游，我开始学绘画了，因为身体缘故去了特殊学校，而且我比我想象中更快地适应了这里，日子开始变得有了期待。

"我还是没有确定我以后要做什么，但比起漫无目的地找工作，我更希望自己沉淀下来去好好感受一下，也许时间久了，我就知道自己想要什么了。

"总会有好的和坏的之分，如果这个社会上有好人那么就一定有坏人，是坏衬托了好的伟大，换种说法，我觉得自己也是那样的存在，让别人有幸福感也未尝不可，不过我更希望自己也有幸福感，既然比较不行，那就再下降一点。

"你呢，在西藏还顺利吗？如果有新鲜的趣事一定要跟我分享。

"另外，感谢你坚持回我的私信，让我从中有了力量。"

"今天我离开了西藏，在飞机上俯瞰连绵起伏的雪山，我被一种很奇怪的情绪给淹没了。

"我去了墨脱，见到了背崩希望小学的孩子们，和他们相处的这段时间里，我学到了很多，也卸下了很多包袱，果然，人是可以不断地成长。

"他们很可爱，让我忘记了自己，更确信的是作为他们老师，生活在墨脱，觉得很有希望。

"我想以后无论到了哪里，我都会想念林芝的彩虹，墨脱的孩子，还有一路上陪伴我的伙伴们，人如果独立生活，也许会有超脱灵魂之外的意志，但我更喜欢群居，互相携持，帮扶，那是比灵魂本身更有意义的存在，回归本质，无非就是这样，对吗？

　　"庆幸我虽然失去了一条腿，但上天还留给了我一只腿，庆幸我的大脑依然还能清晰地思考，庆幸这个世界丰富多彩，而我还能用尽一生去看看。

　　"感谢你这么久坚持给我发私信，给你力量的同时，我也有了力量。

　　"好好生活，好好爱人，晚安。"

春游

一

我曾经为一件事特别苦恼，就是关于"我想成为谁"这个问题。

我想成为的人太多了，比如救死扶伤的医护人员，保家卫国的战士，甚至是闪闪发光的偶像歌手，这些我都想过。

脑子沉寂了很久，思考这种问题成了我最享受的时刻，任何地方，一个小旽儿，一两杯温热的白开水，像是做梦一样，短暂离开现实的轨迹，如此有趣。

某一天，朋友突然问我：春游，你以后想成为谁？

脑子里居然有一个清晰的答案在跳跃，明朗又有力量，几乎是脱口而出，我说我想成为我自己。回答之后，我热泪盈眶。

我确实有那么一点"特殊"，也曾极力藏住自己的特殊，害怕别人认为特殊，担心掉入特殊的黑洞，活埋进特殊的坟墓。

我无法坦然承认自卑。后来才发现，我太关心本质了，太关心生命的背面，太关心对与错的较量，以至于忘记，自己本身其实平平凡凡，对着镜子也会有雀斑。

特殊群体如何更好地融入社会，那些女生们如何潇洒地过完这一生，真像两个截面啊，相辅相成。

早些日子，我还没有想到第二个问题，第一个问题的答案也无迹可寻，在路上吧，也就难免会忘掉某些东西。

唤醒我的是一碗热气腾腾的面条，那是爸爸亲自下厨做的，清晨六点，外面都还是漆黑一片。再接着是妈妈送的一件棉质睡衣，贴在身上的柔软总能让我睡个好觉。

离开家以后，是饭盒里的蒜薹肉丝，是海贼王手办，还有门禁卡上的小熊维尼贴纸。

生活是一个正在旋转的离心机，抛开的是没有被选择的，留下的又会过于斤斤计较，闭上眼睛想说话，睁开眼睛却什么都不想表达了。

终于走到了这里，想为过去的每一刻鼓掌，无论怎样。

二

周末和鑫儿、月儿还有代师范约好一起吃饭。

大家好像没有怎么变，还是喜欢连帽卫衣和白色的运动鞋，我喝了一点小酒立刻就上了脸，笑着笑着就没了话题，也不知道该说什么好。

毕业之后，大家都有了各自的生活，能聊在一起的固然少，可是仅仅这样待着也让人心生安慰。后来也不知道是谁说起了王逸文，大家眼光齐刷刷地看向了我。

"早没联系了，也不知道现在他在做什么。"我嗞啦喝了一口可乐，看着锅里煮得正沸腾。

"他去当兵了，听说也留了士官。"月儿也嗞啦了一口可乐。

"也挺好的，大家都有了自己的事情，代师范现在是律师了吧。"

"半个，半个律师，哈哈哈哈。"

大家一同举杯。

"鑫儿是老师？"

"对，刚工作不久，幼儿园老师。"

"以后我们的孩子就靠你了，哈哈哈哈。"

大家又一同举杯。

"我现在还是社会的流浪汉。"月儿歪了歪头，无语的表情。

"我也是，社畜一位，但我觉得还是要干一杯，哈哈哈。"

大家再一次举杯。

晚上鑫儿和代师范分别回家之后，月儿说陪我走走。

不知道从什么时候开始，我已经开始适应成都的温度，连风吹过来都是一阵熟悉。唯独今晚和月儿走在一起，才意识到这是他乡，不是故居。

"其实我和王逸文联系上了，他托我给你带一句解释，不知道你想不想听。"

我沉默，坐在路边的一张小石凳上，月儿随着坐了下来。

"他说他和你分手，是因为自己去了部队，不想耽搁你，毕竟义务兵过了，自己留不留士官也不确定，没有理由让你等他。"

"我知道。"

"你怎么想的？"

"我怎么想的已经不重要了。"

月儿看了我一眼，没再说话。月光将我们的影子拉得好长，偶尔一辆车经过，影子被截开，又轻轻合上。

"我们应该都不会再像十七八岁那样，什么都不考虑地去爱一个人了，但仔细想想，有过那样一段青春，真的一点也不遗憾。"

"是吧。"

"你呢？谈恋爱了吗？"

"我现在心里只想认真搞钱。"

她笑嘻嘻地站了起来："你说，上天拿走了我们一条腿，总得给我们点什么惊喜吧。"

"会不会要求有点高？"

"怎么会，我可是相信'大难不死，必有后福'这句话的。"

"我也信。"

"所以生活就这样过着吧，总会遇到惊喜的。"

月儿过来拉我的手，用力太猛，我一个趔趄没有站稳，两个人都倒在了地上。想着还好没人看见，我们俩笑了起来。

人的这一生会遇见很多人，有的人会陪你走过一秒钟、一个小时、半年；有的人会陪你走过二十年、五十年，甚至这一辈子。

但不管多久，我们都应该心存感激。

因为他们总是教会了我们什么，或者让我们成长。

三

刚好完成工作，抬头看了一眼钟表，是下午四点五十六分。

手和脚冰冷得厉害，放在桌子上的一杯水也早就凉了，台灯照射在手臂上，我能看见细小的毛孔和一些干燥的死皮。

整个房间很安静，整个世界上好像只剩下自己。

五点十分，妈妈打来电话，电话那边有喧闹的人潮声。

"饿了吧，我马上就回家，今晚给你做好吃的。"

她说完便匆匆挂了电话，我起身去客厅倒杯水，然后坐在沙发上看着窗外。

太阳正在一点一点降落。

这样的生活也挺好，偶尔孤独，但总会被填满；偶尔失落，但也总会过去。

雨蔓雨宸叫小姨妈的时候声音甜甜的，爸爸还是喜欢给我买榴梿千层，整得我这几天连打嗝都是一股榴梿味。我在成都租了一间小单间，过几天就过去。我一定要带上妈妈新织好的毛衣，虽然翻了年，天气就要逐渐回暖。

最近一直在想医生跟我说过的一句话，如果不好好锻炼，我最多就走到五十多岁，就不能再走路了。

这样算算的话，还有二十多年。

那么这二十多年，我想去做自己喜欢的事情，为了梦想去努力试试，多陪伴自己的亲人，和自己爱的人待在一起。

时间那么短，我一刻也不想要浪费。

当然，坚持锻炼最重要啦。

四

新合租的室友叫倩倩，文文静静的女孩，话不多。一堆人聚在一起谈天说地，她总是坐在一旁仔细倾听。

后来时间长了，两个人也能开些玩笑，说些彼此的小秘密。

她爱的那个男孩在北京，经营一段异地恋固然辛苦，但身体里分泌的荷尔蒙让她很确定，这是件值得去坚守的事情。

他们有过吵闹不安和犹豫，但爱情不就如此，缺少了这些，平平无奇的怎么让人记一辈子。

为什么要记一辈子？

因为是他，所以想记一辈子。

五一小长假的时候，她跟我一起回到北川。

她说她想感受我的故事，去我的家乡走走看，那天晚上我向她提议，我说我们去老县城。她有些惊讶地看着我。

"要去吗？"

"既然都来了，为什么不去看看？"

她没有再说话，若有所思地盯着天花板发呆。

"虽然我去老县城的次数一只手都数得过来，我知道你在担心什么，放心吧，没关系的。"

"和自己的痛苦面对面，会更痛苦的。"

"对，会更痛苦的。可是不能因为痛苦就忘记他们曾给予我一整个美好的童年，比起面对，实则是我想他们了。"

她如释重负地笑了笑，说："你啊……"

又回到这里了。

熟悉和陌生碰撞，心里涩涩的。我一边走一边给情情指路。

"这里三楼，以前是我家，现在已经变成二楼了。"

"还有这条小斜坡，你可能已经看不出它是条小斜坡了，我以前老喜欢骑着自行车从上面唰的一下冲到这边来。"

"这是我的学校，那边塌成渣渣的地方就是我的教室，没记错的话，我当时应该是埋在这个方位的，也有可能记错了。"

"这一大片原来是一个大超市，小时候很多稀奇古怪的零食都是在他们家买的，老板是一个圆圆胖胖的叔叔，也不知道他地震的时候跑出来没有。"

"这个建筑叫三阳开泰，以前可喜欢在这里玩了，但是酒店的保安不允许小孩子在这里玩，偷偷告诉你，我还翻到羊背上去了呢。"

"少年宫、少年宫！以前爸爸给我报了舞蹈班，每个周末都要去学习，现在没办法跳舞了，感觉白学了，哈哈哈。"

"上学的时候必须走这一条路，以前两旁都是郁郁葱葱的大树，现在没有了，不过我还有印象，真好还能记得。"

"前面……是万人坑。"

倩倩止住了脚步，侧着身子看了我一眼。

我笑着摇了摇头，继续往前走。

我们买了两束小白花，站在万人坑前面默哀。闭上眼睛的一分钟，像是走过了十二年。我相信天堂，也相信那个地方永远都不会有悲伤。

有一些话想对你们说：

我终于能够接受现在的自己了，开始慢慢喜欢周围的一切，蜡烛被点亮，房间也变得明亮起来。

很久没有梦见你们，甚至有的时候需要想很久才能将你们的样貌清清楚楚还原在脑子里，我好怕以后有一天我再也记不起来。

替你们长大，替你们难过和喜悦。原来麦当劳哪里都有，手机最后会变成全触屏；十年之后大家最喜欢的还是周杰伦和五月天；七个小矮人冰激凌会被淘汰；没人再用 MP3 听音乐；北川之外还有更大的世界，蓝得像宝石的天空和永远不会日落的沙漠。

你们长大之后会是什么样子呢？执笔的作家，戴金框眼镜的律师，还是桃李满天下的老师？

在那个地方，你们应该也完成了梦想，找到了方向，成了想成为的人，和爱的人待在一起。那里说不定也有大漠、绿洲、荒野和沙丘。

我想你们了，比以往任何时刻都想。

睁开眼睛，眼前放着无数枝小白花。

倩倩眼圈红红的，回家的路上她死死地拽着我的手不讲话，窗外流动的景色有些模糊，离开老县城，外面依然一片繁华。

"春游。"

"嗯？"

"活着真的很不容易。"

钱锺书先生说过，从今往后，咱们只有死别，再无生离。

我们永远不能预测到明天和意外到底哪个先来，当下的所有都无比重要，那些说爱你的人，陪你穿过四季的人，拥抱你的人，是他们，让你温柔善良，让你幸福快乐。

祝愿所有人，无生离。

祝愿所有人，都可以和爱的人走完这一生。

上班的前一天晚上，倩倩会做好两份便当放在冰箱里，从厨房飘来的香味溢满了整个房间，看来明天是蒜薹肉丝和土豆泥。

她洗完澡，和我打招呼说晚安，然后回到自己的房间。

"晚安，今晚早睡。"

"晚安，你也是。"

躺在床上刷朋友圈动态，顺带看一下明天的天气，又是小雨，为了提防假肢进水，得套一层塑料口袋才行。

十点整，倩倩发来消息：

春游，从北川回来后，我有很多话想跟你说，但又不知道该从哪里说起。

你爸爸妈妈真的好爱你，在你们家待的这几天，我突然很想我爸爸妈妈，我终于理解到了你说的那句"以后如果结婚，绝对不会离爸妈太远，因为地震好不容易活下来，你想多陪陪他们"。

我们认识也挺久了，和你住一起的这段日子里，我明白了很多，不善言谈是我给自己的安全感，但我发现，和你分享其实更让我有安全感。

你说得对，接纳才会有力量。勇敢地去面对生活中的一切，去感受细小的温暖，去为自己的每一次进步喝彩。

一切都不会太晚，我们永远可以重新再来。

忘记告诉你，你真的好得不得了，是我见过最最令人心动的女孩。

五

五月到了，二十二岁也到了。

朋友们陆陆续续发来了生日祝福，快儿老早打来了电话，兴奋得像个小兔子。

"生日快乐噢宝贝。"

上班的时候倩倩发来消息叮嘱说今天一定要早点回家，不准加班，买了小蛋糕，虽然只有我们两个，但生日该有的仪式感还是要有的。小蛋糕摆在客厅的茶几上，旁边还有粉色的蜡烛香薰灯，精致的小礼盒，还有穿着小蕾丝花边裙的倩倩。

"过来过来，坐这里。"她拉着我坐到沙发上，开始点蜡烛，二十二根蜡烛太多了，索性放八根蜡烛。

"就永远十八岁！"

"本来就十八岁。"

"你的面相已经出卖了你。"

我大大翻了一个白眼，她咯咯笑了起来。

"许愿许愿！你生日愿望是什么？"

“说出来就不灵了。”

“好奇嘛。”

“第一个愿望是希望身边的亲人朋友都能健健康康的，第二个愿望是希望接下来所有事情顺顺利利，霉运都走开，好运快快来！”

“第三个呢。”

“第三个也要讲出来？”

“嗯……可以不讲。”

第三个愿望。

谢谢我遇见的那些人。

谢谢你们。

后记（一）

有一年暑假，我跟着志愿者去了北川残疾人康复中心。

采访了一个截瘫哥哥，他没有办法说话，所以一直都是他的父亲在和我们交流。我全程很仔细地看着他，他虽然不能控制自己的表情，但眼神却很澄澈。

离开的时候，他目送我们，我忍不住回头看了好几次，恍然间觉得绝望与希望共存，才是大过世间一切的力量。

我和妈妈说过这样一句话。

我是被爱包围着长大的，在废墟里面被救出来，到后来穿上假肢，扔下拐杖独立行走，我时时刻刻都能感受到周围人的关心和照顾，不知道该怎么去描述这种感觉，怕说多了，别人会觉得我很官方。

每次有记者问我，你觉得一路走来最幸运的事情是什么。

我的回答都是，遇见很多温暖的人。

说了无数遍，依然觉得很重要。

所以我总觉得，像我这样子的，应该去做一点什么，哪怕很微不足道，也要去做一点什么。

我身边有一些腿部残疾的女孩子，特别厉害。她们学习跳舞，因为想体验一下站在台上的感觉；学习游泳，防止肌肉萎缩；每天一个小时步态训练；每年去参加一项挑战自我的极限运动……

在很多人问她们，"你们有没有自卑过"的时候，她们已经能够坦然回答"我自卑过"。但是这个过程，是很难很漫长的，心里挣扎，自我否定，不知道偷偷流了多少次眼泪，到最后，继续生活继续面对。

写到这里，鼻子有点发酸。

我知道这个世界上每个人都有故事，都有自己正在经历着的难过或者一些不好的遭遇。有的人被打倒了，有的人还在继续。生活真的太难了，无数的人际交往需要去维护，烦琐的工作，家庭里的不和谐，还有一些七七八八的小事。

但有个人这样告诉过我：如果我能多活一年就好了，哪怕每天都做化疗，我也愿意。

读高中的时候，有个同学逃体育课，他说：真羡慕你，都不用去上体育课，上体育课真的太累了，我宁愿我腿受伤。

我没有回应，只是脑子里一直在想，如果我的右腿还在，天天让我跑步十圈，扫操场一整天，或者一千个一万个俯卧撑都可以，只要能让我的右腿回来。

消极的时候，负面情绪会包裹整个大脑。

觉得命运对我是不公的，有人觉得运动减肥太累，可是我想减肥的时候却只能控制饮食；有人觉得爬山很累，走路很累，可是我连斜坡都走不稳，更不要说跋山涉水。

想去的地方很多，但因为受伤，最后都不了了之。

其实我是很羡慕你们的，羡慕你们可以跑步，可以跳舞，可以骑自行车，可以下雨天穿着拖鞋去踩水，可以穿好看的裙子，露出白花花的大长腿。

之前很多人来给我做心理辅导，他们告诉我一定要坚强，不去在乎别人的眼光，要热爱生命，尽可能多和身边的人交流。但后来我才发现，别人说得再多也无济于事，能拯救你的，永远只有你自己。

我写了很多陌生人的、周围朋友的故事，他们也很喜欢讲给我听，让我记录下来。一直觉得自己的文笔不是很好，很多细节也描述不出来，但还是很不要脸地希望你们也能感受到它的精彩。

人的一生真的很短暂，下一个十年都是顷刻间的事，所以无论正在经历着什么，都请尽力地去接受它。

我很喜欢朋友告诉我的一句话：

你过成什么样子是你自己的事情，因为没有人规定过什么样的生活是好的，什么样的生活是坏的，就算你没有钱，也没有一副招人喜爱的皮囊，但只要你自己过得舒坦，那就是最适合你的生活。

如果你是个负面的人，没有必要强迫自己一定要乐观起来，如果本身并不受欢迎，那就不受欢迎好了，有什么关系呢。

人生的立体面是多种多样的，梦想没有大小之分，未来的路也绝对不是只有一条。

我想说，你有你自己的故事，你能感觉到你自己的呼吸声，闭上眼睛，你能看见自己的灵魂。

你就是你自己，不用成为任何一个人。

后记（二）

　　我特别喜欢村上春树说的一句话："你要记得那些大雨中为你撑伞的人，帮你挡住外来之物的人，黑暗中默默抱紧你的人，逗你笑的人，陪你彻夜聊天的人，坐车来看望你的人，陪你哭过的人，在医院陪你的人，总是以你为重的人，带着你四处游荡的人，说想念你的人。是这些人组成你生命一点一滴的温暖，是这些温暖使你远离阴霾，是这些温暖使你成为善良的人。"

　　爸爸，妈妈，姐姐。
　　我性子急，总是为了一些小事冲你们发脾气，有过叛逆期，我知道你们为我的事操碎了心，想说谢谢，又想说对不起。
　　后来在社会上工作，我很少给你们打电话，很少拥抱你们。一个人对着电脑发呆的时候，会特别想念妈妈蒸的馒头，想念和爸爸彻夜长谈的日子，想念姐姐的啰哩啰唆。
　　你们知道吗，现在的春游能坐在这里写下这些文字，能成长为现在的样子，是因为你们，谢谢你们不管什么时候都没有放弃我，谢谢你们永远都以我为中心，谢谢你们不管发生什么事情都和我一起面对，一起解决。

你们总说，我一个人在成都太拼了，你们不放心，要是不想努力了，回来让爸爸妈妈养。但是亲爱的爸爸、妈妈、姐姐，我一直觉得我辛苦一点无所谓，我还可以更加努力，因为我真的很想很想给你们一个安稳的生活。

每次想起地震那段时间，我就想哭，到底这辈子是有多幸运，才能够遇见你们。你们从不阻止我去追逐我的梦想，所以我有底气，有信心，因为我知道不管怎么样，只要我回家，爸爸妈妈会在家里等着我，姐姐会买很多好吃的零食来安慰我，我永远都不会是一个人，你们会一直在我身边。

爸爸，妈妈偷偷告诉我，你今年体检身体不太好，我真的好害怕。我现在只希望我能够更成熟稳重一点，让你少担心一点，挣更多的钱，让你不要再那么辛苦。

妈妈，你总告诉我说，自己学历低见识少，在这个科技高速发展的社会都不敢出门，怎么会呢，你还有我和姐姐啊，你想去的地方我们都陪你去，你想做的事我们都陪你一起完成。

姐姐，很多时候我都庆幸我自己不是独生子女，无数个瞬间我都在想，真好我还有个姐姐，她会给我买好看的衣服，会听我在电话那头哭两个小时也不嫌烦，会在我没钱的时候立马支援我，会分享我的小秘密，照顾我所有情绪。

我曾经住院自暴自弃，有个心理辅导师跟我说："这次地震，有很多家庭都变得不完整了，很多小孩失去了父母，很多父母失去了自己的孩子，虽然你没有了一条腿，可是你的爸爸妈妈姐姐都还在你身边，你还有机会去孝顺他们，陪伴他们走完这一生。"

感恩上天，没有让我失去你们。

去年有个记者采访我们家，那天下午姐姐对着镜头说："我这一辈子虽然没有什么出息，但我不羡慕有钱人，也不羡慕聪明人，我这辈子只崇拜我的爸爸，佩服我的妹妹。"

我在门口哭得稀里哗啦，心里一直想着，我啊，真的真的太幸福了吧。

小于叔叔。

是你给了我第二次生命，这么多年来我经常做噩梦，梦见自己被压在预制板下面不能呼吸，但最后总能出现你的身影，带着光，朝我伸着手。

是你让我相信，这个世界上真的有超越血缘关系的至亲。那天夜里，余震那么危险，摇摇欲坠的残垣断壁随时都有可能坍塌，但你一直握着我手没有离开，无数个日日夜夜，我都会想起来那一幕，原来这个世界上真的有人那么勇敢，那么不顾一切，只是因为想要把我从废墟里救出来。

后来我学习、工作，我们依然保持着联系，你会在我最迷茫的时候给我方向，会关心我的身体状况，时时刻刻叮嘱着我开心最重要。最后你总会说："小钰，不管你做什么决定，我都支持你。"

一路上有你支持我，我真的什么都不怕。

快儿。

你说得对，我穿裙子很漂亮，走在大街上包不包海绵也无所谓，想做的事情就立马去做，不要顾忌太多。

十年前，我们都还是很青涩，但你总是那么勇敢，总是为我出头，好像除了你其他任何人都不可以欺负我。

和你一起长大，头发短了又长，直到看你走进婚姻的殿堂，我感慨时间为什么那么快。还好我们从来没有远离，你喝醉还是会给我打电话，受委屈还是会抱着我哭，虽然话题不再是年少那些鸡毛蒜皮的小事，但那又怎样呢，我们可以从十多岁聊到三十多岁，再到八十多岁。

梦想还是有的，生活不会磨灭我们的希望，只要你愿意，我还可以再陪你疯一次，不，陪你疯无数次。

一直都是你挡在我的前面，现在该我了吧。

王逸文。

有人说年少时的爱情就像梦一样，你的出现也像是梦一样。

可是我依然很清晰地记得，当我在所有人面前摔倒的时候，是你冲过来扶起了我，在大家都质疑我的时候，是你坚定不移地走向了我。

谢谢你在我如此不自信的时候，选择喜欢我，陪伴我。后来的时光里，我才愿意去相信我是值得被爱的，是值得被选择的。

谢谢你许我一场年少时的梦，结果不重要，未来也不重要，重要的是在那时的每个瞬间，有你给我信心和力量，愿意当我的拐杖。

祝你前程似锦，一帆风顺。

一生幸福。

陪伴我一路走来的朋友们。

你们给我写的小纸条我都还收着，你们送的毛绒玩具还摆在我的床头边，你们说过的话，做过的事，我都记得。

长大以后，我们都有了各自的工作，很少聚在一起，偶尔一两个电话联系，说的也都是些无关紧要的小事，但我们最后都会各自笑笑，然后说一句"其实就有点想你了"。

走楼梯的时候要扶着春游，上下坡的地方不要去，出去玩的地方一定有平整的大路，这些像是信条一样刻在你们的脑子里，很多时候我都觉得麻烦你们，但你们总会告诉我说"才不是呢，只要和你在一起，去哪里都不重要"。

　　每次分别你们总告诉我说："春游照顾好自己。"说了还不放心，继续发来信息叮嘱我说："春游，照顾好自己的意思就是，每天一定要坚持吃早饭，不要久坐，适当地运动，多喝水多吃蔬菜，不要熬夜，脱掉假肢的时候一定要拄拐杖，不要单腿跳，很容易摔倒，最后一定一定要记得给我打电话。"

　　啊！我真是个矫情的傻子，可还是想说，真的真的很爱你们啊。

　　最后，感恩所有关心我、爱护我的朋友，师长们。在黑暗的岁月里，你们是我生命中的星星，照亮了我未来的所有希冀。

　　再次感恩，黑暗里的星星们。

图书在版编目（CIP）数据

黑暗里的星星 / 春游哥哥著 . -- 北京 : 作家出版社，2023. 5

ISBN 978-7-5212-2235-7

Ⅰ. ①黑… Ⅱ. ①春… Ⅲ. ①传记文学－中国－当代 Ⅳ. ① I25

中国国家版本馆 CIP 数据核字（2023）第 048669 号

黑暗里的星星

作　　者：春游哥哥
责任编辑：丁文梅　朱莲莲
特约策划：北京共维空间文化传媒有限公司
装帧设计：张子林
出版发行：作家出版社有限公司
社　　址：北京农展馆南里 10 号　　邮　编：100125
电话传真：86-10-65067186（发行中心及邮购部）
　　　　　86-10-65004079（总编室）
E-mail:zuojia @ zuojia.net.cn
http://www.zuojiachubanshe.com
印　　刷：唐山嘉德印刷有限公司
成品尺寸：145 × 210
字　　数：310 千
印　　张：12.875
版　　次：2023 年 5 月第 1 版
印　　次：2023 年 5 月第 1 次印刷
ISBN 978-7-5212-2235-7
定　　价：52.00 元